Heibonsha Library

額の星／無数の太陽

L'Étoile au Front/La Poussière de Soleils

平凡社ライブラリー

Heibonsha Library

額の星／無数の太陽

L'Étoile au Front/La Poussière de Soleils

レーモン・ルーセル著
國分俊宏・新島進訳

平凡社

本著作は二〇〇一年八月、人文書院より刊行された。

目次

額の星

★

三幕、散文

一九二四年五月五日ヴォードヴィル座にて初演

登場人物

男優

トレゼル、五十五歳……………………………カンデ
クロード、三十歳………………………………ヨネル
ジュサック、五十歳……………………………ジョッフル
ガストン、二十歳………………………………ピュイラガルド
サウッド、インド人、二十五歳………………カラマン
リッサンドロー、四十歳………………………ジャン・ディッド

女優

ジュヌヴィエーヴ、二十歳……………………ドゥニーズ・キヌ
ジュサック夫人、四十五歳……………………グランバック
メルジャ、フランス人とインド人の混血、二十五歳……セシル・ギュイヨン
エリーズ、三十歳………………………………カルヴェ
ゼウッグとレッジジェ、双子のインド人、十六歳………ベルト・ディッド、フレネル

現代。第一幕、第二幕の舞台はマルリ。第三幕はパリ。

第一幕

邸宅のサロン。舞台奥に大きなドア。右手に、開いたフランス窓〔全面ガラス張りのドア〕があり、庭園を見下ろすテラスに通じている。左手に小さなドア。

第一場
メルジャ、サウッド

幕が上がったとき、舞台には誰もいない。奥のドアが動き、メルジャが開けて姿を見せる。ドアの向こうの食堂にはトレゼル、ジュヌヴィエーヴ、クロード、ゼウッグ、レッジェがいて、食事を終えたところ。メルジャは舞台に入り、あちらこちらにあるランプに火をつけて回る。サウッドがフランス窓のところに現れ、低い声でメルジャを呼ぶ。

サウッド　メルジャ……

メルジャ　あんたなの……サウッド！　なんてむちゃな！

サウッド　お前に話があるんだ。

メルジャ　そう……じゃあ、今夜またここに来て、私が明かりを消し終えたときに。
サウッド　いいだろう、機をうかがっているぞ。

（サウッドは立ち去る。メルジャは食堂に戻る。トレゼル、ジュヌヴィエーヴ、クロード、ゼウッグ、レッジェがテーブルから立ちあがり、舞台に入る。メルジャは食堂に残り、ドアを閉める）

第二場

トレゼル、ジュヌヴィエーヴ、クロード、ゼウッグ、レッジェ

クロード　さあ、トレゼル先生、約束を守っていただきますよ。
ジュヌヴィエーヴ　お義父《とう》さま、お話ししてくださいな……
ゼウッグ　私もお話をお聞きしたくて仕方がありません、お嬢さまとご婚約者の方に負けないくらい。
レッジェ　私だって姉さんと同じです、もう待ちきれません。
トレゼル　ああ！　お世辞屋め……お世辞屋ばかりだ……恐縮してしまう。私など、いつも古書とコレクションに埋もれている偏執狂《ヴューマニアック》の老人だよ〔歳のせいで奇癖（マニー）を持った老人のこと。ここでは「マニアックな収集家」という自嘲〕。だがね、ひとつ言っておくと、この偏執狂の老人は幸せ者だ……優しい子供たちに囲まれ、物集め《マニー》の癖を大目に見てもらえるし……おまけに、この道楽に関心があるふりさえしてもらえるのだからな……ジュヌヴィエーヴ、お前は幼い頃から私の喜びのすべてだった、お前は私を照らす日の光だ

よ！……

ジュヌヴィエーヴ みなし児だった姪の私を娘のように育ててくださったのに、お礼を言うのは私のほうですよ！……

トレゼル そして……私の教え子、弟子のクロード君。ジュヌヴィエーヴとの結婚を私に申しこみ、もうすぐこの子と夫婦になってくれるとは、私のたっての望みもこれでかなったというものだ……

クロード ……夫婦になっても、先生のもとから決して離れませんよ！……

トレゼル そしてそして私のかわいい双子たち。音楽の才能に恵まれ、いつも陽気なこととときたら。お前たちが美しい二つの声を合わせると、耳と心はたちまちその虜だ！……

ゼウッグ トレゼルさまがいなかったら、私たちどうなっていたことでしょう……ご自分の善行ですよ、しっかり覚えていてください、いつもお忘れなのですから……ポンディシェリーにほど近い大農園を相続され、十年前、そのインドのご領地をお訪ねになりましたね。現地の人間に大変な心遣いをされて、ご親切の評判は遠くまで知れ渡るほどでした。そんなある日、みすぼらしいインド人の女性がやって来て足元に身を投げ出すと、二人の娘の命を救ってくれと泣きつきました。いまも続く慣わしで、人身御供としてシヴァ神に捧げられる運命にあったのです。

レッジェ その二人の娘とは、私たちのことでした。トレゼルさまのおかげで狂信者たちの追跡をふりきることができ、お後について密かにフランスにやって来ることができました。トレゼルさまは命の恩人なのですよ……

ゼウッグ　教育も熱心にしていただいて……

トレゼル　……なかでも音楽には力を入れたものだ。お前たちが故郷の歌を口ずさむのを聞いて、その天性の声に驚いたからな。だが、ああ！　かわいいゼウッグ、優しいレッジェ、私は心配でならんのだ。シヴァの祭司どもは、お前たちを見逃しただろうか？……シヴァ神は、祭壇に上がるはずだった生贄を絶対にあきらめないはず。そんな神の怒りを恐れてか、やつらがまたお前たちの足どりをつかみでもしたら、何がなんでも奪い返そうと、ここまでやって来るかもしれん！

……

ジュヌヴィエーヴ　私たちはマルリにいて、パリの市門はすぐそこなのですよ。そんなおっかないことをここで言われても、考えすぎだと思います。

クロード　それに、われわれにだって妹たちを守る術はあります……嫌なお考えはやめてください、トレゼル先生。それよりも約束どおり、先生の博物館に加わった新しい掘出し物のことを話してください。

トレゼル　博物館とは！……老いた変わり者の隠れ家《エルミタージュ》を言うには、なんともたいそうな言葉だな。仕事の虫が物集めに手を出しただけで、たいしたものなどないのだよ。

クロード　でしたら、偉大なる学者の庵とでもおっしゃってください。先生がお集めになった珍しい品々は、名の知れた博物館のガラスケースに入っていてもおかしくないものばかりなのですから。

トレゼル　確かに価値のあるものがないわけではないが……特に今日のところはそれも認めざる

をえないな。なにしろお前たちがお尋ねの掘出し物のなかには、ラシーヌの自筆原稿が含まれているのでな。

ジュヌヴィエーヴ　ラシーヌの自筆原稿？

トレゼル　（家具から巻物を取り出して）　これだよ。

ゼウッグ　変わったやり方で留められていますね！

トレゼル　（原稿に巻きついている針金を見せながら）　ああ！　この輪かね。これは有名な綱渡り芸人ブロンダンが、ナイアガラの滝を渡ったときの綱の切れ端だよ。

レッジェ　まさかそんなことが！

トレゼル　ブロンダンは芸人歴二十五周年を迎えたとき、彼に言わせれば、綱との金婚式〔二十五年は本来、銀婚式〕なるものを祝うことにしたのだが、その綱は、彼が綱渡りを始めてからずっと使ってきた綱で、決して取り替えようとしなかったものだった。

クロード　決して取り替えない？

トレゼル　決して取り替えなかった。ブロンダンは家族や仕事仲間、友人たちを呼んで大宴会を開いた。そこでは花の咲き乱れる魔法の蔓のようなものが、陶器や水差しのあいだをぬって、テーブルの端をぐるりと一周していた……

ジュヌヴィエーヴ　わかったわ……それが綱だったのね……

トレゼル　そう、彼の綱だった……

クロード　観衆の前で、何度も何度も渡った綱で……

トレゼル　……その晩は色とりどりに咲き乱れる花が、真鍮の針金であちらこちらにくりつけられていた。さらに会食者ひとりひとりの右手には羊皮紙の巻物が置かれていたのだが、それはどれも、腕輪のような形に曲げられた粗い鉄線に通してあった。その羊皮紙は取り出せるようになっていて、広げてみると……

ゼウッグ　宴会のメニューだったのですか？……

トレゼル　そのとおり。だがメニューといっても美術品のようなもので、偉大な日を記念するのにふさわしく、またとっておく価値のあるものだったのだよ。腕輪のほうにはブロンダンの署名が小さくノミで刻みこまれていて、本物だとわかるようになっていた。そしてそれは、もっと長いもう一本の綱の切れ端で……

レッジェ　宴の主が、ナイアガラの滝を渡ったときのものですか？……

トレゼル　そう。いつもの綱は終《つい》の相方としてまだまだ頼りにしていたが、そちらの綱はもう使うことはないだろうということで、少しくらい壊してしまってもかまわなかったのだ。

クロード　それに贈り物としてナイアガラのときの綱を選べば、歴史的にとても価値のあるものですから、値打ちは高まります。

トレゼル　ブロンダンが招待した客のなかには、当時のアパルトマンのお隣さんで、クラパールじいさんという御仁がいた。このおやじさんは一階で古本や直筆原稿の商いをしていたのだが、その稼業にすっかり入れこんでいて、古書やわけのわからない本に埋もれて日がなページをいとおしげにめくっては、一国一城の主のように幸せに暮らしていた。それでメニューつきの腕輪を見た会食者たちが、ブロンダンが成し遂げた命がけの偉業の話を始めたときだった。突然、クラパールが声をあげ、一同の注目を集めた。なんでも遠い昔に、もう少しでブロンダンの先をいくところだった者がいたというのだ。セプティミウス・セウェルスがローマを治めていた頃に。

クロード セプティミウス・セウェルスがローマを治めていた頃！ しかしアメリカの発見でさえ、その時代から十二世紀も後のことですが……

トレゼル そう、だからナイアガラの滝ではなく、ボニファシオ海峡の話なのだよ。クラパールは前の年、古書探しに明け暮れた人生のなかで最大級の掘出し物に出会っていた。それはラシーヌ自筆のひと続きの手紙で、彼が愛情を勝ちとっていた、宮廷のある貴婦人に宛てたものだった。

クロード ミルヴァル伯爵夫人のことではないですか？

トレゼル その夫人だ。手紙では、恋よりも詩について語られていることがたびたびで、産みの苦しみや喜び、成功の期待や作品の構想などが書き連ねてあった。なかには長いあいだ温めていた悲劇の構想があって、それがセプティミウス・セウェルスについて書こうとしていたものだったのだ。コルネイユの『ポリュークト』をやっつけるためにな。

クロード セウェルス！……捉えがたく、それに魅力あふれる人物ですね。確かにラシーヌの気を惹いてもおかしくありません。

トレゼル ラシーヌは、この将来の作品のために詳しく調べていくうち、こんな話を見つけた。ある勝利の晩のこと、セウェルスは数人の側近を従えて野営地を散策し、兵たちの喜ぶさまを見て悦に入っていた。したい放題にさせたので、兵たちは数々の楽しみに我を忘れていた。

クロード　皇帝がどれほどの乱痴気騒ぎを目のあたりにしたのか、神さまだけがご存知でしょう！
トレゼル　あるところでは軽業師の見世物があり、皇帝はそれを囲む人垣に近づいた。見ると、こびとのような者が、ピンと張った綱の上に立ち、ひどく危険な曲芸を一心不乱にやっていた。
ジュヌヴィエーヴ　そんな時代にもうブロンダンのような人がいたのね！
クロード　「日ノ下ニ新シイモノハナイ」と言うからね。
トレゼル　皇帝が現れたことがわかると、兵たちは拍手喝采で迎えた。彼は命知らずの曲芸師に関心を示し、曲芸師のほうはこの名にしおう観客を虜にせんものと、一段と危険な早業を連発して、しばらく続けた後、急に地面に降りてその足元にひれ伏した。皇帝に嘆願するための、またとない機会を逃すまいとするかのようだった。
レッジェ　何か欲しいものでもあったのでしょうか。金でできた綱渡り用の綱ですか？
ゼヴッグ　宝石で飾られたバランス棒ですか？
トレゼル　いいや。もっとずっと高くつくものだよ。このこびとはジッチのコルシカ人なのだが、レローヴォのサルデーニャ人の娘が好きだったのだ。
ジュヌヴィエーヴ　ジッチにレローヴォとは？
トレゼル　向かい合った二つの村で、片方はコルシカ島の南、もう片方はサルデーニャ島の北に位置しておる。
クロード　（ジュヌヴィエーヴを抱き寄せて）　つまりは恋の物語なのですね？　私がセプティミウ

ス・セウェルスだったら、何でも望みを聞いてやりますよ。

トレゼル　おお！　どんな睦まじい恋《イディル》の話にも暗雲はたちこめるものだろう。ローラは気味の悪いマテオの恋慕に報いるどころか、こびとの体や卑しい職業をバカにしていたのだ。その冷やかしと罵倒にマテオは苦しんでいた。

ジュヌヴィエーヴ　皇帝にどれほどの力があっても、ローラがマテオを好きになるようにはできないわ。

トレゼル　そうだ。だがローラが自分から望んでマテオと結婚するようにはできたのだ。

ジュヌヴィエーヴ　自分から望んで？

トレゼル　マテオは軽業の巡業から帰るたび、結婚を夢見てあの手この手でローラに迫っていたのだが、それが実を結ぶことはなかった。ある日、やけになってマテオは彼女に言った。「つまり、どうしてもおいらの嫁さんにはなってくれないってことかい……」――「なるわよ」ローラは大真面目な顔をしてそう答えた。「ご先祖さまにかけて、あんたの求婚に応えることを誓うわ。ジッチからレローヴォに来て私に結婚を申しこんでくれたらね……」そしてローラは少し間を置くと、こうしめくくった。「……でも、海峡を渡って来なくてはだめなのよ、海の上に綱を張って、その上を歩いてね」マテオは虚しい希望に一瞬顔を輝かせ、そして、がっくりと肩を落としてしまった。ローラはそれが面白くて、彼の鼻先で大笑いしたのだ。

ゼウッグ　そんな思いやりのないローラなら……

レッジェ　……マテオがその提案を鵜呑みにしても文句は言えないですね。

トレゼル　彼は実現を夢見た。迷信深いローラは、死者に対して誓ったことならば、復讐を恐れて覆したりはしないことを知っていたからだ。
ジュヌヴィエーヴ　では、どうしたら彼女の言う条件を満たすことができるか、おおよその目処がついていたのですか？
トレゼル　そうだ。少なくとも理論的にはな。つまり、ブイに金属の柱を埋めこみ、それを海に間隔をあけていくつか浮かべてやる。そして、そのてっぺんに綱を張れば、海峡の端と端を結ぶことができるはずだ……
クロード　しかし波のうねりが装置全体に伝わって動いてしまいますが……
トレゼル　マテオは凪の日さえ選べば、自分の熟練の技で波も克服できると思っていた。
レッジェ　そんな夢みたいなこと、どんなに高くついたことでしょう！
トレゼル　まさにだ。つまりマテオにとって資金不足こそが二進も三進もいかない障害だったわけで、彼は皇帝に自分の不遇を語ってその障害を取り除いてもらえないかと頼みこみ、かくなる試みが成功して世間をあっと言わせれば、念願がかなうばかりか、自分はもちろん、財政的な援助をした皇帝にとっても、大変栄誉なことになりますと売りこんだのだ。
ジュヌヴィエーヴ　その説得はとてもうまいわね、虚栄心をくすぐるのにうってつけですもの。
トレゼル　だが皇帝を説き伏せることはできなかったのだよ。彼はそんなバカげた願い事をからかいながら、立ち去ってしまった。
クロード　で、ラシーヌはそこで引用をやめてしまうのですか？……

トレゼル ……マテオとローラの話にかこつけて、ミルヴァル夫人への自分自身の愛情を甘くほのめかすことを忘れずにな。

ゼウッグ クラパールおじさんのお話を、ブロンダンはどう受けとめたのですか？

トレゼル ほかの招待客と同じように、三世紀にいた同業者の運命を嘆いたよ。クラパールのほうは翌日すぐに、社交界への寄り道から持ち帰った二つのお土産を手にすると、腕輪からメニューを外し、ラシーヌの自筆原稿を代わりに入れた。昨夜の逸話をまとめたメモを滑りこませてな。クラパールは抜け目のない商人で、二つの稀覯品をしかるべく組み合わせ、その価値を高めたのだ。これを誰が買ったのか、何人の手に渡ったのかはわからないが、だが最近、前の持ち主が売りに出したおかげで、私のものになる機会がめぐってきたのだ。あのときの競売は忘れられんよ……さて、そう言えば、おしゃべりに気をとられて大事な日課を忘れていたな、食後の葉巻をね……ああ！ 月明かりがきれいだ！……最初の一服の煙を、あの月の光に混ぜることにしよう。

レッジェ 私とゼウッグがお供いたします、庭園をひと回りしましょう。

トレゼル よい考えだ。おいで、子供たち。婚約者たちは二人きりになりたくて仕方がないのだ。少し放っておいて恋を語らせてあげよう。恋人同士、話すことはたくさんあるからな！……

（彼らはフランス窓から出ていく）

第三場

ジュヌヴィエーヴ、クロード

ジュヌヴィエーヴ そうよ、たくさんあるの。あなたにはいつもそばにいてもらいたい。心に浮かんだことは、どんな小さなことも伝えたいの、嬉しいことも悲しいことも知ってもらいたいのよ……

クロード 本当かい？ じゃ、僕が仕事で離れているあいだ、少しは寂しい思いをしているのかい？

ジュヌヴィエーヴ ああ！ そうよ。だって、あなたが一緒でなければ、私にとって価値のあるものなんて何もないのよ。自然の景色に心を動かされたら、感動の後すぐに、どんな風景だったのかを、あなたに話したくてたまらなくなるの。本を読んで面白かったら、できるだけ早くあなたとのおしゃべりの種にしなくては気が済まないわ。

クロード 相変わらず、ローペ・デ・ヴェガの本に夢中かい？

ジュヌヴィエーヴ そうなの。今日読んだのは、ヴァルロサス侯爵の若い未亡人、麗しいイネスとの恋愛が語られているその結末のところよ。

クロード 昨日の君の話では、彼らの恋は、平穏で終生変わらぬ睦まじいものだったという印象を受けたけど。

ジュヌヴィエーヴ 詩人というのは皆そうだけど、ローペ・デ・ヴェガも移り気で、彼のほうが先に飽きちゃったのよ。そして絶望したイネスは、ラス・イーハス・デ・サンタ・マグダレーナ修道院に入って、やがてかつての高貴な身分のおかげで、その女子修道院の院長になったの。

クロード　名前からすると〔マグダラのマリア（マグダレーナ）は遊女であったが、イエスとの出会いによって回心した〕、そこは罪を悔い改めた女性のための特別な修道院だったのかい？

ジュヌヴィエーヴ　そう。そしてね、この修道院には創立のときから続く、信じられないような伝統があったの。まず、罪を犯した女性でも、その修道院に入ることができるのは二十五歳までの者と決められていたの。改悛して世俗の生活を捨てるといっても、残りの長い年月をそっくり捧げてこそ称讃に価するからよ。

クロード　確かに。歳をとってから出家しても、それでは己に対して本当に克ったということにはならないからね。

ジュヌヴィエーヴ　それにね、新しい修道女がやって来るとすぐ、その体から彫像用の押型が取られて、体つきを正確に再現する石膏の複製が作られるの。

クロード　頭はずっとないままなのかい？

ジュヌヴィエーヴ　そうよ。匿名を守るのに都合がいいから。

クロード　なにやら意味ありげだけど、その複製の像で何をしようというんだい？

ジュヌヴィエーヴ　修道院の玄関前広場には、中央にマグダラのマリアの大きな彫像があったのだけど、複製の像はどれも台座に乗せられて、その周りに置かれたの。

クロード　そうやって並べておく目的は何だろう？

ジュヌヴィエーヴ　マグダラのマリアを讃えるためよ。劣情をもよおす若々しい肉体はどれも、マグダラのマリアが自身の回心にならってサタンから救い出したものだから、それを陳列することでね。

クロード　だけど、いま急に思い出したけど、ローペ・デ・ヴェガもまた修道生活に入ったね。

ジュヌヴィエーヴ　そう、二十年後のことだけど。そしてひとりの高位聖職者として、ラス・イーハス・デ・サンタ・マグダレーナ女子修道院の院長のもとに公の任務で派遣されて、そのときに初めてイネスと再会することになったのよ……

クロード　……イネスは捨てられたことをまだ恨んでいたのかな？……

ジュヌヴィエーヴ　いいえ。でも、会えると思うと心はどうしても乱れたわ。特にひとつ気になることがあったの。かつて彼女が修道院にやって来たとき、慣わしどおり、その体の複製が作られて、マグダラのマリアを仰ぐ風変わりな隊列に加わったのだけど。

クロード　イネスは、好奇心に駆られたローペ・デ・ヴェガが、通りすがりに、その複製の像を見ようとすると思ったんだ。

ジュヌヴィエーヴ　そう。でも、もう大きな群になっていたから、似ている像がたくさんあったのよ。

クロード　イネスが恐れたのは、彼がイネスの複製の像を、他人のものと取り違えることだったのかい？

ジュヌヴィエーヴ　そうなの、当然のことよね。イネスはその頃、俗世にはもう一切の未練はなかったけれど、さまざまな思いが込められたローペ・デ・ヴェガの視線が、誤ってほかの像に注がれると思うとつらかったのね。

クロード この場合、見分けるのは難しい問題だけど……

ジュヌヴィエーヴ ……イネスは解決することができたわ。マドリードで昔、二人がつき合い始めた頃、ある日の逢瀬でふらりと公園に立ち寄って木陰で休んでいたら、少し前からあちらこちらの人だまりを相手に仕事をして回っていたエジプト人の老婆が近づいてきて、二人の心を読んでみせると自信たっぷりに話しかけてきたの。それでイネスは恋人を指さして言ったのよ。「私の心のなかをのぞいてみて。そして、この人への私の愛がどんな形に見えるか言ってごらん」って。老婆は占い道具でそれらしい仕草をしてから、棒の先で、イネスの足元の砂に、左右に寝そべった数字の8をひとつ描いたの。

クロード 数学では無限を示す記号だね……

ジュヌヴィエーヴ この記号は当時とても流行っていたのよ。ベラントンがあの『数字の哲学』のなかで使い始めたばかりだったから。

クロード それだけうまい答えなら、報酬もたっぷり出たろうね。

ジュヌヴィエーヴ 老婆は金貨にキスをしながら、幸せな恋人たちのもとを立ち去ったわ。この出来事は、二人の心に永遠に刻みこまれたの。

クロード そして今度、イネスは自分の複製の像を見分けてもらいたくて？……

ジュヌヴィエーヴ ……横になった数字の8に頼ることにしたのよ、それを心臓のところに描くことでね。

クロード　でも、その変わった印が現れたのを偶然だと見せかけて、いらぬ疑いを避ける方法は？

ジュヌヴィエーヴ　盛んに考えをめぐらせて、やがていい方法を思いついたわ。イネスは、ローペ・デ・ヴェガは修道士になっても詩人を捨てたわけではなく、その頃頂点に達していた文学的栄光にとても執着していたことを知っていたの。だから、その名誉を讃える凱旋門が建てられても、彼は驚きもしないだろうし、機嫌を損ねることもないとね。

クロード　そもそも彼ほどの人物になら、最高の敬意を払うのが普通だしね。

ジュヌヴィエーヴ　イネスの発案で、花で飾られ、詩人を讃える短い碑文をいただいた軽量の凱旋門が作られることになって、それは修道院の玄関からマグダラのマリア像、そして広場へと一直線に抜けていく並木道《アヴニュ》の正面に建てられたのだけど、門を装飾する模様のなかには、ほかのものに紛れて、まるで偶然であるかのように横になった、あの何でもない8の数字が左右対称に点々とつけられていたの。この計画では、光と影の効果にすべてがかかっていたのよ。

クロード　すると、訪問は夜におこなわれることになっていた？

ジュヌヴィエーヴ　そう。イネスが時間を決めるようにと、礼に適った申し出があったおかげでね。彼女はローペ・デ・ヴェガを出迎えに行って一緒に凱旋門に向かったのだけれど、門の正面は、計画に不可欠な光で煌々と照らしだされていたわ。準備のとき、イネスは、まるで戦いを前に陣頭で指揮をする将軍みたいで、最後の仕上げでは誰の意見も聞かなくてね――ひとつひとつの細かいこだわりのなかでも、花で飾られたアーチを照らす光の最終的な調整で、自分の都合のいいように手を加えることのできる機会がめぐってくると――横になった数字の8の影がひとつ、自分の複製のちょうど心臓のところに、それとなくあたるようにしておいたの。

クロード そういうことなら、印が現れても、なにげないし、そこにあるのは偶然だと思われるし、自然に消えて跡を残さないわけだし、まさにすべてを兼ね備えているね。

ジュヌヴィエーヴ 客人があまりの歓迎ぶりに恐縮して異を唱えるのを聞きながら、イネスはアーチをくぐるとき、複製の像の群を一望した彼の視線が不安げに何かを探しながら、像のあいだを次から次へとさまよい始めたのがわかった。突然彼女は、喜びと感謝に満ちた目くばせを受けたわ。

クロード 彼は見たんだ……

ジュヌヴィエーヴ ……見て、理解したのよ。すぐに歩をゆるめ、わきあがる若き日の思い出の数々に酔いしれて、過去を語る石膏の像を、それを通り過ぎるまで言葉もなく、ただじっと見つめていたの。

クロード 彼は凱旋門に迎えられても、いい気になって陶酔感に浸るどころか、そうして過去のほうを大事に思っていたのだから立派だったね。

ジュヌヴィエーヴ あらっ！ またダニよ！……というか、この辺はいつもダニだらけ！ そこの古い剝製の鳩から出てくるの……お義父さまに捨ててもらわなくちゃ……

クロード 捨てるだって！……とんでもないよ！……これは歴史に名を残す鳥なんだよ……

ジュヌヴィエーヴ　歴史にですって？

クロード　そうだね、君はこの島のことを何も知らないはずだ。これがここに置かれたとき、君はまだ小さな女の子で、恋愛話の手習いをさせるわけにはいかなかったからね。

ジュヌヴィエーヴ　でも、婚約したのなら一人前の女も同然でしょ……

クロード　確かに……それにローペ・デ・ヴェガを読んでいるくらいなんだから、イワンとナージャの睦まじい恋の話をしたってかまわないね。

ジュヌヴィエーヴ　ロシアでの恋の話なの？……

クロード　……アレクサンドル二世時代のね。イワンは皇帝《ツァー》つきの若い植字工で、名もない使用人だった。

ジュヌヴィエーヴ　皇帝は個人的な印刷所を持っていたの？……

クロード　……個人的だったし、重要だったんだよ……宮殿の地下室にわざわざ設けられていたくらいでね。そこでは二、三の官報をはじめ、通達や勅令《ユカーズ》がたくさん刷られていた。イワンは向学心が旺盛で、貯金はすべて本につぎこんでしまうほどだったのだけど、それでなかなかの教養を身につけて、印刷所の監督の地位にまで昇りつめたんだ。給料があがってからは知識への渇望をさらに満たすことができるようになって、ナージャという学生に教えを請うことにした……

ジュヌヴィエーヴ　授業を通して、やがて相思相愛の仲になったの？……

クロード　……相思相愛で、彼にとっては危険な恋だった。ナージャは実に進歩的な思想の持ち主で、無政府主義者の組織に入っていたんだ。その指導者こそ、何を隠そう彼女の父親、ワシリー・スコルノフさ。イワンが求婚したとき、ナージャは自分の秘密を正直に打ち明けた。怖くなったイワンは、ナージャが組織を離れるという約束はとりつけたのだけど、結婚となると内縁の関係に甘んじなければならなかった。彼女は頑固一徹な無神論者で、それが障害になったんだ。

ジュヌヴィエーヴ 内縁という手は好都合よね。お父さんとは仲違いをしたばかりで結婚の同意はもらえそうにないし、それがいらなくなるんだから。

クロード おお！ 仲違いなんてとんでもないよ！ スコルノフは運動家としてのナージャは失ってしまったけど、彼女が娘であることに変わりはないし、二人はそれからも愛情で結びついていて、互いに身の危険を案じ合っていたんだ。イワンが扱う校正刷には治安維持に関する布告が大量にあって、点検をする機会もとりわけ多かったからナージャは安心だったはずだよ。ちょっとした警告で、すぐに父親のもとに駆けつけることができたからね。

ジュヌヴィエーヴ 願ってもない身の保障ね……

クロード ……だけど完璧ではないんだ……というのも原稿の性質によっては、時期尚早に情報が漏れるようなことがあるときわめて危険な事態になるから、その類の原稿が手に入るたび、印刷所の工員は数日間、宮殿に足留めにされて外の世界から完全に隔離されたんだ。

ジュヌヴィエーヴ そういう専制的なやり方には、お国柄と時代色がよく出ているわね。

クロード だけどナージャは障害にくじけるどころか、逆に闘争心をあおられてね。それからというもの、内密に交信する方法の研究に没頭した。

ジュヌヴィエーヴ 言うまでもなく、伝書鳩の持つ可能性がすぐに頭に浮かんで、そのことをたびたび考えるようになった。

クロード　そして結局のところ、検討に価しそうなのはそれだけだった。だけど、植字工を装った男が宮殿の地下に爆弾だかを持ちこんで、それが爆発するという事件があってね。以来、持ち物の検査をきっちり受けないと、印刷所の敷居をまたぐことができなくなった。

ジュヌヴィエーヴ　そうなると伝書鳩を堂々と持ちこむことはできないわね、すぐに疑いがかかってしまう……

クロード　……けれど、鳩の卵だったら大丈夫さ。チーズを塗ったパン切れか何かと一緒に、安あがりな軽食としてハンカチで包んでしまえば。

ジュヌヴィエーヴ　卵？

クロード　そうなんだ、卵でよかったんだよ。伝書鳩の研究家は二つの理論をめぐって対立していてね。ある一派は方向感覚を司る鳩の能力を、人知のまるで及ばない特別な感覚とみなしているのだけど、もう一方の派によれば、その能力は単に、目印を使いこなす技を極めただけのことで、いくら信じがたい水準に達していようと、人が持つ感覚の範囲で説明が可能だとしているんだ。

ジュヌヴィエーヴ　戦場の軍用鳩が、飛んでいるあいだに鳩舎が移動してもちゃんと戻って来ることを考えると、特別な天性のほうを信じたくなるわね。

クロード　ナージャも同じように考えていたよ。最初の理論の熱狂的な支持者だったオシャールという伝書鳩研究家の著作のなかに、さらに説得力のある例を見つけていたしね。オシャールは、いろいろな月齢の雛を、生まれた鳩舎の外に送り出してみたのだけど、どの鳩も成鳥になると、元の鳩舎に戻って来たそうだよ。孵化して一日目だった一番若い鳩でさえね。

ジュヌヴィエーヴ そこまでつかんでおきながら、途中でやめたら罰あたりだけど……

クロード ……オシャールはそんなまねはしなかった……そして事をつきつめていくと、新しい大発見につながった。その鳩舎で産み落とされた卵で、遠くで温められて孵化した鳩がいたんだけど、こいつは最初に飛んだとき、産卵の場所に帰ろうとしたんだ。

ジュヌヴィエーヴ それで、オシャールの話を信じたナージャは自宅に鳩舎を作って……

クロード ……そこから卵が一個、イワンが所長として印刷室に持っていた、彼専用の個室にすんなりと移された。

ジュヌヴィエーヴ でも、卵をどうやって温めたの？……

クロード イワンはそのことを事前に詳しく調べていてね、暖炉の熱をうまいこと利用して人工的にやることができたんだ。雛が殻を破って孵化すると、個室に続いていた小さな物置で密かに育てられて……

ジュヌヴィエーヴ ……ご主人さまの軽食からエサをお先にいただいて？……

クロード ……食べるものは嫌というほどあったというわけ。それに、この鳩の力を必要とするときはすぐにやって来た。ある朝突然、イワンと部下たち全員に外出禁止令が出された。イワンは校正刷のなかに一通の勅令を見つけ、それによると、無政府主義者たちの一斉捜査の命令が、ペテルブルグと近郊の警察署すべてに下っていた。無政府主義者たちは一網打尽の危機にあったんだ。十五分後、勅令の写しを携えた鳩がナージャの家の窓に飛びこんできた。勅令は適度な大きさに縮小されていたけれど、読むことはできた。それでナージャからの急な報せを受けたスコルノフは、逃げ遅れることなく国境を越えることができたんだ。

ジュヌヴィエーヴ　ナージャは感謝の印として、羽根のはえた郵便屋さんをいつまでも世話したんでしょうね。

クロード　生きているあいだは、ひどくかわいがられてね。死んで剝製になると、特別な場所に置かれたんだよ。お手柄を立てたあの日のように、勅令を誇らしげにつけてね。

ジュヌヴィエーヴ　じゃあ、その鳩だったのね？　このタンスの上にずっと昔から陣どっていたのは。

クロード（鳩を取って）　そのとおり……ほら、これが勅令だよ。

ジュヌヴィエーヴ（勅令を開いてみると、とても細かい字で書かれている）　でも、いまこれが両方とも家にあるのはどうしてなの？

クロード　君は、君のお義父さまがお書きになった『未来の感覚』という本を読んだかい？

ジュヌヴィエーヴ　最近読み返してみて、根本にある考えの素晴らしさに気づいたわ。いま私たちが持っている感覚というのは、生命が誕生してからとても長い間隔を置いて、ひとつ、またひとつと現れたものだった。それと同じようにこれから数千年のあいだにも、新しい感覚がひとつひとつ現れるだろうし、そういう感覚は、いまの時点では私たちの想像を絶するものだって。

クロード　序文でも述べられているように、その考えはもともと何人かの学者があちらこちらで公表済みのもので、先生はそれを詳しくご説明なさったんだ。実に幅広い読書をしていて博識だったナージャは、当時はもうお歳だったけど頭はしっかりしていて、『未来の感覚』を読み、そして高く評価した。

ジュヌヴィエーヴ だけど、彼女の鳩の大活躍は、まだ分類されていない感覚がはっきりと現れたことに基づいているのだから、もし『未来の感覚』に載ったなら、とても大きく扱われたでしょうね……

クロード そう考えたナージャは、鳩のことを話題にして著者に手紙を書いたんだ。その手紙は本の再版の折、収録するのに絶好のものだったから、ナージャは当然、著者から熱烈な感謝を受けたよ。一年後、君のお義父さまは鳩と勅令を受け取った。親切な読者からの二つの遺贈品としてね。ナージャは年老い、息を引きとったばかりだった。

ジュヌヴィエーヴ 『未来の感覚』の著者にとっては格別に貴重な遺贈品ね。

（少し前から庭園のほうで、二部合唱による一種のフーガが歌われている。クロードとジュヌヴィエーヴは耳を傾ける。歌声が近づいてくる）

クロード ほら……ゼウッグとレッジェが故郷の旋律《メロペ》を歌っているよ……

ジュヌヴィエーヴ 二人の合唱はなんて美しいのかしら。それにヒンドゥー語って、とても魅惑的だわ！……

（歌は少し続く——そしてやむ）

第四場

ジュヌヴィエーヴ、クロード、トレゼル、ゼウッグ、レッジェ

トレゼル（ゼウッグ、レッジェとともに入場しながら）最高だ、お前たち！　今夜はまた一段と声が澄んでいて、心が引きこまれそうだ！

ジュヌヴィエーヴ　私たちも歌を聞いて喜んでいたところよ。

クロード　異国の響きがここで覚えた声楽法で洗練されて、その意外な混ざり具合が、類まれな魅力を醸し出している。

トレゼル　むりやり二人に何度も歌わせてしまったのも、この月明かりのやつのせいでね。詩情たっぷりの月光の下にいると、これまた実に詩的な旋律の二重唱を聞きたくなるものだから……

クロード　誰だって聞き飽きることなどないでしょう。

トレゼル　だが、ひとつ不思議に思うことがあるのだ……私はヒンドゥー語をまるで知らないが、音の感じが気に入った語を無駄と知りつついくつか追っていくと、曲は常に同じでも、歌詞のほうは後から後から新しくなるし、聞くたびに違っているような気がするのだが。

ゼウッグ　確かにとても多くの節でできていますが、これはひとつの詩なのです。数世紀も前のもので、主人公はリルティソヴィア人たちです。

ジュヌヴィエーヴ　リルティソヴィア人？

レッジェ　リルティソヴィアはインドとロシアの国境にまたがる小さな共和国で、狭い国なので

すが、激しい対立がたえず起こっていました。

トレゼル　国境が高いところにあるせいだな。山の空気に神経が昂って、皆、喧嘩早くなるのだ。

レッジェ　不和は特に、あまりにも異なる二つの民族の代表同士による、果てしない抗争から生じていました。

クロード　確かにインド人とロシア人では、考え方も姿形も、まるで対照的だ！

ゼウッグ　この僻地ではすべてが二つでした。言葉、宗教、服装まで……

ジュヌヴィエーヴ　政府も？

ゼウッグ　そうです。それが災いのもとでした。権力は議会にありましたが、これが真っ二つで、両陣営が代わる代わる力を持ち、一時的に勝利をおさめたほうが、もう片方がうち立てたばかりのものを壊してしまうのです。

ジュヌヴィエーヴ　哀れなリルティソヴィア！

レッジェ　そう形容されるのも、ウリルが現れるまでのことです。

ジュヌヴィエーヴ　ウリルというのは？

レッジェ　その両目が物語っているように、彼の父親はロシア人、母親はインド人でした。片方の瞳の色は極北の青碧で、対照的にもう片方は、熱帯の息吹きを感じさせる漆黒でした。

トレゼル　それで、その左右の目の色が違う者《ヴェロン》が、平和をもたらすのかね？

ゼウッグ　才気あふれるウリルは、議会に入ると一気に首長の地位にまで駆けあがりました。ですが、その間、彼がどちらの陣営をひいきにしていたのか、誰にもまったく見当がつきませんでした。

クロード　でも、首長に選ばれると態度を決めた？

ゼウッグ　とんでもありません。彼の仲裁はとにかく完璧でした。それからというもの力の均衡は保たれ、国は栄えました。

ジュヌヴィエーヴ　もう一歩で王朝が興るわね。

ゼウッグ　リルティソヴィアの民にとってウリルの後継者として望ましかったのは、彼の子孫ではありませんでした。民らは、国の幸せの源はウリルの完膚なきまでの公正さにあり、それは、そのちぐはぐな目が示すように、彼の魂がちょうどロシア人半分、インド人半分であることからきていると考えたのです。

クロード　その論理でいくと、常に彼のようにその割合がきっちり等しい者を見つけ出して、長にしていくのが理想になる。

レッジェ　そこでウリルが死ぬと、左右の目の色が違う者だけがその後を襲うことができると布告されたのです。

ジュヌヴィエーヴ　そして候補者が現れた？……

レッジェ　……全部で五十人ほど。

クロード　では選ばなくてはいけないね。

レッジェ　候補たちは指導者とみなされた者ばかりですから、そのなかから誰が一番ふさわしいかを決めるのは、彼ら自身に委ねるのが最善だとされました。

ゼウッグ　しかし重要なことがありました。協議には十分な時間をかけねばなりませんでしたし、また偉大な行事として、それに見合った威厳を帯びなければなりませんでした。

レッジェ　都のそばの丘には巡礼でにぎわう寺院が聳え、遠目にも見ることができました。境内に仮の小部屋がいくつか急造されると、左右の目の色が違う者は全員そこに閉じこもり、選挙が終わるまで外に出ないことになりました。

ゼウッグ　民衆はいくつかの取り決めを教えられ、街の外でたえず寺院を見張っていたのですが、毎回投票のたびに寺からは、黒い煙がもくもくとあがるばかりでした。パピルスの投票用紙が湿った草と一緒に燃やされているのですが、それは必要な票数を誰も得ることができなかったことを意味するのでした。

レッジェ　ついに白い渦巻がふわりと現れると、たちまち歓喜の声があがりました。今度は投票用紙だけが燃やされ、それは票決が終了したことの合図でした。

ゼウッグ　ウリルの後任のもとで秩序は変わらず保たれ、そして何世紀ものあいだ選挙方法は変わることなく、リルティソヴィアは常に左右の目の色が違う者を頭におき、終身の最高権力を与えました。ですが、彼らは人民の代表という立場をとり、ただ総督の称号を受け入れるだけでした……

レッジェ　……平民たちが求めた無難な称号です。自分たちの幸福を第一に考える民たちは、左右の目の色が違う指導者の名簿が無限に延長されることを願い、野心的な陰謀で王朝などが興ることを望みませんでした。

クロード　それで、お前たちの旋律の詩句は？……
ゼウッグ　……ウリルの栄光を讃えているのです。偉大な開祖の汚れなき名は、かの名簿の冒頭に記され、また、もっとも親しまれている名でもあります。
トレゼル　そうか！……その話を聞いていて何か思い出したことがあったのだが、いまわかった。社会学者のテレサールが『習俗の系譜』のなかで、左右の目の色が違うリルティソヴィアの総督のことを取りあげて、その選出の方法を語っていたのだった。
クロード　その目的は？
トレゼル　テレサールは古今東西のありとあらゆる儀式に類似性を見出そうとしたのだが、そのために引き合いに出された数多くの例のうちのひとつだった。（ゼウッグとレッジェを指しながら）彼によると、教皇選挙《コンクラーヴ》に採用された方法は、二人が話してくれた慣習に由来するそうだ。
ジュヌヴィエーヴ　私は何か同じようなことを、ベルティニャックの回想録で読んだ覚えがあります……
トレゼル　……第二帝政下で活躍した優秀な外交官だな。
ジュヌヴィエーヴ　彼は初めの五年間、スラヴ人の国、プラルカニ公国に赴任しました。そこで、ある夏、革命が起こり、ヤン十九世閣下が追放されてしまったのですが……
クロード　……その後、元首の座には平民出の者がついて？……
ジュヌヴィエーヴ　……彼らのまさに選挙方法が、いくつか細かい点で一風変わっていて……（ゼウッグとレッジェを指しながら）……この子たちの、左右の目の色が違う者の選挙を彷彿させるのよ。

トレゼル　新しい政権のもとでも、ベルティニャックの身辺に変わりはなく?……

ジュヌヴィエーヴ　……ヤン十九世が復位したときにも、まだその任にありました……

ゼウッグ　……閣下は復位の前に亡命生活を?……

ジュヌヴィエーヴ　……スイスで送っていたのだけど、そこで巧妙な罠にはまったのよ。その手管たるや、ベルティニャックが大きな章を割いているほどでね。

レッジェ　利のからんだ罠で?……

ジュヌヴィエーヴ　……値千金の秘密を暴くことになったの。政治的な危機が深刻になって、無事に逃げ出せるかおぼつかなくなったので、ヤンはその直前、夜陰に紛れ、庭園の奥に簡単な室《むろ》を自らの手で急いで掘ると、そこに王冠の宝石を埋めて外からわからないようにしたの……

トレゼル　……復位した暁に取り出すために?……

ジュヌヴィエーヴ　……あるいは辺地の亡命先から信用できる者を遣って、秘密裏に取り戻すためにです。

クロード　彼の後釜は宝石を見つけ出すことができなかった?……

ジュヌヴィエーヴ　……探してはみたのよ。ヤンが軽率にも、宝石を持ったまま危険な逃避行に出たなんて考えにくかったから。

レッジェ　それではあきらめがつきませんね!

ジュヌヴィエーヴ　だから、悪賢い二人組、間者のセルジュ・ストリスキーとその右腕、オルガ・ネシェフをスイスに送りこんだの。オルガは元歌手だったのだけど、歳とともに容姿と声が衰えてしまってからは、セルジュの言いなりになっていた。
ゼウッグ　そして現地に着くと、すぐに二人は大公にぴったりと張りついて、隠し場所の秘密をせしめようとしたわけですね？……
ジュヌヴィエーヴ　夫婦になりすました二人はヤンのいる豪華なホテルに泊まったのだけど、大公とその一行は、庭に散らばる別館のなかで一番立地のいいところに身を寄せていました。
トレゼル　二人が部屋を選ぶにあたって都合のいいことに。
ジュヌヴィエーヴ　事前に詳しく調べていた二人は、大公の向かいに泊まれるように手配して、交代で、カーテンの陰から望遠鏡で監視をしていたのですが……
ゼウッグ　……その成果は？……
ジュヌヴィエーヴ　五日目にセルジュは、開いた窓のそばに陣どったヤンが白い紙を取り出し、単語をひとつずつ、右斜め下に向かって次々に書いていくのを見たの。
トレゼル　彼は暗号文だと感づいて？……
ジュヌヴィエーヴ　……よりいっそうの注意を傾けました。単語は一行につき一語でしたから、そのうち紙には、幅広で不恰好な対角線のようなものができました。
クロード　後は、その単語がうまく隠れるように、文章を補ってページを埋めていくわけだね。
トレゼル　面倒で長くかかる仕事だ……
ジュヌヴィエーヴ　……ですから完成する前にお昼の時間になってしまい、大公は文書を財布にしまっておかなければなりませんでした。

トレゼル セルジュは計画を立て？……

ジュヌヴィエーヴ ……実行にあたって舞台に選ばれたのは、庭の木立にある、なかが空洞になっている木でした。庭園の一角にあって、部屋の窓から見え、くり抜かれた幹のなかには人が四人すっかりおさまることのできる、樹齢百年の巨大な栗の木です。

レッジェ 大公の足は自然とそこに？……

ジュヌヴィエーヴ ……巨木の一番太い枝に、ぶらんこが吊るしてあったためにね。

ゼウッグ 体を揺らしたくて？……

ジュヌヴィエーヴ ……それが眠気を誘ったからよ。

クロード 夜は寝つけず？……

ジュヌヴィエーヴ ……最悪だった。災難に見舞われてから神経が参っていたの……

トレゼル そうだろう！……あれほどの衝撃を受けたなら！……

ジュヌヴィエーヴ それで気づいたのは、ちょうど食後の時間に軽く揺られながら新聞を読むと、いつも、うとうとし始めるということでした。

ゼウッグ なので、お昼寝の時間には？……

ジュヌヴィエーヴ ……必ず、庭の木立の、なかが空洞になっている木に足が向いたの。

レッジェ セルジュはそのことを心に留めていて？……

ジュヌヴィエーヴ ……利用することを決めたのよ。彼はオルガと示し合わせると、なかが空洞になっている木に身を隠したの。大公が現れると元歌手は窓に肘をついて、合図のため、かつての持ち歌を口ずさみ始めた。

クロード　そんなに早いうちに！……

ジュヌヴィエーヴ　後からだと、歌いだしの最初の音で、せっかくのまどろみを断ち切ってしまうおそれがあるでしょ……

レッジェ　大公はぶらんこに身を委ねて？……

ジュヌヴィエーヴ　……新聞を読みながら、静かに揺らした。

ゼウッグ　結果は上々で？……

ジュヌヴィエーヴ　……たいして時間もかからなかったわ。オルガは持ち場から、背を丸めて頭をぐらぐらさせている大公の体が沈みこむのを見ると、わざと、歌っていた歌詞の文句を派手に言い間違《パタケス》えた。

トレゼル　それがセルジュと決めておいた合図で？……

ジュヌヴィエーヴ　……彼はすぐに賭けに出ました。木の中から腕だけを伸ばすと、揺れがおさまったときに、眠っている大公のポケットから財布を抜き、文書を取り出して……

クロード　……難なく解読してしまった、鍵は知っていたからね。

ジュヌヴィエーヴ　大公が最初に斜めに書いていた単語は、まさに行方不明の宝石についてのものので……

レッジェ　……その隠し場所を示していた？……

ジュヌヴィエーヴ　……実にわかりやすく。してやったりのセルジュは、文書と財布を器用にものポケットに戻して、木のなかに潜りこんだ。その頃、オルガのほうは歌うのをやめていたので、知らぬまに彼女の声に慣れてしまっていた大公は実際、半ば目を覚ましてしまった。もっともまた眠くなったので、ひと寝入りしてから立ち去ったの、少し気分がよくなってね。

ゼウッグ　セルジュは急いで逃げ出して？……

ジュヌヴィエーヴ　……主人に電報を打ったのよ。宝石はすぐに掘り出されたわ。

トレゼル　文書のほうは？

ジュヌヴィエーヴ　大公は余白を埋める作業を終えると、それを普通の手紙に見せかけてプラルカニの忠臣のもとに送ったのだけど……

クロード　……彼も暗号術の秘密に通じていた？……

ジュヌヴィエーヴ　ああ！　ヤン十九世とその部下が暗号を使ったのは、それが初めてのことじゃないもの。

ゼウッグ　でも、報せは遅すぎたのではないですか？……

ジュヌヴィエーヴ　その忠臣が、宝石を回収して大公に送る計画を練ろうとした矢先に、確かな筋から、先を越されたことを知ったの。

トレゼル　いずれにせよヤン十九世は、復位のときに宝石を取り戻したのだろう？……

ジュヌヴィエーヴ　……つまり国を出てから三年後にです。

レッジェ　閣下の亡命は、ブルボン家の亡命より長くはなかったのですね！……

ジュヌヴィエーヴ　ああ、もちろんよ！……プラルカニの革命とフランスの九三年〔ルイ十六世が処刑され、ロベスピエールが恐怖政治を開始した〕ではずいぶん隔たりがあるし……
ゼウッグ　……ですから、モワサック教会の悲劇の対になるような事件を探しても無駄でしょうね……
トレゼル　……それは恐怖政治のときに起こったのかい？……
ゼウッグ　フレルの喜歌劇「歴戦の勇士《アンスペサード》」に出てくる乾杯《ブリンディジ》の歌をご存知ですか？
トレゼル　うむ……実に堂々たる曲だが……
レッジェ　……歌の先生が稽古をつけてくださったのです……
ジュヌヴィエーヴ　メリエルさんが？
ゼウッグ　先生によると、あの歌は革命中のある出来事と関係があり……
クロード　……その舞台になったのがモワサック教会で？……
ゼウッグ　……地方のサンキュロットたちが芝居小屋にしてしまった後……
ジュヌヴィエーヴ　……「歴戦の勇士」が上演された？……
レッジェ　……演じたのはある旅回りの劇団でしたが、フロリザンヌという花形が神への冒瀆をいやいや受け入れたのも、演じるのを拒めばギロチン台に送られることが目に見えていたからでした。
トレゼル　彼女は信仰を持っていて？……
ゼウッグ　……地獄の恐怖に苛まれていました。上演の晩、騒々しくて品のない群衆が安酒場にしてしまった聖なる場所で、彼女は不安で息が詰まりそうでした。

クロード 舞台として使われたのはもちろん教会の内陣で……

レッジェ ……フロリザンヌの心痛はいや増しました。それでも第一幕はうまくいったのです。

トレゼル 第二幕の場面は包囲された砦だが……

ゼウッグ ……そこにヒロインが、休戦のあいだ、美男の将軍に会うために忍びこみます。お供をした従者ラフルールは、食料を持てるだけ持っていて……

トレゼル ……長いこと飢えていた少数の守備隊から狂喜じみた歓迎を受けた……

レッジェ その羽目を外した歓喜のさなかに喧しい宴が始まり、例の乾杯の歌がそれを盛りあげますが……

ゼウッグ ……狂ったような激しい曲で、これほど俗なものもありません。フロリザンヌは歌い始めますが、苦悩は募るばかりでした。

レッジェ それでも力強く最初の一節をしっかりと歌いあげ、最後の調べで杯を持った手を掲げて、歌詞でその中身を讃えながら、ぎらぎらした視線を注いだのですが……突然、彼女はよろめきました……

ジュヌヴィエーヴ ……杯に心を奪われてしまったの？……

レッジェ いいえ……遠くにあった円いステンドグラスにです。月光をたっぷりと浴びて、線がくっきりと浮かびあがっていました……

クロード ……その図案は？……

ゼウッグ　……地球でした。見えている半面のちょうど真ん中に、ユダヤの地がくるような構図になっていました。

レッジェ　それで、その地を中心に十二本の黒い線が全方位に放たれ、先端は象徴的に、螺旋状になっていました。

トレゼル　その線は、十二使徒のおかげで神の御言葉が世界中に行き渡るさまを表していた？

……

ゼウッグ　……銘のラテン語も、そう説明していました。

レッジェ　後光のように発せられている十二本の線は、悔恨に悶え苦しんでいるフロリザンヌの思いをかき乱し、聖なる地と掲げた杯との対照は、あまりにも醜いものに映りました……

ゼウッグ　なので、嫌悪も露に杯を投げ捨てると、どっとひざまずき、募り募った気持ちを抑えきれなくなって大声で祈り始め、何度も十字を切りながら、罪の告白《メア・クルパ》をくり返したのです。

クロード　彼女の命運は明らかだ！

レッジェ　ああ、それは瞬時の出来事でした。観客はわめき散らしながら内陣に押し寄せると、歌姫《ディーヴァ》の頭を槍の先につき刺し、きらめく月明かりの下、「いいじゃないか《サ・イ・ラ》」〔大革命時の流行歌〕で威勢をつけながら街中を引き回したのです……

トレゼル　（フランス窓に向かいながら）……が、その晩の月明かりも、今宵ほどには美しくなかったろうよ……おお、それで気づいたが、お前たち、夜も更けておるな……われわれのような田舎者には遅い時間だということはわかっているかな！　メルジャはおるか？

ジュヌヴィエーヴ 呼んできましょう……メルジャ、ランプを消しに来て。

（メルジャが現れる。トレゼル、クロード、ジュヌヴィエーヴ、ゼウッグ、レッジェは退場）

トレゼル（立ち去りながら）そう言えば、その悲しい記憶でいっぱいの乾杯の歌だが、出だしはどうだったかな？……

（ゼウッグが乾杯の歌の節を口ずさむ）

第五場

メルジャ、サウッド

メルジャはランプを消してフランス窓のところに行き、合図を送る。サウッド、入場。

サウッド 俺たちだけか？

メルジャ そうよ……いまはもうこの階に誰もいないわ……（耳をそばだてて）皆、階段を昇りきった。でも、よく考えて、サウッド。こんなふうに何度もこっそりやって来るなんて……狂気の沙汰よ！……

サウッド 必要なことなんだ、メルジャ。なぜって、俺と会っているあいだはお前の揺れ動く魂も光のほうへと向かうからだ。俺が遠のくと、あっという間に一歩進んだぶんが元に戻っちまう。

メルジャ 私のなかで、どんな葛藤が起こっているかわかる？……そうよ……私はあんたと同じくポンディシェリーの場末で生まれた。父はインド人、母はフランス人だった。父の宗教で育ったけれど、でも、ときどき不思議な力が私をキリストに誘うのを感じるの……母の血が語りかけてくるのよ……

サウッド いや、お前は生活している環境の影響を受けているんだ。

メルジャ この家を出ろってこと？　トレゼルさまはポンディシェリーで私を女中としてかわいがってくださり、フランスに連れて帰ることをご所望された。私にとってはいつも一番のご主人さまだった。

サウッド ところが、お前の幼友達の俺は、おお、メルジャ、お前のことが好きだったんだ。お前が行っちまって俺は動転した。もう一度会いたいとそればかり考えていた。だが、フランスに行って暮らしていくなんて、金もないのにどうやって？

メルジャ そのうち、あんたは恐ろしい考えを思いついて……

サウッド ……実行に移すことに決めた。恋する男は誰でも間者を兼ねている。愛する女にしつこくつきまとって、その住処で起こっていることは逐一お見通しだ。

メルジャ それで、私の姿や声を求めて、ご主人さまのご領地をたえず見張っていたから、証拠をつかんで気づいたのね、あそこにゼウッグとレッジェが匿われていたことに。

サウッド その秘密は胸にしまっておいた。いつか役に立つこともあろうかと勘が働いた。

メルジャ 私が去ると、そのいつかはすぐにやって来た！

サウッド 俺はシヴァ神の大司祭に内々に謁見し、双子がどこにいるかをしゃべった。この密告と引き換えに俺が望んだのは、フランスに行って双子を襲う役に俺を選んでもらうことだけ。

メルジャ そう……生贄の約束は果たされなくてはならない……そして、かわいそうなあの子たちが、死の一撃に倒れるまでシヴァ神は怒り狂い、私たちはひどい懲罰に怯えていなければならない。

サウッド だが俺は追い返された。証拠がないうえ、俺がお前を愛していることを知っていた大司祭は、お前に会いたいがために、俺が話をでっちあげたと考えた。

メルジャ そして、その考えが変わるのは数年後、この前の飢饉のとき。シヴァ神の激しい怒りが誰の目にも明らかになって、それを鎮めるただひとつの方法を無視することはできなくなった。

サウッド 俺は自ら望んだ使命を果たすため、必要な金を受け取った。やがて船はフランスへ……お前のもとへと向かっていた……

メルジャ そしていま、ここから遠からぬ場所に身を隠して、罪のない二人をすぐにも生贄に捧げようとしている……ああ！ 誰にも見つからずに会ったあの日から、私は苦しくて胸がしめつけられる思いをしている！ フランス人の私はあんたを警察に突き出したい。インド人の私はあんたに異を唱えはしない。人身御供は私の半分にとっては罪でも、もう半分にとっては、なすべきことであり、法に適っているのだから。

サウッド だが昔、インド人としてのお前は、フランス人としてのお前を完璧に凌駕していた。いまのように不安定なのは、何か邪魔が入ったせいじゃないのか……

メルジャ 確かにジュヌヴィエーヴお嬢さまは、実生活にしても宗教にしても、私をフランス人にしようと望んでいらっしゃるはず。

サウッド　おお！　それが成功したら、俺のあの女への憎しみはただじゃ済まないぜ！　だが、お前を抱きこむために、あの女、何をしているんだ?

メルジャ　お嬢さまは私に読書を勧める。それに、よい影響を与えるものを私の周りに置いてくださったり。お嬢さまがカルポーの浅浮彫を買って、こうして目につく場所に置いているのも私のためよ。そのすべてを学べるようにと気を配ってくださって。

サウッド　(月に照らされた浅浮彫を見て)　こいつもお前と同じく、半分インド人、半分フランス人の女のようだな?

メルジャ　そうよ。それに境遇も似ているわ。このマへのグルキールも混血児で、年頃になると何を信仰したらよいのか心が定まらなかった……そして、ある事件を境に突然、白人の祖先の信仰に向かったの。

サウッド　お前の人生に、その類のことがただの一度でも起こらぬように！

メルジャ　ある日、危険を冒してジャングルの奥地にひとりで行ってみたグルキールは、とても助けが望めないような場所で豹に襲われたの。地面に投げ飛ばされて夥しい血を流した彼女が誓いを立てて言うには……

サウッド　(蔑むように)　命が助かったらキリスト教徒になりますと……

メルジャ　……そして信者としての勤めをしっかり果たしますと。

サウッド　(皮肉混じりに)　当然それだけで獣は爪をひっこめ、牙を隠しましたとさ。

メルジャ　獣はそれ以上のことをしたのよ……
サウッド　それ以上の？……
メルジャ　まるで馬か何かが人を乗せるときのように身を差し出すと、ぐったりとしているグルキールの横にしゃがんだの……
サウッド　……彼女はその誘いに思いきって応じた？……
メルジャ　……躊躇せずに……野獣の背中に登って首にしがみつくと、長い旅の後、ある小屋の玄関先で降りたの。獣がいなくなると、彼女は家の人を呼んだ。
サウッド　誓いのとおりにしたら、傷もあっという間に治っちまったんだろう。
メルジャ　約束を守るだけでは足りなかった。この、突然かつ完璧であることがすべてを物語る奇跡を受けて、彼女はただのキリスト教徒ではなく、狂信的なキリスト者になったのよ。
サウッド　（釈然とせず）見たい者だけが見る、お見事な奇跡さ！
メルジャ　とにかく新たな信徒として熱心に勤め、それに奇跡によって命を救われたことの威信で、彼女の前にヌーヴォー＝パラクレの門が大きく開かれたの。
サウッド　その修道院は、高台からマへを見下ろしていて？……
メルジャ　……『新エロイーズ』が各地で大反響を呼んでいた頃に建てられたので、アベラールの恋人が死んだ、あのノジャンの僧院に敬意を表してそう命名されたのよ。
サウッド　あそこは規則が厳格で、外出もままならないとか。
メルジャ　外出はできないと言うべきよ。あの修道院では、新しく受け入れた者ひとりひとりのために本物の拘留令状《エクル》が作られて、それは決して取り消されることはないの。
サウッド　だから僧院に入ったグルキールは、そのまま永遠に姿を消した……
メルジャ　彼女は、本当の死に先立って手品のように消えたことで、瞬く間に伝説に加えられたわ。聖女のように信仰を集め、帰依する者もいたの。
サウッド　ヌーヴォー＝パラクレにとって輝かしい名誉で……
メルジャ　……記念に、玄関を飾るに恥じない浅浮彫が作られることになると、たくさんの彫刻家のなかから賢明にもカルポーが選ばれて、細々とした注文書がパリの彼の住所に届いた。
サウッド　それでこれは……
メルジャ　……カルポーがヌーヴォー＝パラクレに発送した作品を縮小したものよ。本物のほうはいまも修道院の門に掲げられているわ。傷を負ったグルキールが不思議な馬に乗り、ジャングルで奇跡の旅をしている。
サウッド　これを毎日眺めることが期待どおりの効果をあげているのか?
メルジャ（躊躇して）私自身の選択の時が来たとき、グルキールの例は私の心を大きく傾かせるでしょう、それは否定できない……
サウッド（メルジャを引き寄せて）ああ!　お前のそばにいつもいられたなら!……お前をまた俺のものにするのはわけないことさ!……なにせ、この瞬間にも俺には感じられる。お前はインド人だ、俺たちのものだ、俺のものだ!……
メルジャ　そうよ、サウッド。だって私もあんたを愛しているのよ、そのとおりよ……でも、あんたの手にかかって流れる血が……

サウッド 一緒に来い、そうしたら俺は使命を忘れよう。

メルジャ 聞き入れてくれるのね……

サウッド ……お前のため、双子の命を生かしておくことをか？ そうだとも！

メルジャ だけど、大司祭があんたに罰を下すわ……

サウッド インドは広い。その手の届かない土地を選んで隠れることにしよう。

メルジャ インド……インド……がいま、私を呼んでいる……無限の魅力の前になす術がない。

サウッド それじゃあ？……いいんだな？……

メルジャ もう少し考えさせて……明日……明日、返事をするわ……

サウッド （フランス窓のほうに進みながら） ああ！ 今度こそ安心して別れることができる……

俺は勝利を手にした！……じゃあ明日だ、メルジャ……

メルジャ また明日、サウッド……信じていて……

（サウッドは退場）

幕

第二幕

第一幕でかいま見えていた庭園。トレゼルが机について仕事をしている。クロードとジュヌヴィエーヴが散歩をしながらやって来る。

第一場

トレゼル、クロード、ジュヌヴィエーヴ

クロード　この暑さのなか、お仕事とは！　精が出ますね！

トレゼル　やあ、お前たち。見てのとおり、今日はこの木陰に引越してみたのだが、これには満足しとるよ。

ジュヌヴィエーヴ　すっかり夢中で……私たちが来たのも、お気づきになっていなかったみたい！

トレゼル　実際、暗号文の解読より夢中にさせられるものはないからな！……

クロード　……暗号文というのは？

トレゼル　レ枢機卿の暗号の鍵を見つけたのだ。ベトゥーという嫉妬深い代訴人の、臆病な妻に宛てた恋文で使われたのだがね。

クロード　それが、暗号化された手紙のうちの一通なのですか?

トレゼル　いいや、これはある箇所を私が写してきたものだ。手紙は国立古文書館に所蔵されているのだが、解読されぬまま大勢の好奇心をそそるばかりで……

ジュヌヴィエーヴ　……お義父さまもまた……

トレゼル　……なんとかそれを満たせないものかと遮二無二なっていた。

クロード　大変強い誘惑ですからね、他人が軒並失敗しているのに自分は解けるかもしれないというのは。

トレゼル　まずは、レと代訴人の妻との密通について詳しく調べてみた。

クロード　彼でしたら、もっと身分の高い愛人に困らなかったでしょうに!……

トレゼル　だが彼女ほどの美女もいなかったのだよ。それに夫のほうは上の代で身分違いの結婚があったために、そもそもゴンディ家〔レ枢機卿の名はポール・ド・ゴンディ〕の血を少し引いていて、レたちと親戚づき合いをしたがっていた。そんなわけでレは、若い頃にちょっとした訴訟が持ちあがったとき、当然至極ながら、親戚として一途に尽くしてくれるこの代訴人に自身の権益を託したのだ。

クロード　それが出会いを生み、睦まじい恋に。

ジュヌヴィエーヴ　レは、神の恵みのようなその訴訟を長引かせるために、あらゆる策を講じたのでしょうね。

トレゼル　いまと変わらず当時も裁判は、放っておいても長引くものだった。頻繁に会うことのできる幸せな月日が長いこと続いた。
ジュヌヴィエーヴ　長いというだけで……
クロード　……いつまでも、ではなく。
トレゼル　勝訴によって中断された。
クロード　それで恋人たちは、こっそりと会うことしかできなくなり？……
トレゼル　……それも用心のため、間隔をあけなければならなかったので、文通をしたくてたまらなくなった。ベトゥーのほうはこの機会にとばかり、親戚面を通して悦に入り、レが渡した謝礼金を受け取らなかった。
クロード　だいたい金を受け取っていたら、ベトゥーの面目も丸つぶれでしたね。理由は彼の与り知らぬところではありますが。
トレゼル　レは借りを返したかったのだが、そうなると贈り物をするよりほかなかった。それも自尊心の強いこの遠い親戚は、買ったものではなく、何かゴンディ家伝来の品から選んだものでなければ受け取らないと思われた。品物そのものの価値をとり繕うような、記念として値打ちがあるものでないとな。
ジュヌヴィエーヴ　そこで屋敷を探してみたのですね？
トレゼル　そう、特に父祖伝来の書庫を。各代が残した珍しい本がいっぱいあった。
ジュヌヴィエーヴ　驚くような本がたくさんあって、選ぶのにひと苦労したでしょうね。
トレゼル　結局、『ヘラクレスの柱の間で』が好ましいと思われた。

クロード　『ヘラクレスの柱の間で』とは?

トレゼル　ヴィシュラの本の題名だが、これはプラトンを換骨奪胎して理想の共和国を描いた奥の深い作品だ。

クロード　奇妙な題ですね!……

トレゼル　ヴィシュラは、彼の作品の主人公たちが活躍する架空の国をあれこれ探していたのだが、その持ち味を引き出すには、遠い過去を舞台にするしかないと思われた。そこで選ばれたのが、かつてアフリカとスペインをつないでいた地峡だったわけだ〔ギリシア神話によれば、陸続きだったものをヘラクレスが分断し、両岸に柱を立てた〕。

ジュヌヴィエーヴ　えっ! ジブラルタル海峡がない時代があったのですか?

トレゼル　それは誰もが認めている事実だよ。

ジュヌヴィエーヴ　ですがレは、どうしてその本を選ぶことにしたのです?

トレゼル　恋する者の常で、彼もまた愛の炎に関わるものには何であれ迷信深くなっていてな。題が言わんとすることからして、その作品なら秘密の文通に使う小道具として理に適っていると思ったのだ。

クロード　彼の言いたいことがわかりましたよ。つまり、親密な手紙の絶えざるやりとりが、地峡が二つの地を結ぶように二人を結びつける、と。

ジュヌヴィエーヴ　それでレは、作品をベトゥーに贈った……

トレゼル　……が、その前に一ページずつ複写させた。稀覯本だったから、そのほうが別の一冊を探すよりも簡単で安あがりだったのだ。

クロード　それからというもの、恋人たちは安心して文通することができるようになった？……

トレゼル　……ある数列を使ってな。どれも最初の数字がページを、残りの数字がそのページから選ぶ単語を示していた。

ジュヌヴィエーヴ　お義父さまが謎を見破ることができたのは？

トレゼル　数字の並びから二重本の仕組みに気づいたのだ、暗号としてはよくあるものだ。

ジュヌヴィエーヴ　問題は、どの本を使っているかを知ることで。

トレゼル　それには骨を折ったよ。当時流行っていた出版物を試してみたが、だめだった。やむなく前の時代のもので名声を保っていた作品にあたったが、それもくたびれ儲け。かなり前に匙を投げてしまったのだが、最近になって、こんな目録を手に入れた。

（冊子を取り出す）

クロード（題を読む）「ノージュ男爵の蔵書競売」

トレゼル（冊子を開けて）これをめくっていて目にとまったのが……

クロード（読む）「小生ベトゥー代訴人に、その従兄弟ポール・ド・ゴンディが贈呈す」

トレゼル　……という一文で、一冊出品されていた『ヘラクレスの柱の間で』の説明書きをしめくくっていた。扉に自筆で書かれている文句だとしてね。

ジュヌヴィエーヴ　ベトゥーの俗物ぶりがそこでもわかるわね。

トレゼル　その後すぐ、私は胸の高鳴りを抑えながら国立古文書館に行き、競売でとことん値をつり上げて手に入れた本を片手に試してみた。

クロード　結果は？……

トレゼル　成功だったよ、あっけないほど完璧な。そして暗号化された書簡はどれも同じ運命をたどり、私はご覧のとおりの事情通になったというわけだ。

ジュヌヴィエーヴ　でも私たちが来たとき、まだお顔が曇っていらしたけど。

トレゼル　上のほうがちぎれている手紙があって、一行目のページを示す数字がいくつか欠けてしまっているのだ。

クロード　なんと！……

トレゼル　だが、私はその不完全な数列を写しておいた。いま、本全体を頭から順に試しているところだ、そのうち正しいページにあたるのは確かだからな。

ジュヌヴィエーヴ　大変な作業だこと！……お体をお休めになることをまったく考えていませんし。

クロード　そうですよ。ここ数日、いつにも増してお仕事ばかりで。

トレゼル　仕事にかまけて悲しみを紛らわせているのだよ……

ジュヌヴィエーヴ　ああ！　ゼウッグとレッジェが行ってしまってから、家にぽっかりと穴が開いてしまった！

トレゼル　名残惜しいのに加え、心配で仕方ないのだ！

クロード　心配はご無用ですよ……あの子たちが逃げた先は安全ですし、私たち三人しか知らないのですから。

トレゼル　メルジャのやつもまた恋しいよ。かわいがっていたからな……

ジュヌヴィエーヴ　私もです、正直で律儀な性格が好きでした。フランス人としての彼女が勝つようにやってみたのですけど、あと少しで成功というときに……別の力が……

トレゼル　別れの手紙には本当にしみじみさせられた……

ジュヌヴィエーヴ　そのなかで話を打ち明けたときの胸中を察します。幼友達に心を取り戻され、彼について振り向きもせず、インドに帰ろうというときの。別れを告げなかったのは、私たちと自分の涙に勇気が萎えると思ってのこと……

トレゼル　そして双子についての警告が続いていた。「生贄を追う者が二人の命を脅かしたばかりです。彼を恐れることはもうありません。ですが、じきに別の者が差し向けられるでしょう……」

クロード　それからの先生は、ひとつのことしか目に入らないようでした。一切の足どりを残さず、あの子たちを秘密裏に遠くに住まわせること。

トレゼル　あれから一週間が経ったが、あの子たちがいないことにはなじめないものだ……ところで、誰かが道を歩いてくるな……

ジュヌヴィエーヴ　ああ！　エリーズです。先ほど、冷たいものをここに運ぶように言っておきました。

トレゼル　メルジャの後任だったな……で、彼女には満足しているかい？

ジュヌヴィエーヴ　はい……飲みこみが早いですし、働き者だと思いますわ。

第二場

（盆を持ったエリーズが入場）

トレゼル、クロード、ジュヌヴィエーヴ、エリーズ

クロード （ジュヌヴィエーヴに） 彼女はいつも、変わった飾りを胸にさげているね、あれはいったい何なのだろう？
ジュヌヴィエーヴ 私もよく何だろうなと。
トレゼル 私もだ。
クロード 聞いてみましょう。（エリーズに） エリーズ、僕ら三人とも、あなたがそこに掛けているものが気になっているのだが……木の皮の切れ端みたいだけど……
エリーズ そうです。
クロード それは有名な木なのかい？
エリーズ 聖《サン》テグジュペールの樅の木です。
トレゼル ええと……お前はバイユーの出だと言っていたね？
エリーズ おっしゃるとおりです。
トレゼル そう言えば、聖テグジュペールはあの地の初代司教だったな……
エリーズ そのとおりです、初代です。ですから司教館を建てさせたのも聖テグジュペールでし

た。庭園に適した、よく日のあたる土地の真ん中に。
ジュヌヴィエーヴ　彼は一から造り始め……
エリーズ　……また、ご自身に真の創立者を名のる資格があることを熱心にお示しになりました。建物の礎石を自ら据えましたし、それればかりか、更地に樹木の種子を埋めることもすべてご自分の手でなさったのです。
クロード　それから何百年という年月が流れ！……
エリーズ　……かの地でも容赦なく。ですが、樅の木だけはその限りではなく……
ジュヌヴィエーヴ　……まだ枯れていない！……
エリーズ　そうなのです……用心を重ね、手入れを怠らなかったために。
ジュヌヴィエーヴ　世話をしているのは誰なの？
エリーズ　聖職者たちです。
クロード　なんとも！　聖テグジュペールが植えた木がまだ枯れていないなんて、巡礼がたくさん集まるだろうな。
エリーズ　そうです、とても遠くから訪ねて参ります。木は、長い天蓋を支える四本の柱の中心にありますのですぐに見分けがつきます。天蓋は可動式で、レールとリングと紐で、いろいろな箇所を広げたり畳んだりすることができるようになっています。
トレゼル　なるほど……もっともなことだが、高価な花にするのと同じように、強い日差しからお守り申しあげて……

エリーズ　……そのときどきの状況で、影の量を調節するほどの手の込みようなのです。

クロード　では、その天蓋は全体が均一にできているわけではないのだね？

エリーズ　均一どころではありません。クレトン〔厚地の木綿〕に始まってオーガンディ〔透き通る綿布〕まで、その間、布からモスリンへと生地が変わるごとに薄くなりながら、ありたけの種類が使われています。

ジュヌヴィエーヴ　それで、木の上にどの布地を広げるかは空模様によって決められるの？……

エリーズ　……ですが、たいていの場合は風通しのよいままにしておきます、装置をすべてレールの端に片づけてしまって。

トレゼル　お前がその神聖なものを持っているのはどうしてなのかな？

エリーズ　バイユーの習慣で、洗礼では最後に決まって聖なる木を訪ねるのですが、司祭は木片を薄く切り取ると、それを本物と認める証書と一緒に、身を清めたばかりの赤ん坊に与えるのです。さらに樅の木が天蓋で覆われているときには、木を覆っている布地と同じ生地の切れ端がつけ加えられます。

ジュヌヴィエーヴ　それをつけ加えるのはどうして？

エリーズ　天気がよければそのぶんだけ切れ端は光を通さないものになりますが、すると家族に好まれるのです。大切な日の天の微笑みを、わが子に与えられた幸先のよい、特別な恵みとみなすからです。

クロード　じゃあ、その切れ端の備えはたくさんあるのかい？

エリーズ　たくさん、そして常に新しくしておきます。
クロード　つまり、その三つの記念の品はあなたが洗礼を受けたときのもので……
エリーズ　……肌身離さぬようにしています。
クロード　（紙を広げながら）で、これが司祭の証明書の写しかな？
エリーズ　いいえ、原本です。
クロード　この切れ端は？
エリーズ　ああ！　これはオーガンディなのです……私が洗礼を受けた日は曇空で、木の上に張られたのは、モスリンのもっとも薄いもの、つまり一番薄い布地だったのです。ですから私はこれまでいつも運に見放されてきました……これからもよくなることはないでしょう……
トレゼル　おいおい！……小さなことで気を落としてはいけないよ。
エリーズ　はい……負けないようにします。（立ち去ろうとする）
ジュヌヴィエーヴ　ああ！　エリーズ……じきにジュサックさんが私を訪ねてくるのだけど、ここに直接お通しして。お天気がいいから、外でお迎えしたいわ。
エリーズ　かしこまりました、お嬢さま。（退場）

第三場

トレゼル、クロード、ジュヌヴィエーヴ

トレゼル 骨董屋のジュサックかね?

ジュヌヴィエーヴ はい……昨日、マイセン焼のヴィエル弾き人形をジュサックさんのところに持っていったのです。腕のところを直してもらえば……(クロードのほうを向いて)……あの人形は将来、私たちの家の立派な置き物になるはずよ。そしてジュサックさんが最近手に入れたものを見せてくれて、そのお話を聞かせてくれたのですけれど、とてもすてきだったので、今日、お義父さまたちにも見せに来てもらいたいとお願いしたら、快諾してくださったのです。

トレゼル あのジュサックという男は、古物漁りで名を知られていて、また、大変な読書家でもある……

ジュヌヴィエーヴ 特に、若い頃のミルトンには本当に造詣が深いのよ。

クロード じゃあ、その手に入れたものが関係するのも?……

ジュヌヴィエーヴ ……若い頃にミルトンがした、初恋に関するものなの。

トレゼル なんと!……あの厳格《ピューリタン》なミルトンが……

ジュヌヴィエーヴ ……確かに秘めやかな思いではありましたが、十六の冬に、窓向かいの隣人だったモード・ド・パーレーに夢中になったのです。

クロード 秘めやかな?……

ジュヌヴィエーヴ　臆病で、厳しくしつけられた青年だったから、カーテンの陰からじっと見張るだけにしていたの。ほんの少し姿が見えるだけで幸せだった。
クロード　それ以上は望まなかったのかい？……
ジュヌヴィエーヴ　何を計画しても無駄なことだったわ。モードは肺病が進んでいて、あと僅かしか生きられなかったの。四月になって太陽が初めて顔を出すと、あまりにいとおしい窓が――庭の離れの中二階にあったのだけど――大きく開け放たれて、そこに死を待つ少女が長椅子ごと連れてこられた。
トレゼル　見張っていたミルトンにとって、願ってもない幸運だな！……
ジュヌヴィエーヴ　どきどきしながら彼が見守るなか、少女は澄んだ空気にしばらく陶然とし、そして、まどろんでみようと、少し独りになりたいと頼みました。ですが、目はきちんと閉じられることはなく、やがて柱時計の鐘が鳴ると見開かれ、そばに運ばれてきたテーブルに、本と針仕事、それに生卵が一個入った病人用のおやつがあるのに気づきました。
トレゼル　栄養があって胃にもたれない食べ物だから、彼女のような場合に勧められるな。
ジュヌヴィエーヴ　モードはナイフの先で殻の端に小さな穴を開けると、卵を飲みこもうとがんばった……
クロード　ああ！　たぶん命じられてやっているので、嬉しくはないんだ。
ジュヌヴィエーヴ　このつらい務めを終えると、ゴミになった殻の処分に一瞬困ってしまった。残りのおやつと一緒に置いたら、嫌悪感から、ただでさえない食欲がなくなってしまうかもしれない。

クロード　かといって、横になって弱っている体を動かすのは大変なことだし。

ジュヌヴィエーヴ　だから結局、窓越しに投げてしまったのよ。場所ふさぎな卵殻は花壇の茂みに消えていった。

クロード　ミルトンは落ちた場所を、それは念入りに見定めただろうね！

トレゼル　愛する者が何度も何度も唇をつけるのを見たのだから、その殻は彼にとってなによりの宝だろう！

ジュヌヴィエーヴ　ですので夜になると、結び目つきの紐を即席で作り、窓から下げて庭に降りたのです――そして大切な空の卵を持って上がってきました。

クロード　盗みは気づかれなかった？

ジュヌヴィエーヴ　たぶん残念なことにね。

クロード　なんだって！

ジュヌヴィエーヴ　彼は思ったの、モードが盗みのことを知ったら、それほどの愛情の証に感動したに違いなかったろうと。

トレゼル　自分でじかに伝えればいいものを！

ジュヌヴィエーヴ　彼はなるだけ、しゃれたやり方にしたかったのです。どうしたものか考えた末、モードを想って作った情熱的な詩を、殻の表面に書いて捧げることにしました。

トレゼル　ほうっ！……詩の入る場所などあるかね？

ジュヌヴィエーヴ　はい。詩句の両端をつなげて、散文の、統合文《ペリオド》のようにすると、それで上から下へと、とてもゆるく傾斜する螺旋を描いていったのです。
クロード　それほど価値のある告白なら成功は間違いないね！　モードにとってもまさに見覚えのあるその仲立は、彼の真摯な気持ちを物語っているし。
ジュヌヴィエーヴ　病気の少女にその品をことづけてもらう方法を検討していると、彼女が危ないという噂が流れてね。次の日、その命の灯は消えてしまったの。ミルトンは殻に愛着を寄せ、信者のごとく、ずっと大切にしたのよ。
クロード　でも、その後は？……
ジュヌヴィエーヴ　彼の娘たちがひき続き崇めたわ。ミルトンはこんな誠実な愛の物語について、何ひとつ隠すことはなくてね。ただ、娘たちが殻を敬う気持ちは、父の思いとは違っていた。
トレゼル　確かに。ミルトンにしてみれば愛する者の唇が触れたことで、かけがえのない卵の殻であっても、娘たちにとっては、父であり、また偉大な人物のインクで黒ずんでいるからこそ貴重だったのだな。
ジュヌヴィエーヴ　娘たちは卵の殻を小箱にしまい、それについてミルトンが語ってくれたことを漏らさず要約したメモを一緒に入れておきました。

第四場

トレゼル、クロード、ジュヌヴィエーヴ、ジュサック

ジュサック （少し前にエリーズが連れてくる。エリーズはさがる） これがその小箱、これが要約、これが卵の殻です。先日、ロンドンで見つけたときのままになっています。

トレゼル ほお！……ジュサックさん！……調子はいかがですかな？……（卵の殻を取って）そうするといま私の手にあるのが、ミルトンの一風変わった直筆の品というわけですな。かわいそうな肺病やみの娘が唇を押しつけたのはここなのですね……

ジュサック ああ！ 昔の話ですから、その場所から病がうつることはもうありません。この直筆の品はトレゼルさん、あなたさまのコレクションになくてはならないものですよ。そしてこれに、このラモー自筆の、ほかでもないあの有名な「ト調のミュゼット」の譜面を組み合わせてみてはいかがでしょう。一挙両得と申しましても、これぞ、あなたさまのような偉大な収集家の名に恥じぬ二品であります。

トレゼル 自筆の「ト調のミュゼット」の譜？……

ジュサック ……これも皆さまにお品定めしていただきたく思いまして。

ジュヌヴィエーヴ 譜面を挟んでいる厚紙に、大きなIの数字が赤で書かれているけれど、これが意味するのは？……

ジュサック ……あるとき、くじの大当たりの賞品になってしまったのです。

ジュヌヴィエーヴ　いったい誰がそうしたの？
ジュサック　マケーニュ修道院の修道女たちが。
クロード　本当だ、数字の上に「マケーニュ修道院」と書いてある。
ジュサック　ある朝のこと、回転窓口係の尼さんが院長のもとに新生児を運んできました……
ジュヌヴィエーヴ　……回転窓口を動かしたときに見つけたの？……
ジュサック　……そこで、すやすやと眠っていたのです。胸にピン留めされたカードには「フランソワ」とその名が書いてありました。笑い話ですが、回転窓口係はきちんと手順を踏まないと気が済まない人で、驚きながらも、出納帳にしっかり、赤ん坊と記入したのですよ。
クロード　羊の腿肉一切れ、チーズ一切れというように！……
ジュサック　そうなのです。すぐに修道院中に噂が広がり、修道女たちは会議を開きました。
トレゼル　子供を置いておくことは規則に反していた。
ジュサック　そこで、くじ引きのようなものを興して、その収益で、よい養父母を見つけることにしたのです。要望に応えて近くの城の主たちが、くじの賞品をいろいろと送ってきたのですが、なかにこのラモー自筆の譜があって一等賞に割り振られ……
クロード　……その威光のおかげで、札の売れ行きも実に順調だったのでしょう。
ジュサック　おっしゃるとおり。当時、「ト調のミュゼット」は世界的な人気を誇っていましたからね。こうしてお金がたくさん集まり、フランソワは立派な家庭で育てられました。それから五年後、テレーズ・クレモンと名のる者が修道院にやって来て、子供を返してくれと申し出ました。いわく、フランソワはほかでもない、彼女の手によって回転窓口に置かれたというのです。
ジュヌヴィエーヴ その言葉だけで話を信じたの?
ジュサック（首を振りながら） 院長が証拠を望むと、テレーズはその目の前で「フランソワ」と書き、確認すると、それはピン留めされていたカードの字と同じでした。
クロード カードはまだあったのですね!……
ジュサック ……几帳面な回転窓口係のおかげです。すぐにカードを、例の出納帳用の紙に、ピンを使って留めておいたのです。記帳を済ませた下のところに。
トレゼル それは有無を言わせぬ証拠だった。
ジュサック ですので、育ての親に宛てた伝言を手にしたテレーズは、フランソワを取り戻すことができました。そして子供をパリに、本当の母親、ヨランド・ド・パスノーのもとに連れていったのです。テレーズはヨランドの忠実な侍女でした。
クロード しかし捨てた理由と、呼び戻した理由は?
ジュサック ヨランドは二十歳のとき、海軍士官パスノー伯爵と結婚したのですが、声に大変恵まれていたため音楽家を志しており、また好みも素人離れしていて、当時はまだ反発を受けていた革新者、つまりラモーを崇拝していたのです。崇拝から友情、そして愛情へ。その距離は短いものだったでしょう……
クロード ……船乗りの妻であれば特にそうですね、たいていは家に独りぼっちですから。
ジュサック 伯爵が長く不在のあるとき、身重になったヨランドは、フランソワを秘密裏に産むためにヴィヴィエルにある自分の城に引きこもったのですが、この城の隣にはマケーニュ修道院がありまして……

トレゼル　……子供を捨てることを思うと、神聖な保護所としてまさにうってつけで……

ジュサック　……テレーズは難なく実行したのです。修道院の者がほかの城同様、ヴィヴィエルにも賞品の施し物を求めに来ると、ヨランドは、息子を間接的に助けることのできるその機会に飛びつきました。

クロード　回転窓口に、ひと財産つけ加えておけばよかったのに……

トレゼル　いやいや！　それでは輝かしい、立派な生まれがわかってしまい、推測の幅が狭まるではないか……

ジュサック　……それに、いたずらに人々の好奇心を惹くことになります。ヨランドは独りでしばらく隠棲するのが体の状態を隠すのによいと思い、それに備えてヴィヴィエルに発つときに楽譜をたくさん用意したのですが……

クロード　……おそらくはラモーの作品が中心で……

ジュサック　……その筆頭に、彼から献呈された「ト調のミュゼット」の自筆の譜がありました。彼女が賞品として譲ったのはその譜面で、こうすればラモーも息子に徳を施すことになりますから、それで彼からも感謝されるに違いないと思ったのです。

トレゼル　五年後に子供を引きとることができるようになったのは、何かあってのことかね？

ジュサック　夫が亡くなったのです、熱帯地方で悪い熱にやられましてね。その夫とのあいだに子はありませんでしたので、ヨランドはフランソワを堂々と養子にとりまして、唯一の相続人にすることにも問題はありませんでした。

クロード で、ジュサックさんがその知見を得たのは？……

ジュサック ……マケーニュ修道院の古文書からです。その自筆の譜は、私が方々で続けております探索の折に偶然発見したものですが、譜を挟んでいた厚紙に、先ほどのあなたのようにマケーニュ修道院の名を読みとることができたものですから。

クロード その探索の途中で——名前が似ているので、質問が浮かんだのですが——ラムスがペルシャ語で書いた自筆の原稿と出会ったことはありませんか？

ジュサック まさか！……そんな素晴らしいものが存在するなんて、信じるに足る根拠でもあるのですか？……

クロード ご判断はお任せいたします。アンリ二世が即位して間もなくのこと、パリはペルシャ使節の訪問を受けたのですが、それにお姫さまたちも何人かついて来ました。フランスを見たくて仕方がなかったのです……

ジュヌヴィエーヴ ……が、逆にパリの人たちは、義務づけられているヴェールのせいで、誰もそのお顔を見ることはできません。

クロード 実際、パリにいてもペルシャにいるときと同じように、彼女たちはヴェールをかぶらなければならず、部屋に閉じこめられていて、駕籠に乗って公式の町めぐりをすることのほかには気晴らしもありませんでした。

ジュヌヴィエーヴ　せっかく旅行に来たのに、それでは好奇心がおさまらないわ。
クロード　なので、お姫さまのなかでも一番おてんばだったジェリーズ姫は、フランス人の恰好をして顔も表に出すと、何度も抜け出しては、通訳を従えて数々の芝居を観、はねた後は、当時の優れた才人たちと食事《スペ》を共にしたのです。
トレゼル　あの時代は、そうした人物に事欠かなかった。
クロード　そしてラムスと出会い、相愛の仲になりました。
ジュサック　通訳を外せないのは、うっとうしかったでしょうな！
クロード　ある日のこと、彼女はいつものように大変遅れて恋人の家に着きました。そういう遅刻はたびたびのことで、こっそり抜け出すのは難しいので少々の不都合ですぐに予定が狂ってしまうのです。ラムスは書斎に居残っていて、待つ苦しみを、そのときに取りかかっていた仕事を進めることで懸命にごまかそうとしていました。
ジュサック　彼としたことが、気が散ってばかりで仕事もとぎれとぎれだったに違いない……
クロード　そう思ったジェリーズは、自分の姿とラムスの着想が密に混じり合っているページの内容を知りたくなり、その場で通訳に訳させました。
トレゼル　そのときラムスが取りかかっていたのはどの著作だったかな？
クロード　聖ユリウスについての研究書です。
トレゼル　で、問題のページでは？……
クロード　……伝記に基づく感動的な逸話が語られています。教皇の座についたとき、聖ユリウスが受け取った贈り物のなかには彫像群があったのですが、それは当時としてはひじょうに新しい様式のもので……

ジュヌヴィエーヴ ……主題は？……

クロード 「キリスト生誕の場面」だよ。作者は大理石を拒んで実物の厩《クレッシュ》を建てると、蠟で作った人物にも本物の布の服を着せて、人のように見えるようにしたんだ。

ジュヌヴィエーヴ その新しい方法は評判になって？……

クロード ……教皇は、厩の模型が据えられた庭に、人々が引きも切らずやって来るのを放っておくしかなかった。

ジュヌヴィエーヴ もう大変な混雑で……

クロード ……散歩の場所も少し狭まったほどだった。ある日の夕方、教皇はそんな散歩の途中、見物人たちがそれで最後になったのを遠目に見ると、意を決してゆっくりと厩の模型に近づいていった……

ジュサック ……持ち主として、壊れていないかと恐れてですか？……

クロード いいえ……一介の見物人として、尽きせぬ讃美の気持ちからです。彼がたどり着いたとき、厩の前にいたのは遅れてやって来た子供がひとりだけで、祈りを捧げながら、薄いボロ着の下で震えていました。

トレゼル それは冬のことかい？……

クロード いいえ、春でしたし、子供は花束を抱えていました。ただ、時期尚早にひどく暑かったのですが、突然、骨身に染みるほど寒くなったのです。
トレゼル　春に起こる現象として特に珍しくはないな。
クロード　子供は近づいてくる教皇に怖じ気づき、花束を厩の端にうやうやしく供えると、立ち去ろうとしました。しかし聖ユリウスは子を引き留めて話を聞きました。
ジュヌヴィエーヴ　教皇は、何かしてあげねばならないことがあると察して……
クロード　……それは間違っていなかったよ。少年は体の不自由な祖母の唯一の支えで、働き者だったのだけど極貧の生活しか知らなかったんだ。先週はパンが切れそうになったのだけど、暑くなったおかげで冬の外套を売ることができた。
ジュサック　そして寒さがぶり返すと、なす術がなくなってしまった。
クロード　自分が病気にでもなったら、体の弱いお婆ちゃんはどうなってしまうだろう？　そう考えると、意地悪な寒さがそら恐ろしくなりました。そこで、野原のまだ霜の降りていない場所で花を摘むと、それを持って例の厩のイエスのもとに行ったのです。本当に生きているようだったので、誰よりも願いを聞いてくれそうに思えました。
ジュヌヴィエーヴ　彼はお祈りで何を願ったの？
クロード　体をこわさないために、どんなものでもいいから上掛《プリュール》を一着くださいと、ただそれだけを。心をうたれた教皇は、献身と信仰が深く刻まれたそのおこないを、並でないもので報い、世に知らしめようと思った……
ジュヌヴィエーヴ　……誰からも誉めそやされて、多くの人々の模範になるようにね。

クロード　教皇は厩の模型に入っていき、主の揺り籠の、顔より下に投げかけられていた粗い毛布を取った――そして、かわいそうな子の上半身をそれで覆いながら、こう言ったんだ。「イエスさまはお前の声をお聞きになったよ。そして願いをかなえるために服を脱いでくださったんだ」と。

ジュサック　教皇は貸すつもりだったのでしょうか、それとも与えるつもりだったのでしょうか？

トレゼル　この場合は、与えるより貸しだったでしょうな。主の持ち物が将来、必ず戻ってくるという事実があれば、その品の神聖さを傷つけることがないでしょうから。

クロード　聖父も同様のことを考えました。彼は貸すことを選び、期限を決めるために何か基準になるものを探しました。遠くを見渡すと、もう薄暗い空に、満ち始めたばかりで、見えるか見えないかの月が昇っていました。そこで教皇は「この朔望月〔新月と新月のあいだ〕の終わりに戻っておいで」と言い、恍惚となり、口もきけないでいる子供に暇を告げました。

ジュサック　そして寒さは続いた？……

クロード　……のですが、その子がちょうど約束の日に毛布を奉還するとやみ、以来、子供は教皇の庇護を受けることになりました。この珍事は世間を騒がせ、朔望月と、寒さの間隔とが完璧に一致したことに注目が集まりました。

トレゼル　当然、因果関係についてはろくに話し合われなかった。

クロード　そうです。こうして赤い月〔四月の月光は植物を枯らすという迷信〕に芳しくない評判が生じたのです。

ジュサック　ラムスの話をペルシャのお姫さまはどう思ったのですか？

クロード　ためになることがたくさんあったので、直訳を聞いた後、翻訳を書いたものが欲しくなり、彼女に命じられた通訳は、お別れの時間までにその作業を終えました。

ジュサック　恋人の自尊心をくすぐる術を心得たものですな。

クロード　ラムスのほうは文人としての興味から、ペルシャ語の字面をしげしげと眺め、そればかりか文字をいくつか自分でも書いてみました。その試みがうまくいくと思ったジェリーズは、離れてもまたすぐに読めるよう、自分への愛の吐露が、彼の手によるペルシャ文字となって舞っているページを切に欲しがりました。

トレゼル　それは、抜け出してきた身で一刻を争っている姫の出発を、大幅に遅らせるおそれがあった……

クロード　そこでラムスのほうは、おごそかな愛の宣言を声に出して言うだけにし、通訳がそれを一文ごとに翻訳して彼のために書き残したのです。

トレゼル　彼女たちが去ると、ラムスは時間を気にせず、その奇妙な形の文書を丁寧に筆写し……

クロード　……その下に、いつもどおりの署名をしました。

ジュサック　ジェリーズが欲しがったその書面は、次に会ったときに早速手渡されたのですか？

クロード　それがそれが！　二人は二度と会うことがなかったのです。彼女が抜け出していると いう噂が立って、見張りをつけられたため、ジェリーズはすべてをあきらめなければなりません

でした。そうでなければ死ぬまでひどい醜聞にまみれることになったでしょう。そして、どこと
も知れぬところから睨みをきかせている監視が気を抜く間もなく、大使は荷物をまとめたのです。

ジュサック　その結果、ラムスがペルシャ語で書いた直筆の原稿は？……

クロード　……本人の手に残りました。というわけで、飽くなき探求に取りかかっておられるあなたの目に、いつ留まってもおかしくないことがおわかりいただけたでしょう。

ジュサック　その、とんでもない逸品の追跡に取りかかりましょう。ラムスはそれをどこで語っているのですか？

クロード　『隠者の宵』のなかですよ。

ジュサック　明日にも探しに出かけます。一歩進むごとに報告いたしますよ……（机の上の文鎮を取って）ああ、トレゼルさん、やっぱり言っておかないと！　ひとつお伺いしないといけないことがあるのです。お邪魔してから喉元まで出かかっていたのですが。

トレゼル　なんなりとどうぞ。

ジュサック　率直に申しあげることをお許しいただけますか？

トレゼル　遠慮はいりません。

ジュサック　では、そのガラスに入った目玉模様の黄色い蝶なのですが、あなたさまほどの洗練された美術品の愛好家が、なぜそんなみすぼらしいものをお持ちなのですか？　下の下のコレクションにさえ価しないものじゃないですか。

トレゼル　みすぼらしくて結構、どんなに珍しい標本を出されたって、これとの交換には応じま

せんよ。
クロード それに、その文鎮は壊れやすくて、ここの人間は皆、大事に、そして慎重に扱ってい
るので……
ジュヌヴィエーヴ ……ジュサックさんがそんなふうに乱暴に玩ぶのを見て、ひやひやしている
のです。
ジュサック（注意しながら文鎮を置いて） となると、名の知れた蝶なのでしょうね？
トレゼル いかにも。これが最後に飛んだとき、それが原因で大事件が起きて騒ぎになりました
からな。
ジュサック どこで起こったのですか？
クロード グルノーブルの並木道《マーユ》でです。
ジュサック 素晴らしい遊歩道ですな、行ったことがありますよ。
ジュヌヴィエーヴ では、あの道を運河が横切っているのはご存知ですよね。
ジュサック ええ、サン＝レオン運河が。
トレゼル もう遠い昔の、八月の日曜のことです。人でごった返す並木道の木陰に、ある一家が
腰を据え、衆目を集めていました。
ジュサック いったいどんな要人がいたのですか？
トレゼル 知事夫妻と、幼い娘、さらに知事夫人の弟である大企業家ポール・ジモンと、ジモン
の息子アルマンです。この少年は私生児で……

ジュサック 私生児？……

クロード ……その子の母親はサーカスの花形でしたが、度肝を抜くような演目で失敗して死んでしまったのです。

ジュサック 知事夫人は、私生児であるその甥にいい顔をしていたのですか？

トレゼル 数日前に初めて家に招いたばかりでした。曲がったことが嫌いな人でして、ジモンが養子縁組をしている最中だということを知って、やっと家に入れるのにふさわしいと判断したのです。

ジュサック 確かに養子にとれば、孤児という境遇をうまく隠すことができますな。

トレゼル そうしたわけでジモンは、今度は息子と一緒に、県庁舎に休暇をとりに来ていたのです。

ジュサック 二人の子供はすぐ仲よしになって？……

ジュヌヴィエーヴ ……もう夢中でした。そして問題の日曜日、二人は内緒話をいくつも交わしながら、蝶々網《パピヨネット》を手に近くの芝生をじっと見張っていたのですが……

クロード ……突然、一匹の蝶が姿を見せると……

ジュサック ……二人は一斉に飛び出し？……

トレゼル 虫はジグザグに飛んで、子供たちの手を二十回も逃れ、少しずつ運河に近づいていきました。蝶が、二メートル下に水を見下ろしている急な石の土手を通り過ぎたとき、アルマンは最後にひと踏ん張りし、ついに網の薄布はうまい具合に蝶に振り下ろされたのですが……

ジュサック　……勢い余ってバランスを崩し？……

ジュヌヴィエーヴ　……水の底に。

トレゼル　真っ先に駆けつけたジモンは、そこそこ泳ぎを心得ていたので、息子が甲斐なくもがいている場所に頭から突っこんでいきました。ですが、全速力で近づいてくるボートに向かって、子供を抱えたまま十回も水をかかないうちに鬱血を起こし、動かなくなってしまいました……

クロード　……が、それはごく自然なことです。昼に食べたものがこなれる時間ですから。

トレゼル　父と子はすぐにボートに引きあげられ、県庁舎に運ばれたのですが、診察した医者はきっぱりと言いました。息子のほうにはどこも問題はないが、父親のほうはお手上げで助かる見込みはないと。

ジュサック　ジモンは意識を取り戻さなかったのですか？

クロード　はい。物のようにベッドに寝かせておくしかありませんでした。

トレゼル　医師は指示を与えると、夜のための看護婦を連れて夕方に戻ると言った。

ジュヌヴィエーヴ　でも知事夫人は激しく抗議したの。弟の最期が刻々と近づいているこのときに、徹夜の看病は自分がやらなくて誰がやると、断固として。

ジュサック　すると医者は、約束の時間に戻ってきたとき、独りだったのですか？……

クロード　そうです……しかし看護婦の代わりに医学書を差し入れました。本には端が折ってあるページがあり、そこから始まる箇所は……

ジュサック　……こうした状況に際して参照すべきところだったのですね？　もしもの場合、窮地を脱することができるように……
トレゼル 医者は去り、徹夜の看病が始まりました。部屋の片隅に座り、弱めたランプのそばで知事夫人は、医者が彼女のために示しておいた箇所を丹念に読み……
ジュサック ……理解した？……
クロード ……苦もなく。というのも医者も時宜を得たものをうまく選んだもので、本はオルフィラの著作だったからです……
ジュサック ああ、医学知識の普及で有名な！……
ジュヌヴィエーヴ 彼女が学んでいるあいだ、夫はそれが自分の務めであるかのように、服も脱がず長椅子で待機し、いつでも妻に手を貸せるようにしていました。
トレゼル 夫人はその部分を何度も読み返すと、ベッドのそばに行って腰を下ろしました——こうして数時間が過ぎました……
ジュサック 気の弛みもなく？……
トレゼル ええ……少なくとも彼女のほうは。というのも夫は疲れ果て、とうとう、うたた寝を始めてしまったからです。明け方、死を前にした男は目を見開きました。そして、すぐに立ちあがった姉に向かい、ひと言二言話しかけました……
ジュサック ……分別のある言葉で？……
トレゼル ……またおそろしく明晰でした。彼は死が間近に迫っていることを悟っており、一切の薬を拒み、代わりに、明かりと書くものをしきりに欲しがったのです。

ジュサック 自分の力を過信しているのではないですか？
クロード そうです。望んだものが用意されても、植物のように動けないままで……
ジュサック ……手を伸ばすことができず？……
トレゼル ……懸命に力をふりしぼったのですが。
ジュサック まだ口述という方法が残っていますな。
ジュヌヴィエーヴ 彼はそう考え、都合がつき次第、公証人を呼び寄せることを約束させました。
クロード もっとも、それが最期の言葉になってしまいました。
ジュサック 再び昏睡状態に陥り？……
トレゼル ……前と同様、完全な。そしてこれが、夫人の狂おしい動揺の始まりでした。疑いの余地はありません。養子縁組に関する手続きが中途半端になることを余儀なくされたジモンは、遺書を書きとらせ、息子を相続人にしようとしているのです……
ジュサック ……姉ではなく……
クロード ……また、その娘でもなく。知事夫人にとっては、そちらのほうがはるかに重要でした。彼女のなかでは母親としての自分がすべてだったからです。
トレゼル ところでオルフィラの本のなかで彼女が特によく読んでおいたのは、弟のような瀕死の者に起こる、短時間の覚醒について書かれた箇所でした。それは二つの症状に限られ、つまりまったく覚醒はないか、あった場合にはそれが周期的に起こるということでした。
ジュサック すると先ほどのジモンの様子からは、彼がまた何度か目を覚ますことが予想されるわけですな。

ジュヌヴィエーヴ それで弟が目的を遂げるのは確実だということがわかったのです。ああ、なんという苦しみでしょう！

トレゼル このままでは宝である娘が、曲芸師の血が半分混じった私生児に、いかがわしい女の息子ごときに財産を奪われてしまう！ 狂ったような誘惑が彼女をとらえました。夫は眠ったまま、すっかり弱った弟は思いのままでした。

ジュサック 実際のところ、昏睡状態で先のない人間に死を与えるのはたいしたことではありません。

クロード 彼女は自分に言い聞かせました。医者もジモンを見放したのだ。弟を殺めることは、数時間の苦しみを取り除いてやることなのだと。こうして怖じ気を振り払おうとしたのです。

トレゼル 激しい葛藤が彼女のなかで起こり、勝ちあがってきたのは母親としての本能でした。ジモンの前に立ちはだかると、苦もなく、片手で鼻をつまみながら口を押さえつけました。そして、辛抱強く、完璧に動かなくなるのを待ったのです。やがてひと言、「亡くなったわ！」とだけ言って夫を起こし、後は事のなりゆきに任せました。

ジュサック 彼女に疑いがかかるようなことはなかったのですか？

ジュヌヴィエーヴ まったくありませんでした。そして何事もなかったかのように、弟の遺産を手に入れました。

ジュサック で、私生児のほうは？……

クロード　母方の祖母がまだ生きていることがわかったので、子供の面倒を看られるよう、その祖母に多額の年金を与えました。
ジュサック　その犯罪が至福の時を生んだ？……
トレゼル　……のですが、長くは続きませんでした。五年後、人を殺めたこの女は、娘と夫を続けざまに失ったのです。娘が丹毒にかかり――そして夫は死んだ娘から感染して。
ジュサック　人殺しも、娘のためを思えばこそだったのに！……
ジュヌヴィエーヴ　……それからというもの、自分の弟殺しがおぞましいものになりました。
クロード　悔恨の念に駆られた彼女は甥のために手紙を残し、執拗に赦しを請いながら、殺人のことを何ひとつ隠さずに語りました――さらに財産を彼のためにとっておき、自分の死後の受取人に指名しました。
トレゼル　そして悲しみと、わきあがる良心の叫びに苛まれた人間の抜殻は、毒をあおり、行く先のない人生を早々に終わりにしたのです。
ジュサック　甥は相続をし？……
ジュヌヴィエーヴ　……真実を語る文面は少しずつ漏れ伝わって、新聞を大いに騒がせるほどでした。
トレゼル　事件に関することならばどんな瑣事も時の話題となり、救助にあたった船頭が特に取材を受けました。
ジュサック　彼はメダルを授与された？……

クロード ……記者たちにも披露したのですが、それはよく目立つ場所に平らに寝かされて、蝶を封入したガラスの文鎮と対になるように置かれていました。

ジュサック あの運命の蝶ですか？……

ジュヌヴィエーヴ ……そうです。悲劇の後、人々の視線は、木の柄をつけたままゆっくりと流れていく蝶々網に集まりました。船頭はそこから蝶を取り出すと、特別な思い出の品として、ガラスの塊のなかに封じこめたのです。

トレゼル （文鎮を見せながら）そして記事で話を知った私は、この虫に強い印象を受けて手に入れたくなり、是が非でもコレクションに加えようと、断れないような額を代金として船頭に送らせたのです。

クロード （ジュサックに向かって。ジュサックはシガレットホルダー〔紙巻煙草を先端に挿して吸う〕をくわえて、一匹のマーモセットが入った檻の近くで立ち止まったところ。シガレットホルダーには終わりかけの煙草が挿さっている。先に勧められて受け取ったが、話を聞きながら放っておいたので火は完全に消えている）気をつけてください、ジュサックさん……ピキロはシガレットホルダーが手の近くにきたら、それをあるものと間違えてまんまと盗んでしまい、二度と使えなくなるような用途にあててしまいますよ。

ジュサック （檻から離れながら） こやつは、そのへんの猿とは違うのですか？

トレゼル ちょっと特殊な才能を持っていましてね、それを人目もはばからずにやらかすものでして……

クロード　……その遠慮のなさといったら、これほど由緒ある家系のマーモセットにしては驚くほどです。

ジュサック　といいますと、貴族の称号でも頂戴しているのですかな？

ジュヌヴィエーヴ　そう言ってもいいでしょうね。このお猿さんの一族は、ルイ十六世の時代からアンジュー地方のファビアンヌ伯爵家の城に住んでいますから……

ジュサック　……その前にいたのは？……

トレゼル　……アメリカです。ラ・ペルーズがこの種族の見本を数匹連れて帰り、ペットとして高貴な奥方に配ったのですが……

クロード　……そのなかのひとり、ファビアンヌ伯爵夫人の手に渡った若い雌のいたずらっ子は、知らぬまに身重になっていまして、夫人の父祖伝来の城に移されると、すぐにたくさんの子を産み、それが世代を重ねていったのです。

ジュサック　それで、いまでも城には……

クロード　……名高い開祖でお家を同じくするマーモセットが囲われているというわけです。

トレゼル　ですが逆に、最初の飼い主たちは身代を潰してしまい、ある成上り者にとって代わられました。ボーズ・レヴィという輩ですが、この男が金持ちになったのは……何でだかわかりますか……

ジュサック　じらさないでくださいよ。

トレゼル　ポンプ式浣腸器の商売で。

ジュサック ああ、なんと!……

クロード 彼はこの手の器具に独自の発明を持ちこみ、改良を加えながら、ボロを着たただのユダ公から巨大な製作所を持つ大金持ちへと一段一段成り上がっていきました。その工場からは世界の隅々にまで普及させるべく、ご存知の、あのきわめて優れた……(躊躇してから、何度かクランクを巻きあげる仕草をする)……器具が出荷されています。

トレゼル しかし決して満たされないのが人というものです。

ジュサック 金の臭いでぷんぷんするようになってからも、ボーズ・レヴィは何か新しい夢を抱いていたわけですか?

ジュヌヴィエーヴ 奥さんを亡くしてから独り者でいた彼には、もうお年頃といっていい娘さんがいて、このたったひとりの跡とりを、大貴族に嫁がせようと思っていたのです。その目的のため、上流階級とつき合う機会を長いこと窺っていました。

ジュサック 城を購入したのも作戦のうちのひとつだったのでしょうな?

トレゼル それがまた実に抜け目のないものでしてね。彼の城があるのは貴族の領地が集まっているところでして、住人の数もとても多かったのです。

ジュサック 近所の貴族たちは彼をたびたび訪れ?……

トレゼル ……最初は皆、一様に背を向けていました……

ジュヌヴィエーヴ ……話を早くするために、自分も娘も二人して熱心なカトリック教徒になり、ミサにも欠かさず出ていたのですが。

トレゼル　結局、平身低頭にねばり強く招待を続けるうち、古臭いサロンにも望みどおり人があふれるようになりまして、それが反響を呼んで地域以外の貴人を、多くの場合泊まりで迎えるまでになったのですが、あるとき、ウックヴィル侯爵の未亡人が姿を見せたことがありました。

ジュサック　ああ！　あの美貌で名高く？……

クロード　……噂では、ひどく多情な女だという。

トレゼル　その美しくあだな侯爵夫人を慕っていたボーズ・レヴィは、彼女に、秘密の通路で自分の寝室とつながっている部屋をあてがいました。その通路はおそらく、城と同じくらい古いものでしょう。

ジュサック　あわよくば彼女をものにしようとして？……

クロード　……ではありますが、過信はしていませんでした。というのも悩ましい未亡人は十分に裕福でしたので金にものを言わせるわけにはいきませんでしたし、また家柄も大変よいため、言い寄ってくる相手でも、同等の階位の男にしか身を委ねなかったのです。

トレゼル　夫人が馬車から降りると、荷物を部屋に運ばせているあいだ、ボーズはその新しい客を庭園の見学に引っ張っていき、やがて二人はマーモセットの檻の前にたどり着きました。

ジュサック　城と一緒に猿も売られたのですか？……

ジュヌヴィエーヴ　……ボーズのたっての希望で。由緒ある生き物を持つことで、貴族の爵位でももらったようで気分がよかったのです。

トレゼル　猿たちは滑稽で、また珍しい種族でもありましたから、客は長いことその場にいるのが常でして、そのために格子の前にはベンチが設けられていました。
ジュサック ボーズは侯爵夫人のそばに座り？……
クロード ……下ならしを始める好機だと判断しました。
トレゼル 彼は熱に浮かされたように燃えたぎる愛を語り、そればかりか、その種の話を盗み聞くのが好きな夫人に——鍵はその場で、たいそう礼儀正しく手渡されましたが——二人の部屋が秘密の通路でつながっていることと、その場所を明かしたのです。
ジュサック 厚かましくも一気に順序を飛ばしたわけですな。
トレゼル さてさて、侯爵夫人が笑ったのなんの。面白いことに、あなたもご存知の……の商人の心を射とめたと知って。
ジュサック それで彼はうろたえ？……
ジュヌヴィエーヴ とんでもありません。むきになって愛情の表現はますます大げさになり……
ジュサック ……それが功を奏して彼女は真剣になった？……
クロード ああ！ まさか！……少し落ち着いたと思ったら、夫人は前よりいっそう激しく吹き出して、一匹のマーモセットを指さしました。猿は、愛を語るポーズのものまねをしていて、懇願しながら手を組み合わせ、天を仰ぎながら心臓に押しあてる仕草を逐一まねていたのです。
ジュサック その光景に彼も笑った？……
トレゼル ああ！ とんでもない！……気を悪くし、一瞬、口がきけなくなってしまいました。それで、笑っている夫人の指で光る鍵を指すと、開ける方向に一度回す動作をしながら「では……いつか?……」と尋ねたのです。

ジュサック　なんとも!……単刀直入な聞き方ですな!……

クロード　二度の大笑いの原因が頭のなかで結びついてしまったので、彼女の返事はふざけたものになってしまいました。つまりボーズが自分でお手本を示しながら、ものまねがとても上手なその猿に、ボーズ＝レヴィ器を独りで申し分なく使いこなすことを覚えさせたなら、貴族の名にかけて、鍵をそちらの方向に回しましょうと約束したのです、彼が真に受けるとは夢にも思いませんでしたが。

ジュサック　その誓約をボーズは聞き逃さなかった?

ジュヌヴィエーヴ　そうなのです。城主は息巻いてマーモセットを自分の部屋に連れていくと、すぐに型の違う二つのボーズ＝レヴィを持ってくるよう命じました。大きいのと、赤ちゃん専用のとても小さいものを。

ジュサック　実演を通した教育が始まり?……

トレゼル　……根気よく続けられました。にわか仕立ての教師の熱意に、生徒もまたよく応えました。猿はこの訓練の愉しみを覚えてしまい、そのうちに装置を見ただけで自分からやり始め、手助けなどまるでいらなくなりました。ねじを巻いてやることさえね。

ジュサック　つまり侯爵夫人は滞在を終える前に……

クロード　……完璧な実演を見ることができたのです。

ジュサック　彼女は約束を守ったのですか?……

トレゼル ……それはもうしっかりと。以来毎晩、秘密の通路はその役目を果たしました。もっとも夫人にとって火遊びのひとつや二つは何でもないことでしたし、ボーズはユダヤ人のくせになかなかの男前だったのです。

ジュサック マーモセットは、家族の待つ庭の檻に戻されたのですか？

ジュヌヴィエーヴ いいえ。城を去るときに侯爵夫人が連れて帰りました。ボーズは、その恋の仕掛人が彼女の家《ホーム》にいることを望んだのです。夫人が猿を見て、二人の睦まじい恋を思い出せるようにと。

トレゼル 少しのあいだ、猿はパリのサロンで夫人のとり巻きを楽しませました。そして彼女同様、身持ちのよくない女友達がその話の一部始終を知ると……

ジュサック ……私が予想しますに、すぐさま「コノ世ニ遍ク」広まってしまい……

クロード ……侯爵夫人は、名高い猿を目当てにやって来る客にうんざりするようになり、醜聞を恐れて、セーヌ岸から動物商人を呼び寄せると、猿を厄介払いしてしまったのです……

ジュサック ……何の説明もなく？……

ジュヌヴィエーヴ ……少なくとも彼女の口からは何も。動物商人は新しく檻に入れたものについて、階段ですれ違ったアパルトマンの門番から、早口で詳しい話を聞きました……

トレゼル ……が、ほどなくして、私ども三人がその店の前を通りかかりましたとき、棚の隅にこやつがいて、ジュヌヴィエーヴの心をひどくつかんでしまいましてね。すぐに買い求め、商人の口から、門番のおしゃべりもすっかり聞き出したというわけです。

クロード　もうずいぶん前から家族の一員です。愛嬌のあるかわいいやつですよ。ただ、形が合っているものなら何であれ、変な隠し場所に入れてしまう悪い癖は相変わらず直らないのですが。
ジュサック　なんとも！　シガレットホルダーを危険な目に遭わせるところでした。手遅れになる前に教えてくださってありがとうございます。ですが、このいたずら小僧が、首のところに穴の開いた古い一スー硬貨をつけているのはなぜですか？
トレゼル　猿を買ったときに、専用のエサの予備も追加したのですが、そうしたところ金額に端数が出てしまいましてね。それで戻ってきた釣銭のなかに、穴の開いた大きな一スー硬貨があるのにジュヌヴィエーヴが気づきまして、この子は迷信深いので、その日のうちにお気に入りの首につけたのです。このお守りは当然、こやつのものだと考えているのですよ。
ジュヌヴィエーヴ　そうよ！……こっちは気候が厳しいですから、こんなか弱い生き物には何か縁起物が必要ですし。それに――好きなだけ笑えばいいけど――私は、穴の開いた一スー硬貨のご利益を信じているのです……
ジュサック　……ファルゲラックの話が知られるようになってからですか？　貯金箱に入れた穴の開いた一スー硬貨が、巨万の富の出発点になったという……
トレゼル　ファルゲラックというと、あの議員の？……
ジュサック　そうです。
ジュヌヴィエーヴ　彼の人生に、穴の開いた一スー硬貨が関わっているのですか？……
ジュサック　なんですと！　お嬢さまのご信仰は、あの逸話とは何の関係もないのですか？　そうですか！ でしたら、この話をお聞きになれば、ご信仰はもっと篤くなるはずですよ。

ジュヌヴィエーヴ ファルゲラックについては、下層階級の出だということを耳にしたことがあるだけです。

クロード 彼は初め、自然史博物館で働いていたのではなかったですか？……

ジュサック ……ただの清掃夫としてです。ですが、給金は少なくとも、生来、大の倹約家でしたので小銭が貯まり、それで貯金箱をひとつ買ったのです。

ジュヌヴィエーヴ それが、ジュサックさんがさっき言われた貯金箱？……

ジュサック そうです。つまり気分によってときどき迷信深くなることのあった彼は、最初に入れるお金として、穴の開いた一スー硬貨が手に入るのを待ったのですよ。

トレゼル その配慮によって貯金箱はすぐにいっぱいになったのかね？

ジュサック 彼はそう考えたのですね。そいつを壊して新しい貯金箱を買ったのですが、その御初も、同じ一スー硬貨で奪ったくらいですから。

ジュヌヴィエーヴ ……同じ手口は三個目でもくり返されて？……

ジュサック ……以後も同様に。貯金箱を壊しては収穫を貯蓄銀行〔庶民の貯蓄を奨励するための非営利の銀行〕に預金していたのですが、例の一スー硬貨だけは除けておき、それで次の貯金箱の使い初めをしていました。

クロード やがて、貯まった小銭も相当な額になり？……

ジュサック ……ある日を境にして、けた外れにふくれあがることになるのですが……

ジュヌヴィエーヴ　……そのきっかけは？……
ジュサック　……排水のなかに奇妙なものを見つけたのです……
トレゼル　……ファルゲラックが自分でですか？……
ジュサック　その頃の彼は召使いのようなものでしたからね、それをお忘れなく。ある冬の日のこと、ヴォルトー教授は博物館に着くなり、学生を通して、ファルゲラックに適当な桶を持ってこさせました――準備ができるとヴォルトーは、彼を手振りで引き留めたまま、選り抜きの聴衆を前に長々と話を続けました。
トレゼル　おお！　ヴォルトーの講義はどこよりも人を集めていましたな。
ジュサック　また、この回はさらに特別だったのです。彼が話をしているあいだ、二人の学生が、何かの装置から氷の塊を抜き出し、事前にストーブの前に寄せてあった桶に入れました。
クロード　ヴォルトーが弁舌を振るっているのは、その塊についてなのですか？
ジュサック　そうです……どちらかと言うと、なかに入っていたものですが。
ジュヌヴィエーヴ　というと？……
ジュサック　……マンモスの足なのです……
トレゼル　……新たに発見された？……
ジュサック　……リャーホフ諸島で……
トレゼル　……足だけが？……
ジュサック　そうとも言えますし、そうでないとも……つまり立ったままの怪物を、骨格がすべて揃っている状態でうまいこと見つけたのですが、一本の足だけがまだ氷に閉じこめられていて、肉と皮を無傷で保っていたのです。

ジュヌヴィエーヴ 変わった出来事！……

ジュサック ……ではありますが、説明は容易につきます。マンモスを丸々閉じこめていた地下の巨大な氷の層が、おそらく前の年に起きた地震で地表に出たのでしょう……

トレゼル ……その後、日光の作用でゆっくりと溶けだし？……

ジュサック ……太古の怪獣の姿が少しずつ現れて……

クロード ……溶けたところから順に、肉食の鳥に食いちぎられていった？……

ジュサック 結局、発見されたときには、真北にあった一本の足だけが厚い氷に包まれて、まだ完全に残っていたのです。

トレゼル 後は、その足をほかの部分のようにしないことですな。

ジュサック そうです、鋸で切断して凍土に戻しました。

ジュヌヴィエーヴ そのお話は新聞に出たのですか？……

ジュサック ……全世界の。すると各地から学者が押し寄せました。ヴォルトーも真っ先にやって来たひとりで、切り取られた足を買いとってフランスに持ち帰りましたが、冷凍状態をしっかり保つことに注意して、足をおさめている透明な宝石箱をだめにしないようにしました……

クロード ……が、ついに溶かす決意をした？……

ジュサック ……ただし、たくさんの立会人を前にして……

ジュヌヴィエーヴ　……ヴォルトーは、ストーブが氷を熱しているあいだ、思う存分詳しい話をし……

ジュサック　……続いて自分の計画を発表しました。それによると、じきに氷の牢から自由になる足は、桶から出され、一瞬あぶられた後、殺菌された金属の箱に移されて、さらにその箱は溶かした鉛で密閉され、金庫にしまわれて封印が施されるとのことでした。

トレゼル　言うまでもなく、出席者全員に求められたのは、その作業を監視し……

ジュサック　……十分な時間が経った後、二重になった容器の開封のため、再度の呼出しに応じることでした。

クロード　つまるところ、その目的は？……

ジュサック　……何世紀もの時を経た細胞組織が、腐敗の点で何を引き起こすかを立会人のもとで調べることです。

ジュヌヴィエーヴ　ファルゲラックも、その入念な箱詰めの現場に立ち会ったのですか？

ジュサック　いいえ。ヴォルトーの命令で、いらなくなった桶をすぐに教室の外に運び出し……

クロード　……水を捨てるために？……

ジュサック　……一番近くの流しに向かいました。ですが、水を流すと同時に、石の上に瓦礫のようなものが落ちる音がしまして、見ると驚いたことに、そこに金らしきものが光っているのです。

トレゼル　例の足から出てきた砂利と見て間違いないでしょうな……

ジュサック ……つまりはリャーホフ諸島のものだと。
ジュヌヴィエーヴ 調べると、本物の金が含まれているように思えてならず？……
ジュサック ……同じような小さな粒はたくさんありました。彼は我を忘れて……
トレゼル ……考えたのですな。光り輝く金脈が必ずや存在し、さらに自分はその場所を特定することができるのだと？……
ジュサック 宝石商のところで試金石を使わせてもらった後、彼は多くを明かさず、見本を銀行に持ちこみました。そして交渉を始めたのです。
クロード 状況を把握していたのは彼であって……
ジュサック ……その利を活かして自分にとっておいしい契約を要求し……
ジュヌヴィエーヴ ……署名を終えてから、口を開くと？……
ジュサック ……自分の掘出し物についての一部始終を語りました。委任団とそれに手を貸す技師たちがリャーホフ諸島に向かい、やがて広大な土地の購入に取りかかりました。採掘の結果、その地の金の産出量は、それは見事なものでした。
トレゼル 収益の大半はファルゲラックのもので、彼は富を築き？……
ジュサック ……まさに、おとぎの国に迷いこんだかと思うほどでした。
ジュヌヴィエーヴ 彼はその幸運を、穴の開いた一スー硬貨のご利益としたのですか？……
ジュサック そうなのです。そして迷信にならい、引き続きその硬貨で初物奪いができるよう、貯金箱を使い続けました。

ジュヌヴィエーヴ　もう貯金箱を壊すのはたびたびのことで？……

ジュサック　……毎回、破片のなかから取り出していたのは、何度も細かく折られた大量の千フラン札でした。

クロード　彼への支払いはすべて紙幣でおこなわれた？……

ジュサック　……契約にそういう条項がありましてね。ファルゲラックが盛りこむことを厳しく要求したもので……

トレゼル　……彼は頑固に、金を貯め始めた頃の、呪物崇拝的《フェティシスト》なやり方にこだわっていたのですな！……

ジュヌヴィエーヴ　ジュサックさんは、駆出しの頃のファルゲラックについてよくご存知なのですね！……

ジュサック　……いまの話は、彼が引き起こした悲劇の折に、また知られるようになりましたからね。

トレゼル　ああ！　あれですか……覚えていますよ……女性の自殺……政敵たちが大いに利用しましたな。

クロード　そうでした……ファルゲラックは資本家になると、その成功で野心がめばえ、右派の下院議員として当選を果たし……

ジュサック　……贅沢三昧の暮らしを楽しんでいました……

ジュヌヴィエーヴ　……彼ひとりで？……

ジュサック いいえ。夫人には先立たれたばかりでしたが、娘がおりましてね。貴族の子女のように育てていたのですが、特にピアノの教師をつけたところ、これがまだ若く美しい女性で、ファルゲラックの心をめちゃくちゃにしたのであります。
トレゼル 彼は告白をし？……
ジュサック ……じらされました。相手は良家の生娘でしたので、先妻の喪が明け次第、必ず結婚すると誓うと、やっと落城したのです。
クロード ああ！　落城してしまうと……
ジュサック ……すぐに身重になり、出産も無事に。
トレゼル 彼は長いこと喪服を着ていたのですか？……
ジュサック そうです……そうやって約束の時を先延ばしにしたのです。
クロード そして時が来ると？……
ジュサック ……逃げをうちました……憐れみを誘う手紙を若い母親に書き送って幾重にも赦しを請い、また同封の公式な証書には、ファルゲラックの持ち株のなかでもっとも確かなものがかなりの数、譲渡という形で彼女のものになることが明記されていました。
クロード 若い母親にしてみれば、侮辱に金箔を塗られたようなもので……
ジュサック ……ファルゲラックのそうしたやり方があまりに汚かったので、彼女は証書を送り返してしまいました。
トレゼル 母子には辱めを受けた事実だけが残り……

ジュサック　……恥を雪ぐため、ガスランプの口を開けて二人で窒息死をしたのです。

ジュヌヴィエーヴ　二人は一緒に埋葬されたのですか？……

ジュサック　いいえ。教会は、子供の遺体をおさめた小さな霊柩車《コメット》の葬儀については許可を出したのですが、自殺した者については拒みました。

トレゼル　その悲劇は醜聞になって、新聞がこぞって書きたてましたな。

ジュサック　これに大いに便乗したのが『ラディカル』紙でした。初な処女を辱かしめてやろうというときに、右派の人間が使う卑劣なやり方を吹聴しましてね。

クロード　ファルゲラックはその痛手をしのぎましたか？……

ジュサック　まるで動じませんでした、政治家たるもの批判文書には慣れていますからね。それに、こうした攻撃に対して彼を懸命にかばう者が現れたのです。なかでも元老院議員だったレミ・シストリエがそうで、この男はいまは大使の職にありますが……

クロード　……ファルゲラックの友人で？……

ジュサック　……遠い親戚でもありまして……

ジュヌヴィエーヴ　……彼のように？……

ジュサック　……何もないところから出発しました。とても利発な、大のつく勤勉家で、たたき上げでやってきたことを誇りにしています。回想録の始めでも、その出自が長々と語られていますが……

トレゼル　……面白い著作ですな。一巻一巻、間隔をあけて出版されていて。あの書によれば、彼の父ジュリアン・シストリエは、ル・アーヴル郊外の馬商人の家で働いていて……

ジュサック　……妻と五人の子供を抱えて無一文でした。そしてレミはル・キュロ〔一腹の最後の子、あるいは「底板」などの意〕と呼ばれていました……

クロード　一番末の子だったからですか？……

ジュサック　そうです。ル・キュロは「末っ子」の同義語で、特にノルマンディー地方で使われている言葉です。そのル・キュロことレミは、八歳になると一家の誉れになりました。学校で輝かしい成績をおさめ、賞という賞を総なめにしたのです……

トレゼル　そして、ぺしゃんこの財布しか持ったことのなかった父親は、そんな子が高度な教育を受けていたらいったいどんなことになるだろうかと想像しては、苦々しい思いをしていたのだよ——そんなある日、彼は馬商人の家から担ぎこまれてきた。馬の後ろ足に強く蹴られて右足を折ってしまい、治った後も足をひどく引きずって歩くようになってしまった。

クロード　それで多額の手当を受け取り？……

ジュサック　……昔からの夢を実現することができたのです。彼はいつも、移民船が出航するのを眺めては空想に耽っていたものでした。

ジュヌヴィエーヴ　新大陸の虜になっていたの？……

ジュサック　……ですが、いまだ見ぬ地は彼に強い印象を与え、その道のりと、かの地での生活には危険が満ちあふれているとしか思えませんでした。

ジュヌヴィエーヴ　彼は不安だったのですか？……

トレゼル　そうだよ……もし旅立つことになれば、一緒に連れていく、いかないにかかわらず、危険は家族にもふりかかると考えたからだ。確かに、祖国を離れるのは自分だけにして貯めた金を向こうから送るにしても、その後、死んでしまったら家族はどうなるのだろう。

クロード　そこで、そのとっておきの金で？……

ジュサック　……生命保険に入ったのです。大手「コンシリアント〔協調〕」社の、絵がいっぱい入った巧みな広告につられて……

トレゼル　……ただし妻が、最初の仕送りを待つあいだに必要な額は残しておいた。

ジュヌヴィエーヴ　彼は独りで船に乗りこみ？……

ジュサック　……三日後、嵐のなかで遭難したのです。船体は消え失せ、人々を満載したボートは、漂流物に横たわっていた彼から離れていきました。そのとき呼び声が聞こえ、そちらを振り向きました。

クロード　誰かが彼のほうに泳いできた？……

ジュサック　……やはり移民のひとりで、山のような波を相手に格闘していましたが、勝ち目はほとんどありませんでした。

ジュヌヴィエーヴ　合流はできなかったのですか？……

ジュサック　……できたのですが、遅すぎました。息を詰まらせそうになりながらジュリアンは、そのかわいそうな男をなんとかそばに引きあげたのですが、数時間もせずに死んでしまったのです。

ジュヌヴィエーヴ 死体は海に捨ててしまうしかないわね。

トレゼル だが、まず身ぐるみ剝がして、自分の助けになるものを探すことが、その状況からして先決だった。

クロード 船が遭難するときには皆、ポケットに急いで物を詰め込もうとしますから、なおさらです。

トレゼル 主な収穫は携帯食と身の回り品だったが、それに加えて望遠鏡があったので、これを視界のあちらこちらに向けていると、海岸があることがふいに明らかになり、さらに相変わらずの激しい嵐のせいで、彼はそちらのほうに近づいているのだった。

ジュヌヴィエーヴ その喜びようといったら、気も狂わんばかりで？……

ジュサック ……子供じみた行動となって何度も表に出るほどでした。その極みは、これから彼を受け入れる人たちに対して、自分の身なりが失礼でないか気にしている様子を、周りに誰もいないのに独りでやってみたことでして、さらに死体から失敬したもののなかから髭剃り用の拡大鏡を取り出すと、面白半分に髪を整えはじめました。

クロード まったく！……名づけようのない地獄からたったいま出てきたばかりなのに……

トレゼル ……すぐにまた別の、おそらく、もっとひどい地獄へ堕ちたのだ。いきなり目がひどく眩み、次の瞬間、真っ暗闇のなかにつき落とされたような感じがした。実は、稲妻の閃光が鏡の凹面で強さを増して目に跳ねかえり、彼は盲人になってしまったのだ。

ジュヌヴィエーヴ まあ怖い！……

トレゼル　まず頭に浮かんだのは家族のことだった。一家のため、海の向こうでひと財産こしらえてやろうと夢見たのも、これでおしまい。
クロード　あとはただ、惨めにも本国に送還されて、手の施しようのない厄介者となるだけ……
ジュサック　それではかなわぬと、苦悩する心に徐々にある考えがめばえ始めました。つまり男の死体を自分として通せば、家族は盲人の面倒を看なくて済むだけでなく……
ジュヌヴィエーヴ　……保険会社の支払いで、お金を手にすることができます。
ジュサック　そこで、見知らぬ男の財布を海に投げ捨てると、そのポケットに自分の財布を突っこんだのです。
クロード　漂流物は運よく、かいま見えていた陸に流れ着き？……
トレゼル　……そこはアゾレス諸島のひとつにほかならなかった。ジュリアンは適当な名を名のり、遭難でポケットの中身を全部なくしたと言いながら、群島の中心地であるアングラに連れていってもらった。そして、その地で小さな木の椀を手に、お決まりの文句を涙声でつぶやきながら小銭を集めて生きた。
クロード　そのあいだに、彼の本当の名で死亡通知書が作られ？……
ジュサック　……ル・アーヴルに送られました。家族の悲しみは深かった。
ジュヌヴィエーヴ　彼は、目は見えなくても時間をかけて大きな字を書けば、奥さんに真実を書き送ることができたはずよ。
トレゼル　彼女がそれを知ったら、良心の呵責に苛まれて、本当は何の権利もない財産に手をつけることができなかったろうよ……

クロード 転がり込んだお金を何に使ったのですか？

ジュサック 近所の商店を買いとりました。そして自分で切り盛りして繁盛させると、夫のたっての願いを思い出し、優秀なレミに一流の教育を受けさせ……

トレゼル ……それが有益な成果をあげて、彼は上流社会に足を踏み入れて外交官の道を選ぶと、若くしてその最高の位に昇りつめたのだ。

クロード その評判はアゾレス諸島にも届いて？……

ジュサック ……かの盲人の耳にも。しばらく前からポルトガル語に耳が慣れていたので、親切な隣人に新聞を読んでもらうのが好きだったのです。

ジュヌヴィエーヴ 満面の笑みを浮かべたでしょうね、自分の犠牲がどれほど大きく実を結んだかを知って！……

クロード それでも秘密を守った？……

トレゼル ……死ぬまで。その後、彼のボロ着のなかから一通の封書が出てきたのだが、やたらと大きく、ぎごちない字の表書きで飾られていて、註記によれば送り先はフランスだった。

ジュヌヴィエーヴ それは奥さんに宛てたもので……

トレゼル ……ほどなくして彼女は、その封書から感動的な告白文を取り出したよ。十分読むことができたし、家族にも知らせた。そして、かつて不正に支払われて利殖のもとになった金額は、彼女の意志で速やかに「コンシリアント」に返金された……

ジュヌヴィエーヴ　……でしたら競合相手の「オフィシューズ〔世話焼〕」社より運がよかったのですね。「オフィシューズ」も似たような被害に遭ったのですけれど、大きな損害を被ってそのままになってしまいましたから。

クロード　というと君は、その会社の重役に知り合いでもいるのかい？……

ジュヌヴィエーヴ　そうじゃないの。ただ先月、グロ男爵についての講演に出かけたのだけど……

ジュサック　……ベザンがルーヴルでやったものですな。

ジュヌヴィエーヴ　ジュサックさんも聴講されていたの？……

ジュサック　いいえ、新聞で案内を見ただけですよ。

ジュヌヴィエーヴ　ベザンはある出来事を事細かに話したのですけど、それはグロが絵を描くにあたって、正確を期すことに、どれほど気を配っていたかを見事に物語っていたの。

トレゼル　どの絵を中心に話をしていたのかね？……

ジュヌヴィエーヴ　タンベール子爵の肖像画です。

ジュサック　ああ！　あの有名なダンディ！

クロード　世をすねた若い放蕩者《リベルタン》の、よくできた見本のような人物ですね。ロマン主義の子で、長髪に短い髭を生やした。

ジュサック　女、酒、賭事をよくし……

ジュヌヴィエーヴ　……特に賭事です。ずいぶん若い頃にトランプで破産してしまい、何年も辛酸をなめました――でも、ある相続で再び景気づくと……

トレゼル ……それも賭博台に少しずつ消えていった？……

ジュヌヴィエーヴ いいえ。それは伯父の遺産だったのですが、この伯父は思慮に富んだ人で、タンベールがスペードの女王に夢中なのを知っていたため、「オフィシューズ」の力を借りて、全額を、崩すことのできない終身年金として残したのです。

トレゼル いずれにせよ、定期的に支払われる額は賭けに使ってしまった？……

ジュヌヴィエーヴ ……ブランシュ・ド・セジィと出会う日までは。財産のない純真な美女で、放蕩三昧の彼も初めて、その瞳に心の底からときめいたのです。

ジュサック 彼は彼女と結婚して？……

ジュヌヴィエーヴ ……地に足のついた妻に影響されて、よき夫、そして、よき父親になりました。

トレゼル タンベールにとっては、毎日がかけがえのないものだった……

ジュヌヴィエーヴ ……ああ！ 彼は若い頃の不摂生がたたって早くに老けこんでしまい、五十になる前に棺桶に片足を突っこんでいたのです。

クロード ブランシュは死を遅らせるために、あらゆることを試し？……

ジュヌヴィエーヴ ……なかでも、アルプスにある評判の保養地に行って、新鮮な空気のなかで養生させると……

ジュサック ……いくらか健康を取り戻したので？……

ジュヌヴィエーヴ　……早速それを機に、また少し活動的になってみたくなりました。
ジュサック　その土地の施設で？……
ジュヌヴィエーヴ　……特に、繁盛しているカジノがありまして、そこである晩、彼とブランシュが観た「お咎めなしの罪」は……
クロード　……ナンザックのオペラで……
ジュヌヴィエーヴ　……その日はバリトン歌手のダマレスが舞台に上がっていたのですが、髭を落としていたものの、彼があまりにタンベールと似ているので、ブランシュもタンベール本人も、とても驚きました。
クロード　ダマレスはクレスティル役を演じていたんだろうね……
ジュヌヴィエーヴ　……ロルダール大公の、悪の手先よ……
トレゼル　(思い出そうとして)　……ロルダール……その名は聞き覚えがある……その名が出てくるのは……
ジュヌヴィエーヴ　……前世紀の中頃に起こった悲しい事件で、舞台となったステューヴ公国では……
トレゼル　(事件を思い出して)　……君主、レオポルド七世が亡くなったばかりだった。彼には世継ぎがなく……
ジュヌヴィエーヴ　……すぐに弟のロルダールが王位を継ぎました。ですが、ほぼその直後、レオポルド七世の未亡人ジョリヌ大公妃に、出産が近いことを示す兆候がはっきりと現れたのです。

ジュサック　まずい状況になったため、ロルダールは……

ジュヌヴィエーヴ　……ジョリヌをプラム要塞に閉じこめ……

クロード　……生まれてくる子供を意のままにしようとして？……

ジュヌヴィエーヴ　……性別次第で、誕生を祝うか殺すか自分の思いどおりにできるようにしたの。

トレゼル　彼には最終的な手段に訴える覚悟ができていた……

ジュヌヴィエーヴ　ただし殺めてしまうなら、罪を隠すため、すり替えをしようと決めていました。

ジュサック　共犯者はいたのですか？

ジュヌヴィエーヴ　全部で二人。産科医のイルティーズと、ヒモまがいのクレスティル。クレスティルは時が来たら、勝手知ったるあばら屋を回って、生まれて数時間の女児をさらってくる手筈になっていました。

ジュサック　運命はロルダールに逆らった？

ジュヌヴィエーヴ　そうなのです。ある晩、ジョリヌが産んだのは男児でした。しかしイルティーズは女児とお触れを出し、ロルダールは、自分の変わらぬ王位を祝うとの口実で、プラム要塞に夥しい量のワインをふるまいました。

トレゼル　守備隊を酔わせて、ごまかしを楽におこなおうとした？……

ジュヌヴィエーヴ　一番の酒豪にも酔いが回った頃、クレスティルは合図を受け、念のために偽髭をつけて城に現れました。

ジュサック　彼は女の子を運んでいた？……

ジュヌヴィエーヴ　……マントの下に隠していました。都合のいいようにクレスティルは、ラグランコートを得意げにはおっていたのです。

クロード　赤ん坊の交換は成功して？……

ジュヌヴィエーヴ　……男の子をマントの下に入れると、すぐに立ち去ったの。物陰からそれを見張っていたロルダールは、その後についてエリムスク湖まで行き……

トレゼル　……型どおりに溺死させるため……

ジュヌヴィエーヴ　……二人は小艇《ジョリーボート》で湖の真ん中まで行くと、首に石をくくりつけるという古典的な方法で事を終えました。

ジュサック　ロルダールにはもう、ジョリヌを囚われの身にしておく理由はなくなりましたな。

ジュヌヴィエーヴ　引き続き責苦を負わせるどころか、結婚を申しこんだのです。

トレゼル　そうやって従属させて、彼女が復讐に怒り狂ったときに備えておくのが無難だと考えたのだな……

ジュサック　王位に返り咲くことは、ジョリヌを喜ばせて？

ジュヌヴィエーヴ　ロルダールと結婚すると、彼とのあいだに新たに男児をひとりもうけました。

トレゼル　すべてが思いどおりに進んでおる！……

ジュヌヴィエーヴ　あいにくそうはいきません。ある夜、奇妙な大声にジョリヌが目を覚ますと、悪夢にうなされたロルダールが、自分の罪と二人の共犯者の名を口にしていました。

クロード 彼女は真実を知った？……

ジュヌヴィエーヴ ……けれど、完全にではなかったわ。夢に特有の意味不明の言葉で、支離滅裂だったから。

クロード とにかく何か秘密があることに薄々気づいて？……

ジュヌヴィエーヴ ……イルティーズとクレスティルを締めあげてすべてを知ったの。

トレゼル 心の葛藤は胸を刺すようなものだったろう！ 自分のなかの母と妻が真っ向からぶつかりあって。

ジュサック 彼女には口外してはならない義務がありますな……

ジュヌヴィエーヴ ……口外はしませんでした……ですが、篤い信仰を持っていたので、犠牲になった子供に宗教上の弔いをしなければ気が済まず、遺体は、ジョリヌから金を受け取ったクレスティルが、潜水鐘を使って回収しました。

クロード その作業を首尾よくやるには協力者が大勢必要だった……

ジュヌヴィエーヴ ……だから噂が広まったわ。さらに現在から過去へと、それまでの経緯をうまいこと逆に辿ることができたので、真実が残らず明るみに出て……

ジュサック ……じわじわと広まっていき……

ジュヌヴィエーヴ ……しまいには、世界中の新聞がこの話題を取りあげました。

クロード ロルダールはすべてを否定して？……

ジュヌヴィエーヴ ……少しのあいだ、ばつが悪い思いをするだけで済んだの。
トレゼル そうだとも！……法など超越しているからな！……
ジュヌヴィエーヴ 彼は表向き、偽の公女を姪、そして義理の娘として通し続け、事件は忘れられたのだけど……
クロード ……あるとき、オペラの形で再び世間の注目を集めて……
ジュヌヴィエーヴ ……その第三幕は舞台が二つに仕切られているのだけど、一方は酔った兵士でひしめく要塞の一室を、もう一方は静かな通りを表していて……
トレゼル ……そこで、すり替えがおこなわれるのだな？……
ジュヌヴィエーヴ ……ふらふらになった酔っぱらいが発する、見事な大合唱《トウッチ》が続くなかで。
ジュサック 印象深い対照ですな！……
ジュヌヴィエーヴ ああ！ ブランシュとタンベールにとっては、その感動もひとたびダマレスが現れるや薄まりました。彼がタンベールにそっくりであることはもうわかっていましたが、役柄に必要だった偽髭のせいで、それは驚きから信じがたいものになっていました。
トレゼル 彼らにも、すり替えという考えが浮かんで？……
ジュヌヴィエーヴ ……ブランシュはこっそり、ダマレスと落ち合ったのです。
トレゼル カジノのバリトン歌手にとって、巨額の年金で一生暮らせるなど、眩しすぎるほどの未来だった！
ジュヌヴィエーヴ その強い誘惑には屈するよりほかにありませんでした。

ジュサック 彼は髭を伸ばし?……

ジュヌヴィエーヴ ……タンベールと入れ替わったのです——ダマレスと入れ替わったタンベールは、家族が受ける大きな利益を思い、ひとり離れて死を迎えることを毅然として受け入れたのですが……

ジュサック ……歌わなくて済んだのは?……

ジュヌヴィエーヴ ……死ぬまで喉を痛めたふりをしていたからです。その死も、病気がすぐにぶり返してまもなくやって来たのですけれど。

トレゼル ブランシュはダマレスをパリに連れていき?……

ジュヌヴィエーヴ ……人に見せては、高原の空気の効果を讃えました。

トレゼル 事の進展は?

ジュヌヴィエーヴ 初めは見事なものでした。でも結局、疑いが持ちあがったのです。

クロード 「オフィシューズ」はそれを知って?……

ジュヌヴィエーヴ ……証人尋問が始められたわ。だけど、やっぱり二人が似ていることといったら、どの点から見ても呆気にとられる類のものだったので、皆、白黒はっきりと判断を下すことができなかったの。それに筆跡に関しては、ダマレスは手本を生で見ていたので、練習によって、しかるべきものを完璧に自分のものにしていたのよ。

ジュサック 「オフィシューズ」は支払いを続けなければならなかった?……

ジュヌヴィエーヴ いいえ。弁護士の考えで、ダマレスと、グロが描いたタンベールの肖像画を並べて、ルーペを構えた専門家に見せることになったのです。
ジュサック　なんですと！……ブランシュは画をとっておいたのですか！……
ジュヌヴィエーヴ　考えてみてください。処分してしまったら、自分に不利になる強力な武器をこしらえることになっていたはずですよ。
クロード　並べてみた結果、証明されたのは？……
ジュヌヴィエーヴ　……肖像画のほうには、目の虹彩に変わった斑点がいくつかあったのだけど、ダマレスの目にはそれが見あたらないということだったの。
トレゼル　なんと！　そんなごく細かい描写が……
ジュヌヴィエーヴ　……肉眼ではないに等しいものですけれど、ルーペを通すと一目瞭然でした。
ジュサック　「オフィシューズ」は勝訴した？……
ジュヌヴィエーヴ　……のですが、執行官が犯人二人を身ぐるみ剝がしても、お金は一部しか返ってきませんでした。二人は自白を迫られ、刑務所行きとなりました。
トレゼル　その逸話はグロの評価を大いに後押しするもので、ベザンが講演に興を添えるために取りあげたのもうなずけるというものだ。
ジュサック　それにしてもトレゼルさん、私が思いますに、そこにお持ちの噴水は、細部にとことんこだわった芸術品という点で、タンベール子爵の肖像画に匹敵するものでありますな。
トレゼル　ルドニツキーのものですよ。
ジュサック　ルドニツキー？

クロード 彼のことですよ、ただの農奴《ムジク》から、美術の教育などまるで受けていないのに大彫刻家になったロシア人というのは。

ジュサック なるほど、その名には聞き覚えがあります……農奴だったのですか？

ジュヌヴィエーヴ 両親は貧しい農夫でした。

トレゼル 彼はほんの幼い頃から、ナイフを使い、枝の切れ端で小さな像を作って遊んでいたのですが、それは見事なものでしてね。これが土地の田舎教師の目に留まり、その子の素質を見てとると、喜んで、そして、ただで初歩的なことを教えてやったのです。

ジュサック その才能を思えば、当然、楽な仕事だったでしょう。

トレゼル 成長したルドニツキーは、大きなもので自分の芸術を試してみたくなりました。生家の近くに痩せ地の丘がせりあがっていたのですが、ふもとに花崗岩がむき出しになっている広い斜面がありまして、彼はあり合わせの道具を手にすると、そこに直接、高浮彫の人物像をこつこつと彫っていったのです。

ジュサック すると、自由な時間があったのですか？……

ジュヌヴィエーヴ 感心した父親が、創作のためにと畑仕事を免除していたのですよ。

ジュサック 彼が題材を求めていたのは？……

クロード ……あの親切な先生が持っていた本からで……

ジュヌヴィエーヴ ……特にある日、翻訳されたネゼリの作品のなかでビオレルルの処刑の話を見つけました。

ジュサック　ビオレルというと、あの十三世紀の有名な医者で？……
トレゼル　……単なる図式のために、生きながらに焼かれた男です。
ジュサック（思い出そうとして）　単なる図式……
トレゼル　ビオレルには驚くべき予見の力がありまして、反射運動を発見すると、それについて現代にも通じる理論を構築したのです。その最たるものが反射運動の仕組みを示す図式でして、これは今日でも、ほとんど手を加える必要がないものなのです。
ジュサック　その図形のせいで火あぶり台に上ることになったのですか？
クロード　目が覚めている状態でも、自らの意志に逆らう外的な運動があることを証明しようとしたのですからね。神経過敏な宗教裁判所にとって、これが自由意志と責任の考えに抵触しても無理のないことでしょう……
ジュサック　そこで発言の撤回を請願し？……
ジュヌヴィエーヴ　ビオレルはそれを拒み続けるばかりか、刑のあいだでさえ挑発的な態度をとり、彼を縛りつけていた紐が炎で断ち切られると、藁束の火を息で吹き消し、灰になったその先で、火あぶり台の十字架に己の図式を急ぎ描いたのです。
トレゼル　この逸話に若い芸術家は魅せられ、早速、火あぶり台で図を描ききったビオレルの姿を、花崗岩の斜面に彫る作業に取りかかりました。
ジュサック　主題の素晴らしさで……
トレゼル　……いつにも増して力を出すことができ……

クロード ……作品が完成するやいなや、見る者見る者これを褒めそやし、金に糸目をつけない ある美術品の収集家が、作品を切り出して買いとる権利に飛びつきました。ルドニッキーはそれ で得た金で本格的な彫刻の道具を揃えると、一足飛びに力をつけて名声を勝ちとったのです。

トレゼル 旅行者はいまでも、その花崗岩の斜面を見ることができましてね。最初の試作が浮き出ていて、また、巨匠の作品が切り出された跡が大きく口を開けているのですが、作品のほうは私がある機会に運よく買いとることができました。

ジュサック この栄えある場所にこそふさわしかったのですよ。勝ち誇る炎のさなかで図式をしかと描き終えた殉教者、その顔に漲る力強さときたら！……長居したいのも山々なのですが……遅くなりましたし、家が遠いもので……（礼をしながら）では、皆さま……（来たときに椅子の上に置いた帽子と本を取る）

トレゼル 門までお送りしましょう、ジュサックさん。道すがら、二つの直筆の件を片づけてしまえますかな……

ジュサック おお！　お安いご用です、トレゼルさん。

トレゼル では……ミルトンのものについてですが……

（二人、退場）

第五場
クロード、ジュヌヴィエーヴ

ジュヌヴィエーヴ　ジュサックさんって本当に感じのいい方だわ！　同業者のなかには、退屈な人や荒っぽい人もいるのに。
クロード　あの人が正しい作法をわきまえているのは、高貴な生まれのせいだよ。
ジュヌヴィエーヴ　高貴な生まれ？
クロード　ジュサックさんの祖父にあたる人は、クイユ男爵夫人オルタンス・ド・シエソンが産んだ私生児でね……
ジュヌヴィエーヴ　まあ！……
クロード　……オルタンスは子を産むと同時に夫を亡くしたのだけど、まだ若かったし明るい性格で、さっさと喪を済ませると、自由を満喫して浮かれた生活を送っていたんだ。そのサロンには人が絶えることがなくて、宴会に舞踏会――そして特に芝居ばかりやっていた。彼女は主役を華々しく演じて……
ジュヌヴィエーヴ　……脇を固めるのは素人の一座で？……
クロード　……オルタンスはそのなかの二枚目役、グルエフ子爵という美男子に首ったけだった……
ジュヌヴィエーヴ　……彼のほうも？……

クロード ああ！ 違うんだ。グルエフは結婚したばかりで、妻に優しく誠実でね。それにオルタンスは見目麗しいというわけじゃなかったんだ。
ジュヌヴィエーヴ 彼女にとっては二重の楯ね。
クロード 希望はあった。彼女、体つきのほうは奇跡のような、均整美のお手本みたいで、それが顔のまずさを埋め合わせていた。
ジュヌヴィエーヴ オルタンスは、そのことをグルエフに知らしめるための手段を探して？……
クロード ……ある芝居のなかに見つけたんだ。上演する作品を選ぶために芝居をたくさん読んでいたからね。
ジュヌヴィエーヴ それは？……
クロード ……ルニャールの『アルギュル女王とニソール大公』。王たちも二つの国も架空のものだけど、ニソールのロニド公国は、アルギュルのリヴュルディア王国に周りをとり囲まれているという設定のようだね。
ジュヌヴィエーヴ 題名からは、睦まじい恋の話のような気がするけど。
クロード それだと、ちょうど半分しか合ってないね。というのは、ニソールはアルギュルのことが好きなんだけど、彼女からは愛されていないから。
ジュヌヴィエーヴ オルタンスとグルエフのあいだにあったことの逆ね。そこでもやっぱり、夫婦のあり余る幸せが障害なの？
クロード 反対さ。女王はひどい尻軽で、夫君など気にかけもしないんだ。

ジュヌヴィエーヴ　じゃあ、拒んでいるのは？……

クロード　……政治的な目的があるからさ。彼女は自分がたきつけた愛情を利用して、平和的に国を奪おうとしているんだ。王国のなかに飛地があるのは面白くなかった。だから、もしニソールがロニド公国を譲ったら、身を任せましょうというわけ。

ジュヌヴィエーヴ　ずいぶん高くつくわね。

クロード　だから、このおかしな取り引きに恋する男が応じないまま、場面は進んでいくんだ。

ジュヌヴィエーヴ　それで女王は、少しも値引きしないの？……

クロード　それよりも思いきった手で、早いところ彼の迷いをきっぱりと断ち切ってしまいたかった。

ジュヌヴィエーヴ　いったい何を思いついたの？

クロード　彼女は即位の後、公式な肖像画のためにポーズをとらなくてはならなかったのだけど、作業が進むうちに絵かきに熱をあげてしまって、数日だけの寵臣にしたんだ。そうした者はほかにもたくさんいたけどね——絵かきは愛の巣で、抱擁と抱擁のあいだに彼女の扇情的な裸体画の習作《アカデミー》を夢中になって描いたのだけど……

ジュヌヴィエーヴ　……それを求愛者に見せて、息の根を止めようというわけね？……

クロード　女王は絵をまとめてマントの下に入れ、慎重に歩きながらこっそり持ちこむと、机にあった併合条約の隣に置き——そして、よくある話合いをしながら一枚一枚、ニソールに見せていくんだ、周囲の人間には裏側しか見せずにね。降参した彼は、最後の一枚のときに署名をするんだよ。

ジュヌヴィエーヴ　アルギュルからの報酬はすぐに？

クロード　そこで幕引きだから、そのようだね。

ジュヌヴィエーヴ　じゃあ、オルタンスはその劇を上演して？……

クロード　……グルエフをニソール役にして、自分は女王を演じたんだ。

ジュヌヴィエーヴ　で、例の場面で彼に見せたのは……

クロード　……稽古のときは、何も描いていないただの厚紙だった。その場では当然、勝手なことをする人がいるだろうし、思いがけないこともあるだろうから慎重になっていた。だけど上演の日、ここぞというときに残りの劇団員の視線が逸れているのが確かだとわかると、撮ったばかりの写真の束をマントの下に入れて実際に持ちこんだんだよ。写っていたのは、この場合にうってつけの、一糸まとわぬ彼女の全身像だった。

ジュヌヴィエーヴ　次から次へと写真を見せられて、グルエフはどう感じたのかしら？

クロード　彫像のようなオルタンスの体つきにほれぼれとしたよ、この女狐のうまいやり方にもね。細かい演出で劇作家のちょっとした狙いにまで立ち入るというのは表向きの話、そうした術を極めると見せて、彼を誘惑したのだからね。

ジュヌヴィエーヴ　そして、その二つのことに強く感心して……

クロード　……グルエフはオルタンスの恋の炎に応えたんだ。オルタンスは人知れず彼とのあいだに男児をもうけると、遠くで育てさせて……

ジュヌヴィエーヴ　……のちに財産を与えたの？

クロード　嫡出の子供がいたから、その私生児のほうには少ししか回せなくてね。それで彼を骨董屋にしたんだ……

ジュヌヴィエーヴ　……きっと生まれつき美的な感覚が鋭かったのね。だから、それが助けになる職業を選んだのだわ……

第六場

トレゼル、クロード、ジュヌヴィエーヴ

トレゼル（少し前に戻ってきた）……また貴族である彼には、上流階級とのつき合いが待っていた。店は繁盛してその後は息子が、さらにいま帰っていった孫が店主を引き継いだというわけだ。

クロード　二つの直筆を買うことで話がついたのですか？

トレゼル　うむ、まったく問題なかった。彼ほど話がわかる者もいないよ。あの男は商売人ではなく芸術家だ。美を崇拝していて、その情熱を皆と分かち合いたいと思っておる。彼は道中読み返すためにお気に入りの本を一冊手にしていたのだが、私がそれを指して知らない本だと言うと、置いていくと言って譲らなかった。レミ・ベローの詩篇だよ。実を言うと、いくつか読んでみたくて仕方がないのだが……

ジュヌヴィエーヴ　ああ！　朗読してください……朗読を……読むのがお上手なのですから！

……

クロード ああ! そうです、朗読してください……先生のうっとりするような節回しで!……

トレゼル なんと! お世辞屋が……おや、ここがジュサックの好きな箇所らしいな、本が勝手に開いたからな……

ジュヌヴィエーヴ さあさあ……

トレゼル 題は「鳩と通行人」だ。

(トレゼルが読み始める)

幕

第三幕

古美術品でいっぱいのジュサックの店。客がひとりおり、ジュサックとジュサック夫人が相手をしている。この幕のあいだ、ひとりか連れのいる顧客がぽつぽつと現れ、ジュサック一家三人のうちの誰かが相手をする。

第一場

ジュサック、ジュサック夫人

ジュサック （客に二つの包みを手渡しながら） 三百五十フランいただきます。

（客は金を払い、出ていく。四時の鐘が鳴る）

ジュサック夫人 四時だわ……ガストンはいったい何をしているのかしら？……何も言わずに出かけてからずいぶん経つわ。

ジュサック 奥さま、どうぞご安心を。私たちの息子は道に迷っているわけではありませぬ。

ジュサック夫人 というと何かご存知なのですか、旦那さま？

ジュサック あいつは近頃、あるものを追いかけていてね。賭けてもいいが今日姿を見せないのも、また探索を始めたことに関係があるはずだ。

ジュサック夫人 あなたの血を引いて面倒なものを探すのが好きなのね。それでいまあの子が向かっている、お目当てのものとは？

ジュサック 「ユリの花束を持った婦人」を知っているかい？

ジュサック夫人 ええ……クラマジランの絵ね……

ジュサック ……制作にあたって彼は、テナール男爵が発明した紺青色《ウルトラマリン》を初めて使っただろ。

ジュサック夫人 例の《テナール・ブルー》ね。婦人のマントのところは全部あの色でできている。

ジュサック 作品が知られているのも、芸術的な価値よりは《テナール・ブルー》を使ったのが、ほかに先んじていたからだ。

ジュサック夫人 そうね。

ジュサック まあそれでガストンは、どんなものかは知らないが、あの作品より前にテナール・ブルーがたっぷり使われている絵を追っているんだ。

ジュサック夫人 「ユリの花束を持った婦人」もかわいそうに！ 名声に迫っている脅威ときたら！……あら！ 本が二冊、いつもの古い絹地のところになかったと思っていたら、こんなところに。

ジュサック 私がわざと別にしておいたんだ。一冊はトレゼルさん、もう一冊はクロードさんのためにね。お二人に新しいものがあると知らせておいたら、午後にお見えになるとのお達しがあったよ。ああ！ ガストンだ！ 勝ち誇った顔をしているようだな！……

第二場

ジュサック、ジュサック夫人、ガストン

ガストン (顔を輝かせながら入場) やったぞ!……やったぞ!……
ジュサック じゃあ「ユリの花束を持った婦人」は?……
ガストン ……一番早いわけじゃないんだ。このメニューはあの絵よりも一年古いものだけど、テナール・ブルーでいっぱいなんだよ……
ジュサック ほお!……
ガストン 専門家のショーテルが、さっきお墨つきをくれた。
ジュサック夫人 メニューなの?……
ガストン ああ! 何の変哲もない作品だよ。作者はアルフレッド・マグダルーという、ただの素人だし。
ジュサック夫人 銀行家でジュール・マグダルーという人がいたわね。
ガストン それはアルフレッドの父親さ。
ジュサック マグダルーという名で思い出すのは、よくは覚えていないが、何か裁判があったような気がするな……醜聞で……
ガストン そうなんだ。アルフレッドにはオクターヴ・マグダルーという弟がいたんだけど、彼はその弟に対して訴訟を起こしたんだよ。

ジュサック夫人　弟に対して訴訟！……なんてこと！……

ガストン　そんな卑劣なまねをしたのも、奥さんにそそのかされたからなんだ。これが金にがめつい女でね。おぞましいことに、アルフレッドの母親、イザベル・マグダルーの昔の過ちを夫に吹き込んだんだ。

ジュサック　ああ！　銀行家ジュールの妻がかわいがっていたのは……

ガストン　……美男のペルー人、エンリケ・ウルディアレス。人の心を魅了する、この金持ち風の怪しい外国人《ラスタクエール》は、若い身空でフランスにやって来ると、従兄弟の遺産を湯水のように使って、しばらくのあいだ、目も眩むばかりの豪奢ぶりでパリの人々を驚かせた――そして財布を空にして帰っていったんだ……

ジュサック夫人　……イザベルを涙のなかに残して？……

ガストン　……ついでに置土産もしていった。イザベルには五歳になっていたアルフレッドがいたわけだけど、やがてできた弟が、口さがない人たちに言わせると、父親の銀行家にまるで似ていないというんだ。

ジュサック　で、訴訟は？……

ガストン　……二十年後に始められたよ。早くにイザベルに先立たれていたジュールが、草葉の陰で妻と一緒になるとね。

ジュサック夫人　それでアルフレッドは……

ガストン　……弟が不義の子であると公に申し出たんだ。だから父親の財産を相続するのは適当でないとね。
ジュサック　どんな証拠を彼は引き合いに出したんだい？
ガストン　オクターヴの顔が異国風なこと、そしてイザベルとエンリケ・ウルディアレスの仲を知る者が証言した、二人の関係についてのいくつかの逸話。
ジュサック夫人　なんてひどい息子なの！……呪われるがいいわ！……
ガストン　安心していいよ……法廷は、二、三の陰口や、少々黒ずんでいる肌の色を持ち出したくらいでは、証拠がまるで不十分だとして、訴えを退けたんだから。
ジュサック夫人　お見事！
ガストン　だけど、アルフレッドは負けを認めなかった。美術を嗜んでいた彼は、暇なときに、その日その日で絵をやったり彫刻をやったりしていた。
ジュサック　何かひとつを究めることなく、すべてに手を出す素人のやり方だな。
ガストン　そのとおり。彫刻から解剖学をかじるようになったくらいだからね……
ジュサック　……フェイディアスの弟子〔古代ギリシアの彫刻家の名から、彫刻家一般のこと〕にはたいそう役に立つからな。
ガストン　その学問の初歩を学んで気づいたのは、弟は顔面角がとても狭くて、それは近い世代に黒人の先祖がいることの証拠にほかならないということだったんだ。彼はペルーに行くことを決め、現地でウルディアレスの家系図を調べあげようとした。
ジュサック夫人　つまらないことのために、そんな旅行まで！……
ガストン　銀行家の財産半分がかかっているんだから大きいよ。それで友人たちに暇を告げたのだけど、そのなかのひとりがテナールだった。テナールにとって旅するアルフレッドは、鮮やかな熱帯の景色に否応なしに惹かれる絵かきとしか映らなくてね。彼は紺青色を発明したばかりで、そのときは世界中でも彼が持っているのが全部で、ほんの少しのたくわえしかなかったのだけど、これを大事にアルフレッドの財布のなかに入れて、それで熱帯の国の空がどう表現されるのかを知りたいと思った。

ジュサック ただの素人画家が最初に紺青色を使うことになるとは。それ以上、幸運で名誉なこともなかろう！

ガストン リマに着いたアルフレッドは調査を万事滞りなくおこなって……

ジュサック夫人 ……ウルディアレスの一家は？……

ガストン ……完全に潰えていることがわかったんだ。

ジュサック夫人 あらまあ！……

ガストン それはともかく、すべてが明らかになった。エンリケはアニタなる女性の息子で、またアニタの母親は、怪しい素行から、かつてファゾルラ嬢のところに足繁く通っていたとされていた。

ジュサック そのファゾルラというのは？……

ガストン ……金髪のカツラをかぶって、顔をけばけばしく塗った変な婆さんで、若い頃から開いていたサロンは、烏合の衆のたまり場として有名だった。そこでの、彼女言うところの社交パーティでは、どんな色恋沙汰も金次第で……

ジュサック夫人　……館の女主はそれに税を課して？……

ガストン　……誰彼なしにもてなしては、贅沢に暮らしていたんだ。アルフレッドが贈り物をすると、この遣手婆は協力を惜しまなかったので、彼はカルメン・オクエント、つまり、エンリケ・ウルディアレスの母方の祖母について尋ねてみた。

ジュサック　それには遠い記憶をたどらねばなるまいな。確かに、赤道の近くでは女性はすぐに成熟するから、こちらに比べて世代の交代は早いわけだが。

ガストン　ファゾルラは思い出した。カルメンは孤児で、生まれはよかったのだけれど財産はなく、贅沢好きが昂じて、かつて彼女のもとによく出入りしていた娘だった。それで、その頃サロンでは、オルノとかいう女たらし《ドン・ファン》の黒人が幅をきかせていたんだけど、この男は年増女に金をせがむと、それを若い女にぱっとくれてしまうんだ。

ジュサック夫人　するとファゾルラは、その金のやりとりで二度、手数料を取ることができたわけね。

ガストン　オルノはカルメンを愛してなんでも買い与え、カルメンはその娘を身ごもっていた……

ジュサック　……エンリケの母親、アニタを。

ジュサック夫人　アルフレッドの用事は済んだわけね。

ガストン　いや、証拠がまだだよ……それがないと、またもや信憑性のないおしゃべりしか裏づけがないと責められることになるからね。せっつかれたファゾルラは、何か彼の意に適うものはないかと懸命に記憶をたどった。彼女は書かれたものは何ひとつ持っていなかったけど、そのうち、絵の入ったメニューのようなものについて話し始めて……

ジュサック夫人 ……言うには、それが必要な条件を満たすと？……

ガストン ……願ってもないほどにね。話はオルノとカルメンの蜜月時代、その初めの頃に二人が気分を変えるために行った旅に遡るんだ。ある朝二人は馬丁《グルーム》も連れず、ポニーの馬車で出かけていき、お昼になると、ちょうど評判になっていた風光明媚な場所を休憩地として選んだのだけど、評判に違わぬことといったら、まさに絵かきがひとり、そこで仕事に取りかかっているほどだった。ポニーをつないで燕麦をあてがうと恋人たちは飛び出していき、籠の紐を解いて、食料を取り出した。どれも名高い産地のものばかりのね。

ジュサック夫人 ……貧乏な絵かきの鼻の先で？……

ガストン ……彼もまもなくそれにならったよ。だけど、歩きの彼がハンカチに包んで持ってきたみすぼらしい弁当と、乗物で運んできた、ずっしりと重い籠の豪華な中身は、あまりにも対照的で……

ジュサック ……二人は絵かきを呼んで、自分たちの贅沢をお裾分けせざるをえなかった？……

ガストン 彼は遠慮なく招待に与り、デザートのときにお礼をしたいと思った。恋人たちはしっかりと抱き合ったまま、二人で代わる代わるひとつの果物をかじっていたのだけど、彼は少しそのままの姿勢でいるように頼んで——そして筆を構えると、メニューの上のほうに二人の肖像画をさっと描いたんだ。メニューは列挙されている高級な食べ物にふさわしく、上質な厚紙《ブリストル》できていた。
ジュサック夫人　メニューを選ぶなんて洗練された心遣いがよく出ているわね。そうやって絵が入れば、モデルになった二人はメニューをとっておくでしょうし、品目を見れば、絵かきに施した親切を後で思い出すことができるわけだから。
ジュサック　絡み合う恋人と二人でひとつの果実。それはまた味わい深い主題で……
ガストン　……画家の創作意欲を大いに掻きたてたよ。すぐにメニューは丁寧に額に入れられて、ファゾルラのサロンのよく目立つ場所に飾られたんだ——そしてある日突然、オルノとカルメンが別れると、引き出しの奥のどこかにいってしまった。
ジュサック夫人　で、遣手婆はメニューを見つけ出したの？……
ガストン　……たいした苦もなくね。
ジュサック　それは充分アルフレッドの役に立った。
ガストン　そうなんだ……黒人と白人の様子を見れば、二人の仲がどんなものであったかは疑いの余地がなかったし、メニューの日付とアニタの誕生日との関係も、望みどおりのものだったからね。
ジュサック夫人　それからというものアルフレッドは、そこまで貴重になった証拠の品を、帰りの道中で失くしはしまいかと思うと、心配でたまらなくなった？
ガストン　だから手早く複製を描いたんだ。この場合、素人の才能でも間に合ったし、本物の絵かきを探す時間を省くことができたしね——そして空は、発明家の友人を満足させるために、きちんとテナール・ブルーで塗ったんだ。調査にかかりきりで、贈り物にまだ手をつけていなかったからね。

ジュサック それで嬉々としてフランスに帰った?……

ガストン ……念のため荷物をしっかり二つに分けて、それに本物と複製を入れてね——複製は執行官に、原本と相違ないと証明させておいた。

ジュサック夫人 ファゾルラも一緒に?

ガストン そうだよ。彼女を残していって一番の証人なしで済ませるわけにはいかない。

ジュサック そして旅は終わった?……

ガストン ……失くし物も、盗難もなく。だから求められて提出したのは、本物のほうだった。その品にファゾルラの発言が加わると、エンリケは明らかに黒人の孫であると思われた。

ジュサック夫人 アルフレッドがオクターヴの顔面角の狭さを引き合いに出したのはそのときだったた?

ジュサック その狭さは、疑いがかかったように、もしもオクターヴが密通から生まれた子だとしたら、曾祖父から受け継いだものとして説明は容易だが、そうでなかったら、まるで理解不能だな。

ガストン 裁判官たちもそう考えて、アルフレッドは控訴審で勝ったんだ。

ジュサック夫人 ……それでオクターヴは?……

ガストン ……不義の子であり、ジュールの遺産を相続するには適さないと宣告されて、財産はすべてアルフレッドのものになった。

ジュサック　じゃあ、それが？……

ガストン　……その複製だよ。テナールはこれをアルフレッドから譲られると、よく人に見せては話を語って聞かせたんだ。

ジュサック　で、いまの持ち主は？……

ガストン　……テナールの教え子の家族なんだ――かわいそうな人たちで、最近、運に見放されて財産の没収を命じられてしまってね。そんなわけでテナールから遺贈された、この彼らにとってはとるに足らない記念品について、人越しに僕の意見を聞いてきたんだ。それで話も全部教わったというわけ。

ジュサック（品定めをしながら）確かに美術品としてはとるに足らないものだ……

ガストン　……けれど、記されている日付を考えれば、空の青い色は注目すべきだよ……ほら……アルフレッドがそこに記している。

ジュサック「ユリの花束を持った婦人」より完璧に一年前の日付だ。

ジュサック夫人　それで専門家のショーテルが、テナール・ブルーだというお墨つきをくれたわけ？

ガストン　きっぱりと。

ジュサック　ほう！　これは本当に広告でも出すべき一品だな。たぶん、いい値になるだろう。

ジュサック夫人　ああ！　お客さまがお見えになったわ……許嫁のお嬢さまもご一緒に……

（トレゼル、クロード、ジュヌヴィエーヴが入場。丁寧な挨拶を交わす）

第三場
ジュサック、ジュサック夫人、ガストン、トレゼル、クロード、ジュヌヴィエーヴ

トレゼル ジュサックさん、あなたのお手紙を読んで生唾を飲みこみましたよ。私どものための新しいものとはいったい何ですか？

ジュサック この二冊の本なのです、お二人のためにここにとり置いておきました。（一冊を取って）クロードさん、あなたは教えてくださいましたね、ラムスがどの本でジェリーズとの恋を語っているかを。

クロード 『隠者の宵』のなかでですね、そう申しあげたのを覚えていますよ。

ジュサック 私は『隠者の宵』のすべての版に目を通したのですが、あなたがご所望されていた、ペルシャ語の直筆に通じる手がかりを見つけることができませんでした。望みがあるとすれば、原本にあたって、どの版でも削除されている註記のようなものを探すことでした。

クロード 『隠者の宵』の原本なんてものがあるのですか？

ジュサック （本を振りかざしながら） これですよ。懸命に探し、広告を出して手に入れました。

トレゼル そして期待に添うような註記を見つけたのですかな？

ジュサック それ以上でした。本文とは別の紙に直筆そのものがあったのです。あれは個人的な

ことですからね。そして当時のフランス人の印刷屋はそのページを飛ばしたのですな。

トレゼル　確かに。いまの印刷屋だってペルシャ語を前にしたら、やはり困惑してしまうでしょう。

クロード　もちろん、全部ひっくるめていただきます。

ジュヌヴィエーヴ（白い旗に刺繍されている模様を指しながら）　この刺繍、とても変わった色をしているわ！

ジュサック夫人　エルガナーズの放射を受けたのが原因なのです。ヌメアでのことですが、おかげで未遂の殺人事件が発覚したのですよ。

ジュヌヴィエーヴ　ヌメアで？……

ジュサック夫人　……数年前あの町は、オクロが大量に増えてしまったために、壊滅の危機に瀕していました。

トレゼル　繁殖力が強く、畑に被害を与える齧歯類ですな。

ジュサック夫人　オクロの脅威が抜き差しならないものになったので、これに対抗する同盟が結成されまして、エクトール・マスクレという老人が会長になられたのですが、この方は私どものお客さまの叔父にあたる有力者でして、太平洋のフランス領の島で彼の領地がない島はなく、なかでもポモトゥ諸島とニューカレドニアではもっとも裕福な大農園主なのです。

クロード　そのオセアニアのカラバ侯爵〔大地主のこと。シャルル・ペローの童話「長靴をはいた猫」より〕は……

ジュサック夫人　……島から島へと頻繁に移動して……

ジュヌヴィエーヴ　……地主として、あちらこちらに目を光らせていたのですね？……

ジュサック夫人　同盟には徽章がつきものです。マスクレが自分の同盟のために選んだのは、おそろしくお腹の出た雌のオクロで、また、このオクロは削除符号で体が半分隠されているのでした。

トレゼル　根絶という組合の目的と矛先が向けられた敵、さらにその危険な生殖力、こうしたことを同時に表すのに、それ以上、簡素で的確な方法もないですな。

ジュサック夫人　やがて、会員はめいめいブローチに小さな徽章をつけて帽子と胸を飾りまして、一番大きな徽章は——式典のために用意されたきれいな旗で、白地の中央に黒い絵柄が刺繍されていましたが——会長の家に置かれました。

クロード　連隊の旗が連隊長のところに置かれるように。

ジュサック夫人　同盟は勝利をおさめ、植民地にとってこれは繁栄の時代の幕開けとなり、人々は娯楽に飢えるようになりました。

トレゼル　世の常ですな。

ジュサック夫人　劇場が建てられ、フランスから俳優たちがやって来ました。なかでも華々しい活躍をしたのが、色っぽい女中役《デュガゾン》〔あるいは「恋する乙女役」。オペラコミックで活躍した女優の名より〕のシルヴォリーヌ嬢と、テノール歌手のレダルです。彼はシルヴォリーヌの愛人でした。

クロード　やはり世の常ですね。

ジュサック夫人　マスクレは、ベランクールの「墓掘り女《ラ・フォッスーズ》」をいつになく好演していたシルヴォリーヌを見て熱をあげ、大金を与えてたちまち、ものにしてしまいました。

クロード　ですが、レダルは？……

ジュサック夫人　ああ！　彼はヒモ《アルフォンス》〔デュマ・フィスの戯曲の主人公の名より〕の役に不満など持ちませんよ。シルヴォリーヌはレダルにそそのかされて農園主の老いらくの恋につけこみ、ついにはその遺言書に大きく名を連ねるまでになりました。ですが、老人は丈夫で長生きしそうでした。

クロード　金さえしっかり払ってもらえるのなら、彼女も我慢して待つことでしょう。

トレゼル　そうではあるが、別の者が彼女にとって代わり、マスクレにその遺言書を反故にさせる可能性もあった。

ジュサック夫人　そんなわけでシルヴォリーヌは、やはりレダルの言いなりになって、マスクレを殺してしまおうという考えを聞き入れたのです。ヌメアには、島のありとあらゆる珍しい品が、植物でも動物でも、農産物でも工業品でも、種類ごとに展示されている美術館がありました。特にある一角には、ラベルの貼られたたくさんのフラスコが並べられていて、それぞれに地方特産の液体が入っていました。

ジュヌヴィエーヴ　テノール歌手はそこで猛毒でも見つけたのですか？……

ジュサック夫人　ラベルによると、毒のなかでも一番即効性のあるものをです。そのイラドールは、口から摂るぶんには無害なのですが、血に混じると即死だそうです——植物から採れる毒で、ニューカレドニアの人たちが昔、矢の先に塗って使っていたものです。

トレゼル　クラーレ薬のようなものでしょうな。

ジュサック夫人 警備の者が背を向けているあいだにレダルは目的のフラスコをうまいこと盗み、できた隙間を埋めるために、ほかのフラスコの間隔を広げました。そして家で少量の毒を別の容器に移すと、一時間もしないうちに、軽くなったフラスコを巧みに、また幸運にも助けられて、こっそりと元の場所に戻したのです。

ジュヌヴィエーヴ というと、彼は矢でマスクレを殺そうと考えていたのね？……

ジュサック夫人 いいえ。事が済むまで毎日のように、剃刀の刃先にイラドールを塗らせようとしたのです。

クロード そして、そのうち軽い切傷をこしらえたり、吹出物をひっかいたりすれば……成功は確実ですね。もちろん剃刀を研いだって、毒をすっかり取り去ることはできない。

ジュサック夫人 やがて、万事が彼の思いどおりに進みました。毎朝シルヴォリーヌは、年老いた愛人がまだ寝ているあいだに用心しながらその床を抜け出し、安全な隠し場所から筆と小瓶を取り出して……

ジュヌヴィエーヴ ……それに盗んだイラドールが入っているわけね？……

ジュサック夫人 彼女はマスクレが沐浴のために使っている小部屋に行くと——剃刀が並んでいる箱のなかから——正しいものを選びました——というのも剃刀は七つありまして、それぞれの刃の背に曜日の名が彫られていたのです——そして小瓶のなかに筆をちょっと浸して刃先を濡らしました。さらに前の日に濡らした刃先を、丁寧に根気よく、しっかりと洗浄したのですが……

クロード ……そうすれば成功の暁には、危険な作業をできるだけ短い時間で済ませることができると踏んでいたからですね？　マスクレを殺った刃から毒を取り去るだけでいいわけですから……

ジュサック夫人　それを終え、すべてをきちんと元どおりにすると、彼女は寝ている男の横に滑りこむのでした。これは幸運なことなのですが、マスクレが七つ揃い《セプテン》の刃を手に入れて使い始めたのはポモトゥ諸島でした。ところで、経度百八十度を越えるときに、船首が西に向いていれば日を一日飛ばしますし……

クロード　……東に向かうなら、日を一日多く数えますね。

ジュサック夫人　マスクレは、その経度を何度も越えて行き来せざるをえない生活を送っていましたので、彼はそんなことなどお構いなしに、いつも刃を一本ずつ、順番に使うことを決めていました。

トレゼル　そうでもしなければ何の意味もなかったでしょうな。同じ刃をいくつも持っていて何か利があるとしたら、それは使った後に順序正しく、同じ日数だけ刃を休ませることができるからです。

クロード　するとマスクレは顔の手入れに関して言うと、境の経線をまたいだときの向きに応じて交互に、あるときはカレンダーと仲違いをし、またあるときはよりを戻していたわけですね……

ジュサック夫人　ヌメアでの彼は一日遅れていました。

ジュヌヴィエーヴ　そうしたわけで、毎朝シルヴォリーヌがこっそり細工をしておいた二つの刃のうち、マスクレが手にしていたのは危険なほうではなく、きれいにした刃先のついたものだった。

ジュサック夫人 ですので、ある日マスクレの手元が狂って、髭剃り用の鏡に映る顎に、三滴の血の玉が浮かんだのですが、彼は何事もなく生き延びたのです。

ジュヌヴィエーヴ そのせいで少しのあいだ、赤いかさぶたができて……

ジュサック夫人 ……いまかいまかと待つシルヴォリーヌはそれを見逃さず、失敗にたいそう驚きました。

クロード 彼女は原因を探って?……

ジュサック夫人 ……そのうちに気づいたとは思うのですが、でも、もう手遅れだったのです。翌々日はオクロ撲滅同盟中枢部の結成記念日で、厳格なしきたりに従い、晴れやかな行進をすることになっていました……

ジュヌヴィエーヴ ……例の旗を先頭にしてですね?……

ジュサック夫人 この日のため、旗印がマスクレの寝室の戸棚から取り出されたのですが、にぎやかな外遊が続くあいだ、中央の絵柄の黒い色が目に見えて薄くなっていくので観衆は驚きました。

トレゼル なんですと……刺繍は白地に黒で、削除符号つきの太った雌を表現していたのでしたな……

ジュサック夫人 ……それが、会が終わったときにはもう、くすんだ灰色でしかなかったのです。

同盟の創立者のなかに地元の学院で科学を教えている教授がいたのですが、彼は帰り際、成分分析と化学反応を調べるのにちょうどいいと旗を手にしました。やがて彼は言いました。問題の黒い模様が光に対してあのように突然、敏感に反応したのは、事前にエルガナーズの放射を暗いところでたっぷり受けたからであって、それ以外には考えられないと。

クロード　その言葉を受けて、しかるべき戸棚を調べると？……

ジュサック夫人　……イラドールの入った小瓶が出てきたのです。壁に空いた穴にしまってありました。穴は壁紙で完全に覆われていたのですが、端が破れていて手を入れることができたのです。

クロード　中身を分析したのですか？

ジュサック夫人　いいえ。教授は外見と臭いだけですぐにイラドールだとわかりました。その成分のほとんどはエルガナーズなのです。

トレゼル　それで漏れ出したのは？……

ジュサック夫人　……蓋をきちんとしていなかったからです。

ジュヌヴィエーヴ　マスクレは一連のことに驚いて？……

ジュサック夫人　……朝うつらうつらしているときに、何か行き来があったのを急に思い出しました。おぼろげながら何度か気づいていたのです。そこで小瓶を元の隠し場所におさめると、誰にもそのことを言うまいと決めました。翌日、落ち着かず早くに目が覚めると、そろそろというときに寝たふりをし、やがてシルヴォリーヌに襲いかかりました。筆と刃を手に、ふいをつかれた彼女は刑務所で朝食をとることになり……

クロード ……レダルも続いたのですか？

ジュサック夫人 はい。たっぷり尋問されて、彼女はすべてを白状しましたから。

トレゼル かわいそうに、それから、独りぼっちになったマスクレはどうしたのですか？

ジュサック夫人 七つ揃いの刃を注意しながら海に投げ捨て、遺言書をやりなおしました。

クロード それで犯人たちが受けた罰は？……

ジュサック夫人 ……短い禁固刑だけで済みました。未遂ですし、結局、何も起こらなかったわけですから。

ジュヌヴィエーヴ 旗のほうは？……

ジュサック夫人 裁判のあいだは証拠物件となりまして、判決が下された後、マスクレに返されました。それからというもの彼は、オクロが完全に滅んだために同盟が無用になってやがて解散した後でさえも、敬虔に、旗をいつまでも大切にしました。

ジュヌヴィエーヴ ずっと愛着を持ち続けたのも、彼が受けた警告を思えば当然でしょうね。

ジュサック夫人 先日、私どものお客さまでマスクレの姪にあたられる方が、その遺産を相続されました。パリにお住まいなのですが、突然、オセアニアからの荷物の山に埋もれてしまいまして、私どものところに一部を売りに出されたのです。そのなかに……

トレゼル ……特にあの栄光の旗があって？……

ジュサック夫人 ……ケースには、この地方新聞の束も入っていました。裁判の折に出回ったもので、事件について教えてくれました。

クロード（少し前から、一冊の本をめくっている）これはまた奇妙な会話に出くわしたものだ！……フロンタンと、メレアグロスの幽霊がやりあうなんて、いったい何を話したのだろう？……

ジュサック　ああ！　あなたがめくっていらっしゃるのはノワイエルの『あてこすり』ですよ、よく書けている喜劇です……

トレゼル　……が、白状しますと、私は題名さえ知りませんでした。

ジュサック　おお！　残部がほんの僅かなのです。ここをぐるりと囲う珍しい品のなかでも、稀少さにかけては上位のものです。

ジュヌヴィエーヴ　その本にはメレアグロスの幽霊が出てくるのですか？……

ジュサック　……そしてフロンタンの前に現れます……

クロード　……彼はノワイエルが好んで書く人物で……

ジュサック　……この作品では、ルイ十四世時代の終わり頃、遥か遠いギアナの海岸に姿を見せます……

トレゼル　……ギアナで？……

ジュサック　……南米生まれの白人《クレオール》で、大金持ちのブランシュロー侯爵に仕えているのです。侯爵はパリに滞在したときに彼を召し抱え、以来、手放そうとしませんでした。

クロード　悪賢い召使いはその地でも相変わらず、ばかげたまねを？

ジュサック　人を騙すわ、いろいろと怪しい仕事の助太刀はするわで、ついには広々とした隠し場所が金貨でいっぱいになります……

ジュヌヴィエーヴ　……そのとっておきの金を持ってフランスに戻るのですか？……

ジュサック　いいえ。彼は恋に囚われているのですよ。侯爵の領地では、奴隷の男女の群が身を粉にして働いているのですが、そのなかにレリュという若い黒人女がおりまして……

クロード　……フロンタンはこの女をたらしこんで？……

ジュサック　……さらには身重にしてしまいます。

トレゼル　レリュに金の隠し場所を教えるのはやめておいたのですか？

ジュサック　そうなのですが、彼女は見つけてしまうのです。そしてある日、泥棒というよりは妊婦《アンヴィ》の欲求から金ぴかのものにそそられ、宝を取ると、恐怖に急き立てられて脱走し、原生林の奥に潜りこんで逃亡《マロン》奴隷として暮らし始めるのです……

ジュヌヴィエーヴ　……フロンタンは血まなこになって彼女を探すのですか？

ジュサック　いいえ。森の迷宮に入られては、とうてい見つけ出すことはできないと知って、賢明にも彼女と盗品をあきらめるのです。

ジュヌヴィエーヴ　フロンタンにしてみれば、またお金を貯めこめば済むことなのですね。

ジュサック　おお！　植民地で金儲けをして回るのなら時は最高なのです。ほかの地でもそうなのですが、アメリカ全土が二百年祭を大々的に祝う準備にわいていましてね。

トレゼル　クリストファー・コロンブスの上陸から二百年ということですな。

ジュサック　人々は古今の偉大な船乗りや乗組員に見事に仮装し、寸分なく復元された自分の船に乗りこんで、約束の日にコロンブスを先頭に一団となって、海上をおごそかに巡航するはこびになっているのです。

ジュヌヴィエーヴ　歴史に残る雄壮な隊列ね！……

クロード　……祭は当然、コロンブスへの礼讃か何かでしめられるのですか？……

ジュサック　最後にコロンブスの船を中心に、名の通った船長たち、ヴァスコ・ダ・ガマやイアソン、マゼランなどの船が円を描きながら航行しまして、コロンブスをすべての船乗りの長と仰いで、いつ果てることなく喝采を送ることになっています。

トレゼル　もちろん、フロンタンなくして祭もないわけで。

ジュサック　彼はあの名高いイアソンの船に乗りこみ、アルゴ船遠征隊のメレアグロスを演じます――フロンタンに衣裳を着せ、おかしな恰好をさせたのはその主人で……

クロード　……その盛大な儀式の費用を分担したがった？……

ジュサック　……金持ちなら誰でもそうしているので、自分も例に漏れたくなかったのです。夜、光で飾られた壮麗な船舶が別れの運航を終えると、フロンタンは月光がおぼろに照らす自室に戻り、長椅子に倒れこむと、客席に向かって、その日一日の出来事を独り語り始めます。

クロード　幽霊が出るのにぴったりの雰囲気ですね……

ジュサック　ちょうど遠くで時鐘が鳴り、フロンタンはあくびをしながら「零時か」と口ごもると、ベッドに引き寄せられるように伸びをしながら立ちあがります――そして亡霊に気づくのです……

ジュヌヴィエーヴ　……メレアグロスの幽霊？……

ジュサック　……霊におなじみの時を打つ鐘の、最後の一音の響きとともに、垂幕の襞のところから現れました。この新参者は名を名のり、自分は死にきれていないのだとその秘密を語ります。

トレゼル　彼の命は、あの燃えさし次第ですが〔メレアグロスが生まれたとき、炉にあった燃えさしが燃え尽きるまで生きると予言された〕、完全に燃え尽きたわけではなかったのですか？

ジュサック　いいえ、完全に燃え尽きていました。ですが、その灰が残ったように……

トレゼル　……メレアグロスが死んだ後も、彼の自我は当然ながら少々残ったというわけですな。

ジュヌヴィエーヴ　そうやってフロンタンを訪ねたのは、何か望みでもあったからですか？……

ジュサック　彼の衣裳を試してみたかったのですよ、死装束になっている、ふわふわした布の上から。フロンタンのそれがまるで実物のようだと言いましてね……

ジュヌヴィエーヴ　……ありし日のメレアグロスが甦るという幻想にいっとき浸りたかったのですね。

ジュサック　やがて幽霊はフロンタンの仮装衣裳を着こむと、鏡を見ながら、そこらじゅうを気どって歩くのですが、すぐに疲れて贈り物を返します……

クロード　……現世の存在ではないから、肩に重かったのですね？……

ジュサック　メレアグロスが暇乞いをしようとすると、フロンタンは突然ひらめきます。超自然的な存在であるこの幽霊を道案内にして、レリュを見つけ出そうというのです……

トレゼル　……そしてなにより、あのとっておきの金を！

ジュサック　話を持ちかけられた幽霊は喜んで力を貸し、フロンタンを連れていきます。
ジュヌヴィエーヴ　それで次の場面は？……
ジュサック　やはり月明かりが照らす原生林で進行するのですが、舞台は蔓のカーテンで二つに区切られています。右側ではレリュが子供のようにはしゃぎ、くり返し、指のあいだから例の金貨を雨と降らせ、一方、近くの苔のベッドでは、生まれたばかりの白人と黒人の混血児《ミュラートル》が四人、眠っています。
トレゼル　四人！……フロンタンも災難ですな！……
ジュサック　彼は左側にいて、蔓の隙間からこっそりその様子を窺い、道案内に向かって辛辣で滑稽な省察をぶつくさとつぶやいては、話相手を喜ばせています……
クロード　……その言葉は四つ子を見て口に上ってきたものなのですね。彼こそが、その子たちを作った張本人なのに！……
トレゼル　まさに同腹の子！……
ジュサック　フロンタンはしばらくその場に立ちつくしていました……
クロード　そんなふうに宝が守られているのが気に入らなくて！……
ジュサック　それに、宝を奪い返して卑怯にも逃げてしまうことは、良心が咎めて気が進まないのです。
トレゼル　来たときのまま、手ぶらで引きあげればいいことでしょう……
ジュサック　結局、そうすることに決めるのでした。

クロード　子供たちを母親の手に委ねて？……
ジュサック　……残していく金を思うと、その将来に対して気分も軽くなりました。
ジュヌヴィエーヴ　そして幽霊は？
ジュサック　森の迷路に閉じこめられていますから、フロンタンをその外まで案内してから消えると約束して、身振りで彼を促す場面で幕が下りるのです。
クロード　そこにお持ちの一冊は本当に貴重なものなのですね……
ジュサック　……さらに、この本の価値を高めているのが、最初のページに入っている透かしの花押《モノグラム》なのです……ご覧ください。
ジュヌヴィエーヴ　これが示しているのは？……
ジュサック　……出版社の頭文字でして……
ジュヌヴィエーヴ　……本全体を特別なものにしているのは？……
ジュサック　……この花押が一七〇五年のものだからです。紙に透かしを入れた初期の年代にあたります。
トレゼル　一七〇五年？……でしたら、それをはるかに上回るものをあなたにお知らせすることができますよ。
ジュサック　なんですと！……
トレゼル　サン＝トラン伯爵でしたら、十五年の差をつけてあなたを負かすでしょうな。
ジュサック　サン＝トラン伯爵とは？……

トレゼル　……プロヴァンス地方の、由緒あるユグノーの家系の長で、ガールの地所で暮らしておりました。
ジュサック　田舎貴族で？……
トレゼル　……領地の運営に通じていましたが、特に、神聖なものとされていた沼がありまして、そこには大昔からカイツブリが生息していたので……
クロード　……羽毛を剝いで？……
トレゼル　……毎年、ボーケールの市で売っていたのだよ。サン＝トラン伯爵の住まいは城でも一番いい、南西に臨む角部屋で……
ジュヌヴィエーヴ　……歴代のサン＝トラン伯爵もそこに住んでいた？……
トレゼル　……その証拠に家具のひとつには、彼らが代々数百年にわたって、後生大事にとっておいた無用の書類が積み重なっていた。
クロード　それは当然山のようで……
トレゼル　……整頓好きだった当代のサン＝トラン伯爵をいらだたせていた。
ジュサック　彼はその山に立ち向かい？……
トレゼル　……果敢にも……そして長い時間をかけて整理し、ラベルを貼ったり、捨てたりしたのです。彼の机は西向きの窓際にあってカイツブリの沼に面していたのですが、ある日のこと、その机に陣どって埃をかぶった紙の束を丹念に調べていると、偶然、あちらこちらに署名の入った、ひとまとまりの財産目録が目に留まりました。

ジュサック　分類に夢中になっていたのに、その注意を逸らしたのですから、たいそうな掘出し物なのでしょう。

ジュヌヴィエーヴ　ご先祖にそんな細かい作業をする人がいたなんて、血は争えないわね！

トレゼル　当時は竜騎兵《ドラゴナード》による強制改宗がおこなわれていたから、この先祖は新教徒に対して吹き荒れていた迫害を恐れ、持っていたすべての貴重品の一覧表を作らせて、認証も済ませておいたのだよ。

ジュヌヴィエーヴ　略奪を受けた場合に備えておきたかったのですね。いつか嵐が去って、損害分を請求できるようになった時のために？……

トレゼル　サン＝トランは、一族が所持する宝飾品についての一覧表のなかに、ある宝石の重さに関する註を見つけたのですが、これがひどく細かい字だったので、少し腕を伸ばしてみなければなりませんでした。

ジュサック　というと、彼は五十代にさしかかっていたのですか？

トレゼル　あとほんの少しで。そのため横になっていた紙が斜めになると、後ろから光があたって……

ジュヌヴィエーヴ　……それは太陽の光で？……

トレゼル　……カイツブリの沼で反射した後、開いた窓を通って紙まで跳ねかえってきたのだ。

ジュサック　紙が透けて、彼が見たのは？……

トレゼル　透かし文字で書かれた、なんとも謎めいた一文で……

クロード　……明らかになったのは？……

トレゼル　……カイツブリの沼に、値のつけられないほど高価なダイヤの首飾り《リヴィエール》が隠されているということだった。

クロード　……一時的に水を抜く必要があり……

トレゼル　……実際にそうしてみた。沼の底には、泥に半分埋まっていたが、蠟でしっかりと閉じられた大きな金属の箱があって……

ジュサック　……こじ開けてみると、書かれていたとおりの驚くべきものが出てきた？……

トレゼル　……そしてダイヤを隠した先祖の告白も。被害を取り戻せないような略奪に遭うことも当然予想されたため、彼は抜かりなく、ひと財産に相当する首飾りを巧みに隠し、もっと安い宝石はどこでも適当なところに置いて……

ジュヌヴィエーヴ　……略奪者もそれを見れば、所持品を漁る気をなくすというわけですね？……

トレゼル　さらに透かし文字の通告は、彼とともに秘密が葬り去られてしまうのを防ぐことになっていた……

クロード　……盗みに加え、殺されてしまう可能性もあったからですね？……

トレゼル　その発見には、当分起こることのない大変な偶然が必要であるから、それが遠い未来になることは確実で……

ジュサック　……その時代なら迫害もついに終わり、二度とぶり返すことはないだろうと……

トレゼル どんな長い時にも耐えられる隠し場所を探すうちに、彼がカイツブリの沼を選んだのもわけあってのことで……
ジュサック ……確かにその沼でしたら、なくなってしまう危険はまずありませんな。ほかと違い、住人の羽毛で儲けが出るわけですから。
トレゼル 透かしの入った紙は、自らリヨンに行って作らせました。賢明にも、自分の名前や領地の名は告げずに。
クロード 彼の恐れは現実のものになったのですか？
トレゼル いいや。だが事故で亡くなってしまったのだよ。そうしてダイヤはずっと沼の底に。
ジュヌヴィエーヴ いまのサン゠トランは、ご先祖のそんな預けものを見つけ出すことができて嬉しかったでしょうね。
トレゼル 加えて、並はずれて奇妙な掘出し物だと思った彼は、地方の雑誌に話を寄せ、いろいろなところに転載されましたので、私の目にも留まったという次第なのです。
ジュサック （ノワイエルの本を見ながら） となると、この花押も惨めなものですな。私にとっては値打ちがさがりました……お恥ずかしい限りです！……

第四場

ジュサック、ジュサック夫人、ガストン、トレゼル、クロード、ジュヌヴィエーヴ、リッサンドロー

ガストン （少し前に訪ねてきた客を前に出して） 父さん、赤チョーク画を持ちこまれた方がいらっしゃるのだけど、これは面白そうだよ。
ジュサック どちらさまでしょうか？……
リッサンドロー アンブロワーズ・リッサンドロー、弁護士です。（赤チョーク画を差し出して）これをどう思われますかな？
ジュヌヴィエーヴ まあ！……この子、とてもかわいらしい顔をしているわ！……
ジュサック夫人 作者は？……
リッサンドロー ヴァリガールです。素晴らしい画家でしたが若くして亡くなりました。残念なことに！……
クロード それで、この子供は？……
リッサンドロー ……彼の娘マルトです。ほんの幼い頃に母親に死なれ、ある悲劇の当事者となったのですが、それがこの肖像画の名を大いに高めました。
トレゼル 当事者といっても被害を受けたほうでしょうな……この子の瞳はとても無邪気に見える……

リッサンドロー　ヴァリガールは、マルトの子守だったアンジェル・クレギュという美しい娘に丸めこまれておりました。その女の粘り勝ちでしたが、彼もそちらの面では隅に置けなかった男でして。

ガストン（赤チョーク画を指しながら）なんですって！……これほど詩情を誘う作品の作者が召使いとの色恋に耽っていたとは！……

トレゼル　おお！　そういった齟齬はよくあることだよ！……

リッサンドロー　アンジェルには、ザッカリー・ナーユというもっと古くからの別の愛人がおりました。この男は三流のバリトン歌手で……

ジュヌヴィエーヴ　……雇われていたのは？……

リッサンドロー　……合唱団員としてでした。ヴァリガールは生来体が弱かったため娘が心配で、また愛人にはたぶらかされていましたから、遺言書でアンジェルに多額の終身年金を与え、さらに彼女をマルトの後見人にして、それで万事うまくいくと思いこんでいました。

ジュサック夫人　肚に一物持っていた女などに、遺言書を読んで聞かせたのですか？……

リッサンドロー　……端から端まで。ナーユもすぐに、アンジェルを通してその内容を知りました。

トレゼル　ヴァリガールも迂闊でしたな！　彼の来るべき死は、二人にとって黄金色に輝くようになり……

ジュサック夫人　……その日から待ち焦がれたに違いなく……

リッサンドロー　……ある養子縁組まがいのことをしてから、待ち遠しさはますます募りました。これが巧妙なものでして……

ガストン　養子縁組？

リッサンドロー　その頃、ナーユが稽古をしていたのはロシアのオペラ「怒りの湖」でした……

ジュサック　……ドブリーニンの……

リッサンドロー　……これが生真面目な人で、パリにやって来て、何から何まですべて自分で決めていました。

ジュサック　話の舞台はグレートスレーヴ湖で……

リッサンドロー　……台本では、湖の有名な奇観が活かされています……

ジュサック夫人　……どういったものですか？

リッサンドロー　湖の下に、天然の細長い通路が通っているのですよ、これがウエレット島と湖岸とを結んでいるのですが……

トレゼル　……離れている距離は？……

リッサンドロー　……三キロは優に。

ガストン　変わったトンネルですね！……

リッサンドロー　……その発見には、感動的な逸話が関係していまして……

クロード　……最近のことですか？……

リッサンドロー　百年足らず前のことです。当時その付近をひとりの捨子が徘徊しており、皆から、イノサント〔汚れなき子、白痴〕という意味になる名で呼ばれていました。

トレゼル その子は知恵遅れで？……

リッサンドロー ……神聖な存在だとされていました。

ジュヌヴィエーヴ どうやって生きていたのですか？

リッサンドロー 呪物《フェティシスム》として崇拝されておりまして、人々は福を呼びこもうと食べ物を与えていたのです。

クロード 家にも入れてやったのですか？

リッサンドロー いいえ。彼女は頑なに人を拒み、日中は目がきかないので、ケールの洞窟で穴暮らしをしていました。洞窟は湖の南のほうで迷路のようになっていたのですが、彼女はどの曲り角にも通じていましてね。それで、この頃、人目を避けて甘い言葉をささやき合っていた二羽の小鳩がおりました。漁師の男女です。

クロード どうして人目を避けて？

リッサンドロー 当時対立していた二つの部族の出だったからでして……

ジュサック夫人 ……一緒になるには生まれを捨てなければならなかったのですね？……

リッサンドロー 近いうちに緊張が解けないものかという期待をかすかに抱きながら、二人はそれぞれ小舟に乗り、時間を合わせてウエレット島に通っておりました。巨大な岩場にはいつも人影はなく、天然の空洞が開いていていて……

ガストン ……逢引にちょうどいい、安全な場所がたくさんあった。

リッサンドロー　あるとき、彼らの逢瀬は竜巻の通過に邪魔されました。小舟は荒れ狂う雨風の餌食になって、あっという間に粉々になりました。

トレゼル　おお！　アメリカの大きな湖では海洋性の、本物の嵐が起こりますからな。

リッサンドロー　そのときの嵐は極端に激しく、それに加えて長く続くものでした。飲まず食わずの二人を救助できぬまま数日が過ぎ、遭難の合図は湖岸から見えていましたが……

ジュヌヴィエーヴ　……ああ！　弱々しくなり、回数も減っていって……

リッサンドロー　……完全に途絶えたのでした。最後の合図があってから数時間が過ぎた頃、島に現れた者を見て人々は唖然としました。

ジュサック夫人　イノサントね！……

リッサンドロー　……前の日にはまだ、彼女の好きな洞窟のほうでうろうろしているのが目撃されていたのですが！

クロード　嵐は一瞬たりとも弱まっていなかったのだから、彼女が水の上を通っていったと考えるのは難しかった。

リッサンドロー　ですので、島の洞窟と少女が住んでいる洞窟とを結ぶ、地下の回廊があるのではないかという仮説が立てられたのです。

ジュサック夫人　すぐに探索が試みられて？……

リッサンドロー　……首尾よく見つけ出すことができました。人々は松明を手にし、イノサントの住む迷路で、彼女が砂の上に残した足跡を調べたのです。

ジュヌヴィエーヴ 群衆は細長い通路に踏みこみ?……

リッサンドロー ……恋人たちの食料を持った先遣隊二名が、さっと往復を終えて再び現れるとすぐに。

クロード 地下から島の洞窟へは問題なく出ることができたのですか?……

リッサンドロー 秘密の穴を通ると、そこはもう島の洞窟でした。イノサントが残した跡がとても多かったことから考えますと、彼女はずいぶん前からその穴のことを知っていたのです。

ガストン 恋人たちはすぐに、たらふく食べて?……

リッサンドロー ……その通り道から連れ戻されました。それで、この救出劇はほかからの助けなしにおこなわれましたので、その間に対立していた二つの部族は当然ひとつにまとまり……

トレゼル ……お互い、恋人たちの片方のためだけに動いていたのでしょうがね。

リッサンドロー 諸々の状況からして、この気高い共同作業は感動を呼ぶものでしたので、両部族の緊張は解かれ、すぐに和解がもたらされました。

クロード そして二羽の小鳩は一緒になって?……

リッサンドロー ……その日は万人が喜びにわきました。ただ、救出劇の主役で大恩のあるイノサントだけは、人々の割れんばかりの喝采にもそ知らぬ顔をしていました。

ジュサック夫人 それでドブリーニンのオペラは……

リッサンドロー ……この複雑で、成就に長くかかった睦まじい恋の物語に基づいています。

クロード 実に美しい題材で……

リッサンドロー　なにより北極圏にほど近い地方の題材であり……

ジュサック　……それは故意に選ばれたのです。ロシア人の音楽家にとって、北国の色彩を持ったハーモニーとリズムはお手のものでしたから……

リッサンドロー　作品の山場はウエレット島の場面でして……

ジュサック　……すでに死に囚われた婚約者たちが岩のしとねに倒れこみ、互いに別れを告げております。

リッサンドロー　ですが、最後のロづけを交わす前でした。そこにイノサントが現れるのです……

ジュサック　彼女を見て通路があるはずだと思った二人は、それを探しに行くために立ちあがります……

リッサンドロー　……が、体の衰弱には勝てず、また倒れてしまうのです。

ジュサック　あるいは人々が湖岸からイノサントに気づき、一考の末に通路の存在を察して、一か八かの探索に出たとも考えられましたが、それはあまりに漠然とした、はかない希望にすぎませんでした。

リッサンドロー　よって状況は絶望的でした。恋人たちは子供の瞳のなかに知性の光をおそるおそる探りながら、彼女の知る道を通って、助けを求めに行ってくれと懇願します。

ジュサック　虚しい試みです。イノサントはただ平然としているだけです。結局、少女に理解を求めることをあきらめ、不幸な二人は抱き合ってひとつになると、死神に向かって二人一緒に連れていってくれと頼みます。救助の者たちがどっと飛び出してくるのはその時です。

リッサンドロー それで、この大場面は作品の呼び物でしたから、ドブリーニンは普通の少女にイノサント役を演じさせることを嫌っていました。

トレゼル 確かに、愚鈍さをうまくまねるには経験が必要ですから、年端のいかない子供のなかから見つけるのは難しいでしょうな。

クロード それにドブリーニンにはわかっていたのでしょう。ここ一番のところで下手なものまねを見せられても、それは悲壮な気分の盛りあがりに水をさすことになるだけだと。

リッサンドロー ですので、「怒りの湖」を上演するたびに彼がこだわっていたのは、本当に知性のない子供を雇うことでして……

ガストン ……そして、そうした子をひとたび舞台にあげれば、素のままで作品の核心部分がきわめて劇的になったのですね。

リッサンドロー パリで彼は適任を見つけていました。まったくの白痴で捨子だった幼いフランシーヌです。ドブリーニンは毎日のように彼女を孤児院から預かっていました。

トレゼル ははあ……フランシーヌを見てナーユは一計を案じたのですな……

リッサンドロー ……「怒りの湖」上演のために雇われた合唱団の一員だった彼は、フランシーヌを心から不憫に思うふりをし、あふれんばかりの称讃を浴びながら、彼女を孤児院からむりやり引きとりました……

トレゼル ……称讃などには価しないのに！……

リッサンドロー　ヴァリガールが病に屈するのはその直後です。そしてアンジェルは、マルトの後見人になります。
ジュサック夫人　以来、偽の夫婦は二人の娘を持つことになって……
リッサンドロー　……ひとりは貧しい五歳の子、もうひとりは六カ月年下の裕福な子です。ナーユは過去とのしがらみを一切断ち、国を捨てると、奇妙な家族を引き連れてベルギーに渡るのですが……
トレゼル　……そこでなら、すり替えのようなものを都合よくおこなうことができるからですか？……
リッサンドロー　そうです。向こうでマルトを捨子、そしてフランシーヌを相続人と皆に思いこませたのです。
トレゼル　そうすれば、ただでさえありがたい後見役の取りぶんは際限なくなりますな。
リッサンドロー　すべてがうまくいきました。少女たちが成長すると、偽の夫婦は本当らしさの法則に従おうと躍起になり、マルトを職につかせ、一方、分別がなく、いつまでも未成年であるフランシーヌを独占的にかわいがりました。
ジュヌヴィエーヴ　マルトはいったい何に？……
リッサンドロー　……あるベルギー人の家庭で子供に勉強を教えていました。休暇の折、この一家は総出でパリに出かけ、ある日、マルトを殿《しんがり》にリュクサンブール美術館をぶらぶらと見学しました。

ジュサック夫人　そこでマルトは、フランシーヌの父親だと思っていた人の作品を見た？……

リッサンドロー　……なかでも一枚の赤チョーク画を前にした彼女は、その場に釘づけになりました。子供の顔を見ると、いつも心の片隅にくすぶっていた遠い記憶の数々が突然はっきりとしたのです。

ジュヌヴィエーヴ　それは彼女の肖像画で？……

リッサンドロー　……傑作でした……ある展覧会で並々ならぬ注目を集め、完成からたった三カ月でリュクサンブールに殿堂入りしたのでした。

ジュサック夫人　快挙ですね！……

リッサンドロー　……それは、アンジェルがヴァリガールを手玉に取る前のことでして、アンジェルはそのことを毛ほども知りませんでした。

ジュヌヴィエーヴ　マルトはその子供は自分だと思い？……

リッサンドロー　……その途端、何度かポーズをとったときの記憶が甦ったのです。ほどなくしてまた歩みを始めましたが、心は奇妙な真実の光に満ちあふれていました。そして翌日、私のもとにおいでになりました。いくつかの新聞に定期的に広告を出しておりますのでね。

ジュサック　依頼された仕事は気高いもので……

リッサンドロー　……私は夢中になって取りかかり、すぐに彼女の主張が正しいことを確信しました。そこで訴訟の手続を始め、ベルギー政府に身柄の引渡しを求めて、二人の共犯者を出廷させたのです。

トレゼル　赤チョーク画は主要な証拠物件だったに違いないですな。

リッサンドロー　そのために美術館から持ち出されたのですが、両者が似ていることは、そのときモデルが達していた年齢にもかかわらず、いまだにはっきりとしておりまして、呆然とした汚い二人は自白を余儀なくされ、極刑を食らったのです。

ガストン　だけど、かわいそうなフランシーヌは、彼女は事件とは無関係ですよね？……

リッサンドロー　マルトは自分の財産を取り戻すと、フランシーヌの面倒をいつまでも看ることを心に誓いました。

クロード　それで赤チョーク画はどうなったのですか？……マルトはその作品を大事にしたと思いますが。裁判を成功させた、まさに要だったのですから……

リッサンドロー　美術館に許可を得て買いとりました。しかし翌年ご結婚されましてね……

ジュサック夫人　……それで？

リッサンドロー　ご主人はおとなしく騒ぎを好まないブルジョワでして、過去の噂さえよく思わず、この悲劇を彷彿させることには一切耳をふさぎ、それを思い出させる品はどれも目の届かないところにやってしまったのです。

ジュサック　赤チョーク画はその最たるもので？……

リッサンドロー　……彼女は、戸棚のなかにずっと埋もれさせておくよりはと、私に送って寄こしました。感謝の印として贈呈すると一筆添えてありましてね。私にとっても、裁判を有利に運ぶためにずいぶんと重宝しましたから。

ジュサック そして今日は？……

リッサンドロー それが最近ついておりませんで、このところ連続して何度か、支払い能力のない依頼人にあたってしまったのです……

ジュサック なんと！ おそらく話をまとめることができるでしょう……ですが、肖像画をいろいろな照明のもとで調べさせていただきます……

（赤チョーク画を手にして立ち去る。リッサンドローがそれに続く）

ジュヌヴィエーヴ（指輪を取って眺めた後、落としてしまう） もう！ そそっかしいんだから……かわいそうに、この指輪、埃だらけになってしまったわ！……

ガストン（指輪を取りあげ） ご安心を。こいつは百倍もひどい目に遭っていますから……

トレゼル ……どこでだね？

ジュサック夫人 エルブフの汚水溜でです。何年もそのままだったのですよ。

クロード その話には、あの羅紗の町がからんでいて？……

ジュサック夫人 ……ジョフリオン家もです。この一族は大昔からエルブフに大きな製作所を持っておりまして、そこからは特にあの有名な、緋の羅紗が出荷されています。その原初より各地の枢機卿が身にまとっているものです。

ガストン それでルイ＝フィリップが王位についた頃のことです。当時の工場主の長男、シモン・ジョフリオンの青春は揺れ動いていました。いつも目の前を舞っている枢機卿の緋の色に生まれたときから魅せられていたのですが、ますますその虜になっていたのです。

ジュヌヴィエーヴ　つまり緋の羅紗を自分のために注文する日を夢見ていたの？……

ジュサック夫人　……そのとおりです……そして神学校に通っていました……ですが、心の裡では表には出せない葛藤が起こっていたのです。

トレゼル　彼の心が語りかけていたのは？……

ジュサック夫人　……むしろ同じ歳の従姉妹のほうでした。その《ペルヴァンシュ》という、甘く香りたつ名が頭から離れず……

クロード　……彼女のほうはそれに気づいていなかったのですか？……

ガストン　はい。シモンには、僧職こそが自分の道だという思いがあり、口を閉ざしていたのです。そうして二人の子供は十八になりました。

トレゼル　彼は相変わらず二の足を踏んでいたのかね？……

ガストン　恋を選ぶのも時間の問題だとは感じていました。ある日、宝石屋の前を通りかかったペルヴァンシュが彼の前で、ガラスケースに入った指輪の宝石に見とれていたことがありました。ローズカットされたダイヤか何かでしたが、するとシモンは翌日、若い男のなけなしの貯金をはたいて、そいつを買ったんです……

ジュヌヴィエーヴ　……すぐにでも婚約の贈り物にしようと思って？……

トレゼル　だが十八の娘が結婚するのはいいとしても、その歳の男といったら髭も生えそろわない青二才、真面目にとりあってもらうのは難しいですな。

ジュサック夫人　ですので、誰も彼を求婚者として考えてはいませんでした。

ガストン　やがて、口髭をたくわえ、結婚相手としても申し分のないある中尉が、あっけなくペルヴァンシュを奪い去ったんです。

クロード　それで宗教熱がぶり返して？……

ガストン　……その激しさときたら、一時の気の弛みを思い出すたびに、深い後悔の念に身を苛まれるほどでした。

ジュサック夫人　また、指輪はその象徴でしたからひどく憎むようになり、嫌悪が募った折に、触るのも不快だと言わんばかりに投げ捨ててしまいました。父祖伝来の製作所が建てられたときにできた、古い汚水溜に。

クロード　そして彼は聖職者になり？……

ガストン　……徳と能力のおかげで高い位に昇りつめました。

ジュサック夫人　彼は枢機卿になって……

ガストン　……つまりは、エルブフで一家の長の座についていた弟の客になったのです。

ジュヌヴィエーヴ　若い頃の夢がかなったのね。

ガストン　その輝ける地位についたとき、彼はまだ血気盛んな年頃だったものですから、普仏戦争が起こると、じっとしていることにすぐに嫌気がさし、許可を得て前線近くに向かうと、重傷の怪我人に物質的、精神的な援助をしました。

ジュサック夫人　そしてついに、包囲されたパリに流れ着きます。

ガストン　そこで彼は、看護婦として白衣に身を包んでいたペルヴァンシュと再会するのです。

将軍になっていた彼女の夫は、プロシア軍の銃弾に胸を貫かれて少し前に亡くなっていました。

トレゼル　身の振り方を自由に決められるようになった彼女を見て、シモンの心は動いたのですか?

ジュサック夫人　はい。つまり時は癒しにはならなかったのです。

ガストン　ほどなく彼は上層部に呼ばれ、ある任務について打診を受けました。その任務には、心に一点の曇りもない確かな人材が求められていたのでシモンに白羽の矢が立ったのです——軍の主だった指揮官たちは候補外でした。彼らは現場に必要でしたから、そのうちのひとりでも欠けるという考えは通らなかったんです。

ジュサック夫人　任務というのは、きわめて重要な密書を携えて気球で脱出し、前線の外に着地した後、大至急、それをトゥールに届けるというものでした。

ガストン　シモンは承諾しましたが、ひとつだけ条件を出し、すぐに許可されました。つまり疲労と物不足で見るからに弱っているペルヴァンシュを連れていくことにしたのです。

ジュサック夫人　一時間後に気球は浮かびあがって……

クロード　……シモンとペルヴァンシュを運び去った?……

ジュサック夫人　……つき添ったのは、操縦士がひとりだけでした。

ガストン　ですが、飛行船の高度があがりきらないうちに、いきなりとても激しい気流にぶつかってしまい、砂袋を大量に捨てたものの、敵の先陣にいた鉄砲隊の間近を通ることになってしまったのです。一斉射撃のお出迎えは効果絶大でした。

ジュヌヴィエーヴ 効果絶大？……

ジュサック夫人 立っていたのはペルヴァンシュだけで、彼女は無傷でしたが、その傍らで操縦士は即死、シモンも瀕死の重傷を負ってしまいました。

クロード で、気球は？……

ジュサック夫人 弾が何発か貫通したためにガスを失い始めました。穴は小さかったので、ごくゆっくりとでしたが。

ガストン ペルヴァンシュは冷静さを失わず、操縦士が開けた袋を空にして、射程の外に出ました――そして死を前にしたシモンのほうに身をかがめたのですが、驚いたことに、ひどく負傷していて望みがないのはわかっているはずなのに、彼のまなざしは優しさをたたえているのでした。

トレゼル 最期が近づいてきたことで、ついにその口から告白の言葉があふれ出たのかね？……

ガストン そうなのです。そして若き日の心のせめぎ合いを熱く語ったのです。

ジュサック夫人 シモンが口を閉じると、ペルヴァンシュは涙をボロボロこぼしながら打ち明けました。彼女もまた、彼をいつもいとおしく思っていたこと、婚約をしたのは、シモンの求婚を望みなく待つことに、ただ疲れたからだったのだと。

ガストン ダイヤの話は二人の心を引き裂きました。あとほんの少しで、二つの真実が明るみに出るところだったからです。

ジュヌヴィエーヴ 指輪は地下牢《ウブリエット》に忘れられたままのはずよね……

ジュサック夫人 二人もそう考えました。そしてペルヴァンシュは、もしそうであれば、指輪はいつまでも彼女の指で輝くことになるわと誓ったのです。
ガストン　やがてシモンは、この胸をえぐられるような場面に力尽き、最期の祈りをすると、苦しみもせず静かに逝きました。
トレゼル　そのときには包囲網を越えていたと思うが？……
ガストン　……しばらく前に。そしてガスが漏れ続けていた気球は、とある町の近くに着地して、駆けつけた大勢の人たちがペルヴァンシュを救い出しました。
クロード　密書はどうなったのですか？
ジュサック夫人　当局に委ねられ、送り届ける任を負いました。
ジュヌヴィエーヴ　それで指輪は？……
ジュサック夫人　何日もしないうちに、シモンの弟からペルヴァンシュに手渡されました。彼女からすべてを聞き、汚水溜を探させたのです。
ガストン　ペルヴァンシュは誓いを守り、指輪をずっとしていました――ただ、彼女のひとり娘は内心それに反対していたんです。厳格で信心深かったその女性は、たとえ清らかなものであったかもしれなくとも、二重婚であるばかりか冒瀆的でもあるそのロマンスを咎めがちでした。
ジュサック夫人　そんなわけでペルヴァンシュが亡くなると、娘は忌々しい指輪をとっておくどころか、手にするのも嫌がり、夫に頼んで、自分の目の届かないところに売り払うことにしたのです。

第五場

ジュサック夫人、ガストン、トレゼル、クロード、ジュヌヴィエーヴ、ジュサック

ジュサック（出ていったリッサンドローを見送ってから、近づいてきて）それで夫はここに来て詳しい話をし、指輪を売っていったというわけです。

トレゼル　ああ！　そういえば、ジュサックさん……ここにやって来ましたとき、あなたは、私どものための本が二冊あるとおっしゃっていました。そしてこれまでのところ、お話があったのは一冊だけです。

ジュサック　この本をお見せするのを忘れていたなんてことはありませんよ。これはある初版本の、僅かに残っている一冊でして……

トレゼル　……題は？……

ジュサック　……『選ばれし者』です。心理学研究家ボワスナンの主著です。

クロード　彼の説はどんなものですか？

ジュサック　まえがきでも述べられていますが、ある詩的《ポエティック》な印《イマージュ》のことを取りあげていましてね。その額の星の印は――生まれつき持つ者はいても、後天的に獲得することは決してないもので――美をめぐるさまざまな分野において、その者が偉大な創作者であることを示す究極の刻印なのだそうです。これは抗しがたい魅力を持つ天からの贈り物でして、偶然によって先天的に授かるものなのです。そんな額の星に絶対の信仰を寄せるボワスナンは、社会階層の上から下まで、

常にどれほど意表をつく形で、額に星が割り振られているかを例証しています。追風を受けているのに哀れな道のりを終える者に対して、逆境におかれた人の生涯は、おうおうにして輝きを放つものです！　われわれの時代から選ばれた者でも、ある者は、空腹を抱えた家族と対立して理解されず、しかし、その貧困をものともせずに目標にたどり着いている。またある者は、悠々自適に暮らせたはずなのに、勤労と雄々しい不屈の精神でもって世に対して奇妙なお手本となっている。ボワスナンはこう前置きしまして、本文では、各時代に現れた星の額を次々に検証し、解説を加え、持論を成功に導くために最善を尽くしています。それで彼は、ルドニツキーのこともしっかりと取りあげています。先日、あなたさまの庭園で私がすっかり見とれてしまった、あの噴水の作者のことを。

トレゼル　なるほど、その観点からすれば、教養のない農奴に彫刻の大変な天才が現れたことも、実に納得がいくわけですな！

ジュサック　ええ、ルドニツキーの例は実に典型的ですから、ボワスナンは彼について思う存分、長々と論じ、まさにトレゼルさまが現在お持ちの、あの作品のことも多く語っております。そうしたわけで、この古書をあなたさまに差しあげようと決めたのです。ですが、あなたさまが後見人をしていらっしゃる、すてきなお嬢さまはご婚約をされましたし、ご一緒にお見えになられましたので、これは結婚のお祝いとして、お嬢さまにお贈りさせていただきたいのであります。

ジュヌヴィエーヴ　それでは早速お受けいたしますわ。ご存知のとおり、私は迷信深いものですからね……だって、わからないじゃないですか？……この贈り物が幸運を呼んで、私の最初の赤ちゃんが授かるかもしれませんもの……額の星を!……

幕

無数の太陽

五幕二十四景

一九二六年二月二日ポルト＝サン＝マルタン座にて初演

登場人物

男優（敬称略）
ブラッシュ……………カンデ
レアール………………ジョッフル
クルナルー……………ニュメス
ズメラナーズ…………A・カイヤール
ミニュサバンス………タンク
ガリオ…………………サイヤール
ジャック………………アベル・ジャカン
ヴィルナーヴ…………L・カラマン
フュズリエ……………Ch・エムリー
クレオッセム…………A・マルシャル
マルスナック…………モーリス・ベナール
レオンス………………ニュメス・フィス
フリュリアン…………パリー
ヴァルドモン…………M・ジャクラン
フレニュ………………ビヤール
アンジェリクス………ジャン・ロゼナ
イアーズ………………ブレクール
最初の使用人…………リュシアン・ワルテール
二番目の使用人………ドーファン

女優（敬称略）
ソランジュ……………ジェルメーヌ・リス
オスカリーヌ…………カトリーヌ・ジョルダン
ブルクシール…………マドレーヌ・ジョフロワ
イニャセット…………ルネ・ディッド
出納係の女性…………マズィエル

現代、フランス領ギアナ。

音　楽　マリウス＝フランソワ・ガイヤール氏
演　出　A・カイヤール氏
舞台美術　ニュマ氏とシャゾ氏
衣　裳　ジェニー・カレ嬢

第一幕

第一景

サロン、多くの細部から熱帯の国であることが分かる。

第一場

ブラッシュ、マルスナック、ヴィルナーヴ

ヴィルナーヴ　……要するに、ジュリアン・ブラッシュさん、あなたの叔父ギヨーム・ブラッシュ氏は、遺言を残さずに亡くなられましたので、唯一の相続人であるあなたがこのお屋敷の持ち主となられます。邸宅は二十八万フラン、内容物は六万フランと推定されます。

ブラッシュ　で、それで全部ですか?……

ヴィルナーヴ　それで全部です。

ブラッシュ　ヴィルナーヴ先生、これはまったく驚きましたな。叔父は莫大な財産を持っていたんですよ。ここギアナで四十年にわたって働き続け、ありとあらゆる開発事業に手を染めたんですからね。

ヴィルナーヴ　ええ。ですが、ご存知のように、十年前に伝染病が流行ったとき、奥さんと一人

息子をほとんど同時に亡くされて、あの方はたいへんなショックを受けられました。
ブラッシュ あんな理不尽な運命に見舞われて激怒した叔父は、癒しがたい人嫌いになってしまって……
ヴィルナーヴ ……そして自身の財産をことごとく現金に変えてしまい、噂によれば、それをさらにいろいろなところから手に入れた宝石にしておいたと言われているわけですが……
ブラッシュ ……確かにそいつは投資としても悪くない選択だったし……
ヴィルナーヴ ……しかも、そうすれば一生涯、手つかずのまま、いやそれどころかどんどん価値を増していく自分の財産を、死んだ後でも誰にも発見されないようなうまい隠し場所に置いて保管しておくことが可能だったのです。
ブラッシュ したがって人が口をそろえて言うことには……
ヴィルナーヴ ……どこかに途方もない宝石のコレクションが存在しているだろう、というわけです。その所有者もあなたになるはずですが。
ブラッシュ だが叔父にも金は必要だったはず……どうやって払っていたんだろう？……
ヴィルナーヴ 必要に応じて宝石を一つずつ売っていたのです。
ブラッシュ なんという不幸な人だ！……人間を嫌うあまり、一財産を誰も利用できないようにまんまと隠してしまったとは……
ヴィルナーヴ ギヨーム・ブラッシュ氏はご家族に不満をお持ちだったのでしょうか？
ブラッシュ とんでもない。五年前に死んだ私の父、つまり叔父の兄も、そして私自身も、叔父とは親愛に満ちた手紙のやりとりをしておりました。ただ、あの二重の不幸があってからは、こちらからの手紙に対して叔父の返事は一切なくなってしまいましたがね。申すまでもなく、あの日を境に、この世のすべてを憎悪した叔父にとっては、私たち家族も敵方にすぎなくなったということです。

ヴィルナーヴ　そのうえ、あの方がここでもっとも気に入っておられた人たちでさえ、結局誰一人として世界中のすべてに対するあの敵意の影響をまぬかれることはできなかったわけですからね。あの人たちには、遺言を残してもよさそうなものなのに。

ブラッシュ　宝石のありかについては、何か私に与えてくださるような手がかりはまったくないのですか。

ヴィルナーヴ　ああ、お気の毒です。私には、あの方の生活についてさえ、いくつかの推測を申し上げることしかできません。ですが、忍耐強くお探しになれば、そして運が味方すれば、あるいは可能性も……いずれにせよ、もし私の協力が必要なら……

ブラッシュ　ありがとう、ヴィルナーヴ先生。

（ヴィルナーヴ、暇乞いをし側面の扉から退場）

第二場

ブラッシュ、マルスナック

マルスナック いやはや！ 大佐殿……

ブラッシュ いやはや！ わがマルスナック……

マルスナック 公証人の言葉にはさぞかし失望されたでしょうな……

ブラッシュ うむ……ここで莫大な相続ができるものと期待していたからな。といってももちろん私自身のために金が欲しかったわけではないが……退役した大佐というのは、もはや野心など持っておらんし、ささやかなもので満足できるものだからな……だが、私の娘、我が愛しいソランジュが、富という黄金の輝きに包まれるところを見たかったのだよ。あれはこの世界にいまでも私をつなぎとめておいてくれる唯一の存在なのだ、かつて私の従卒だった、そしていまでは右腕となった君と並んでな。

マルスナック いずれにしても大佐殿、われわれは三人して数週間パリのアパートを離れはるばるやって来たことを悔やむ必要はありませんよ。実に素晴らしい旅でしたからね。ギアナに到着してからの日々は、私には長く感じられませんでしたし、喜んで長居したいくらいですよ。ここ、シナマリに。

ブラッシュ この屋敷にしたって、わざわざ足を運んで私自身でその場で売るか貸すかの手配をするだけの価値はあるものだったしな。

マルスナック それに、大佐には、なんとしてでも宝石を見つけ出さなければならない道義的義務もあるのではないですかな。

第三場

ブラッシュ、マルスナック、ソランジュ

ソランジュ　（奥の扉から入ってきたばかりで）　まあ、いったい何の宝石の話？……おはようお父さま……おはようマルスナック。

ブラッシュ　お前の大叔父の遺産はこの屋敷だけなのだよ……だが、どうやら莫大な財産がそっくり宝石に変えられてどこか秘密の場所に隠されているらしいのだ。

ソランジュ　で、お父さまはそれを探しに行きたいのね？……

ブラッシュ　そうだ。それこそお前に対する私の務めではないかね？

ソランジュ　つまり私にはそれぐらいの持参金がないと貰い手がないってことかしら？

ブラッシュ　もちろんそんなことはないさ！　そうじゃないが、ただ、我がソランジュにはどんなものだって立派すぎることはないのだからね。その娘の望みならどんな途方もないことでもかなえてやりたいのだ。

ソランジュ　それじゃあ、お父さまは首尾よく宝物が発見されることを願っているのね。

ブラッシュ　熱烈にね。

ソランジュ　だったら私もそう願うわ。それと私にも協力させてね。

マルスナック　おや！　レアールがやって来ましたよ。われらの忠実な通訳が。

ブラッシュ　われわれの探索に同行してくれる人物だ……ここの風物や住民については誰よりも

詳しいんだ。

（レアール、登場）

第四場

ブラッシュ、マルスナック、ソランジュ、レアール

レアール　本日の予定はどうなっておりますか、ブラッシュさん。

ブラッシュ　おお！……もはや物見遊山は終わりだ……公証人のヴィルナーヴがいま出ていったところなんだ……

レアール　あの人はきっと、あなたの叔父さまが隠したという宝石のコレクションに関する噂話をしたのでしょう……

ブラッシュ　そうだ……そして私はあなたならたぶん私を宝石のところまで導いてくれるだろうと考えた。

レアール　何なりとおっしゃってください。

ブラッシュ　まず初めに、叔父が親しくしていた人たちのなかで、誰か役に立つことを思い出してくれそうなのはいるかね。

レアール　（しばらく考えた後で）クレオッセムじいさんなら、ひょっとすると。

ブラッシュ　クレオッセムじいさん？

レアール　エレケイク族出身の有名な土着の呪術師です。風変わりな面白い男でして、白人とのつき合いも多く、いろいろと学んだようで、本物の学者の風格といかさま治療師の雰囲気の両方を持ち合わせております。
ソランジュ　その人は大叔父さまとはよく？……
レアール　……会っておりました。叔父さまは、この地の民俗に関する著作をまとめるとかで、賢明にもこの男を語り部として選んだのです。叔父さまは、一人で暇を持て余しておりましたし、そのうえなかなかの文学好きでもありましたから、毎日この研究に没頭していたのです。
マルスナック　それでそのじいさんとやらは、われわれを助けるために忠実に力を尽くしてくれそうな人物なのかい？
レアール　大丈夫でしょう……ほうびをやると言って惹きつければ。
ブラッシュ　その男にはいつどこで会えるかね？
レアール　小屋の中にいつでもおりますよ。託宣の助けをするブルクシールというこびとが一緒です。いますぐお連れすることもできますが……それにそこまでの道のりがまたなかなかの絶景で……
ブラッシュ　よろしい！……出発だ……

第二景

呪術師クレオッセムの小屋の中。

第五場

ブラッシュ、ソランジュ、マルスナック、レアール、クレオッセム、次いでブルクシール

ブラッシュ それでは、クレオッセム、ほうびの額についてはこれで意見が一致したな。

クレオッセム 一致した。

ブラッシュ で、何か役に立てそうだと?……

クレオッセム いかにも。お前さんがさっきわしのいろいろな考えに一つの面白い筋道をつけてくれたからな、それから一気にいくつかの記憶がわしの頭に押し寄せてきたところだ。ギョーム・ブラッシュは、死ぬ前の数週間のあいだ、明らかに何か特別な心配事を抱えておった。

ソランジュ 大叔父さまは死期が近いことを悟っていたのかしら?

クレオッセム あの男がわしにいろいろ話したことから想像すると、まず確実だな。ところがだ、ときどき、あの男はどうも自分の話のしまいに、何か告白したがっているような風情があった。もう口にしたくてたまらんという感じでな、うずうずしておった。あれはもしかすると、いまから思うに、自分があまりにも人を憎んで暮らしてきたことへの遅れ馳せながらの悔恨の言葉だったのかもしれん。

マルスナック そうすると、われわれが導きの糸を発見する希望も大きくなるな。死期が迫って後悔した老人が何か書き残しているかもしれない。

クレオッセム わしの考えもそれだ。
ブラッシュ するとお前もわれわれと一緒に探してくれるというのだな。
クレオッセム その前に神秘の力が承認してくれるかどうか確かめてからだ。
レアール (小さな声でブラッシュとソランジュとマルスナックに) 口をはさんではいけませんよ。この男は自分の信仰には大真面目ですからね。どうしても自分が信じる神に前もってお伺いを立てなければ気がすまないんです。
ソランジュ あの黄金色の木は何なの?
レアール テキュリュジューです。
マルスナック どうしてクレオッセムはこの木を敬っているんだい?
レアール テキュリュジューはエレケイク族のトーテムなのです。
ブラッシュ トーテムとして使われるのは動物だけかと思っていたよ。
レアール テキュリュジューの木は例外としてよく引合いに出されます。
ソランジュ この地方に特有の木?……
レアール ……というだけでなく、エレケイク族にとって聖なる木なのです。この木が生えていればどこででも、それは丹精こめて繁殖するようにしますし、そのうえ刈り込んで調和のある姿形になるよう整えて……
マルスナック ……ちょうどイチイの木を思わせるような姿にするというわけだ。
ブラッシュ それじゃあこいつは?……

レアール　……とりわけすぐれた最高のトーテムです。部族から呪術師に捧げられたのです。まさに木の王たるにふさわしく、定期的に粉を振りかけてやって、つねに葉っぱの上にこのように黄金の塵の層をうっすらと浮かべているようにしているのです。
ソランジュ　どうしてあんなふうに木のてっぺんを揺すっているの？
レアール　下に敷いた黒い布の上に金の粉を少し落としてやるためです。
ブラッシュ　ああしてあの男は聖なる木にお伺いを立てるわけだな。
レアール　さようです。ほら、いまひざまずいて金粉の描く模様をじっくりと観察しているでしょう。あそこから何かの予兆を読み取るのです。
マルスナック　あの鳥もお伺いを立てるためのものかい？
レアール　まずそうに違いありません。あれはレグルスと申しまして、ここらの者はみなキクイタダキのことをそう呼ぶのですが、立派な王のような冠を持っているためにエレケイク族の精神にひじょうに不可思議な力を及ぼすのです。
ソランジュ　鳥籠の底を覆っているあの奇妙なものは……
レアール　……大まかな星座早見表の一種です。いまクレオッセムがそこへ通じる通路を開こうとしています。
（クレオッセム、水平の木の棒を細かく並べて作った軽い格子のようなものを自分のところまでめいっぱい引張る。それは籠の天井から数センチのところにあったもので、そのために鳥籠は一種の二重底のような恰好になっていた。彼はレグルスが星座早見表の上にとまるのを待ち、それか

らまた籠のてっぺんに戻らせ、格子を元どおり押し戻す）

レアール クレオッセムはレグルスがどの星座の上にとまったかを見たのです。そこで今度は、鳥が何を選んだかによって、ひじょうに複雑な解釈を引き出すわけです。

クレオッセム ブルクシール……

レアール 相棒のこびと女を呼んでいます。

クレオッセム ……起きておるか？……

ブルクシールの声 うむ。

（クレオッセム、カーテンを引く。そこには閨があり、こびとの女が一人ソファに横たわっている）

ソランジュ まあ！ なんて年老いた……

レアール 齢百を超えると言われております。

ブラッシュ あれは白人か、それとも土着民か？

レアール どちらともつかぬ外見に惑わされるでしょう。あの女の母親はここのさる高級官僚の妻でして、島流しの生活が身に合わず、快楽に飢えて頭が少々いかれておったのですが、この植民地を大いに活気づけ、特に芝居のサロンを催して自ら舞台で演じていたりしたのです。ところが、ある東洋《オリエンタル》風の芝居を上演したとき、幕間に原住民の腕に抱かれているところを、夫が扉の隙間から盗み見てしまったのです。この原住民というのは有色の宦官の役を演じるために選ばれた者だったのですが、この男ときたら、いささかもその役柄になりきっていないことを女に証明するべくせっせと精を出しておったというわけです。

マルスナック　夫は爆発したのかい？

レアール　いいえ、逆に恐ろしく冷たい怒りに襲われました。そしてほどなく、夫自らの手で、この罪を犯した妻は露ほどの疑いも抱かぬまま多量の砒素を飲まされ……

ブラッシュ　死んだ？

レアール　すぐに、というわけではありません。さまざまな解毒剤のおかげでしばらくは生き長らえたのです。しかしちょうどその頃彼女は妊娠していたので、そこへ毒薬の影響が及んで、早産したのです。女は最期の息を引き取ると同時に、あの原住民の男の娘だとはっきり分かるこびとの女児を産み落としました。赤ん坊はこの男に引き取られました。

マルスナック　で、夫のほうは？

レアール　監獄に入りましたが、放免されました。こびと娘はというと、年月の経過とともに、一種の狂信《カルト》の対象となっていきました。エレケイク族には、あらゆる混血の者を貴重な相談役とみなす慣わしがあります。体の半分に同胞の血が流れている混血児たちは、持ち前のかけがえない熱心さで、もう半分に流れる白色人種の才をうまく開花させ、部族の役に立ってくれると思っているからです。なかでも特にこのこびと娘こそ預言者とするにふさわしいと部族の者たちは考えていました。それはこの娘の知性が並外れており、あたかもその小さな体の犠牲のうえに見事な成長を遂げているように見えたからです。そうしたわけで、ブルクシールは当時の呪術師のもとに預けられました。それ以来、お伺いを立てに来た者たちはみな、自分たちの計画についてブルクシールの意見を聞くことになったのです。もしその意見が反対と出れば、それは絶対に覆せない「拒否権」となりました。

ソランジュ　その後呪術師のほうはたくさん代替わりしたのね。

レアール　しかもその誰もに対して、ブルクシールは余人をもって替えがたい助手となったのです。それどころか、時が経つにつれてますます崇拝され、その「拒否権」は、いまや百年になんなんとする歴史を持ち、よりいっそうの重みが加わっています。

ブラッシュ　クレオッセムはブルクシールの言うことをとても敬虔な態度で聞き、考え込んでいるようだな。

クレオッセム（ブルクシールから離れた後ブラッシュに近づき）　テキュリュジューから落ちた金粉の模様とレグルスの選んだ星座は、お前さんにとって完全な吉兆を示しておる。ブルクシールもお前さんの計画に賛成し、その成功を祈っておる。だから、わしはお前さんに従おう。

ブラッシュ　礼を言うぞ、ブルクシール。

ブルクシール（前に進み出て）　皆ようこそいらした。

クレオッセム（彼女を支えようとして）　気をつけんと……

ブルクシール　大丈夫じゃよ、クレオッセム。百六歳とはいえ、わたしはまだしっかりしとる。

ブラッシュ　あんたはわざと実際より老けた年齢を言ってるんじゃないかね。

ブルクシール　いいや……それにたとえわたしの出生証明が紛失されたとしても、この大理石のテーブルが年齢を証立ててくれるさ。

ソランジュ　この二つの平行のリストが……？

ブルクシール　……まさしく一対の年代記をなしているのじゃよ。こっちが軍隊を率いた長たちのもの。そっちが宗教を司った長たちのもの。

ブラッシュ　エレケイク族は二頭政治制を採っているのか。

ブルクシール　彼らの祖先が生きておった太古から変わらずな。軍隊の指導者のほうが宗教の指導者より上の立場にあるとされておるのだが、その歴史の始まりから、彼らは、すべての二頭制指導者の名前をこのように対になった二つのリストにして刻み込んできたのじゃ。刻まれた文字が変質しないようにと、ひじょうに硬い大理石がわざわざ選ばれた。刃先がダイヤモンドの強力な短刀で戦士の指導者たちの名がひじょうに深く記され、ルビーの刃先の短刀で宗教指導者たちの名が、それよりも少し浅めに記されておる。こうしてその微かな上下関係が暗示されているのじゃ。

（彼女は二本の短刀を示して見せる。一方の刃先はダイヤモンド、もう一方はルビーでできている）

ブラッシュ　これまで何人の指導者がいたのかね？

ブルクシール　六十二人じゃ。

ソランジュ　でもここにはせいぜい二十人ぐらいしか名前がないわ。

ブルクシール　それらは最初の数世代の者たちの名さ。それ以降はもう一つ別の、同じ大理石でできたテーブルに同じやり方で刻まれておる。

マルスナック どうしてかね？ こっちだってまだ彫り始めたばかりじゃないか。

ブルクシール そのテーブルは、ある洞窟の中に建立された寺院を飾っておったものなのだが、その洞窟が土砂崩れでふさがれてしまったのじゃ。で、それから何年も経った後、まだ子供だったこのわたしが初めて、積み上がった岩の合間の狭い通路を通ってその古い寺院に入り込むことに成功したんじゃよ。その頃のわたしはそれぐらいちびだったのさ。で、そこからこの聖遺物を持ち帰って来たわけじゃ。それからすぐに、その土砂崩れの場所にまたもう一度地震が起きてな、今度こそ完全に侵入不可能になってしもうた。この地震が起きた日というのが、たくさんの死者を出したもんだから、よく知られておる。それによってわたしが歳をごまかしたりしておらんということが証明できるわけじゃ。

ブラッシュ なるほど。あんたが百六歳だってことは確かに認めよう。そこで一つ聞いてもいいかね。あんたはそれだけ経験豊富なんだから、私がいま取り組んでいる仕事について、何か光を与えてくれるんではないかね。

ブルクシール まず一般的な忠告じゃが、事を進める前には必ず、もしものときの用心のために、あんたの進む道に罠を仕掛けようとする敵がいないかどうかよく確かめることじゃ。

ブラッシュ というからには何か具体的な忠告がその後に続くわけだ？

ブルクシール うむ。よいか、ズメラナーズに気をつけよ。

（彼女は閨に戻りまたソファに横たわって目をつぶる。クレオッセムは閨の前のカーテンを閉める）

ブラッシュ （レアールに）　ズメラナーズとは何者だね？
レアール　いかがわしいホテルを経営している怪しげな人物です。高利貸として通っていますが、盗品を扱っているという噂もあります。
ソランジュ　あの老婆が、その人物について私たちに注意しろと言ったのは正しいと思う？
レアール　誓ってそう思います。あの男のことですから、どこからか噂を聞きつけて、あなた方を出し抜こうとすでに計画を練っているかもしれませんよ。
マルスナック （クレオッセムに）　お前もそう思うかい？
クレオッセム　さよう。ズメラナーズはずうずうしいならず者だからな。それにブルクシールは確たる理由もなしにあの男の名を出したりはせんよ。
ブラッシュ　ならばその男には気をつけるとしよう。さあ、クレオッセム、お前の助けを借りて、われわれは亡くなった叔父の邸を探って何か手がかりを得ようじゃないか。
クレオッセム　お供しよう。

第三景

ズメラナーズの住処。ホテルの事務所になっている。奥にガラスの入った扉があり、階段の上り口が見えている。側面のフランス窓が直接通りへとつながっている。

第六場

ズメラナーズ、レオンス、オスカリーヌ

幕が上がるとズメラナーズが一人で書類を整理している。そこへレオンスとオスカリーヌが入ってくる。

レオンス ズメラナーズ……

ズメラナーズ おっと！ レオンスにオスカリーヌ！……

レオンス これを見てくれよ！……

オスカリーヌ ねえ？ どうだい？

ズメラナーズ 銀の器じゃないか！……

レオンス ……昨日から出かけてるフレシューじいさんの空家から失敬してきたのさ。

ズメラナーズ なるほど。オスカリーヌにとっては勝手知ったる場所だからな。仕事もやりやすかったろう。

オスカリーヌ そうよ。じじいはよくあたしを家に連れてってくれたからね。

レオンス いくら出す？

ズメラナーズ 二千フラン。

レオンス 二千フラン！ 少なくともその倍はもらいてえな。

オスカリーヌ バカ言わないでよ、ズメラナーズ。あんたの一番の協力者のこのあたしたちから、

他人よりもがめつくしぼりとろうってのかい。

ズメラナーズ 俺がお前たちをただ同然で二年もこのホテルに住まわせてやってることを忘れてるようだな……

レオンス ……ほとんど家賃のとれない屋根裏部屋をな。

オスカリーヌ 第一、あたしのような男爵の娘に住んでもらって、むしろありがたいと思ってもらいたいね……

ズメラナーズ ほらきた、お前はいつも自分の結構なご身分を持ち出す。お前の母親だってお前がいましてるのとおんなじ仕事をしてた女で、父親に認知もされなかったっていうのにな。

レオンス なあ、ズメラナーズ、三千といこうぜ。

ズメラナーズ ほら、二千五百フランだ。これを持っていくか……（銀器を指し示しながら）さもなきゃこいつを持ち帰るんだな……（レオンス、紙幣をつかむ）もし一気に金を手に入れたいというのなら、俺の今度の仕事を手伝うんだな。

オスカリーヌ ギヨーム・ブラッシュのことね……

ズメラナーズ そうだ。なんとしても甥の相続人よりも先に発見しなければならん……それに、オスカリーヌ、お前には母親が死ぬ前にお前に残した古い遺品を調べるよう言っておいただろう。お前の自慢の種の死んだピエラン男爵は、かつてギヨーム・ブラッシュのところに足繁く通っていたのだ。だからこそ……

オスカリーヌ 言うとおりにしたよ……

ズメラナーズ　それで？……
オスカリーヌ　で、確かに見つけた。たぶんあんたの興味を惹くようなものをね。
ズメラナーズ　というと？……
オスカリーヌ　ギヨーム・ブラッシュが男爵宛に書いた手紙さ……
レオンス　……見事な金のインクでね……
ズメラナーズ（オスカリーヌから手紙を受け取り）……だが郵便屋ときたらお構いなしだ。消印のせいで単語が一つほとんど消されちまってる。（手紙を読む）「あなたは私の孤独癖と人間嫌いを非難なさいます。私がもうあなたに会わないからと言って私を恨んでらっしゃいます。ああ、なんということでしょう。私には何もかも終わってしまったのです。現在は私にとってはおぞましいものでしかありません。私は、妻と息子が遺した千もの品を崇拝しつつ、彼らのいた過去にのみ生きています。古いおもちゃのなかから見つかった黄金のインクが入った瓶は、そんな数多い聖なる遺品の一つです。あるとき息子の子供らしいおねだりに応えて妻が贈ってやった素晴らしいプレゼントなのです。息子はそれの使い初《ぞ》めに、純朴なやさしさと心遣いに満ちたある言葉を私に書いてくれました。それもまた大切な形見の一つとなっています。そして今日、こうしてあなたに妻と息子のことを話すために、二人のこともよく知っておられた古い友人であるあなたに対して、私はこの大切な、とても懐かしい金のインクを使いたいと思ったのです」（中断して）実に感動的だな。だが、手がかりになりそうなものは何も見あたらん。
オスカリーヌ　続けて。

ズメラナーズ (読む) 「そして、いまこの瞬間、いかなる奇跡のおかげか、私は頑なになった自分の気持ちをいま一度少々和らげるに至りました。私はあなたに対して最後に友人としての振舞いをしたく思うのです。あなたもご存知のように、私は文芸の愛好者であり、さまざまなコレクションのなかに、あのルネサンスのイタリア詩人、アンブロージの頭蓋骨なるものを所有しております。若くして肺病を病み、栄光の輝きに包まれる前に死にとらわれてしまうであろうことを確信していたこの詩人は、死後の名声の開花には期待せず、自身の代表作である一篇のソネットだけは忘却の淵から救おうと、遺言として、その詩を将来、自分の頭蓋骨の、まさにその詩を生み出した額の真ん中に刻み込んでくれるよう言い残したのです。遺言は守られ、そして詩人のその奇妙な発想は大きな話題となって、アンブロージの名とそのソネットを有名にしました。かくして、詩人の頭蓋骨は、その後さまざまな収集家の手を経巡り、最後に私の手に落ちることとあいなったわけです。死後において不滅の栄光の一端を手に入れんと巧妙な策を講じたこの不遇の若き詩人の感動的な行為に、あなたが深く魅了されていたこと、それを私はいまでも覚えております。それゆえ、私はこのソネットの刻まれた頭蓋骨を、いつかあなたに所有していただきたく思っているのです。私の死後、それはそう遠くないと私は感じていますが、この手紙を提示して、どうかこの品を要求なさってください。これによって、私はあなたにそれを遺贈するものであり……」(中断して) なるほど、それで?……

オスカリーヌ それでさ、こんなふうに文字が書かれた頭蓋骨を遺贈するなんてくさいじゃないか。何か秘密の意味がありそうだろ?

レオンス　ギョーム・ブラッシュは、自分が財産を隠してしまったことを悔やんでいたと言われているんだ。もしブラッシュが、皆が信じているように、その悔恨を少しでも和らげるために、財産の隠し場所についての手がかりを、将来発見されるような形でどこかに残しておいたとするなら、全幅の信頼を置くに足る古い友人をその発見者として選んだとしたっておかしくないだろう。

ズメラナーズ　それでお前らは、その頭蓋骨の探索と調査、それにソネットの解読がわれわれに手がかりを与えてくれると言うのだな。

レオンス　おそらくな。

オスカリーヌ　あんたはどう思う？

ズメラナーズ　男爵はその遺産を要求しなかったのか？

オスカリーヌ　男爵は慎み深いからね、すぐにそんなことをするのは不謹慎だと思って遠慮してたのさ。で、これから事を運ぼうってときに死んじまったんだ、激しい腸チフスにやられてね

……

ズメラナーズ　……お前の母親からうつされたんだな。あの女もいきなりやられて、おんなじようにくたばった。

レオンス　まずモノを手に入れるべきじゃないか？

ズメラナーズ　それはお前らに任せよう。それを手に入れたら俺のところに持って来い。それから三人で謎解きにかかろうじゃないか。そうと決まれば部屋に戻れ。そろそろ間借人が二人ほど

帰ってくる頃だ。俺たちが一緒にいるところを見られないほうがいい。

(レオンスとオスカリーヌは階段のほうに向かう。ズメラナーズは銀器を片づける)

第四景

第一景と同じサロン。

第七場

ソランジュ、ジャック

ソランジュは誰も見ていないことを確かめてからピアノに向かい、スコットランドの舞曲を演奏する。まもなくジャックが外に現れ、窓を乗り越えて入って来る。その間にソランジュはピアノから離れる。

ソランジュ ジャックさん……

ジャック ソランジュさん……どうです、僕のような本当は音楽のおの字も分からぬ男が、すぐに合図を聞きつけてやって来ましたよ。(生徒が暗記したことを棒読みするような調子を装って)「二拍子と三拍子の交互形式によるスコットランド舞曲嬰ハ短調」ほら、一言一句あなたの言葉どおり、しっかりこの頭に刻みつけたんです。

ソランジュ わざと特徴的な旋律を選んだのよ。それに節を口ずさんで教えて差し上げましたわ。

ジャック　あなたはご存知ないかもしれないが、ここから僕の事務所まで本当によく音が通るんですよ。そこからうまくごまかして抜け出してきたんです。どうやら何らかの音響現象が共犯として僕たちの味方をしてくれているようですね。

ソランジュ　私たちの周りは何からなにまで秘密や神秘だらけね。でもどうしてなの？　父はいい人よ。私を愛してくれているわ。だからきっと私があなたに抱いている気持ちを理解してくれると思うの。

ジャック　ああ！　くれぐれも言っておきますが、僕のことは決してお父さんに言わないでください。あの方に知られないでいるうちは、僕もまだ儚い望みをつないで、きっと嫌われることはないだろうと思いながら生きていられるのですから。

ソランジュ　そこまでご自分を卑下なさる理由なんて何もないわ。

ジャック　大きな遺産を受け継ごうとしているあなたの結婚相手として、僕などただのしがない司法書士にすぎません。それに、あなたは忘れたのですか。僕がみなし児だと打ち明けたことを。

ソランジュ　それがどうしたっていうの。あなたは誠実で立派な方だし、それに父は決して卑しい偏見なんかにとらわれる人ではないわ。

ジャック　みなし児なんです！……

ソランジュ　おくるみには何の印もなかったの？

ジャック　何にも。ただ僕の肩に榛の木の花が刺青されていました。それはいまでも残っていますから……

ソランジュ　……あなたを捨てた人がいずれあなたを探し出せるようにと考えていた可能性があるわけね。それにあなたを喜んで引き取ってくれたご夫婦だって立派な人たちだわ。ちょうど一人息子を亡くしたばかりで沈んでおられて……

ジャック　それがどうしたって言うんです……僕はやっぱりやめておくべきだったんだ……でも僕の働いている部屋があなたの寝室の向かいにあって、開いている窓から初めて僕の視線があなたの視線に出会ったとき、あまりの衝撃と甘美さに、僕は自分を抑えようと努力することもできなかったんです。

ソランジュ　そして私の目もすぐに、すっかり安心しきって、あなたの目に応えたのよ……

ジャック　ああ！　その夜僕たちが交わした最初の言葉ときたら！……

ソランジュ　着いたばかりでまだこの灼けつくような気候に慣れていなかった私は、ちょっぴり夜の潮風を求めて外に出たのだったわ。父とマルスナックは私より熱心だったから、財産目録の確認に没頭していた。砂浜にたどり着いたとき、いくつかの人の群が水平線に現れた見事な幻月に見惚れて、じっと考え込むように動かずにいるのがあちこちに見えたの。いろいろと聞いてみたいことが口許まで押し寄せてきて、そのなかの一つの集団に混じってみたら……

ジャック　……遠くからあなたを見つけて僕がやって来た。まったくあの気象現象に祝福あれ、だ。知らない者同士でも簡単に言葉を交わし合えるきっかけになるんだから。おかげで僕はその場であなたの魅力的な声と笑顔に接することができたんです。

ソランジュ　それからすぐに、私たちはその集団を離れ、あてどなくさまよったのだったわ。そして初めてお互いに打ち明けたのよ……

ジャック　ああ！　あのうっとりとする時間のことを思い出すと僕は！　僕はもうずっと前からあなたを知っていたような気がしていました。今日あなたと話すこの二度目の機会を僕はどんなに熱烈に待ったでしょう！

ソランジュ　ついさっき父と別れてきたの。父はズメラナーズとかいう人のことでいろいろと手間取っていたところだったから……それで帰ってくるとすぐ、私は大急ぎであなたに合図を送ったのよ……でもいま父が戻ってきたようだわ……あなたが避けたがってらっしゃるなら……

ジャック　お父さんが！　僕は行きます……またスコットランド舞曲で呼び出してくれますか？

……

ソランジュ　……時間ができたらすぐに。

ジャック　さようなら、ソランジュ……

ソランジュ　さようなら、ジャック……

（ジャック、また窓から出て行く。ブラッシュとクレオッセムが入ってくる）

第八場

ソランジュ、ブラッシュ、**クレオッセム**

ソランジュ　マルスナックとレアールはどうしましたの？

ブラッシュ　お前が帰ってから、レアールの友人に相談するのがよかろうということになってね、その人が、ズメラナーズの被害に遭ったという男を教えてくれたのだ。行政官をしていた男だが、昔高利貸のズメラナーズのおかげで財産を食いつぶされている。だから、ズメラナーズの動きを見張るのにこれ以上の人材はないと思うのだ。あの男のことをひどく憎んでいるから、あの悪党に害をなすためなら、熱心に手抜かりなくやってくれるだろう。早速マルスナックとレアールにその男の意向を探りに行ってもらい、私はクレオッセムを連れてここへ家捜しに帰ってきたわけだ。さて、クレオッセム、どこから始めればいい？

クレオッセム　書棚から緑色の装幀の『イソップ寓話集』を探してくだされ。

ブラッシュ　どれくらいの大きさかね？

クレオッセム　かなり大きいものだ。

ソランジュ　（一冊の本を取り出しながら）　たぶんこれじゃないかしら……

クレオッセム　（本を受け取って）　そうだ。わしの記憶によれば、いわゆる告白のうずきにとらえられておったお前さんの叔父は、あるとき、この本を手に持って、口を開きたくてうずうずしておったのと同じくらいこいつを開きたがっているような感じだった。

ブラッシュ　ならば当然これを調べてみなければなるまいな……（本を開く）　お！　最初のページに小さな飾り模様がついているぞ……

クレオッセム　お前さんの叔父さんの蔵書票だよ。

（ブラッシュ、本全体をぐっとたわめ、ページの端に親指を当ててぱらぱらとめくってすべてのペ

ージを確かめる）

ブラッシュ　ほかには格別変わったところはないな。

ソランジュ（蔵書票を指して）　もし何か秘密があるとしたらここに隠されてるってことね。

ブラッシュ　うむ。この図をよく調べてみなければ。（ルーペを手に持ち）女性の胸像が見えるが……

クレオッセム　マノン・レスコーだよ。（書棚を指して）ここにはそう題された小説のとても珍しい版があるのだ。初版の名残として、ほかの部分とはまったく切り離された一つの挿話が含まれておる。パルトレという若い彫刻家の話だ。この若者はある晩、金持ちの年とった恋敵が不意に訪れてきたために、マノンの部屋の窓から飛び降りる羽目になった。それで足の骨を折ってしまったのだが、それがかなり性質の悪いもので、足を切断しなければならなくなった。で、パルトレは回復を待つあいだ、自分の大腿骨をもらって記憶を頼りにそこにほんの小さなマノンの胸像を彫ったのだ。若者はこうしてこの娼婦に讃美を捧げたのだな。パルトレはマノンの美しさをとても強調して表現していたので、きっとこの自分自身の一部が、あのあだっぽい女によっていつまでも愛され大事にされるに違いないと考えて幸せに浸った。

ブラッシュ　で、この図がその胸像を再現しているというわけか……その下には謂れを記したアベ・プレヴォーの銘句《エピグラフ》が添えてある。

クレオッセム　ギヨーム・ブラッシュは自分の貴重な『マノン』をとても自慢にしておって、書棚の宝石のように眺めておったからな。自分のこれらの蔵書を誉め称えるために、その本の内容本なのだから。

ソランジュ を思い出させてくれる蔵書票を選んだのだ。実際、この書棚を例外的なものにしているのはその

ソランジュ ところで、ここにある本には全部その蔵書票がついているのかしら？

クレオッセム 全部だ。

ソランジュ ということは、もしこれが何かのサインだとしたら、これだけに特有の何かを探さなきゃならないわけね。

クレオッセム まさにそのとおりだな……こいつともう一つ適当に取ったものを比較してみようではないか……（書棚から一冊の本を抜き取り、ブラッシュの前に蔵書票のところを開けて置く。ブラッシュは細かく比較して調べ始める）

ブラッシュ 何もない……二つの図はまったく同じに見えるが……

クレオッセム 紙を透かして見たらどうかな……

（ブラッシュ、そのとおりにする）

ブラッシュ おや！……胸像の様子が変わったぞ！……顔の後ろに頭蓋骨が現れたようだ。（紙を裏返す）おお！……裏に髑髏が描かれてるんだ。ちょうど胸像の裏にあたるところに。

クレオッセム おそらくそれこそギヨーム・ブラッシュの仕業だ。

ソランジュ いったいどういう狙いかしら？ 美は儚いものだっていう皮肉について考えさせようというの？ 美には凋落と死がつきものだから？

ブラッシュ まさにありそうな考え方だ。だからそうやって人の目を欺き真実を隠す役に立った

に違いない。私はもっと深い意味があると思うね。（ルーペで紙の裏を調べる）おお！　頭蓋骨の額のところに上から下にかけて何本かの横線が見えるぞ。何かの文章でも書かれているようだ。（ソランジュに）これはもしかすると、お前が寝室として選んだ部屋で見せてもらったあの妙ないわくつきの頭蓋骨のことじゃないかい？

クレオッセム　アンブロージの頭蓋骨だ！……確かにこの絵はあれを表したものに違いない。あれを調べればおそらく収穫が……

ソランジュ　私が取ってきます……

（ソランジュ、退場）

第九場

ブラッシュ、クレオッセム

ブラッシュ　ここに秘密があったことは分かったわけだが、どうして叔父はほかの本ではなくこの本のなかに手がかりを残したのだろうな？

クレオッセム　これは彼の枕頭の書だったからな……たぶん眠れぬ夜に後悔に苛まれているときにでも……

（ソランジュ、走りながら入ってくる）

第十場

ブラッシュ、クレオッセム、ソランジュ

ソランジュ 遺品が消えているわ!……盗まれたのよ!……

ブラッシュ (チョッキの中をまさぐりながら) 盗まれた!……だがあれは頑丈な鍵のかかったガラスケースに入っていたじゃないか……ほら鍵はここにある!……

ソランジュ ガラスがダイヤモンドで切られてたのよ。ちょっと前にどこか開いている窓から入ってきたんだわ。だって私が帰ってきたときはまだ部屋はなんともなかったもの。

クレオッセム おお! おお! ズメラナーズの手のものがやったに違いない……

第五景

舞台はひじょうに偏った形で二つに区切られている。大部分を占めているのがガリオの店で、残りの空間に店の前の通りがある。

第十一場

ガリオ、アンジェリクス

ガリオ アンジェリクス……

アンジェリクス 旦那さま……

ガリオ ほれ、ラベロールの勘定書だ……これを渡してきてくれ……

アンジェリクス これで四度目ですね!……

ガリオ 今日こそは、一部だけでももらってくるように頑張るんだよ。

アンジェリクス はい、旦那さま。

(アンジェリクス、退場)

第十二場

ガリオ、レアール、マルスナック

レアール ここです。

マルスナック なるほど……確かに看板が見えるな。ドビュクールの「ブルランに興じる人々」の複製だ。

レアール 入りましょう。

(二人、店に入る)

ガリオ (お辞儀をしながら) いらっしゃいませ。

レアール ガリオさんですね。私の友人ベルトラン・アランクに推められてあなたに会いに参りました。

ガリオ　用向きは？……

レアール　……同盟を結びたいと思いまして。

ガリオ　同盟？

マルスナック　あなたが憎んでおられて、われわれも警戒しているある男に対してです。ズメラナーズのことです。

ガリオ　ズメラナーズ！　おお！　ズメラナーズは憎んでも憎みきれないやつです。

マルスナック　正確なところ、あの男に対してあなたはどういう遺恨をお持ちなのですか？

ガリオ　どういう遺恨ですと？……まあ聞いてください……私は、若くて学歴もあった……運はいつも私に対して微笑んでくれたものです。そして私はすでに若くしてこの町の行政官の仲間入りをしていた。素晴らしい人生が私の前に広がっていたのです。ところが、ああ！　贅沢な趣味を持つある女に入れあげてしまい、ズメラナーズに金を借りてしまったのです……その利息のべらぼうなこと！……返済の期日がくるとあの男はまったく容赦してくれません。私は訴えられて満天下に恥をさらし、身ぐるみ剝がれ、辞職に追いこまれたのです。そうしていまではしがない商店主ってわけです。商店主ですよ！……親類が見かねて私にこの骨董類を買うだけの資金を出してくれたのです……ああ！　ズメラナーズをどんなに憎んでいることか！……ところであなたたちのほうはどういう遺恨があるのですか？

マルスナック　実を言うとわれわれはまだ何もはっきりしたことは言えないのです。ただ私の主人のブラッシュ大佐がある宝石類の発見に関して、その男に先を越されはすまいかと恐れているのですよ……

ガリオ ……その宝石類のことなら私も聞いたことがありますよ……なるほど、私こそあなた方の探していた人間です……ズメラナーズを陥れるために私にできることなら何でも……

レアール あの男をうまく見張って欲しいのですが……

ガリオ そういう仕事なら、私のところのアンジェリクスが大いに役に立ってくれるでしょう。

マルスナック アンジェリクス？……

ガリオ エレケイク族の子供です。わずかな給金に文句も言わず、ここでずいぶんと私の役に立ってくれているのです……みなし児だったのをモニカ派の神父たちが引き取ったのですが、ここへ手伝いによこしてくれましてね。不思議な魅力のある力強いソプラノの声に恵まれているので、よくミサで歌ったりもします。特に「パニス・アンジェリクス」は見事なものでね、いつもアンコールが出るほどです。それで、あの子が「アンジェリクス」と言うとき、ひじょうに独特で心地よい歌い方をするもんですから、何人かがそのかわいい言葉をあだ名として彼につけたのですよ。それがとうとうあの子の原住民としての汚くて難しい名前に取って代わってしまったのです。

マルスナック そうするとあなたは、その子供がわれわれのために野生児ならではの思いもよらない策を講じて協力してくれるものと期待しているわけですね。

ガリオ そうです。だってあの子は移住はしましたが、爪の先までエレケイク族ですからね。その上皮の下から、ふとした拍子にひょっと原始的なものが顔を出すことがあります……ほら、私が頼んだ仕事を終えてあの子が帰ってきましたよ。

第十三場

ガリオ、レアール、マルスナック、アンジェリクス

ガリオ どうだった、アンジェリクス……何を持ち帰ってきてくれたね？……

アンジェリクス 勘定書を……ラベロールは明日払いに来るそうです。

ガリオ また延期か！……今度という今度は！……ところで、アンジェリクス、お前はズメラナーズを知っているかい？

アンジェリクス はい……あの下賤なホテルの下賤な男です……

ガリオ 私とお前とで、あの男の挙動を逐一見張るのだ。理由については後で教えてあげよう。お前の抜け目ない知恵をあいつと戦うために使ってくれるかな？……（アンジェリクス、答えない）返事をしてくれないのかい？

アンジェリクス みんなズメラナーズは悪党だって言ってます。

ガリオ そうだ。みんなは正しい。

アンジェリクス（壁に掛かった絵を指しながら）だったら、もしあいつが死ぬ前に悔い改めたときには、あいつはすごくえらい聖者になります。そしたら僕はあいつをやっつけたことを後悔してしまいます。

ガリオ（レアールとマルスナックに）この子はこの絵のことを言ってるんですよ。これはカルトゥーシュの処刑のすぐ後に描かれたものです。

マルスナック　そこに描かれているのがあの名だたる盗賊で？……

ガリオ　……いまわの際《イン・エクストレミース》に何がしか悔悛の言葉を唱えるとその言葉もまた瞬く間に有名になったというあの盗人です。宗教画家のソーラがそれを主題にしたんです。（絵を示し）天国に行く競争では悔悛した悪人のほうが善人よりも有利だという古いテーマを敷衍して、ソーラは、額縁の下にちょっとした解説文を添えてこの絵「選ばれし者たちの一団」を描いたのです。青空と雲を背景にしてそこに見えているのがまさに罪人のなかの罪人、カルトゥーシュでして、似たような連中の一団のなかでも、先頭を切って聖ペテロが番人を務める門をくぐっています。さてそこでアンジェリクスですが、この子は生まれつき偶像崇拝の性癖があるうえにキリスト教者として育てられたので、いくつかの神聖な品々を度外れなほど崇め奉っていまして、なかでもこの絵には熱烈な崇拝を寄せているのです。そういうわけでズメラナーズに害をなすことを恐れているのですよ。やつが遅れ馳せにでも悔悛したら、死んでからこの子が尊敬するカルトゥーシュのようになりはすまいかと思ってね。

レアール　安心おし、アンジェリクス。その二人の犯罪者は多くの点で違っている。一方は自分の身を表にさらして仕事をしていた。これは崇高な赦しに価する騎士道精神の表れだ。ところがもう一方は汚い策略を弄して裏で人を操る男で、こいつは死んだって悔い改めたりしない輩なんだよ。

アンジェリクス　ほんとだ！

ガリオ　それじゃあ……お前も手伝ってくれるね？

アンジェリクス（一瞬考えた後で）　はい、旦那さま……手伝います。

幕

第二幕

第六景

ブラッシュの家の庭。上手に大きい鉄柵門、奥に小さい鉄柵門があり、下手には玄関の踏段。

第一場

ブラッシュ、レアール、マルスナック

ブラッシュ （紙の束をめくりながら） 結局のところ、どうやら、ガリオが送ってよこしたこの報告書にはめぼしいことはほとんどないようだな……

マルスナック 確かにほとんど何もありませんが……

レアール それでもガリオはズメラナーズ憎しと熱心にやっているようだし、アンジェリクスもエレケイク族のすぐれた技を惜しみなく発揮して監視にあたっているということはひじょうによく分かるではありませんか。

ブラッシュ うむ。だが、こうして監視したところで、どうしても目の届かない隙間がたくさん生じてくるものだ。彼らがどんなに四方八方ズメラナーズを追いかけ回そうと、窓に視線をへば

りつかせていようと無駄なのだ。どれほど多くの挙動が彼らの目を逃れてしまうことか！ それに、あのソネットの刻まれた頭蓋骨を追う手がかりもなければ、その盗みがズメラナーズの仕業かあるいは差し金だということを証明するものも何ひとつ見つかっていないのだからな。

第二場

ブラッシュ、レアール、マルスナック、アンジェリクス

アンジェリクス（上手の鉄柵門から入ってきて） 新しい報せです……

マルスナック おお！……アンジェリクス……

ブラッシュ 新しい報せだって？……

アンジェリクス さっき、遠くからズメラナーズが事務所でレオンスとオスカリーヌと話し合っているのが見えたんです。レオンスとオスカリーヌというのはズメラナーズがいつもよく使う二人組で……僕は壁沿いに這っていって、開いた窓の下から盗み聞きすることができたのですが……

ブラッシュ それで？

アンジェリクス あなたから頭蓋骨を盗んだのはレオンスで、ズメラナーズの命令でした。

レアール で、やつらは頭蓋骨の秘密を解いたのかい？

アンジェリクス 額を中心に各部を詳細に調べ上げ、ズメラナーズはとうとう、ソネットのなか

に、目に見えないような同じ印をつけられたいくつかの文字があることを発見しました。その文字をつなげると「sépia」となるんです。

マルスナック　「セピア」だって?……(しばらく考えた後、家の中に入る)

ブラッシュ　ズメラナーズはそれを発見して何を思いついたのだ?

アンジェリクス　あなたがセピア画を一枚持っているに違いないということです。その絵に啓示が眠っているんです。それでズメラナーズはレオンスに、もう一度ここに忍びこんで絵を探し、取ってくるよう命じたんです。僕はすぐにあなたに報せに戻ってきました。

ブラッシュ　確かにセピア画なら居間に一枚ある。

マルスナック(戻ってきて)　これですな。

ブラッシュ　これはなかなか凝った作品で、その主題が気にはなっていた。この石は何なのだろうな。このおかしな鳥の骸骨の印がついた石は?

レアール　それですか。それは「翼手竜の化石」と呼ばれるものですよ。私たちの名物の一つで、観光客に見せているんです。こびとのブルクシール婆さんも話したあの例の地震でこういう面白い断面が人目にさらされることになったのですが、当時この化石は北半球でも南半球でも、たいへんな話題になりました。それくらいここにこんなものが現れたことは一部の学者たちを困惑させたようなのです。彼らの多くは、太古の有歯鳥類の骨格がこんなに大きく石の全面に現れるのは、人為的な仕業に違いないと主張したほどです。真偽はともかく、この石はこれまでさまざまな形で何度も絵に描かれてきました。

ブラッシュ　ここにあるセピア画はこれだけだ。したがって当然この石こそわれわれの調べるべきものだということだな。

マルスナック　すぐにこの石のところに行って、調べにかからねば……

レアール　その石自体よりもむしろクルナルーに話を聞いてみるというのはどうでしょうか。

ブラッシュ　クルナルー？

レアール　神経症の強迫笑い《リクチュス》に苦しめられている哀れな化物でして、あまりにおぞましいので、行くところ行くところ、誰からも容赦なく追い出されてしまったのです。それくらいやつの姿は子供たちを怯えさせ、妊婦まで危険にさらすほどなのです。霊能力を備えているので、占師としては評判が高く、翼手竜の化石がある岩穴で一人孤独に暮らしながら、化石目当ての観光客から金をまきあげています。石のことを思い浮かべると、必ずこの男の影が頭につきまとうほどで、それくらいこの男と石は切っても切れない関係にあるのです。ですからギョーム・ブラッシュが示したかったのは、こいつのことかもしれません。

ブラッシュ　翼手竜の化石をめざして出発だ！……セピア画は私が持っていこう。レオンスの手が届かぬようにな。

アンジェリクス　僕はまた見張りに戻ります。

（一同、上手の鉄柵門から出て行く）

第三場
ジャック、ソランジュ

ジャック（奥の鉄柵門の後ろに立ち止まって）ソランジュ！……
ソランジュ（玄関の踏段のところに現れ）ジャック！……いま合図しようとしてたのよ……父が遠ざかるのを待っていたの。（ソランジュ、鉄柵門を開く）
ジャック　もう待ちきれなかったんです……お父さんが出て行くのを待ち構えて、走ってきたんです……あなたに急いでお知らせしたいことがあって！……
ソランジュ　いい知らせ？
ジャック　そうです。あなたにふさわしいプレゼントを渡すことができそうなんです……このミサ典書ですが……
ソランジュ　このミサ典書を？……まあすごくすてきな物じゃないの！……それになんて見事な留金かしら！　釘の頭が全部ダイヤモンドだなんて！……ほんとうにこれを私に？……
ジャック　おお！　どうか受け取ってください……急にこの本をあなたにお贈りすることができるようになって、僕はほんとうに幸せなんです！……これは、不運に見舞われて財産をなくされたこの地のさる慈悲深いご婦人が手元に残していた最後の品で、最近くじ引きの賞品として提供されたものなのです。この慈善家のご婦人はひじょうに有名ですから、皆争ってくじを引きました。僕も一枚もらい、そして引き当てたのです……おお！　あなたがこの芸術品の持ち主となることが僕にとっての喜びなのですから、どうか拒絶しないでください！……

ソランジュ そういうことでしたら……いまこの瞬間からこれは私のもの……

ジャック ああ！ 僕はなんて幸せ者だろう！……あなたに贈ることを夢にまで見ていたので、これが僕のものになったと分かったときには、ほとんどめまいがしたものです……多くの者のなかからたった一人選ばれたのだと感じると、人は誰しも奇妙な陶酔感を……

ソランジュ ……感じるものね。私にも経験があるわ……

ジャック やはりくじ引きでですか？

ソランジュ いいえ。競争試験《コンクール》をしたのよ……（襟に隠れているところから、鎖に通して首に巻いていた小さな飾りを取り出し）それでこの品をもらったの。

ジャック 競争試験《コンクール》？……

ソランジュ ……修道院女学校の年長組のあいだで。最近私たちは、三日間の聖なる日（復活祭の日曜日前の木・金・土曜日）に、ちょうどおあつらえ向きにしつらえられた集会場で、平土間に陣取った家族や友人たちを前に、三部作の宗教劇を演じたのだけれど、そこから誰が一番よい教訓を引き出せるかを競ったのよ。観客にはオジャルヴォン神父もいたの。

ジャック ああ！ あの有名な伝道師の……

ソランジュ オジャルヴォン神父は、お帰りになるとき、自分が中国から持ってきたある殉教者の聖遺物を取り出して、修道院長に敬意の印として差し出したの。すると修道院長は、生真面目な方だったから、それは私たちに対するオジャルヴォン神父の満足を示すものだとお考えになって、ご自分のものにしてしまうより、私たちのあいだで、試験《コンクール》の賞品として使うほうがいいとおっしゃったの。
ジャック　で、あなたの答案が一位になったんですね……
ソランジュ　ええ。ところでこの神聖な品、今度は私からあなたへのプレゼントとして受け取ってもらわなければならないわ。
（ソランジュ、鎖を外す）
ジャック（聖遺物を受け取って）　おお！　あなたに触れて温まっているこの品を、どうして僕に拒否できるでしょう。そんなにぴったりと身につけていたのですね。おお！　ありがとう……ありがとう……（聖遺物にキスする）なんという幸せを僕は持ち歩いているのでしょう！……さようなら、ソランジュ……
ソランジュ　さようなら、ジャック……
ジャック　これからはもう少し自重します……必ず合図を待つことにしますから！……
（ジャック、出て行く）

第七景

無秩序で殺伐とした場所に翼手竜の化石が屹立している。

第四場

レアール、ブラッシュ、マルスナック

舞台は初め無人。やがてレアールが登場し、ブラッシュとマルスナックが続く。

レアール 着きました。
ブラッシュ これが翼手竜の化石かい？
レアール はい。そしていまわれわれがやって来た道が「本物派たちの道」と呼ばれています。
マルスナック 「本物派たちの道」だって？ なんて芸のない名前だ！
レアール ご覧のとおりこの道はここで行止りですから、石に惹きつけられた者たちしかここを通ることはありません。そして石に興味を持つのは、この石が、証明はできないけれども本物だと信じている者だけです。石の真実性を信じるかどうかを一種の公理のごとくものとして、それをめぐって二つの陣営が真っ向から対立しているのです。信じる派が、いわゆる「本物派」で、信じない派が、「偽物派」というわけでして……ああ！ あれがクルナルーです。
マルスナック うわっ！ なんて化物だ！
ブラッシュ こいつはすごい。どこに行っても歓迎されないわけだ。

第五場

レアール、ブラッシュ、マルスナック、クルナルー

クルナルー ごきげんよう、旦那さま方。どなたか手相でご自分の近い将来を占ってもらいたい方はおられますかな?……あるいはどなたか、飲めば一時間だけ忘却の淵から前世の記憶を呼び戻してくれるこの調合粉末を一服お望みの方はおられますかな?……あるいはどなたかあっし自慢のこの通話管で天使の讃美歌をお聞きになりたい方はおられますかな?……あるいはどなたか……

レアール やめろ! クルナルー……私たちはお前の力を試しにきたのではない。亡くなったギヨーム・ブラッシュについてお前に何か言いたいことがないか聞きにきたのだ。

クルナルー ギヨーム・ブラッシュについてですと?……おお! ありますとも。言うべきことがありますぞ!……あの人はいつもあっしを助けてくれた。あの人の思い出に対しては深い愛着《カルト》を抱いています。

ブラッシュ だが人間嫌いだったはずの……

クルナルー ……人があっしにはいつも施しをふんだんに持ってきてくれたんでさ。

マルスナック どうしてお前にはそんなに親切だったんだ?

クルナルー あの人の息子のラウルとあっしが仲良しだったからで。

ブラッシュ 息子のラウルがお前になついていたのか?……

クルナルー　……そして、ものすごく親切にしていただきやした。初めて坊ちゃんがここに石を見に連れて来られたとき、坊ちゃんはほんの子供でしたが、あっしを見てさぞかし怖かったろうに、持ち前の賢さと優しさで、にっこりと微笑んで恐怖をおくびにも出さなかったんでさ。その年は、石の小さなくぼみの中に……（とその場所を指す）ここのところに……一羽のツバメが巣を作っておりやした。あっしはその鳥にありったけの忍耐と愛情を注いで飼いならしていたんですが……

レアール　……というかむしろ調教したと言ってもいいくらいだろう……私もそのツバメのことは覚えているよ。いまでもまだその鳥が、一声呼ぶだけでお前の手の端にとまりに来て餌をついばむのが目に見えるようだ。

クルナルー　あっしはその日まで、子供に笑いかけてもらったことなんて一度もありませんでしたから、ラウルに感謝したくて、あの子のためにあっしの賢くかわいい鳥を訓練したんです。あの子もすぐにツバメを気に入ってくれました。それ以来、坊ちゃんはちょくちょくツバメの面倒を看にくるようになり、あっしたちは親友になりました。ときどきは、ラウルが勉強時間をここで過ごすことさえ許されていたんでさ。ラウルは本を手にそこらへんの木の下に座っていたもんです。毎年、ツバメが北のほうへ行ってしまった後は、寂しくなってツバメが遠いところでどんな冒険をしているんだろうとあっしを質問攻めにしました。そして、鳥が帰ってくる季節がくると、ラウルはその姿が現れるまで、心配のあまり体を震わせていたほどで！……

マルスナック　で、最後にはラウルの願いもむなしくその季節がきてもツバメは帰ってこなくなった？

クルナルー いいえ、ツバメはここで死んだんでさ。ラウルはそれを大切に保存しやした。父親にねだって、剝製にしてもらいやしてね。

マルスナック そう言えばそうだ！ 大佐殿、大佐の寝室のガラス箱に王さまよろしく納まっていたのはこの鳥ですよ。

ブラッシュ まったくだ。

クルナルー かわいそうなラウル。あっしのような卑しい者と仲良くしてくれたあの子のことを考えると、いつも涙が流れてきて……

ブラッシュ ギヨーム・ブラッシュがお前に対して特別な態度をとっていた理由がこれで分かった。だが、どうだ、普段の施しのほかに、叔父は、死ぬ直前にお前に何か特別変わったことはしなかったか？

クルナルー しましたとも。この本を持ってきてくれたんでさ。（肩から斜めにかけた雑嚢の中から一冊の本を取り出す。雑嚢の中には、占師としての道具がぎっしり詰まっている）黒ミサのための古い祈禱書で、至るところにわいせつな刷絵がちりばめられて本文を飾っております。ギヨーム・ブラッシュは、この謎めいた秘教的《カバラ》な外観を、あっしが占いに利用できるだろうと考えてくれたんでしょう。

レアール （ブラッシュに） 次に辿るべき道筋はおそらくこのなかでしょうね。

ブラッシュ （本をためつすがめつ調べてからクルナルーに） この端を折ったのはお前か？

クルナルー　いいえ。そんなものがありやしたか。

ブラッシュ　とすると、これはギヨーム・ブラッシュの仕業に違いない。このページを調べてみなければ。（間）何も見つからんな……文章にも挿絵にも、まったく手を触れた形跡はない……

（またしばらく間）

マルスナック　何か見えましたよ……

ブラッシュ　何だ？……

マルスナック　そこの、女が鞭を振りかざしている場面を、インクのごく細い円が囲んでいます……

ブラッシュ　確かに……ということは……この強調はどういう意味だろうな？……

レアール　待ってくださいよ……女が鞭で打つばめん、ですか……これでギヨーム・ブラッシュは、先ほど話に出たツバメのことを言いたかったんじゃないでしょうか？……

クルナルー　そういえば、あっしのツバメは、アマツバメでしたよ。ほかならぬギヨーム・ブラッシュ本人がそう教えてくれたんでさ。

レアール　となるともはや疑いなしだ……

ブラッシュ　君の言うとおりだ、レアール……また一つ新しい鎖の環をつかんだようだ。

第八景

第一景と同じく、現地色が色濃く出たサロン。

第六場

ブラッシュ、レアール、使用人

ブラッシュ どうぞ……ご主人にこの名刺を。

使用人 （ブラッシュとレアールを招き入れて） 旦那さまにお取り次ぎいたします。

（使用人、退場）

第七場

ブラッシュ、レアール

ブラッシュ ヴァルドモン氏が私のことを無礼なやつだと思わなければいいが。

レアール ご安心ください。親切で愛想のいい方です。

ブラッシュ ここへやって来ることがどうしても必要だったのだ。クルナルーのところから戻ってきて、君たちの目の前でガラスケースから例のツバメを取り出し、調べてみて、私はようやくその秘密を突き止めたのだった。

レアール 長い翼の羽の管の中に、丸められた一枚の紙切れが入っていて……

ブラッシュ ……そこに『アストレ』からの短い引用だけが書かれていた。私はその文章を詳しく検討し始めた。何かの印や解読方法を記したものはないかと思ってね。そこへ君が教えてくれ

たのだ。シナマリには、ルイ・ヴァルドモンという上流階級の人間がいて、その人物は、代々母方から伝わってきたオノレ・デュルフェの末裔として有名だとね。

レアール で、あなたも私も、その新たな文書が示しているのは、間違いなくその人物だと考えたわけです。

ブラッシュ そこでわれわれは彼の家にやって来たわけだ。空っぽの藪を突つくようなことにならないことを願おう。

(ヴァルドモン、登場)

第八場

ブラッシュ、レアール、ヴァルドモン

ヴァルドモン こんにちは、レアール。

レアール こんにちは、ヴァルドモンさん。ブラッシュ氏をご紹介いたします。

ヴァルドモン (会釈しながら) これはどうも……我が家においでいただいてたいへん光栄です。

ブラッシュ 畏れ入ります。ヴァルドモンさん。

ヴァルドモン あなたの叔父さんのことは存じ上げていますよ。

ブラッシュ その叔父についてお話をうかがいたいのです。

ヴァルドモン かつて私たちの関係はひじょうに親しいものでした。特にあの方は文学者でいらしたから、ここにある貴重なコレクションに興味をお持ちだったのです。私の先祖であるオノレ・デュルフェの手紙の下書が、親から子へと私の世代まで受け継がれて、ここにいくらかありましてね。

ブラッシュ　あなたと叔父のそうした良好な関係は、叔父が死ぬかなり前に終わってしまったのでしょう。

ヴァルドモン　あなたはあの悲しい出来事が引き起こした彼の特別な生活のことを言ってらっしゃるのですね。確かに、あの時以来、私は彼に会っておりません。

ブラッシュ　それ以来一度もですか？

ヴァルドモン　いいえ。一度だけ家に訪ねてきたことがあります……ああそうだ、まだそんなに前のことじゃありません……

（ブラッシュとレアール、顔を見合わせる）

ブラッシュ　それはどういった状況で？

ヴァルドモン　ある日、私には嬉しい驚きだったのですが、彼がここに現れ、長いあいだの音信不通についてひどく自分自身を責めた後、こう言ったのです。あの素晴らしい手紙の草稿類をもう一度調べてみたいという強迫観念に駆られているのだが、と。私はすぐに喜んで彼にそれを渡しました。

ブラッシュ　その資料を彼はどんなふうに扱いましたか？……もしよければちょっと思い出していただけるとありがたいのですが……

ヴァルドモン （記憶を探りながら） そうですね……このテーブルに座って、書類に熱中はしていましたが、礼を失することなく、私と少々旧交をあたためる談義をいたしました……彼はまず、手紙のほぼ三分の一くらいをざっと見ましたね。何かはっきりと探しているものがあるような様子で……それから、最後にその手紙のなかの一通だけを取り出して、それを長いこと調べていました。

ブラッシュ （心配そうに） それがどれだか見分けられますか？

ヴァルドモン いいえ。

ブラッシュ （がっかりして） ああ！

ヴァルドモン しかし、私の記憶では、手紙の束をまたまとめるとき、彼はその手紙を一番上に置いたと思います……いや、それどころか、いまふいに思い当たりましたが、その仕事はいかにも思わせぶりでした。まるで私がそのことを知らず知らずのうちに意識に残すことを望んでいるかのように。

レアール で、その手紙の束は、それ以来一度もくずされたりしていないのですか？

ヴァルドモン 触ってすらいません。

ブラッシュ その一番上に置かれた手紙をしばらく拝借できませんか？

ヴァルドモン お安いご用です。（鍵を持ち、引出しを一つ開けてそこから手紙の束を取り出す）これです。（束の一番上になっている手紙に一瞥を投げた後、それをブラッシュに渡す）それは実はもっとも興味深い手紙の一つなんですよ。デュルフェから詩人のルメナジェに宛てられたものです。

ルメナジェは同業者というだけでなく、親しい友人でもあったのです。

ブラッシュ （読む）「我が友人ルメナジェへ。僕がこの二日間どんな奇妙な詩の仕事に取り組んでいるかを知ったら、君はさぞ面白がることだろうね。いま、お金持ちのトランティニャック侯爵のお屋敷に、デンマーク王室のフル……王女がお泊りになっていらっしゃるのだ。侯爵は王女のためにパリ中からもっとも評判の高い歌い手やら楽器弾きやら役者やら踊り子やら、はたまた軽業芸人までをも一堂に集めて豪勢なパーティを開こうと計画している。ところがこのお姫さまがまたたいへん乗り気ときていて、当日はどうしても自ら舞台に上がって芝居を演じたいといってきかないらしい。侯爵としては、王女とともに舞台に上がる名誉を一人占めにしたいし、さらにはその名誉が華々しくいつまでも語り継がれてほしい。それには誰か名の知られた詩人に新たな作品を書いてもらうのがよい、ということで、侯爵は僕に、何か二人っきりで演じるための哀調に満ちた寸劇をご注文になったのだ」（レアールに）聞いているかい、レアール？

レアール 一言漏らさず。

ブラッシュ それよりもこっちに来て私の肩越しに一緒に見たほうがいい。何か相手の気づかないことにもう一人が気づくかもしれん。

レアール それでは失礼して。

ブラッシュ （続けて読む）「そういうわけで僕は、ある羊飼いとその恋人の羊飼い娘との恋に思い悩む会話を、脚韻をそろえた詩に仕立てあげ、舞台はある麗かな春の朝ということにした。ところが、そこでへまをやってしまったのだ。原稿は突き返されてきた。朝を夕べに変更してくれというのだ。王女さまは軽度の白子《アルビノ》で、昼間の外出には必ず分厚いヴェールを何枚もお召しになり、部屋の中でもカーテンなどで和らげた日の光か、ほのかなランプの灯りにしか耐えられないのだ。だから僕の『麗かな春の朝』という設定が要求する強力な照明は、王女さまにとってたいへん都合が悪いということだった。それで僕は自分の詩句をあちこち書き換えているというわけだ。一方で『青い空』とあれば『黒い空』に変え、他方で『明るい朝』とあれば『素晴らしい夕べ』に変え、はたまた『はつらつとした目覚め』とあれば『穏やかなまどろみ』に変える、といった具合だ。君には僕が音節を指折り数えながら新たな脚韻を探しているところが思い浮かぶことだろう……そしてきっと君の不幸な友人に課せられたこの滑稽な仕事を笑っているに違いない。まあそれでも友人のよしみで、君のことを恨んだりはしないよ。オノレ・デュルフェ」

レアール じっと目で追っておりましたが、特筆すべきことは何も気がつきませんでしたよ、ブラッシュさん。

ブラッシュ 私もだ。ただ爪で引かれた線が二本あることを除けばな。「羊飼い娘」という語と「白子《アルビノ》」という語のところだ。

レアール （勢い込んで）「羊飼い娘」と「白子《アルビノ》」のところに二本の爪の線ですって？

ブラッシュ そうだ……ほら……しかしこいつは考慮する必要があるとは思わないな。どうしてギヨーム・ブラッシュはクルナルーの祈禱書のときのように今度もインクを使わなかったのだろう？

レアール それは無理というものですよ！……こんな貴重な自筆原稿に、しかも持ち主が見ているところでほんのしばらく触っていただけなのに、そんなことができるでしょうか？……

ブラッシュ　それはそうだ。

レアール　ですから代わりに爪ですばやく二度印をつけたのですよ。

ブラッシュ　とするとこの「羊飼い娘」と「白子《アルビノ》」という言葉のなかに……

レアール　……私にははっきりと答が見えています。どうか私を信用なさって、お暇することにしましょう。

ブラッシュ　（少し前から別の手紙に没頭していたヴァルドモンに向かって）どうもありがとうございました、ヴァルドモンさん。どうぞ、手紙をお返しします。

ヴァルドモン　何か役に立つことがありましたか？

ブラッシュ　（握手しながら）ええ……来たかいがありました。感謝いたします。

第九景

ある洞窟の中。

第九場

ブラッシュ、レアール、イニャセット

レアール　目的の場所に着きました。

ブラッシュ　なんだって！……この洞窟が？……

レアール　……イニャセットが常住している隠れ家です。貧しい農家の出で一人孤独に暮らしているこのイニャセットこそ、明らかにギョーム・ブラッシュの二本の爪跡が示している女なのです。

ブラッシュ　ああ！　向こうに見えるあの娘だな……確かに彼女は白子《アルビノ》だ……

レアール　そして羊飼いでもあるのです。あの娘はいつも日の光を恐れているので、ここに避難することを好んでいました。山羊の群の番は犬にまかせて外の斜面で草を食ませているのです。

ブラッシュ　彼女は、確かにいまは、たいして心配はしていないようだが。

レアール　おお！　あの娘はあることが起きて以来、とても重要な人物となったのです。ある日、彼女がここで一人で目をつぶって休んでいたところ、そっと《ソット・ヴォーチェ》話しかけてくる声が聞こえました。最初は夢を見ているのかと思いました。ところがそうではなかったのです。夢のなかで支離滅裂な言葉が聞こえてくるときには決してありえないような、はっきりとした映像が彼女の前に浮かんできたからです。

ブラッシュ　いったい誰がしゃべっていたんだね？

レアール　聖母マリアさまです。イニャセットがまぶたを開くと、突然洞窟の奥にその姿が見えたのです。しかも、なんという奇跡か、マリアさまは荘厳な光に包まれていたのに、イニャセットの目には何の苦痛も感じられなかったのです。マリアさまは、船乗りたちの守護神として、この世のものではないような優しい声で、一艘の船が暗礁に乗り上げて遭難していることを告げ、その場所をイニャセットに教えてから消えました。仰天したイニャセットは大慌てで洞窟から逃げ出し、町のほうへ走っていって、この奇跡を語りました。そこで救援隊が大急ぎで出発したところ、見事に言われたとおりの場所に、問題の船が立往生しているのを見つけることができ、乗組員たちは全員救出されたのです。

ブラッシュ イニャセットはどれほどの栄光を手にしたことだろう！

レアール おお！ 輝かしい栄光でした。確かに、遭難した船乗りたちは瓶詰めの手紙を何本も海に流したと言っていましたので、なかにはイニャセットがその一つを、このすぐ近くの流れの急な湾の砂浜で見つけ、これ幸いと周到な芝居をうったのだと考える者もいることはいました。ですが、いったん勢いがついてしまうと、奇跡というのはいつでもひじょうに誘惑的なものですからね、不可思議なものを信じたいという気持ちがまさったのです。

ブラッシュ で、皆その奇跡を本当だと信じたのだな？

レアール マリアさまが出現したという場所に立てられたこの聖母像が証明しているとおりです。丘にぽっかりと穴を空けたこの洞窟は、いまでは巡礼地となり、神聖な場所となっています。この丘そのものだけでなく、そこに生える草までが神聖ですし、そこで草を食む山羊たちやその山羊の乳までもが神聖なのです。イニャセットはほとんど聖女と言ってよく、信仰者たちに法外な値段でこの乳を売っており、決してその値を負けたりしません。しかもその錫でできた升を実に巧妙に上げ底にしているという非難さえ聞かれます……

ブラッシュ これはこれは……そういう悪知恵に長けた精神の持ち主ならば、瓶詰めの手紙を隠したり、人が噂するように、一芝居うったりするのもまんざら不可能ではなかろうな……

レアール　おっしゃるとおりです。

ブラッシュ　用件を聞き出すために少しその法外な飲み物を買ってみようじゃないか。

（一同、イニャセットに近づく）

レアール　乳をくれ、イニャセット。

（イニャセット、二人に乳を出す）

イニャセット（ブラッシュを指して）初めて見るこの人はどなたですか？

レアール（低い声でブラッシュに）実は、この聖なる洞窟を訪れない者は誰一人いないものですから、彼女は村人全員の顔を知っているのです。

ブラッシュ　私はジュリアン・ブラッシュという者だ。

イニャセット　するとギヨーム・ブラッシュはあなたの？……

ブラッシュ　……叔父だ。

イニャセット　あの人は何度かここを訪れましたが、そのうちの二回だけはいつまでも私の記憶に残るでしょう。

レアール（低い声でブラッシュに）おっと、向こうのほうから彼の話をし始めましたよ。

イニャセット　そのうちの一度目では、乳をお断りしなければならなかったのです。

ブラッシュ　それはどうして？

イニャセット　私は両手で目をふさいで伏せている状態だったのです。というのは、ものすごい数の稲妻が光り、雷が鳴っていたからなのです。おお！ 空を切り裂き目を眩ませるあの光は、私にとってどれほどの苦痛を与え、どれほどの恐怖をもたらすことでしょう！ ここにいてさえ、まぶたと指をかいくぐって、あの光は私の目を襲うのです。

ブラッシュ それでギョーム・ブラッシュは？……

イニャセット ……手ぶらで帰りました。私はちらと目をやるのが精一杯でした。

レアール それで記憶に残る二度目の訪問というのは？……

イニャセット つい最近のことですが、あの人は私にブルトン語の祈りの言葉を教えに来てくれたのです。アイスランドの漁についてのある本のなかで見つけたとかで、光を怖がりマリアさまを深く信仰している私のために書かれたような一節だったので、たいへん驚いたそうです。

ブラッシュ その祈りの言葉はマリアさまに向けられたものだったわけだ？……

イニャセット ……しかも、特に嵐のときに一時の晴れ間を願う言葉なのです。

ブラッシュ （レアールに）「一時の晴れ間」と言えば……それこそあのネロドーの絵のタイトルじゃないか……君に初めて外を案内してもらったときに連れて行ってもらったシナマリの小さな美術館の誇るあの作品だ。

レアール そのとおりです！……となればすぐに金を払って出発しましょう……ほら……イニャセット……乳の代金をここに置くぞ。

第十景

第三景の背景。

第十場

ズメラナーズ、レオンス

ズメラナーズ（レオンスが入ってくるのを見て）　おう来たか！……セピア画は持ってきたろうな？……

レオンス　だめだった……屋敷に忍びこむことさえできずじまいさ。

ズメラナーズ　俺と別れてすぐ向かったんだろう？……

レオンス　もちろんさ……用心のために迂回しながらな……すると遠くから三人の男とエレケイク族の子供が一人出てくるのが見えたんだ。子供のほうはすぐに男たちと別れたよ。

ズメラナーズ　絶好の機会だったじゃないか！……

レオンス　と思ったさ……それで忍び足で近づいていったんだ……ところが表の鉄柵門越しに、若い女がもう一つの鉄柵門を開けて恋人を迎え入れるのが見えた……こんな隅っこでぐずぐずしてるよりはと、俺は三人の男たちのほうをつけ始めたんだ。まもなく、そのなかの一人がレアールだってことが分かった。

ズメラナーズ　いい考えだったたな。やつらの動きが俺たちの役に立つんじゃないかと思うのは当然だ。

レオンス やつらはまず翼手竜の化石のところへ向かった……

ズメラナーズ なんてこった！……あそこじゃ隠れるところなんかありゃしない！……

レオンス だから俺は遠くの岩陰に潜んでいるしかなくて、やつらとクルナルーがどんな会話を交わしたかはまったく知ることができなかった。クルナルーのところを出てから、連中はまた屋敷に戻ってきた。それからレアールと、残りの二人のうちの一人だけがまた出てきてヴァルドモンの家を訪ね、そこから出てくると今度はイニャセットの洞窟に向かった。

ズメラナーズ ああ！……今度は盗み聞きにはもってこいの場所だ……

レオンス そうとも……それで俺は入口に近づいていき、話合いの最後の重要な部分を聞き取ることができた。

ズメラナーズ それで結論は？……

レオンス ……「一時の晴れ間」とかいうタイトルの絵が手がかりだってことだった。

ズメラナーズ ああ！……ネロドーの「一時の晴れ間」だな。

レオンス 洞窟から出たやつらは町に向かった……そして俺はやつらが美術館に入るところを見届けた。まだそこにいるはずだが……

ズメラナーズ ……俺もすぐに向かうとしよう。

レオンス セピア画はどうする？……

ズメラナーズ セピア画なんかもうどうだっていい！……そいつはいまやギョーム・ブラッシュ

が作り上げた鎖のなかの古いわっかにすぎんのだ。

（オスカリーヌが入ってくる）

第十一場

ズメラナーズ、レオンス、オスカリーヌ

オスカリーヌ　ああ！……よかった、一緒だったんだね……聞いておくれよ……あたしたちに何か不幸が迫っているんだ……

レオンス　ふん！……またお前の迷信か！……朝から晩までお前ときたらやたらあちこちに吉兆や凶兆を見つけ出すんだからな。

オスカリーヌ　ついさっき、フェナールの丘の抜け道を歩いてきたら、いつもの場所にあのバカのミニュサバンス〔ミニュサバンスはフランス語で愚鈍の意、ラテン語由来〕がいるのが見えたのよ。

ズメラナーズ　ああ！……例の物乞いだな。見かけほど「足りない」わけじゃないって噂の……

オスカリーヌ　あいつはそのときどきで支離滅裂なたわごとを言ったり、しっかりしたまともなことを言ったりするんだけど、イカレてるときには幸福を、イカレてないときには不幸を、代わる代わるにもたらすんだ。

レオンス　しかもお布施の額によってイカレ具合が違うって噂もあるぜ。

オスカリーヌ　そうさ。で、いつものように、あたしはあいつにちょっと恵んでやったのさ。縁起のいい支離滅裂な言葉を聞こうと思ってね……ところが、おお、恐ろしい、あいつの唇から出てきたのはまったくまともな言葉だったんだよ。

ズメラナーズ で、お前が悩んでいるのはそのことなのか？

オスカリーヌ お待ちよ……。その言葉っていうのが、ただまともってだけじゃなく、やっかいなものだったのさ。あの男はどうもギョーム・ブラッシュの遺産についてのあたしたちの計画を聞きつけたらしいんだよ。それで、悪運のためにしくじりたくなければ、それなりのお布施を払えって言うんだ……あまりにも高飛車な最後通牒めいた要求にあたしはすっかり驚いちまってさ、財布の中身をそっくりあいつに渡したんだよ。（レオンス、激怒した様子で肩をすくめる）だがあいつはそれじゃあ満足しなかったらしい……おお！ バカにしないで聞いてよ、二人とも。もっと払わなきゃいけないわ……でないとあたしたち呪われるわよ。

ズメラナーズ あの変わり者に金をやるだって！……

レオンス あのペテン師を肥え太らせてやるなんて！……お前、頭がおかしくなっちまったのか……

ズメラナーズ（髪を整え、フランス窓に近づいて） あるいはふざけてるんだろう……

オスカリーヌ なんてこと言うのよ！ あたしはふざけてなんかいないし、おかしくなってもいないわ……おお！ どうかその軽率さをあんたたちが後悔することがありませんように！……

ズメラナーズ 俺は美術館に行く……俺が帰るまでここを見張っていてくれ。

第十一景
険しい山頂。

第十二場
ジャック、ソランジュ

ジャック （後ろにソランジュを従えて登場） こんな岩山を登って、疲れてはいませんか？
ソランジュ いいえ、ちょっと息が切れただけですわ。
ジャック 山頂に着きました。興味があったらちょっと下を見おろしてごらんなさい……でも気をつけて。おそろしく高い海に面した断崖の上なんですから。
ソランジュ （そのとおり従ってからさがる） おお！……確かに恐ろしいわ。
ジャック ソランジュ、こうして僕の願いを受け入れて、この遠出につき合ってくれたこと、ほんとうになんと感謝していいいか……
ソランジュ ジャック、あなたがどうしてもと願うものですから……
ジャック この土地ではね、ソランジュ、婚約するとみな、ここに一度は来なければいけないんです。僕たちもお互いのことをそんなふうに考えてもいいでしょう？ あなたは僕に誓いの言葉を与えてくれたんだし、僕もあなたに誓ったんですから。
ソランジュ そのとおりよ、ジャック。（庇のように少し張り出した岩の下に直に刻み込まれた、ほ

とんど朽ちかけた像を指さして）この女性は？……

ジャック　……サエンカです。スペイン人……いやイベリア人と言ったほうがいいかな、彼女が生きていた時代を考えると。

ソランジュ　イベリア人女性？

ジャック　彼女は、船の破片に乗っかって、たった一人でここにたどり着きました。乗っていた船が、いつ終わるともしれぬ嵐に遭い、この沖合いまで流されて沈没したのです。ところが、彼女には故郷に残してきた婚約者がいて、別れるとき、死以外の何ものも自分たちの絆を断ち切ることはありえないと誓い合っていました。

ソランジュ　サエンカは、自分がこのまま帰らなければ、婚約者が彼女のことを死んだものと思うだろうと考えたのね？……

ジャック　そして、愛する彼が誓いを破るような不名誉な羽目に陥ってしまわないように、彼女は自殺したんです……ここから飛び降りて。

ソランジュ　だからこの場所に彼女の像が立てられているのね……

ジャック　ええ。恋人に宛てた日付入りの短い告白が刻まれた石が、エレケイク族に支配されていたこの土地にやって来た最初の入植者たちによって発見されました。エレケイク族は、後に、彼女の劇的な自殺を入植者たちに語ったのですが、その物語は、胸を打つ伝承として代々伝えられてきたのです。

ソランジュ　（彫像を見ながら）サエンカの振舞いはまさにこうして記念するに価するわね。

ジャック おまけに、サエンカは、まったく偶然にではあるけれど、クリストファー・コロンブスの到来よりもはるかに前にここにやって来たことになるのです。そのことで、彼女は伝説的なヒロイン、いやほとんど女神となりました。人々は彼女の像を作りましたが、ただ顔立ちが分からなかったので、永遠に孤独な婚約者《フィアンセ》にふさわしく、両手に顔をうずめて泣いているという古典的なポーズを取らせたのです。しかし、コロンブスの先駆者という輝かしい栄誉よりも先に、彼女はなによりもまず、その崇高な死によって、世の婚約者《フィアンセ》たちの一種の守護聖人となっているのです。だから、婚約式を済ませた新カップルは、四方八方から遠路はるばるここにやって来て一休みするのです。そうすれば幸せになれると言われているのですよ。これであなたにも、どうして僕がこの遠出をあんなに望んだかお分かりになったでしょう！……

ソランジュ 分かったわ……それが果たせてよかった……それにこんな素晴らしいパノラマが眺められるのだからなおさらよ……そうだわ、ここを舞台にして起きたドラマを知ったところで、思いきってもう一度この断崖をのぞいてみなくては。（岩の縁に一瞬身を乗り出す）おお！　かわいそうなサエンカ！……彼女の落ちるところなんて想像したくないわ！……海に消えた遺体は、少なくとも、その後どこかの浜辺に打ち上げられたのでしょうね？……

ジャック いいえ。ただエレケイク人たちは、そのしばらく後に砂浜の小石のなかから、一片の薄い破片を見つけ、保存していました。それは一種の小さな象牙の彫像で、サエンカが敬虔に取り扱っていたものでした。（像を指して）これを作った者たちは、どうしてもサエンカのこの遺品を使いたかったので、それを削ってこの尖筆を作ったのです。（像の足下から象牙の尖筆を拾う）

ここに巡礼に来る婚約者たちは、これを使って、このあたりの岩に記念の言葉と、名前と日付を彫るのです。

ソランジュ　じゃあ私たちもそうする？

ジャック　そんなことをして何になります？……僕たちはそんなことをしなくても、このすてきな現在の瞬間を覚えていられるのではありませんか？

ソランジュ　おお！　そうだわ……永久に！……

ジャック　それに今日はあまりこの絶壁の上に文字を書こうという気にならないんです。

ソランジュ　こんな岩壁なんてしょせん単なる戯言の寄せ集めにすぎないと思ってらっしゃるの？

ジャック　そうじゃありません。ただこういう吹きっさらしの岩に親密な打明け話をするなんて、いまもなお僕たちの愛を包んでいる喜ばしい秘密をみすみす壊してしまうようなものじゃありませんか？……それよりもサエンカの前で、この崇高な婚約者《フィアンセ》の前で、もう一度永遠の愛を誓いましょう……ソランジュ、ジャックはいつまでもあなたのものです……

ソランジュ　ジャック、ソランジュは永遠にあなたのものよ。

幕

第三幕

第十二景

島の一角、緑に覆われ広々としている。

第一場

ブラッシュ、レアール、マルスナック

レアール さあ、お二人とも、いかがですか？ ここまで足を延ばした感想は？
マルスナック 実に結構！ 穏やかな海を渡るこの小航海には大いに魅了されましたよ。
ブラッシュ それにこの島もまた美しい。
レアール ちゃんと申し上げたでしょう。ここへ来ることは決して骨折り損にはなりませんと。
ブラッシュ ともあれ、まったくありがたいことに、ここまで糸はとぎれずにきたわけだ。イニャセットの洞窟を後にしたわれわれは、「一時の晴れ間」を見に美術館に行ったのだが、ネロドーのこの絵はまったく見事だったな。美しい子供の顔を正面からとらえたもので、涙の粒が二粒まだ頬に光っているものの、その視線の行方で分かるように、ガラガラか何かが近づいてきているので微笑んでいる。その下には木炭で描かれた画があり、ところどころ消されているが、正面

からとらえられた顔の輪郭がとてもはっきり残っていたので、作品の試作だと分かった。そこに人間の魂のうつろいやすさについてのロヴィリウスの著作（『人間の魂のうつろいやすさについて《デ・アニマエ・フマナエ・モビリターテ》』）から採られたラテン語の一文が添えられていたのだが、これは子供が簡単に泣き顔から笑い顔に、また笑い顔から泣き顔に転じることを強調しているもので、そこから芸術家はインスピレーションを得たのだった。

レアール　あなたのお宅に戻ってから、私たちは叔父さまの書棚をあちこち探した挙句その著作を見つけ出し、隅から隅まで調べてみて、一カ所だけ余白に手書きの註釈がついているのに気がついたのでした。それは、アヴネル島にある説教の丘のユーモア・ゾーンのことをほのめかすものだったので……

ブラッシュ　……船でやって来たわれわれは、こうしてたったいま上陸したというわけだ。君の狙いどおりちょうど日が沈むこの時間にな。

マルスナック　沖から村が見えましたよ、ここからごく近いはずです。

レアール　それはトーレイの村ですよ。フリュリアン教の拠点です。フリュリアン教というのは、この島の全域にわたって信奉されている新興宗教で、ここからそう遠くないブラジルのいくつかの地域でひじょうに隆盛を誇っている実証主義《ポジティヴィスム》の思想を汲んで生まれたものです。創始者でリーダーのフリュリアン博士は毎日日暮れにここへ説教をしに来るのが習慣です。周りを群集に取り囲まれたこの丘に登ると、博士はゆっくりとした足取りでぐるぐる回りつづけます。順々にすべての人たちと顔を見合わせてしゃべることができるようにするために。

ブラッシュ　で、この均等《シンメトリック》に白く細く塗られた三つの区域が?……
レアール　……博士が名づけたいわゆる「ユーモア・ゾーン」なわけです。聴衆が長いあいだ集中して聞ける状態を保つためには、彼らの心を定期的にほぐしてやることが必要だということを知っていた博士は、即興で話を作るのに熱中しすぎてそのことを忘れてしまってはいけないと、ここにこうして目立つように幾何学的な三つの区域を設けたのです。そしてこの区間を通っているあいだは、必ず冗談を連発することに専念し、聴衆の笑いを勝ち取ることを自分に課したのです。
ブラッシュ　話し手も聞き手も、そのときまさに魂の移り変わりやすさを証明しているわけで、ロヴィリウスも冥土で喜んでいるところかもしれんな。したがってこの「ユーモア・ゾーン」こそ確かに『人間の魂のうつろいやすさについて』という著作につける註釈のテーマとなるにふさわしかったわけだ。
マルスナック　誰かやって来ましたよ……あれがフリュリアン博士ではありませんか?
レアール　そのとおりです……そう言えば西方《オクシダン》はもはや日が沈み黄金の輝きを失おうとするところ……もうそろそろ博士がここで伝道活動を行う時間でしょう。
マルスナック　あの男は何歳になるんだい?　いかにも若づくりな顔が老いぼれた体に乗っかっているといった感じだな。
レアール　もうすぐ六十に手が届こうかというところです。ですが色気は旺盛で、手練手管に長けています。

マルスナック ああ！ 女にもてる男なのか？

レアール そういう噂です。

ブラッシュ だが、彼の宗教は？……

レアール ……もっとも進歩的な思想に与しており、婚姻によらない同棲関係《ユニオン・リーブル》も認めているのです……それどころかそれが一時的な関係であってもかまいません。

ブラッシュ あの男はそれを十分に活用しているわけだ？……

レアール ひじょうに幅広く活用しているようですね。

マルスナック それじゃあ、博士は素行を改める気はまったく……

レアール ……ないどころか、年齢を言うときには大きくサバを読んでいますよ。かつてある風刺新聞が、博士の学位論文の年代を引合いに出して、博士の言うところを信ずれば、彼は赤ちゃん頭巾《ブールレ》をかぶって論文審査を受けたことになると指摘したほどです……

第二場

ブラッシュ、レアール、マルスナック、フリュリアン

レアール 博士、ご機嫌うるわしゅう。

フリュリアン こんばんは、レアール。（ブラッシュとマルスナックに会釈して）こちらは……

レアール （二人を紹介して）ブラッシュさん……とマルスナックさんです。

フリュリアン　ブラッシュさんですか、私は昨日あなたがシナマリに着いたことを報せる記事を読みましたよ。それであなたの名前、つまりあなたの叔父さんの名前を見て妙な記憶を思い出したんです……あの人は死ぬ直前ここに——まさにこの場所、この同じ時間に——私に会いにやって来たのです。面識のない私に意外な頼み事をしに。

ブラッシュ　叔父はわれわれと同じように、あなたに会うのにもっとも適した時間と場所を選んだんですな。

フリュリアン　そのしばらく前、福音伝道に回っているとき、私はシナマリで説教をしたことがありましたが、そのときはものすごい数の聴衆が……

レアール　……ぐるっと輪になって集まっていましたね、覚えています。博士のために作られた丸い小さな人工の丘の周りでした。博士はそこに三つのユーモア・ゾーンを……

フリュリアン　……いつも変わらぬ自分の規則に従って引いておったのです。翌日、私の説教はずいぶんと削られて、すべての地方紙に載りました。削り方はその新聞の色合いに応じてさまざまでしたが。

レアール　確かに、フリュリアン教は、一方ではとても進歩的で、絶対的反唯心論に立脚して、もっとも大胆な社会改革を唱えるかと思えば、もう一方ではひじょうに発達した宗教儀式を備えるといった保守的な面もありますね。

フリュリアン　そういうわけだから、ある新聞が削除した部分がちょうどほかの新聞が残した部分だったり、あるいはその逆だったり……

マルスナック そうすると、削除された部分をすべて合わせるとあなたの説教の全体が復元できたかもしれませんね？

フリュリアン まったくそのとおり。といいますのも、結局、検閲のハサミを免れた箇所は一行たりともなかったのですからな。

ブラッシュ 検閲婆のアナスタジアも、これほどのお楽しみに出くわしたことはあるまいというわけだ。

フリュリアン まさにその考えがデッサン画家のヴァルレの頭にもひらめいたのです。ヴァルレはほどなく「アナスタジアとその戦利品の二重の刈入れ」というタイトルで、機知に富んだ絵解きをつけて、あるユーモラスな挿絵入り雑誌の表紙に、この感じの悪い老嬢を描きました。検閲婆は、自分の貪欲さが満たされたとでもいうように陽気で醜い笑いを浮かべており、いっぱいにふくらんだ頭陀袋を肩にかけていて、その袋の二つのポケットからは、あまりに詰め込みすぎたために、削除された私の説教がはみ出し、ちゃんと読めるようになっているのですが、一方のポケットには保守的な記事が、もう一方のポケットには進歩的な記事が集まっているのです。

ブラッシュ あなたにとってはさぞや愉快な……

フリュリアン ……作品でしたからその原画を見たときには喜びましたよ。ギヨーム・ブラッシュがこれからお話しする頼み事をしに来たときに持ってきてくれたのです。

マルスナック 彼は画をヴァルレから買って？……

フリュリアン ……そしてその価値をさらに高めるために、筆記用具持参で、演説の作者である私に、頭陀袋からあふれかえっている二組の文書の下にサインをしてくれと頼みにきたというわけなのです。私は喜んで彼の求めに応じました……が、彼がどうしてそんなものを買ったのか、またどうして私にそんなことを頼むのかはよく分からないままでしたね。

ブラッシュ　おそらく叔父は何か秘密の動機を抱いてそんなことをしたのでしょう。いやどうも博士、感謝いたします。あなたが明かしてくれたことはきっと私の役に立つでしょう……それにしても、たいへんな数の信徒たちが集まってきていますな……これでお暇することにしましょう……この群集のなかに混じって私たちもあなたのお話を傾聴させていただきますよ。

第十三景

第五景と同じ背景。ランプが灯されている。

第三場

アンジェリクス、マルスナック

マルスナック（店に入ってきて）　一人かい、アンジェリクス？

アンジェリクス　はい。仕事には旦那さまと交代であたっています。片方がここにいるときはもう片方がズメラナーズとその一味を見張っています。大佐もご一緒ですか？

マルスナック　いいや。邸でレアールと一緒に絵を入れる紙挟みを漁る仕事にかかりっきりだよ。

それで私一人を様子見にここへよこしたのだ……どうかな……何か報せてくれることはあるかい？……

アンジェリクス これまで以上にもっと警戒が必要です。あなたたちと別れてからすぐ、太陽で時間を知ろうと振り返ると、遠くからあなたたちの後を追っているレオンスに気がついたんです。

マルスナック で、お前もその尾行者の後を尾行したんだね？

アンジェリクス まったく同じ慎重さで。

マルスナック それで？

アンジェリクス 尾行は大佐とレアールが美術館に入るところまで続きました。レオンスはそこからズメラナーズの家に引き返したんですが、そこへまもなくオスカリーヌもやって来たんです。それからズメラナーズが出てきたので、その後をつけました。ズメラナーズは美術館に行き中に入りました。ここからすぐ近くだったし、美術館の中だと僕では及ばないような巧みな観察が必要とされるかもしれないと考えて、僕は旦那さまに報せに来たんです。それで旦那さまは美術館に向かうために出て行きました。

第四場

アンジェリクス、マルスナック、ガリオ

ガリオ （登場しながら） さて、美術館を隈なく見回ると、遠くからズメラナーズが長いことネロドーの「一時の晴れ間」を見つめているのが見えました。

マルスナック　なんと！……ズメラナーズは「一時の晴れ間」のことを知っているんだ……

ガリオ　調査はどうやら芳しくなかったようでした。それでやつはすっかり考え込む様子でホテルに戻り、そこに閉じこもっています。

マルスナック　ひとときも目を離さなかったんですね？……

ガリオ　ここへ帰ってこなければならないこの時間まではね。店を閉める前に帳簿をつけなければなりませんからね。

アンジェリクス　代わりに僕が見張りに行きましょう……

ガリオ　ああ……そうしておくれ、アンジェリクス。

（アンジェリクス、退場）

第五場

マルスナック、ガリオ

ガリオ　働き者ですよ、あの子は！……

マルスナック　本当に信頼しているんですね？

ガリオ　もちろんです！　どうしてそんな質問を？

マルスナック 大佐が言っていたのですよ、はたしてあの年頃のあの部族の子供を信頼すべき協力者として使うのは賢明なことだろうか、とね……実を言いますと、私がここに来たのは、その心配をあなたにお伝えするためでもあるのです。

ガリオ 何が心配だと言うのですか？

マルスナック ズメラナーズがあの子をつかまえて、うまいことを言ってあの子を自分の側につけてしまうのではないかということです。そして敵方の情報を伝えさせるために、われわれに対してはこれまでどおり変わらない態度で接するように言いくるめてしまうかもしれません。

ガリオ あの子が！……アンジェリクスが！……そんな卑劣な裏取引をするですって！……まさか！ あの子の良心がそんなことを許しませんよ。ほら、これをごらんなさい……つい昨日もまた、私はその証拠を手に入れたところです。この金貨は、あの子が掃除をしているとき、このルイ十五世時代のチョッキの裏地から出てきたと言って渡してくれたものです。もちろんそこに二百年ものあいだずっと知られずに眠っていたんでしょう。

マルスナック よこしまな誘惑に彼は打ち勝つことができたわけだね？

ガリオ そうです。しかもこれは、今日ではほとんど見つけることができないあの有名な「海神《トリトン》のピストール金貨」の一枚なんですよ。

マルスナック （金貨を確かめながら） なるほど、確かに海神《トリトン》の姿がまだはっきりと見分けられますね。金貨であふれた重そうな袋を肩に載せて両手で支え、自分を迎えてくれる岸辺に向かって波の上を滑っているところだ。

ガリオ　われらがフランスの強力な植民地時代の絶頂期にデザインされたもので、その絵の全体で、当時あらゆるところから海を渡ってフランスにやって来たあふれんばかりの富を象徴しているのです。ところで、アンジェリクスはすでにかなり目利きの骨董屋ですからね、自分の発見の重大さに気づかなかったわけはありません。それでも、自分の良心の命ずるところに従って、この貴重な品を平然と私のところに持ってきたのです。何の危険もなく自分のものにしてしまうことができたというのに、です。しかも、おお！　誓って言いますが、あの子はそのことでほんの一瞬たりともためらうことはなかったのです。

マルスナック　その逸話は大佐の心配を鎮めるのにまさにうってつけです。大急ぎで彼のもとに帰り、そのことをそっくりそのままお伝えしましょう。

ガリオ　大佐殿によろしく、マルスナックさん。

マルスナック　どうぞ帳簿をお続けください、ガリオさん。

第十四景

とある個人宅の庭園。奥に鉄柵門。

第六場
ブラッシュ、レアール、使用人

鉄柵門を通して、ブラッシュとその後ろに続くレアールが見える。彼らは近づいてきて、呼び鈴を押す。使用人が門を開く。

ブラッシュ　どうかこの手紙を領事にお渡しください。閣下が私との謁見を許可されますよう、そしてその時間を指定してくださるようお願いしたいのです。

使用人　どうぞお入りください。イアーズさまはいますぐお目にかかれると思います。

第七場

ブラッシュ、レアール

ブラッシュ　ここで君の推理の正しさが証明されるといいがな、レアール。

レアール　よく考えてみてください……間違えているはずがありませんよ……昨夜、辛抱強い捜索の結果、私たちはギヨーム・ブラッシュの紙挟みのなかからフリュリアン博士のサインが入ったデッサン画を見つけ出しました。奇妙なことに、思いがけないサインの書込みによってさらに価値が増したこの貴重な原画は、置く場所がなかったわけでもないのに、無造作に四つにたたまれ、乾燥させた一本のユリの花に巻きつけられてあったのでした。おまけにこのユリには、クレオッセムじいさんのところから持ち出したものらしい黄金の粉がたっぷりとまぶされていたのです。となれば即座に、テュルジル＝セリルディ共和国の紫の旗の、あの金のユリのことを考えな

いわけにはいかないじゃありませんか？
ブラッシュ そして今朝、われわれは早起きして、この領事目当てに、植民地の総督府に着いたというわけだが……ところでいったいこの旗はどうしたというんだろうな、こんな庭のど真ん中に突っ立てられて？……
レアール 気をつけてください……領事が見えましたよ……おはようございます、イアーズさん。
ブラッシュ （お辞儀をしながら） おはようございます……

第八場

ブラッシュ、レアール、イアーズ

イアーズ お話をうかがいましょう、お二人さん……（ブラッシュに） ですがその前に一言……私の旗に、どうやら驚いていらっしゃるようにお見受けしますが……
ブラッシュ 白状いたしますと私には……
イアーズ いやいや、こんな突拍子もない場所に旗を立ててあるのを趣味が悪いせいだと思わんでくださいよ。昔はここに大きな壕が掘られていましてね、金塊が刺繍された青い旗のテュルジル領事館と白いユリが刺繍された赤い旗のセリルディ領事館を、敵意を誇張するような形で区切っていたのですよ。テュルジルとセリルディというのは中央アメリカに栄える二つの小国なのですが、隣同士にありお互いに繁栄を競い合っていたのです。一方は金鉱の採掘、もう一方は、ちょうど日本のアマリリスのように、ひじょうに高価な香のエッセンスが抽出できるユリの栽培によって富を得ていました。

ブラッシュ　で、その大壕が埋められたのは？……

イアーズ　一年に及ぶ戦争が終わり、テュルジルが――私はすでにその頃からここでテュルジル領事をしていたのですが――、完全にセリルディを打ち負かして併合し、「テュルジル＝セリルディ共和国」と名のるようになったときのことでした。それで私は一人で両国の行政の長を兼ねることになったのです。

ブラッシュ　で、昔のくぼみの真ん中に、この旗を象徴として設置なさったのですね？……

イアーズ　……まさに合併によって生まれた旗ですからね。青と赤が融合してこの紫色になり、ユリの花が金塊の黄金色をまとっている……ところで、ここに来られたのはどういうご用件ですかな？……あなたの叔父さんのことですか？……

ブラッシュ　ええ……叔父をご存知でしたか？

イアーズ　もちろんですとも！……お互い切手マニアですからな……あなたは彼から素晴らしい切手のコレクションをお受け継ぎになった……

ブラッシュ　確かに……それではあなたご自身も切手のコレクションを？……

イアーズ　私のところにもなかなか貴重な切手がそろっておりますよ。そういえば最近、ギヨーム・ブラッシュが私にある切手を交換してくれという手紙を送ってきました。ここに届けられたその手紙のなかには、一八七二年のオクレアチアの切手が一枚入っていました。私はそれを手帳に挟んだのです。この新しい品の魅力がいつまでも私をとらえて離さないものですから、それ以来こうしてつねに自分の目に入るところに保管しているわけです。

（ブラッシュとレアールに切手を見せる）

ブラッシュ 私のような門外漢に対してさえ、これは不思議な魅力を持っていますよ。

レアール この人物は誰です？

イアーズ オクレアチアの君主、リルカール一世です。平民の出だったのですが、まんまと玉座を奪い取ることに成功したのです。それというのも、もっぱら彼がその全生涯を通じて――この男は、政治的信条に関して実に二十回以上も変節したり寝返ったりということを繰り返していたのですが――どんな小さなものでも、自分の派を持つという愚を犯すことをたえず恐れながら、そのときどきの聴衆の好みに応じて演説をでっち上げ、機を見てコロコロと意見を変えることにかけては並ぶ者がないほど長けていたという理由からだけなのです。この切手では、彼の顔が大きなシャボン玉の代わりになっていて、その下にちっぽけな体がぶら下がっています。さらにその下には、シャボンを吹き出しているストローの一部が描かれていて、先端部で四つに広がって分かれているのが見えるでしょう。

ブラッシュ どんな風向きにも対応してのし上がってきた成上りの政治屋を揶揄するものとして、こういう小さなモンゴルフィエ式熱気球になぞらえることほど見事な考えはないでしょうな。熱い息で膨らませてやれば、あとはちょっとした風にもゆらゆらと揺れながら上に昇っていくのですから。

レアール　一国の元首がカリカチュアの形で表されている切手なんて初めて見ましたよ。

イアーズ　このユーモラスな作品は、政治家リルカールの経歴がほぼ絶頂に達した時期に発表されたのですが、オクレアチアでは、まったく悪意なしにとても好意的に受け入れられ、たいへんな成功を収めました。それでリルカール一世は君主になると、大胆にもこれを切手の肖像として採用したのです。いつもの彼のやり方に照らして、下手に検閲権など行使して民衆の意向に逆らうよりも、大衆にへつらうことのほうを望んだわけです。

ブラッシュ　あなたは、察するところ、ギヨーム・ブラッシュが申し出た切手交換に応じたのですね。となると、私にとって重要なのは、叔父が引換えにあなたから受け取ったのが何の切手だったのかということのようです。

イアーズ　渡したのは、間違いなく彼が要求してきた切手でした。それを私が持っていることを彼は知っていたのです。私は、少々困惑したことを書き添えて送りました。というのは、驚いたことに、この交換は私のほうがたいへん有利なものだったのです。その切手も同じくオクレアチアのものだったのですが、二年あとに発行されたものでした。

レアール　で、同じくリルカール一世の図案だったのですか？

イアーズ　いいえ。カリカチュア作者のなぞらえは、画家自身が想像していたよりもはるかに的中していたのです。シャボン玉として描かれた三日君主は、その脆さまでシャボンの泡に似ていたわけです。君主は、権力に酔いしれてすぐに堕落してしまい、これまでのやり方を捨て、強圧的な独裁者となりました。そして特に新しい税をどんどん作り出し、その取立てに昼用と夜用の二つの税務署がいるほどになってしまいました。憎悪の対象であったこの税務署は、革命の動乱によってずたずたにされ、暴動はすぐに大きく広がって、リルカール一世の命を奪うことになったのです。

ブラッシュ　で、新しい切手が生まれたわけですか？

イアーズ　われわれが問題にしている切手がそれでして……描かれているのは、革命期のオクレアチアを表す獰猛な表情のボレアス〔北風の神〕のようなものが、低空飛行をしながら、息の一吹きで、二つの呪われた税務署を吹き飛ばしているところです。一方の税務署には空に太陽が、もう一方には星を表すアステリスクがちりばめられています。

ブラッシュ　（レアールに）これをよく覚えておこう。

レアール　ご心配なく。すでにメモをとっています。

イアーズ　ご満足いただけましたかな？

ブラッシュ　（引き下がりながら）たいへん満足いたしました。イアーズさん。もはやこれ以上あなたのご好意に甘えることはいたしません。

第十五景

赤みがかった高い断崖。目立たないように洞窟の入口が開いているのが見える。

第九場

ジャック、ソランジュ、マルスナック

ジャック （ソランジュとマルスナックを従えてやって来て） 休め！

マルスナック ああ！　やっと心地よい言葉が聞けた……お二人と違って私はもう二十歳の足を持っていませんからな。

ソランジュ 私たちの秘密の相談相手になったのを後悔し始めているんじゃなくって。かわいそうなマルスナック。

マルスナック とんでもありません、ソランジュお嬢さん。それどころか、私に打ち明けてくれるのがこんなに遅くなったことを少々お恨み申しているくらいです。お嬢さんが生まれたときから知っているこの私だというのに。

ソランジュ ジャックがあんまりにも私たちの秘密が漏れるのを恐れているんですもの。

マルスナック しかしそれは間違いだと思いますよ。お嬢さんと同様、私も大佐が反対されることはないと思います。

ソランジュ　ほらごらんなさい。ジャック。
ジャック　おお！　そんなことはどうだっていいじゃありませんか……謎の魅惑がかぐわしく匂うこの期間をもっと長く楽しもうじゃないですか。
マルスナック（ジャックに）といいながら、またどうして今日に限って、私のような年寄りの邪魔者をお呼びになったのですかな？
ジャック　このチャペルの中で、ソランジュのそばに立つあなたの姿を前もって見ておくのもいいだろうと思っていたのです。だって、私たちがこのチャペルで結婚式を挙げるときに、あなたが証人の一人になることは確実でしょうから。
ソランジュ　なんですって！……それじゃあここで……
ジャック　そうなんですソランジュ、まさにここで挙げるんですよ……この場所は気に入りませんか？
ソランジュ　とんでもないわ……この自然の舞台の素晴らしいこと……それにしてもこんな洞窟の中に祭壇があるなんて驚くわ。やっとのことで入り込めるようなこんな……
ジャック　……場所が、あの奇跡があって以来、すっかり有名になったのです。あれは、数えきれないほど多くの犠牲者を出したある津波によって、一艘の船が、このサンゴの壁に向かって投げ出されたときのことでした。ぶつかっていたら船体はこなごなに砕かれていたところでしょう。ところが、その船の中で若い女漁師がたった一人で祈っていると、船はこの狭い開口部から、奇跡的に何の損傷もなく洞窟の奥深く貫入したのです。これは明らかに神のご加護だということで、一世紀が経つ頃には、この女漁師ノッティーヌは聖女だとされ、この洞窟は、ここからもっとも近い教会の管轄する聖域《サンクチュアリ》となったのです……

マルスナック　……この聖域は満潮のときには沈んでしまうのでしょう？……

ジャック　完全に水没します……そのために洞窟の入口の前に、十分に離れた距離のところにあるサンゴに「SALVE〔ラテン語で「汝安全なれ」の意〕」という文字を刻んだのです。波がこの表示まで届くようになったら、ぐずぐずしていては危険だということをこの土地の人たちはみな知っているわけです。

ソランジュ　サンゴの洞窟の中での婚姻なんて！……とても詩的で絵になるし、うっとりするわ！……

マルスナック　きっとたくさんの人がここで結婚式を挙げたいと思うでしょうな。

ジャック　おお！　しかしその権利があるのはカップルのうちの一人が、僕のような、記憶に残るある一日に、ジェラルディーヌ号の船上で危険にさらされた人間である場合だけなのです。

ソランジュ　あなたは危険な目に遭ったの、ジャック？

ジャック　ええ、ソランジュ、とても危険な目に……僕の先生の使いで、キエンヌ島に向かう二本マストの船に乗ったときのことでした。僕は書類鞄を小脇に、サインをもらうために送り出されたのです。途中で、僕たちの船はスコールに見舞われ、抵抗する術もなく暗礁のほうへと流されていきました。その状況がちょうどあの小船に乗った聖女ノッティーヌのときとあまりによく似ていたので、僕たちは自然と大声でノッティーヌの加護を求めて祈り始めたのです。すると、ジェラルディーヌ号は、砕けることなく、奇跡的に、ある水路に迎え入れられたのです。（洞窟の奥を指し）その船のごく小さな複製が、あそこに奉納物として飾られています。

マルスナック　それでそのスコールのあいだ、船に乗っていた者は誰でも……

ジャック　……特権的信者として、ここで聖女の庇護のもとにすべての秘蹟を授かることができるのです。このチャペルで行われる婚姻は、もれなく特別な冊子に記帳されることになっています。ここを管轄する小教区の記録簿の一冊に数えられるこの冊子は、将来、古い記録のなかでもとりわけ貴重なものとなることでしょう。

ソランジュ　今日この日から、ジャック、私は聖女ノッティーヌを信仰するわ。かつてあなたの命を救ってくれた、そして今後は私たちの婚姻を庇護してくれるその方を。

第十六景

見通しのよい平らな場所。奥に鉄製の手すりがあり、その向こうに十字架が立っている。右手に野外用テーブルが置いてあり、出納係の女性がそこに座って針を動かしている。

第十場
ブラッシュ、レアール、出納係の女性

レアール　ええ、ブラッシュさん……考えれば考えるほど、われわれが正しい方向に進んでいる

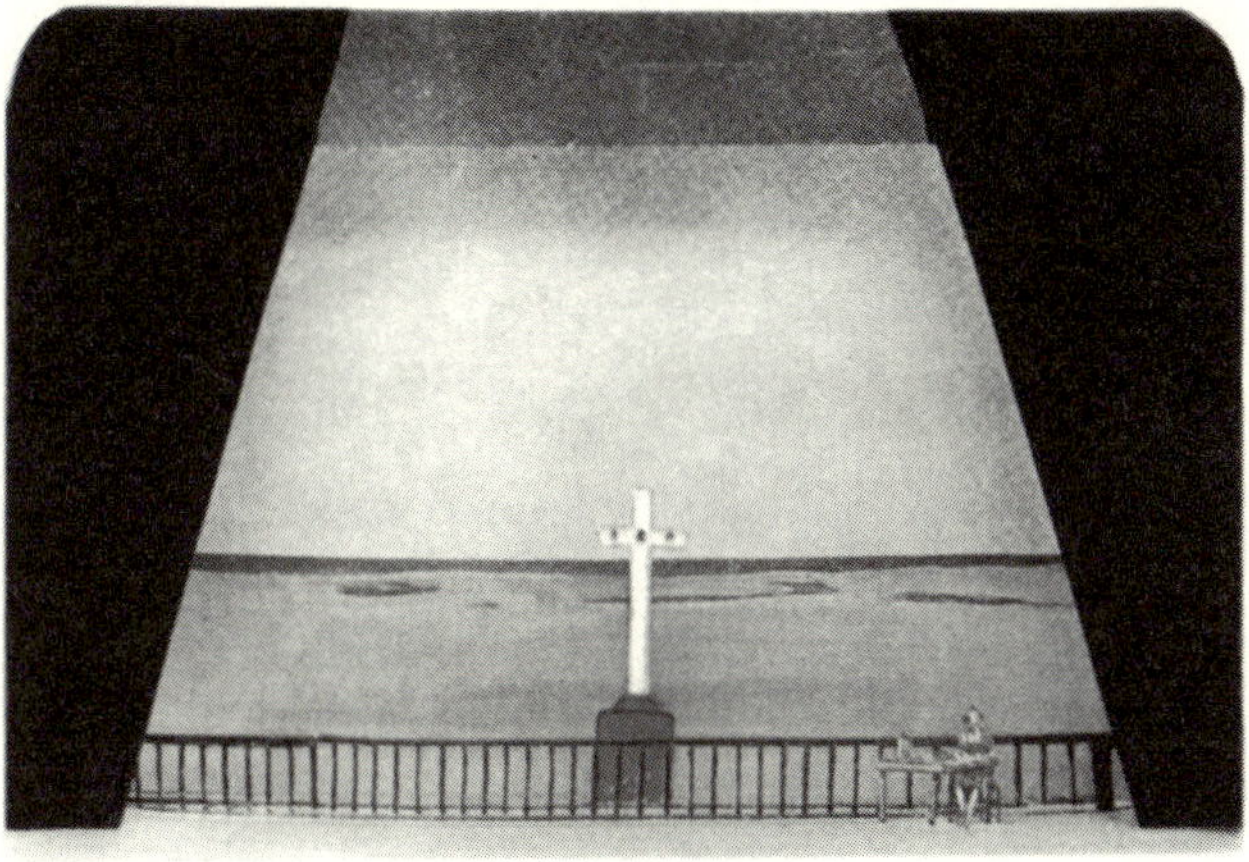

という私の確信は深まるばかりです。

ブラッシュ　するとあなたによれば、叔父のコレクションのなかから見つかったこのオクレアチアの切手についているアステリスクのなかでも特に三つだけが強調されているのは……

レアール　……この十字架に彫りこまれた三つの星のことを指しているのにほかならないというわけです。

ブラッシュ　あそこには誰か無名の死者〔フランス語でムッシュー・トロワ・ゼトワール（三つ星）と言えば何某氏、匿名氏という意味〕が眠っているのかい？……

レアール　無名どころか、フランソワ・パトリエというこの死者の名は、われわれの国では誰もが口にする名です。向こうのほう一帯は、流砂の砂漠になっておりまして、かつて、まだこの柵が存在する前は、一本の立札によって立入禁止が示されているだけでした。あるとき、蝶々網《パピヨネット》を持った一人の子供がうかつにもこの立札に気づかず、スズメガ《スフィンクス》のようなものを追って流砂に入り込んでしまいました。漁師だったフランソワ・パトリエが、叫び声を聞いて駆けつけましたが、子供を死の砂から引きずり出すためには、自分自身もその中に飛び込むしかありませんでした。

ブラッシュ　彼もはまり込んでしまって？……

レアール　……あっという間で、なす術もありませんでした！　やがて頭の上に手を差し上げて子供を支えなければならなくなり、子供の声と彼の声が一緒になって助けを呼びましたが、誰も来てくれません。砂がフランソワ・パトリエの唇に触れそうになる頃、ようやく視界の端に走ってくる一団が見えたのです。

ブラッシュ 到着するまでにさらに数分はかかってしまう！……

レアール だから、自分のほうは手遅れだと感じたフランソワ・パトリエは、子供に臨終の願い事をしたのです。自分がこのような行動に出たのは、決して名誉欲からではないということをはっきり示したいと思っていた彼は、自分が飲みこまれた場所のすぐ近くに目印として十字架を立て、そこに三つの星を刻むだけにしてほしいと言ったのです。

ブラッシュ で、救援者たちが到着したときには？

レアール 子供を乗せた二つの手が地上に出ているだけでした。救援者たちは、指を固く握り合わせて全員で長く強い鎖を作り、子供を助け出すことができましたが、その間にフランソワ・パトリエは完全に消え去ってしまっていたのです。

ブラッシュ 子供は彼の最期の願いを伝え？……

レアール （十字架を指して）……そのとおりに実行されたわけです。

ブラッシュ 確かに……三つの星だけで……年代すらない……

レアール しかしまもなく、このような英雄をやはり称えたいというみんなの願いが高まって、それを叶えることが、文字どおり不可避の義務となりました。それほどみんなの思いは強かったのです。フランソワ・パトリエが口伝で残した短い遺言は、弔いの十字架のことにしか触れていなかったので、町のなかに像を立てることは彼の意に反することにはならないと人々は考えました。

ブラッシュ で、そのための募金が始まり？……

レアール　……そしていまもまだ締め切られていないのです。感動的なことに、まさにこの場所で毎日出資者を受付けていて、その壺に寄付金が入れられるのです。最低五フランからと決められており、それ以上になるときは、五の累乗として得られる積の金額しか認められておりません。
ブラッシュ　とすると五フラン以上寄付したい者は……
レアール　……二十五フランか、百二十五フランか、あるいは六百二十五フランといった額を選ぶことになります。もちろんもっと高い数字を選んでもかまわないわけですが……三千百二十五フランとか一万五千六百二十五フランとか、あるいは……まあこれぐらいでやめておきましょう！……こういう莫大な数字の膨らませ方で、裕福な寄付者からごっそりと巻き上げることを期待したわけです。
ブラッシュ　はたして叔父もそこに加わっていたかどうかだが……どうやって聞き出したものかな、あの女性から……
レアール　まずはご自分で出資されてみてはいかがでしょう？……
ブラッシュ　それはそうだ……喜んでそうしよう。
レアール　（出納係の女性に近づいて）　こちらのブラッシュさんが加わりたいとおっしゃっているのだが……
出納係　「ブラッシュ」……その名前はもう私の寄付台帳のどれかに書きこんだことがありますわ。（考えながら）五の二乗、あるいは三乗の帳簿だったかしら……いや三乗でしたわ、確か……
レアール　（ブラッシュに）　見てください……寄付はひじょうに念入りに分類されているのです。

台帳が一揃いの組になっていまして、みなそれぞれ五の数字をつけて、最初のは五ひとつだけですが、以下順を追って六乗まで、累乗した数を表しています。
ブラッシュ それにこれらの寄付台帳は、もっともなことだが、最初から最後に行くにつれてだんだん薄くなっているな。
出納係（寄付台帳の一冊をめくり終えて） ああ！……ありました、名前が……やっぱり三乗の帳簿のなかでしたわ……
ブラッシュ（財布を取り出しながら） それでは、我が一族の者への敬愛を込めて、私もこの先達のよき見本に従おう。出資する金額も同じものを選ぶことにするよ。ブラッシュの名をもう一度同じところに書き入れてもらえるようにな。

第十七景

とある頂。キリスト磔刑像が立っている。

第十一場

アンジェリクスだけ

アンジェリクス（よじ登るのをやめて） 理由を包み隠さずお願いしたおかげで、旦那さまはご自分の番の見張りに向かいながら、シエスタの客の来ない時間帯に店を閉めることを僕に許可して

くれた……そして僕はやって来た、あのエレケイク人、トレイユルが回心したこの場所に……おお、トレイユル。あなたに願い事をする前に、あなたに捧げられた栄光に満ちたこの文章を、アンジェリクスが敬意を込めてその身の内に染み込ませることを許してください。（アンジェリクス、彫像に近づき、指で一行一行をたどりながら、台座に刻まれた文章を読む）「半世紀来部族中にその名が轟いていたエレケイク人トレイユルは、呪文の力によって耕作の必要に応じて雨を降らせ、また涸らすことができたが、ある呪われた春の降り続く大豪雨の前にはその努力も虚しく、長引く大雨はたちまち大きな洪水を引き起こし、大災厄へと発展した。万策尽き果てたトレイユルは、ある日、雲にもっとも近いところから戦いを挑むため、この頂上へと登り来った。老人の彼は、ぜいぜいと息を切らせていたので、木陰にひとときの休息所を求めて、まず一本の木の根本に腰を下ろした。突然眩い光が瞳を撃ち、彼は十字架の磔刑像のほうへ視線を向けた。すると光り輝くキリストの顔が、雨雲に覆われた視界の奥の闇に浮かび上がるのが見えた。不思議に思って木から離れ、視界を遮っていた葉叢の外に出たトレイユルは、太陽の光がわずかに、二すじの重たい雨雲の間からのぞいていることに気づいた。と同時に、けたたましい雷がいましがた離れたばかりの木を打ち倒してしまった。キリストが自分を救うために合図を送ってくれたのだということは火を見るより明らかだったため、トレイユルは突然の信仰に目覚めてひざまずき、この災厄を祓ってくれるようキリストに願をかけた。と見る見るうちにひとすじの虹が現れ、はるか下界では至るところで熱狂的な叫びがわき起こった。かくして人々はトレイユルへの感謝を込めてここに水晶の像を建立した。記念の小さな虹の破片をあちこちに、できる限り多くちりばめるために、巧みに切り込まれたこの水晶の像を」（片膝を地面につけて祈りながら）おお、トレイユル。あまりにも美しい運命を持つあなた、選ばれた者の一人であるあなた、かつて奇跡をなし、そして将来きっと大聖人として祝われる日を持つに違いないあなた、どうかこの真のキリスト教徒の声をお聞きください。どんな命令も必ず二行連句の形で絶えず繰り返し記憶に刻み込んでいるこのキリスト者の声を。おお、トレイユル、ある考えが僕につきまとって離れません。悔い改めた罪人が天国で特別の信頼を授かるというあの考えが。もしズメラナーズが将来悔悛し、善人として死ぬことになったら、どうかあの世で彼に会ったとき、僕がいましていることを許してくれるようズメラナーズにとりなしてください。おお、トレイユル、思い出してください、僕らが同じ部族であることを……そしてあなたに助けてもらう権利が僕にあることを！……

幕

第四幕

第十八景

フュズリエの家。

第一場

ジャック、フュズリエ

ジャック （興奮しながら入ってきて） フュズリエというのは……あなたで？

フュズリエ ええ。

ジャック （一通の手紙を広げながら） 僕はあなたからこの手紙をもらった者です。

フュズリエ ああ！ ああ！……

ジャック いったい全体、本当なんですか！ この手紙に書かれたことは？……僕の出生にたれこめる濃い影をあなたが払ってくれるかもしれないというのは？……

フュズリエ ええ。

ジャック それもずいぶん前から知っていたと？

フュズリエ いかにも。

ジャック （手紙をかざして） それにしてもどうして、これだけ長いあいだ黙っていたのに、昨日になって……

フュズリエ 人づてに聞いたからですよ。あなたがご自分の出自を知らず手がかりもないために結婚の夢もままならないとね……

ジャック なんですって！……ご存知なのですか……

フュズリエ 知っていますとも。

ジャック 壁に耳ありとは、まったく……

フュズリエ よく言ったものですな……あなたの密かな婚約の噂が私のところにまで届くのだから。

ジャック 仕方がない、本当ですよ……で、そちらのお話をうかがいたいですね……

フュズリエ 私のことは、風の噂にでも、知っておられますかな？

ジャック 占師や呪術師として評判が高く、信じやすい人たちに占いを施しているとは聞いています。

フュズリエ さよう……一昔前、私は迷信深い白人どもが評判の呪術師であるエレケイク人クレオッセムの名に惹かれ続々と助けを求めにやって来るのを見て、自分もひとつ商売敵として参入してやろうと思ったのです……で、ここに居を構え、クレオッセムのやり方に想を得ていろいろと易術を駆使して成功したという次第。例えば私もクレオッセム同様、星座表を使うのですが……

（フュズリエ、その物が置かれた部屋の一角を指さす）

ジャック　それが僕の生まれとどう関係があるのです……

フュズリエ　こういうことです。ある晩、一人の女性が顔を厳重に覆い隠して、最近こっそりと産み落としたという自分の息子を連れてやって来た。そして捨て子としてきっぱり縁を切るよりほか、その子を死の危険から救う術はないと言うのです。

ジャック　（勢い込んで）で、その女性は、子供を遺棄する前に？……

フュズリエ　……私に超自然的な守護を授けてやってほしいとのことでした。それで私は、占い用の衣裳をさっそうとまといました。あの世の支配者の霊能大使たるにふさわしい独創的な衣裳で……霊能大使というのは私が勝手に考えた名誉職ですが。

ジャック　（興味津々で聞きながら）お伺いを立てたのですね、ご自分の星座早見表に？……

フュズリエ　……その頃にはすでにそこの日の射さない角に据えつけてありました。クレオッセムと差をつけるために、私のほうは、レグルスの代わりに小さな球を星座表の上に投げるのです。球はちょっと湾曲した星座表の上をでたらめに通過していくのですが、それを、ちょうど彗星みたいに見えるように、小さなスポットライトを操作して、長い光の尾がついて回るようにするのです。

ジャック　そのとき球が止まったのは？……

フュズリエ　……リゲル星の上でした。星には全部、球が止まるように小さなくぼみがつけてあるのです。

ジャック で、小球の止まった先を見たその後は?……

フュズリエ ……私はこの(と指を一本挙げて)指輪の石をじいっと見つめながら、激しい恍惚状態の発作を自分のうちに引き起こさせました。どうやらクレオッセムもそうしているらしいのであの男をまねて、夢うつつに、目に見えない上位の存在が私に吹き込むお告げを書き取らせたのです。

ジャック (ますます興味を惹かれて) それでその発作のときに下されたお告げとは?……

フュズリエ ……こういうものでした。「ノルウェーのモーセといわれるヨルゲンスキョルの例をよく思い出せ。赤ん坊だったヨルゲンスキョルは、ある大雪の朝、グラアルダ橋の下で、川床から生えた榛の木の小枝の先っぽに、水位が下がっていたために引っかかって留まっていた小艇《ジョリーボート》の中で発見されたのだ」

ジャック (驚いて) 榛の木の小枝の先っぽ!……

フュズリエ 自分のいつもの習慣に従って、発作が過ぎると、私はお告げの受取りを書いてサインしました……

ジャック 受取り?……

フュズリエ ……そしてそれをただ燃やすだけで、あの世の支配者のもとに届けさせるのです。

ジャック で、その儀式が終わると次には?……

フュズリエ ……命じられたことを瞑想するのです。小声で唱えながら。すぐ近くで聞き耳を立てている者に聞こえるように。

ジャック (先を急がせるように) それで瞑想した結果?……
フュズリエ ……赤ん坊を守るという大きな役割を果たしたあの榛の木の小枝を重視しました。それがなかったら、ヨルゲンスキョルは小艇《ジョリーボート》の中で雪に埋もれて一巻の終わりだったのですから。
ジャック それであなたの結論は?……
フュズリエ ……子供の命を守るには、何らかの形で榛の木を介在させなければならないということでしたが……
ジャック しかし榛の木はこの地方には存在しない……
フュズリエ そうです。それに、将来その子を確認する必要が生じたときに役に立つ印をつけるべきだとも考えて、私は子供をエレケイク族の刺青師のところに連れていきました。それからすぐまたここに戻ってきて、母親に引き渡したのです。肩に守神である榛の木の花を刺青した子供をね。
ジャック するとその赤ん坊は、やはり僕だったんだ……
フュズリエ ええ。それから数日間、私はあちこちで情報を聞き回り、ある愛情あふれる夫婦が肩に刺青のある子供を引き取ったということを知ったのです。その夫婦の名前も聞きました。
ジャック あなたのところには捜索の糸口になりそうなものは何も残っていないのでしょうか?
フュズリエ ありますとも。例のお告げですよ。あなたのお母さんが私の口述のもとに書き取った。

ジャック それをまだ持っているのですか？
フュズリエ ここにあります……どうぞお持ちなさい。おそらくこの筆跡の見本があれば……
ジャック おお！ ありがとうございます……感謝します、フュズリエ……いつかあなたに借りを返せる時がくるといいのですが……

第十九景

第二景と同じ背景。

第二場

クレオッセム、ブルクシール

ブルクシールの声 クレオッセム……
クレオッセム ブルクシール？……（闇のカーテンを開ける）起きたのか？
ブルクシール ああ……（クレオッセム、彼女が立ち上がって歩くのを手助けする）ねえ、さっきここで何か話していなかったかい？……まどろみながら何かを聞いたような気がするんだが……
クレオッセム いかにも、ブラッシュとレアールの二人が、もう一度わしの力を借りにきておったのだ。死ぬ前にギヨーム・ブラッシュが寄せつけていた人間は、わしだけだったからな。
ブルクシール 二人は何か難しいことにぶちあたったのかい？

クレオッセム　ああ。寄付をするという気前のよい行いは、ギヨーム・ブラッシュの人間嫌いを考えるとあまりにも不釣合いで、そこには何か汲み取るべき意図があると考えないわけにはいかなかった。だから彼らは長いこと検討したのだが、何もつかめなかったというわけだ。

ブルクシール　で、お前さんが解決してあげたのかい？

クレオッセム　だといいんだがな。施しの額、すなわち五の三乗《キューブ》という数字から、わしはギヨーム・ブラッシュの息子が気に入っていたおもちゃの一つで、色づけされた立方体《キューブ》の積木があったのを思い出したのだ。それは、ギヨーム・ブラッシュが私の目の前で時折取り出しては飽かず眺めていた数多くの聖なる遺品の一つだった……しかし、何かあったようだな？……またしてもブラッシュとレアールの二人がやって来た！……

（ブラッシュとレアール登場）

第三場

クレオッセム、ブルクシール、ブラッシュ、レアール

クレオッセム　どうだったね、お二人さん？……

ブラッシュ　問題のおもちゃを見つけ出したよ。組み立てられた積木は、「共和暦第十日の休日」〔フランス革命後の一時期に用いられた暦。一週間に代わり十日刻みで、十日目が休日となる〕というタイトルのもとに、革命を起こして歓喜する群衆の姿を描き出していた。その下には、皮肉たっぷりの短い言葉で、一七九三年当時、ギロチンが作動

しているあいだにも、民衆はまったく意に介さずその仕事休みの日を楽しんでいたことが非難されていた。

クレオッセム その話のどこにも、お前さんの役に立ちそうなものはまるで見当たらんが……

レアール まあ待ってください……積木のなかにたった一つだけ、向きが間違っていて、全体とは関係のない光景を見せている断片がありました。そこで私が正しい向きに直したところ、その積木は青空の一角と、陽気なお調子者がかぶるフリジア帽とを同時に完成させたのです。

ブラッシュ そこだけ例外的に絵が切り取られていたことには何か目的があるに違いないと考えて、われわれは新たな手がかりを探そうとした……ところが成果はなしだ……それでまたお前のところに聞きにきたというわけだ。

クレオッセム (考えながら) そうだな……その青空の一角のほうには何も気がつくことはなかったのかな?

ブラッシュ なかった。

クレオッセム で、フリジア帽を完成させるその部分には飾りはついていなかったのか?

ブラッシュ いや、そこには三色帽章がついていた。

クレオッセム (勢い込んで) 帽章だと!

レアール そこに何か手がかりが?……

クレオッセム ……あるかとな?……おそらく……

ブラッシュ 何か別の帽章のことを考えているのだな?

クレオッセム　うむ……（ブルクシールの閨に行き、額に入った写真を持ってくる）これだ。

（額を飾っている帽章を見せる）

レアール　これは！……アントニーヌ・ロジサールの写真じゃないか？

クレオッセム　うむ。

レアール　どうしてこんなものを持っているんです？

クレオッセム　これはわしのものではない、ブルクシールのだよ。彼女は、もう五十年以上前になるか、あの有名なアントニーヌ・ロジサールとつき合いがあってな……

ブルクシール　……向こうは、その頃すでに棺桶に片足突っ込んでおったがの。あの女は、ちょくちょくわたしのところへエレケイク族の典礼について聞きにきていたのじゃ。

ブラッシュ　彼女は、信仰と信仰が生み出すものについての研究に没頭していたのだったな？

……

ブルクシール　……それらを破壊しようという意図を持ってな。自由思想の闘士だったアントニーヌは、故郷で、仲間とともに「イヴの会」を旗揚げした。これは一種のフリーメーソンのような組織で、宗教を皮肉って、地球上のありとあらゆる信仰をごたまぜにした寄せ集めの宗教を堂々と行っていた。そうすることで、そうした信仰の滑稽さがいやがうえにも誇張され、おとしめられることになるわけじゃ。例えばそこでは、雌牛が、何らかの偶像の名のもとにではなく、キリストの名のもとに生贄にされていた。また、『愉快な倫理学概論』なる著書では、アントニーヌ・ロジサールは、同じ流儀、同じ目的で、あらゆる道徳をこき下ろしておる。道徳を巧みに切り張りして一種のばかげた盛合せを作ってみせて、それぞれの教えが相矛盾して衝突しあうようになっておるのじゃ。
ブラッシュ　彼女の夢は、すべての人間が「イヴ会員」となることで……
ブルクシール　……そうして、皆が単にイヴの子孫と名乗るようになればいいと思っていたんじゃ。均質にして一体の、巨大な家族の一員としてな。
ブラッシュ　それで、外枠に隠されて白いまま残っている周りの部分にはっきりとサインが書きこまれているこの写真は？……
ブルクシール　……最後にわたしたちが会ったときに、アントニーヌが記念として持ってきてくれたものじゃよ。イヴの会の帽章をつけた額に入れてな。この帽章は何色もの色が混ざり合ったもので、中央のモチーフは、「自由思想（Libre Pensée）」のイニシャルからとって、見ようによってはなかばいい加減に書いたPのようでもあり、またこじつければ気取って角を鈍角にしたLのようでもあるという、二重の外見を持つ、一つの芸術的なアルファベットの大文字がつけられておる。
ブラッシュ　だがこの記念品を、ギヨーム・ブラッシュは見ることができたのか？
クレオッセム　うむ……まさにこの闇の中でな……われらの部族に関して書こうとしていた作品のことで、あの男は、わしの語ることを、ブルクシールにもあたって補いたがっていた。そのために二人は、一度ならず、ここで長々と語り合っていたのだ。ブルクシールはそこに横になり、ギヨーム・ブラッシュはその枕辺に座って……

ブラッシュ (写真を手にとって) ……ということならば、われわれはこの帽章を調べなければならんということだ……さっそく調べようじゃないか……

(一同、夢中になってしげしげと観察する)

第二十景

第一景と同じ背景。

第四場

ソランジュ、マルスナック

ソランジュ、ピアノの前に座り、思いつくままにメロディを奏でている。マルスナックが入ってきたのを見て、立ちあがる。

マルスナック ソランジュお嬢さん。いましがたジャックさんと会いました。何やらせかせかして……急いでいる様子でしたが……

ソランジュ 私への伝言を山ほど浴びせられたのじゃなくって?……

マルスナック もっといいことですよ! 私の目の前で手帳からびりっと一枚破りとるや、お嬢さん宛にこの短信をしたためました。

ソランジュ 短信ですって!…… (紙を開き、読む)「親愛なるソランジュ。ああ、残念ですが今度いつあなたに会えるか分かりません。予期しない仕事が僕の自由な時間をことごとく奪い尽くさんとしているのです。おお！ とても愛しています！ ジャック」何の説明もなしにこれを渡したの？

マルスナック ええ……そしてほとんど走るように去っていきました。

ソランジュ （考え込みながら） 予期しない仕事……（心配そうに）おお！ まさか！……あの黒人擁護同盟のシナマリ支部で何かの計画が進行しているのでは？ 自分も熱心なメンバーの一人だと、ジャックはとても熱っぽく話してくれたことがあるわ……

マルスナック アメリカの南北両大陸に枝を広げている同盟ですね……するとジャックさんは……

ソランジュ ……この地区の部隊で闘っているのよ。危険なグループで、一度ならず武力《マヌ・ミリタリ》を出動させて追い払わねばならなかったの。

マルスナック 彼をグループから抜けさせようとはしなかったのですか？

ソランジュ したわ。でも無駄だった。私の勇敢なジャックは、同盟のことを話すとき、かっと熱くなるの。侮辱、いやがらせ、そして暴力、奴隷時代の恥ずべき名残であるこれらの行為に復讐することが同盟の目的なんだって……アメリカの黒人たちはいまだにこうした辱めを日常的に受けているのよ。

マルスナック ええ、私も知っています……お嬢さんの心配は分かりますよ。私だってそうした報復行為が流血を引き起こさずにはいないってことは聞いていますからね……

ソランジュ　おお！　呪われよ！　フィルマン・ヴァルジェル！

マルスナック　フィルマン・ヴァルジェル？……ああ！　そうでした……種違いの弟サム・イェノールへの真率な愛情に動かされ、同盟を創始した人物ですね。黒人の父を持つこの弟の体格と肌の色は完全な父親譲りでした。

ソランジュ　ジャックは例の同盟の手引『手をつなごう』に心酔しているの。そのなかでフィルマン・ヴァルジェルは、巧妙に都合のいい例ばかりを選り分けて、白人をおとしめては黒人を持ち上げるということを徹底的に行っているのよ。白人はふしだらな生活を送り卑しい行為ばかり、黒人は清く正しく暮らし立派な行い、っていう具合。

マルスナック　私もこの近くでショーウィンドウに飾られているその本を見たことがあります。表紙に白人と黒人が互いの右手《めて》をからませている絵が描いてありました……

ソランジュ　著者と弟よ。いまではもう二人とも亡くなっているけれど、二人の結びつきはいまでも模範となり象徴となっているの。

マルスナック　私がジャックさんを説得してみましょうか？……そんな浅はかな理論に騙されないよう……

ソランジュ　だめよ……そんなことをちょっとでも言い出すだけであの人は怒り出して……ああ！　どうしたらあの人を止められるのかしら……

マルスナック　それはそうと、そもそもお嬢さんの心配には根拠がおありなのですか？……そうとはっきり言える理由はないのでは……

ソランジュ それがあるのよ！ おととい支部のメンバーが列を作って行進していたの……

マルスナック 見たのですか？

ソランジュ ええ。ジャックが前もって教えてくれたの。私たちにとって長いあいだ見つめ合っていられる機会だといって喜んで。

マルスナック で、行列が通ったときお嬢さんは彼を……

ソランジュ ……すぐに見つけたわ。ジャックはほとんど先頭を歩いていたから、肩で同盟のエンブレムを支えている人たちの一人だった。

マルスナック 同盟はエンブレムを持っているので？……

ソランジュ ……どの支部にも一体ずつ置かれているのよ。轅《ながえ》のような平行の二本の棒の上に、蠟人形のフィルマン・ヴァルジェルとサム・イェノールが、互いの右手《めて》を握りしめて立っていて、その二人を一本の黄金のクマシデの木が守るように覆っている。

マルスナック かたや白き肌のカストル、かたや黒檀色のポリデウケス、この二人を仰々しく並べて飾り立てるとは、まさにプロパガンダとして格好の方法ですな。

ソランジュ 二体の人形はしかも、着ているものと懐中時計の鎖はまったく同じなの。実際に兄弟がいつもそうだったように。だから二人は、互いの資質の違いにもかかわらず、完全に相手と一心同体になることができたのよ。一方は知性に満ち、行動力にあふれ、才能にも恵まれていたのに対して、もう一方の黒人は愚鈍で、熱心に教育しても、ちっとも実を結ばなかったのだけれど。

マルスナック ところで、ジャックさんのほうは、お嬢さんを群集のなかからすぐに見つけ出したのですか？

ソランジュ ええ……そして私たちはこころゆくまで見つめ合ったの。彼のほうは、行進者全員が唱和する、普遍的な和解を求める一種のシュプレヒコールに声を合わせながら。

マルスナック それでお嬢さんは恐れているのですな、そのデモが何かの序曲ではないかと……

ソランジュ そうよ……おお！ マルスナック、さっき言っていたこと、お願いしてもいいかしら……ジャックに会って、話してみてちょうだい……私が心配しているって……

マルスナック 行きますとも、ソランジュお嬢さん……元軍人として忠実に使命を果たしてみせましょうぞ。

第二十一景

急な坂道。

第五場

ミニュサバンス、オスカリーヌ

オスカリーヌ （傍白。忍び足で登場して） いたわ、ミニュサバンス……さっきの話合い以来あたしは不安でしようがない……今度こそ、やつの頭がイカレていることを示す言葉を聞いて、安心

させてもらおうという希望を抱いてやって来たんだ……だがどうやって話しかけようか、お布施も持っていないし……まずは詫びの言葉かしら……やってみよう……（ミニュサバンスに近づき、大きな声で）許しておくれ……手ぶらで来ちまってさ……ズメラナーズとレオンスに懇願してみたんだけど、だめだったんだ。（傍白）ああ怖い！……あいつははたしてちゃんと答えるだろうかそれとも？……

ミニュサバンス（傍白）あの女の願いは分かってる……それにしても本気で金もなしにこの俺さまが……（声をあげて）頼んでだめだったのなら、あの二人の盗人から盗み取ってでも、金を持って出直してくるがいい。

オスカリーヌ（傍白）恐ろしい！……あいつは正気だ。

ミニュサバンス　聞こえたのか？

オスカリーヌ　ええ。

ミニュサバンス　だったらぐずぐずするな。

オスカリーヌ　無理よ。あたしたちは三人とも、お互いに相手を警戒し合ってるから……

ミニュサバンス　分かる……分かる……

オスカリーヌ（怖がって）いまのあんたの理解力はほかの誰にも劣らないわ。どうしてそんなふうに間欠的な現象が……

ミニュサバンス　俺にも分からん。（オスカリーヌが到着したときに読んでいた本をぱらぱらとめくり、すぐに見つけ出したあるページを開いて）ほら、見てみろ。そこに思いがけない乱丁があるだろう。その前と後はちゃんとした文章が続いているのに。

オスカリーヌ (本を取って) ああ。

ミニュサバンス それだよ。俺の思考がときどきかき乱されるのもちょうどそれと同じことだ……(傍白) 自分でそうしているのだがな。

オスカリーヌ (傍白。本をめくりながら) なにさ、こりゃ子供向けの絵本じゃないか……童話集だよ……あいつはさっきこんなものを熱心に読んでいたのか……てことはさっきは頭がイカレてる状態のときだったってことじゃないか……おお、それをあたしは、愚かにも断ち切ってしまったんだ……もっと慎重に、半分だけ注意を向けさせるべきだった……そうすればきっと望みどおりの混乱した答が得られたものを……いや、あるいはどうだろう?……もう一度読書を続けさせればまた正気をなくすんじゃないだろうか……そして今度はあたしもうまくやれるから……そうだ……どうやってそそのかそうか……とりあえずこの本の話を続けることだ。(声をあげてタイトルを読む)「アレリアル王のための小話集」

ミニュサバンス 「知恵遅れ」の王さま、と序文に書いてある。摂政だった妃の言いなりに暮らし、おとぎ話を聞くのが大好きだったので、一日中空想豊かな語り手をひっきりなしに交代させなければならなかったほどだそうだ。

オスカリーヌ 架空の王さまなのかい?……

ミニュサバンス ……著者の空想の産物さ。何か威厳のあるタイトルをつけようとしてな。

オスカリーヌ それよりあんたに悪いことしたわね……さっき途中で邪魔しちゃってさ……ほら

……（オスカリーヌ、本を開いたままミニュサバンスに返す）
ミニュサバンス　かたじけない。（読みかけの件を見つけ、小さな声で続きを読む）
オスカリーヌ（傍白）　ああ！……うまくいったわ……気をつけなくちゃ……
ミニュサバンス（傍白）　この女はこの子供向けの本に希望を託しているに違いない。ところがどっこい、この本は人に金を払わせるときに俺が無垢なふりをするのに役立っているのだが、それだけじゃなく、文無し相手にも有効に使えるってわけよ。
オスカリーヌ　あんたが読んでるお話ってのは……
ミニュサバンス　……マイセン焼の人形がいっぱい飾られたショーウィンドウの話さ。夜になるとマイセンたちが月の光線を浴びて動き出しおしゃべりするのだ。
オスカリーヌ（傍白）　狂ってないわ……でも人形同士のひそひそ話をこうして喜んでるってことだけでも、あいつの単純さの現れだとは言えないかしら？……おお！　このお話を読むことがどんなに大きな楽しみか、あいつの口から聞けないだろうか！（声をあげて）そのお話を読むのはすごく楽しいの？……
ミニュサバンス　無上の楽しみさ。
オスカリーヌ（喜んで）　ああ！……
ミニュサバンス　なぜならこいつは哲学させてくれるからだ。
オスカリーヌ（ぎょっとして）　哲学するですって！
ミニュサバンス　ここにはすべてのマイセン焼が、その値打ちに従って分類されウィンドウの中に飾られている。隠語使い《ヤクザ者》や抜け作や鎖につながれた囚人どもが一番前の列にすました顔で陣取り、その一方で、チェンバロを弾く侯爵夫人や冠を戴いた王さまや法衣《スルプリ》を着た大司教やらが一番後ろの列で退屈しきっている。

オスカリーヌ つまり?

ミニュサバンス つまり作者は、明らかに、現実の社会との皮肉なコントラストを作り出そうとしているのだ。実際は往々にして序列と値打ちは一致しないものだからな。

オスカリーヌ (傍白) 聞けば聞くほど背筋が凍る……聡明なだけでなく、あいつの言葉はいまや深くさえある!……安心を求めてここにやって来たのに、前よりももっと恐ろしい気持ちで帰る羽目になっちまった……おお! 奈落があたしたちを待ち構えている……奈落があたしたちを待ち構えている……

(オスカリーヌ、遠ざかる。ミニュサバンス、哄笑する)

幕

第五幕

第二十二景

キャバレーのテラス。客席から見て斜交いに設置されている。

第一場

ブラッシュ、レアール

二人、立ち並ぶテーブルの間でしばらく迷った末、あるテーブルを選ぶ。

レアール　さあ、ブラッシュさん、ここに座りましょう。

ブラッシュ　道々、信念は揺るがなかったかね？

レアール　揺るぐどころか、ますます強くなりましたよ。ご心配なく、私に間違いはありません。イヴの会の帽章に「Libre Pensée（自由思想）」とあるのですから、LでもありPでもあるこの文字が表しうるすべての可能性のなかから、あの、寛容の象徴であるルイ＝フィリップ（Louis-Philippe）の名こそが……

ブラッシュ　指し示されているわけだ。

レアール　そうと決まったとたん、私はすぐにキャバレー・フレニュのことを思いつき、こうし

て一緒にやって来たわけです。
ブラッシュ　ちょっと待ってくれよ……確かその名前のキャバレーの前だったな。国王になったばかりのルイ＝フィリップが、ある労働者と、嫌がりもせず一緒に乾杯したというのは。その労働者はテラス席から、国王が普通の市民のように傘を小脇に抱え、歩いて通りすぎるのを見かけて、グラスを掲げてこう叫んだのだ、「陛下に乾杯！」と。
レアール　そのとおりです。
ブラッシュ　この話は至るところで取りあげられ、この新国王の人気をさらに高めた。国王は当時、民衆との蜜月の真っ只中にあったのだ。
レアール　で、キャバレー・フレニュは有名になりました。ところが、ここにこのフレニュの遠いいとこでもう一人のフレニュがおりまして、この椿事を利用してやろうと考えたのです。彼は、その名前のおかげもあって、苦もなくキャバレーを開くだけの資金を借りることができ、この看板を描かせて……
ブラッシュ（看板を見ながら）……市民王ルイ＝フィリップが、一人の労働者と差し向かいで、貧乏人の飲む安ワインにその尊い唇を浸している。
レアール　しかしその有名な振舞いを思い出させることがすべてではありません。輝かしい類縁関係のこともはっきり示さなければ……
ブラッシュ　……というわけでこの文章になったのか。（看板の上部にある一行を読む）「大フレニュのいとこフレニュの店」……

レアール ……そしてこういう気を惹く文句もしっかりと添えられております。(看板の下部にある一行を読む)「掛売り可」。店は繁盛しました。フレニュ王朝の始まりというわけで……その子孫の現店主が私たちのほうにやって来るようですよ。

第二場

ブラッシュ、レアール、フレニュ

フレニュ (お辞儀して) レアールさん……そしてたぶんブラッシュさんですね……

レアール そのとおりです……いったいどうして……

フレニュ (レアールに) あなたが目下あのかわいそうなギヨーム・ブラッシュの甥ごさまとご一緒だということは存じておりましたので……

ブラッシュ ……叔父はよくここに来ていたのかね?……

フレニュ はい……ときどきやってこられて、私どもの店の一番奥まった席に一人静かに腰掛けておられました。

ブラッシュ で、一度も口をきかなかったのかね?

フレニュ ええ、一度も。

ブラッシュ (しつこく) ほんとうに一度も?

フレニュ (少し考えて) いいえ……そう言えば……最後のとき……私に、サヴィニョルの小冊子

『諸時代にみる神話』をお頼みになりました。サヴィニョルというのはこの土地の詩人で、ロマン主義の同時代に生きたひじょうに自由奔放な人でした。私の曾祖父、フレニュ一世の常連客で、しょっちゅう払いを滞らせていたのですが、曾祖父がわめいて催促するたびに、人さし指で看板のほうを指すだけなのです。

レアール　「大フレニュのいとこフレニュの店、掛売り可」

フレニュ　で、ある日、ついに堪忍袋の緒が切れたフレニュ一世は、給仕を拒否しました。

ブラッシュ　詩人は言われたとおり引き下がった？……

フレニュ　……のですが、如才なくフレニュ一世に自筆の詩集を捧げてすぐにまた出入りを許されました。この詩集は、一ページずつの詩からなっているもので、それぞれが一つずつ、ある伝承を題材にしていました。それもただ詩句の内容によってだけでなく、その詩の全体を眺めたときに目に映る形によっても、その主題が表されていたのです。

ブラッシュ　それは自由詩で？……

フレニュ　……自由で、しかもところどころに一つないしはいくつもの余白が挟まれていて、詩句をあるいは長くあるいは短く、区切っているものでした。そういうふうにして、数多くの神話が、古代から現代までざっと辿られていたのです。そして最後に取りあげられていたのが、ほかでもない、フレニュ何某という御仁の看板に描かれたクレディ〔掛売りの意味がある〕何某という御仁の伝説だったのです。

ブラッシュ　そのクレディ氏のことを表すのに、その詩はどういう形を取っていたのだね？

フレニュ　寓意的な形でして、一人の上機嫌な酔客が正面に座っており、酒のピッチャーがずらりと並んだそのテーブルの下から、二つのポケットが完全に裏返しになっているのが見えているというものです。この機知に富んだ暗黙の恨み節にフレニュ一世も怒りを鎮め、わずかずつお金を入れるということで、再びサヴィニョルを迎え入れたのです。

ブラッシュ　その小冊子は出版されて？……

フレニュ　……そして、見事な成功をおさめました。そのおかげでオリジナル原稿にプレミアがつき、この店の名物となったのです。

ブラッシュ　その名物を持ってきていただけませんかな、ビールーブロ〔容量の単位、一・八六リットルに相当〕と一緒に？

フレニュ　かしこまりました。

（フレニュ、退場）

第三場

ブラッシュ、レアール

レアール　においますね。その自筆原稿のなかに秘密があるのですよ。

ブラッシュ　見つけ出せそうだな。

（フレニュ、戻ってくる）

第四場

ブラッシュ、レアール、フレニュ

フレニュ　ご注文のものです。

（ブラッシュに自筆原稿を渡し、それから二杯のグラスをいっぱいにする）

ブラッシュ　ありがとう。（原稿をめくる）なるほど、まさしくお目当ての詩が並んでいる。それぞれが、不規則な並び方や、ときには詩行の中断などで、全体で一つの典型的な形態を描き出している。確かにこの当時、こういったアクロバティックなペガソス〔天馬ペガソスは詩的霊感の象徴〕の離れ業が熱狂を巻き起こしていたことがあったな。

レアール（原稿を横目で見ながら）　ここまではまだ、われわれの最初の祖先が考え出した架空の生き物や不思議な動物だけですね。

ブラッシュ（ページを繰りつづけ）　ああ！……今度はもう少し近い時代に入ったぞ。祖母がしてくれるお話の主人公たちだ。

フレニュ　確かに……例えばこれなどは、地の精ヤブ……

（覚えているままに諳んじて）

ヤブはとってもちっちゃくて
籠に一度にしょえたのは
キイチゴの実を一つだけ

ブラッシュ　うむ……確かにはっきりとその体が見えるな。横からの姿で……

フレニュ　……そして頭だけが正面を向いているので、曲がった背中に斜めに担いでいるその籠からはみでんばかりのちっぽけなイチゴと頬が接触しているでしょう。徹底して無口だったギョーム・ブラッシュは、この接触について、彼なりの省察を披露してくれましたよ。あまりによくできているので、あの人にもこんな冗談好きの面があるのかと驚いたくらいです。つまりこう言ったのです。アシール・マジェスの母親は、きっと彼を身ごもっているあいだ、この韻文詩で作られたシルエットを凝視しすぎたに違いない、ってね。

レアール　アシール・マジェスといえば、確かに、生まれつき頬にアザ《イチゴ》〔フランス語ではイチゴ（fraise）とアザ（fraise）は同じ語〕があって、そのことも有名になったのでした。

フレニュ　だからその両者を結びつけるのはなかなか気が利いていたのです。

レアール　（小さな声で、ブラッシュに）これで次にどんな努力をするべきか分かりましたよ……ゆっくりと冊子を最後まで見ましょう……それから行くとしましょう……

ブラッシュ　（小さな声で、レアールに）よし……それに、何はともあれ金は払っておこう。（大きな声で）どうぞ、フレニュさん。

フレニュ　（ポケットに入れながら）ありがとうございます、ブラッシュさん。（お釣を返しながら）それにしても、私は声を大にして言いたいですね。ブラッシュさんのような方ばかりなら、例のクレディ氏がこの店の神話になることも決してないでしょうと。

第二十三景

第三景と同じ背景。

第五場

ズメラナーズ、オスカリーヌ

オスカリーヌ（急いで入ってきて）ズメラナーズ、またミニュサバンスに会ってきたところだよ。悪い兆しはますます大きくなっているんだ。だって、今度はただ頭がしっかりしてたというだけじゃなくて……

ズメラナーズ どうなったというんだ？

オスカリーヌ 人並み以上にすぐれているのよ。おお！ なんとしても……なんとしてもあんたにそれなりの金をあいつにやってもらわなきゃならないわ……

ズメラナーズ またお前のバカな妄想か！……

オスカリーヌ あんたが拒否することがあたしたちの破滅につながるんだ……

ズメラナーズ だまれ！……レオンスもお前も、役立たずどもが、いい加減にしろ！……このうえまだそんなたわごとで俺を怒らせようってのか？……だいたい俺はお前たちにはまったく愛想を尽かしているんだ……これまでお前たちにブラッシュの足取りを一つひとつ追いかけさせて、いったい俺は何を手に入れた？……あいつの辿っている道を、やつより先に行かねばならんというのに、それがどうだ……

第六場

ズメラナーズ、オスカリーヌ、レオンス

レオンス （しばらく前から敷居のところに来ていて） やめろよ！ ズメラナーズ……わめいている暇があったら、俺にねぎらいの言葉でも言うんだな……ついさっきブラッシュとレアールが、キャバレー・フレニュのテラスに席を取った。俺は隣の店の入口に身を潜め、聞き耳を立てたんだが……

ズメラナーズ すると？……

レオンス すると、やつらがフレニュと交わした会話の最後に、アシール・マジェスの名が飛び出してきた。

ズメラナーズ ああ！ ああ！……

レオンス フレニュと別れてから、やつらは、もう日も暮れたからと、行動を明日に延ばすことにした。だからいまなら俺たちが……

ズメラナーズ しめたぞ。これぞまさしく待ち望んでいた出し抜く機会……

レオンス アシール・マジェス……こいつの話は聞いた覚えがあるぜ……うろ覚えだが……その頃まだ子供だったからな……だがあんたの年なら、きっと……

ズメラナーズ　待て……いま思い出す……（しばしのあいだ記憶を手繰ろうと思いを凝らす）
オスカリーヌ（傍白）　おお！……どうかこの男が何も思い出さず、たくらみが生まれませんように！……
ズメラナーズ　思い出したぞ！……アシール・マジェスという若者は、英語が使えたので、イギリス領ギアナから追放されたホイムスター夫妻の秘書になったのだ。夫妻は、ちょうどアイルランドを揺るがしたのと同じような自治独立派の謀略にはめられたんだ。
レオンス（ズメラナーズの話を補うため自分も思い出そうと努めて）　待てよ……ホイムスター夫人は、たいへんな美人で、夫から熱愛されていて……
ズメラナーズ　……そして陰謀に関しては影のボスだったのだ。
レオンス　実は夫妻はここから手紙によって謀り事を続けていた……
ズメラナーズ　そうだ……そしてそのためにこそ秘書を雇わねばならなかったのだ。
オスカリーヌ（傍白）　なんてこと！　こいつらは次々と思い出しているわ！……
ズメラナーズ　ところがまもなく、この美しいイギリス女と若きフランス男とのあいだに……
レオンス　お決まりのこった。
ズメラナーズ　こっそりと逢引するために、二人はそれぞれ別々にエスティーヌ洞窟に向かった。
レオンス（勢いよく）　エスティーヌ洞窟に！……
ズメラナーズ　一通の匿名の手紙を受け取ってすべてを知った夫は、拳銃をポケットに入れ、前もってある柱の陰に隠れて待ち伏せた。その柱の周りは、軟らかく湿った砂地で、逢引の痕跡を示す足跡がたくさんついていたのだ。

レオンス ああ、そうだ!……そして身を隠している柱のそばを、不倫の二人が抱き合いながら通ったとき、夫はアシール・マジェスに至近距離から弾丸を一発お見舞いして、即死させたのだ……だが、だめだ! この話のなかには、俺たちの役に立ちそうなものは何も……

オスカリーヌ (傍白) ないわ……確かに……また安心してきたよ。

ズメラナーズ 待て……このイギリス人の夫は、確実に無罪放免となる見通しがあったのに、スキャンダルを避けようとして、洞窟の隅に穿たれた天然の井戸の底に死体を投げ入れたのだ。そしてアシール・マジェスは行方不明となった。

レオンス おお! その井戸が……突然ひらめいたぜ……

オスカリーヌ (傍白) まだ喜ぶには早すぎたってのかい?

ズメラナーズ だが、不審な臭いに気づいて、ある日人々はその井戸をさらってみた。そこから、なかば虫どもに食い荒らされたアシール・マジェスの死体が引き上げられたってわけだ。左頰の下のほうにあざ《イチゴ》がかじられずに残っていたので身許が割れたのだ。

レオンス で、それから捜査が開始され、ホイムスターはいったん逮捕されるがすぐ無罪放免となった。

ズメラナーズ そうだ……で、アシール・マジェスの遺族は、慰霊のため、井戸の上の石壁に、例のあざ《イチゴ》がくっきりと見える彼の横顔を彫らせた。

レオンス　そう言えば、キャバレー・フレニュでの会談は、最後にその印の話に落ち着いた。
ズメラナーズ　ならもはや疑いはあるまい……その井戸を調べるのだ……
レオンス　井戸ってことは……今度こそお宝そのものがお目見えするって可能性大だぜ。
ズメラナーズ　だが、明かりを調達しなければ……
レオンス（ポケットに手をあてて）　俺の龕灯がある……
ズメラナーズ　ロープも必要だ……
レオンス　ロープか……（顎に指を当ててしばらく考え込み、それから額を打つ）行きがけにマルシェ広場でもらっていけばいい。あのサント・オディール井戸のやつを……
ズメラナーズ　で、帰りにまた戻しておくわけか……俺かお前、どっちがそいつを使う？……
レオンス　俺だ……一流の泥棒ってのはみな身も軽いもんだ……行こう……
オスカリーヌ（ドアの前に立ちふさがり）　だめ……だめ……行かないでおくれ……恐ろしいよ……
レオンス（乱暴にオスカリーヌをおしのけて）　さあ、いい加減にしないか……このバカ……そこをどくんだ……
ズメラナーズ　ここに残って見張りをしてろ……そして俺たちを待つんだ……
（ズメラナーズとレオンスが立ち去る）
オスカリーヌ　おお！　この気狂いども！……

第二十四景

第六景と同じ背景。月明かり。

第七場

ジャック、ソランジュ

ジャック ソランジュ、僕の人生もまったく急転直下だよ!……実にめまぐるしくいろんなことが起こった!……フュズリエからもらった肉筆の文章の複写がいくつかの新聞に載ったおかげで、僕は、自分の母親にではなかったけれど、そのもっとも献身的な侍女だったカタリナ・ソアレスに巡り合うことができ……

ソランジュ ……そしてあなたがあの有名なブラジル将軍ドルディオのたった一人の忘れ形見だと教えられた。将軍は皇帝ドン・ペドロ二世によって莫大な不動産の貴族世襲財産《マジョラ》を譲り受けた人物。

ジャック だけどその代わり、あの侍女の口から恐ろしい事実が明かされた! 結婚していくばくも経たぬうちに、家長である父は不審な死に方をし、貴族世襲財産《マジョラ》は弟の手に移った。弟による兄殺しを疑っていた僕の母は、身ごもっていることを知って、カタリナ・ソアレス一人を連れてリオを離れた。そして国境を越えてここまで逃げてきて、こっそりと僕を産み落とした。

ソランジュ で、継承者であるこの子供の存在が、あのおぞましい義理の弟の知るところとなれば、即座に殺されてしまうに違いないと考えて、お母さまはカタリナ・ソアレスにも詳しくは知らせようとせず、その子を捨てた……

ジャック　……ところが、それがいけなかった！　急ぐあまり軽率にも出産の翌日にすぐ行動を起こしたがために、急激に具合が悪くなり母は死んでしまった。

ソランジュ　で、誰もが知る熱心さでお母さまを看病したカタリナ・ソアレスは、この土地のある家族に引き取られ、いまもその家に仕えている。

ジャック　そうして、僕が相談した弁護士は、難なく僕の身分を公式に確認してくれた。この榛の木の花（肩に触れる）と母の秘教的《カバラ》な肉筆文、そして刺青師やフュズリエやカタリナの証言のおかげでね。この人たちにはいずれ僕から感謝の印を送るつもりだけれど。

ソランジュ　で、ブラジル政府はすぐに報せを受けて、あなたをドルディオの貴族世襲財産《マジョラ》の相続人として認める用意があると表明した。しかも、あの叔父はすでに五年前に亡くなっていて、女の子供しかいないために、五年間の年賦金の未払い分までもがあなたのものとなった。

ジャック　こうして僕は、ほんとうに幸運にも、あなたの後押しを受けて、ブラッシュ氏に結婚の許しを請うことができたんだ。ブラッシュ氏はあなたの手を僕の手に乗せてくれた。

ソランジュ　で、私ときたら、あなたの手紙を受け取って、心配でおののいていたんだわ。もしやあの支部のことじゃないかと想像して……

ジャック　幸い、あなたに頼まれて僕の後を追ってきたマルスナックと出会うことができ、あなたを安心させることができた。

ソランジュ ええ。あなたがかかりっきりになっている仕事は、自分の出生についての調査なのだと、マルスナックにはっきりと宣言してくださったから。
ジャック （しばらく沈黙した後で） 僕はとても幸せだ、ソランジュ。
ソランジュ 私もとても幸せよ、ジャック……ようやくこの婚約が天下晴れて認められたのですもの。そのうえもう一つの喜びまで加わって……ほんとうに、宝石を発見して以来のお父さまの生き生きと輝いていらっしゃる様子といったら……私のためにあんなにも欲しがっていらした莫大な宝石ですもの……

第八場

ジャック、ソランジュ、ブラッシュ、マルスナック、レアール

ブラッシュとマルスナックとレアールが玄関口のステップの上に登場。

ブラッシュ ……まったく、危うく横取りされるところだったからな！……私は一生忘れないだろうよ、マルスナック、あの夜のことは。呼び鈴の音に突然起こされ、慌てて身繕いしてここで顔を合わせたわれわれ二人が（庭の正面の鉄柵門を指して）あの鉄柵門を開けると、アンジェリクスが……
マルスナック ……あんまり強く鈴を振るので、とうとうそれを壊してしまっていたほどで！
ブラッシュ そしてすぐさま、この幼き密偵がしゃべることには……「いまさっき、ズメラナー

ズとレオンスがサント・オディールの井戸に向かいました。僕が後をつけると、彼らは井戸からロープを取り外して、今度はエスティーヌ洞窟に行きました。僕は外から見張っていました。レオンスは龕灯をつけて、ロープにいくつか結び目を作ると、その端を穴になった地下牢《ウブリエット》らしきものの手すりに固定し、その中にロープを落としました。そしてレオンスがそれを伝って、ズメラナーズに上から照らしてもらいながら、軽業師のように降りていきました。すぐにまた上がってくると、宝石箱の取手を歯にくわえていました。ズメラナーズがその箱を受け取り、こじ開けるや、その中身を見た二人は、喜びの雄叫びをあげたのです。それから、結び目を解いたロープをまたサント・オディールの井戸に戻し、宝石箱を抱えて二人は家に帰ったのです」ああ！　なんという勇敢な子供だろう！……このあっと驚く報告をしてくれた少年の熱意といったら！……

マルスナック　一時間も経たないうちに、われわれは警察の加勢を得てズメラナーズの家の戸を叩いた……ちょっと怪しい間があって……きっと宝石箱を隠蔽したに違いないが……ようやくズメラナーズが戸を開けた。レオンスとオスカリーヌが一緒だった。「宝石箱だって？……」やつは完全否定だ……家捜しが始まり……見つかった……すると、怒り狂ったレオンスとやつは、取り返そうとナイフを振り回した……そいつを取り押さえ……捕縛……とオスカリーヌが妙なことを叫んだ。

「おお！　愚か者《ミニュサバンス》よ……おお！……忌まわしい呪い……」と。

ブラッシュ　そして、蓋に固定された銅製のプレートに刻まれた「ギヨーム・ブラッシュ」の名と、底に敷かれた詰め物の下から発見された叔父の告白文のおかげで、私の宝石箱への権利がはっきりと証明され、宝石箱はここの安全な金庫の中に収められている。いずれこれらの値のつけられないほど素晴らしい宝石の数々は、慎重に選ばれた証券に替えられるだろう。アンジェリクスに栄光あれ！……彼がいなかったら、ズメラナーズは発見したものを安全なところに移してしまっていただろうからな……そうなっていたらもう……

レアール　ええ……ほんとうに、すんでのところで危うくしくじるところでした。エスティーヌ洞窟の井戸を探すべきだということは、私にもすぐに分かっていました。しかし、アンジェリクスによれば、私たちはキャバレー・フレニュで、レオンスに盗み聞きされていたというんですからね。当然、レオンスから報告を受けたズメラナーズは、私と同じ結論に達することができたというわけです。

ブラッシュ　で、やつはわれわれを出し抜いた。

ジャック　ギヨーム・ブラッシュ本人は、どうやって宝石箱を取り出していたのか、告白のなかで書いていませんか？

ブラッシュ　書いているとも。彼は井戸の上の鉄でできた保護用手すりに、絹の縄梯子を結びつけていたのだ。こいつは服の下で体に巻きつければ、こっそりと持ち運べるからな。この軽量装具を、叔父は毎回、ひじょうに離れた森の木のうろの中に隠していたのだ。それに第一、宝石箱のありかは、井戸の横壁に空いた自然のくぼみの中で、そんなに深いところではなかった。そして、その穴をほぼ完全に覆い隠してあった石は動かせるようになっていた。さらに言えば、ギヨーム・ブラッシュはめったにそこに行かなかった。なぜなら、宝石を一つ売るだけで、かなり長く暮らせたのだからな。

マルスナック　それにしてもこれは、奇妙な告白録ですな！……

ブラッシュ　そしてひじょうに胸をえぐられるよ！……ギョーム・ブラッシュは、そこで自分の内なる闘いを克明に描き出している。そして、最後に自分の良心と自分自身のあいだに成立した妥協のこともな。自らの手で宝に至る一本の道筋を引いたのだが、そうすることで自分自身の悔恨を鎮めることができる一方、その道筋を追うには巧みな知恵を必要とし、失敗する可能性もひじょうに高いことから、もう半分の人間嫌いの面をも満足させることができたというわけだ。かくして彼は作業にかかり、われわれが推理によって一歩一歩進んでいった段階をさかさまに用意していったのだ。しかし、この道筋においては、最初の一歩がとりわけ難しい。まだ何の手がかりもないのだからな。叔父の良心もそう叫び、それで少なくとも道筋の発端は二重にしておかねばなるまいと考えた。で、叔父は二つの出発点を作り出した（その一つはわれわれが辿ったもので、もう一つは、洗いざらい白状させたところによると、ズメラナーズが辿ったものだった）。まったく、この死後の心情の吐露には胸を打たれる。こういうものを目にすれば、優しい哀れみの心がもよおされて、このような作業に没頭した不幸な人を、どうしたって赦さないわけにはいかないよ。彼の悲嘆がどれほど大きかったか、それを思うと、憤激したのもまったく無理はないのだから。

マルスナック　ええ、あんなにも不意に人生が中断されて、かえって彼の苦痛がどれほど和らげられたことでしょう！

レアール　おや！　ガリオとアンジェリクスが門のほうへ歩いてくるのが見えますよ。

ブラッシュ ああ、よかった……今夜のうちにここまで足を延ばしてくれるように頼んでおいたのだ……あの仕事に熱中した時期が終わり、彼らも再び一緒に休養を取ることができるようになったのだ、なにしろ交代で隠密の見張りを続けて一度として休む暇がなかったのだからね……さあ入ってください、ガリオさん……お入り、アンジェリクス……

第九場
同じ人物たちに加えてガリオとアンジェリクス

ガリオ お呼出しを受けて、早く駆けつけたいと気が急いていましたよ、ブラッシュさん。

ブラッシュ （マルスナック、レアール、ガリオ、そしてアンジェリクスに）私のほうもまた、早くこうしてみなさんに集まっていただきたくて気が急いていました。あなたたち、私の協力者であるあなたたち四人に、正式な約束事にたがわない厳粛さを込めてこう申し上げたい。皆さんの協力によって見つかった遺産のなかから、皆さん一人ひとりに対して、単なる報奨金などではない、ひとかどの資産と言いうるほどのものを、差し引いてお渡しすることにしたい、と。それが正当というものですからね。

マルスナック ああ！ 大佐殿……あなたからのその愛情こそ、いつまでも私にとって最高の財産でありつづけるでしょう！……

レアール ブラッシュさん、畏れ多いことです……私は結局、ガイドとしての自分の役割を果たしたにすぎないのですから……

アンジェリクス　おお！　どうかブラッシュさんに祝福あれ……あなたのおかげで僕は部族の人々に善行を施すことができるでしょう……

ガリオ　気前のいいお約束に感謝します、ブラッシュさん……ですが、なによりもまず、私の天敵を破滅させてくれたことにお礼を言います。「ズメラナーズが監獄行き……ズメラナーズが監獄行き……」おお！　繰り返しそうつぶやくたびに、どれほどの悦楽を感じることか！……

ブラッシュ　クレオッセムについては、前もってはっきりとした取決めをしてあったからな、彼に対する払いはすでに済んでいる。

レアール　たいへん残念です！　もうすぐあなたをここにお引き止めするものは何もなくなるのですね、ブラッシュさん……そしてあなたは私たちを残して行ってしまわれる……

ブラッシュ　名残を惜しんでくださるそのお言葉、痛み入ります……確かに、この邸も昨日売ってしまったし、私はまもなくここを去って二度と戻らないでしょう……マルスナックと、この若いカップルも一緒に……

ジャック　……それに僕の養父母も。おお、嬉しいことに、僕と一緒に行くことを決心してくれたんです。ええそう、僕たちはまもなくフランスに向けて出帆する、そしてそこでみんなで暮らすんです……フランスこそ僕の本当の祖国でしょう？……受けた教育も、僕の心も、フランス人と言っていいのですから……

ソランジュ　その「まもなく」という言葉は半分しか正しくないわ、ジャック。ここで私たちは結婚式を挙げるのよ、あのサンゴの洞窟の中で……お忘れになったの？……

ジャック 忘れただって……この僕が？……僕が毎日、あの幻想的な舞台での結婚を、どんなに夢見、酔いしれているか！……

マルスナック その結婚式には、あなたが予定されていたとおり、私も証人の一人として出席しますぞ。

ジャック（遠くで十時を告げる鐘を聞き）十時だ！……おお！　あの鐘の音を聞くたびに、今夜は時間が逃げるように過ぎていく気がして、どんなつらい気持ちになることか！……だってあともう少ししたら、ソランジュ、君と数日間お別れしなければならないんだから……ああ！　忌々しい電報め、リオからさっき届いて、新しい戸籍を作るためには僕が出頭する必要があるというのだから！　夜が明けたらすぐに出発しなくては！

レアール 向こうに着いたら、叔父さんの未亡人とその娘たちを相手に訴訟を起こすんでしょう？……おそらく彼女たちは叔父さんからかなりの額を受け継いでいますよ。もともとあなたのものとなるべきお金です。叔父さんがあなたから横取りした世襲財産《マジョラ》の年賦金から取り分けたお金なんですから。

ジャック 僕のためを思ってくれるその忠告、ほんとうにありがとうございます……しかしどうかあのような罪なき者どもを責めずにすみますように……それよりも、向こうに着いたら、僕は一つのことしか考えないでしょう。急いで舞い戻るということしか……おお！　夜になって、手続を完了させることに熱中できなくなった後、僕はどれほどつらい孤独な時間を過ごすことだろう、ソランジュ、こんなにも遠く離れた君を思って！……

ソランジュ　ああ、ジャック、約束するわ、そういうとき、たとえ私自身はそこにいなくても、私の気持ちはずっとあなたと一緒にいると……そして、私たちのために星を一つ選びましょう……一つの星座を……それを同じときに眺めれば、二人のあいだに絆を結ぶことができるのではなくって？……

ジャック　星？……星座？……もっといいものがあるよ。あの星雲を見上げてごらん……あれが何にたとえられているか知っているかい？

ソランジュ　いいえ。

ジャック　巨大な塵の雲さ。この巨大な雲を構成しているかけらは、それぞれが一つの太陽で、その周りには太陽系が渦を巻いているんだ！……この何百万もの太陽のうちの多くは、僕たちの太陽よりもずっとずっと大きくて、激しく、熱く輝いていて、強力なんだ！……そしてこの何百万もの太陽のそれぞれが、何らかの宇宙の中心なんだ！……そしてこの何百万もの太陽の全体を、僕たちはここから塵でできた雲の形として見ているわけさ！……どうだい、よく晴れた晩に、いつまでも物思いにふけっていたいなら、視線を伸ばすべき魅力的な対象は、どこかの星や星座なんかじゃなくて、あの太陽の塵こそふさわしいとは思わないかい？……

ソランジュ　ええ、そうだわ……おお！　ほんとうに……あれの、あの途方もない塵の上で、私のまなざしとあなたのまなざしが重なり合うことになるのね……なんて気の利いた逢引かしら、だけどそれでも、ああ！　離れ離れになる苦しみにはほとんど慰めにならないわ……

ジャック　おお！　まったくだよ！……これから始まる苦難を考えると、僕はほんとうに恐ろしくて……

ブラッシュ　さあ、我が子たち、元気を出すんだ……ほんの数日我慢すれば、お前たちはこれから一生隣合せでとっくりと眺めることができるではないか、美しい宵の静けさのなかで……あの塵のように無数の太陽を！……

幕

「額の星／無数の太陽」小事典

テクストを杭打機や串線法や横糸でうめつくすとき、ルーセルは読者が辞書を熟知していると考えているか、それともそうした言葉をテクストに鏤めることによって、文化の、巨大な文化の記号だと自分が信じているものを体系づけているかのいずれかです。

カラデック「ルーセルを読むにはショーペンハウエルを読んでおく必要があるか」（北川正訳）

本書では通常の訳註に代えて、事典形式の用語集を付することにした。ベースとなった資料は主に、ルーセルが用いたとされる辞書『ベシュレル』や『十九世紀ラルース大百科事典』であり、これに随時、訳者の解説を加えた。ルーセルは「手法」の解決のため、非日常的な言葉――珍しい語や専門用語、また有名無名の固有名――あるいは日常的な言葉の持つ稀な用例を多く使い、テクストにそのままの形で織りこむ。本小事典は第一に、こうした語に対して訳註の役割を果たすであろう。だが、ルーセル作品という「「これは判じ絵である」と死後に宣言された、判じ絵であるかもしれないし、そうでないかもしれないもの」をじっと眺めることは、逆説の迷宮をさまよう結果を必然的に伴う。そのルーセルを読む罠、あるいは楽しみ――ルーセル（Roussel）を思いながら「赤い月（lune rousse）」の項目をラルース大百科事典（Larousse universel）で引くときに感じるような――への招待も、この副読本の、あるいは真の、目的である。そのため作品本篇とはやや距離をおいた読み物とし、同毒療法《ホメオパシー》的な脱線、迷走を旨とした（訳者の限られた能力や、紙面の都合で幸運にも適度にブレーキがかかったが）。形式についてはピエール・バザンテ、パトリック・ベニエ両氏による小冊子『ロクス・ソルス小事典』がヒントになった。項目は戯曲ごとに分けず、一括して五十音順に並べ替えている。また、すべての語を取りあげることは物理的に当然不可能であり、特に、架空の固有名詞については一部を除いて項目を設けていない。

・EF1-1は『額の星』一幕一場に出てくる語を、PSも同様に『無数の太陽』中の語を指す。本文の分担に準じ、EFの項目は新島が、PSの項目は國分が執筆している。両作品に現れる語の場合は、最初にEFないしPSの表記があるほうが担当者である。
・五十音順に並べるに際して、ルビの読みは無視した。
・（→ ）は「リンク先」を示す。（→）とある場合は直前の語が参照すべき項目である。
・略号——IA＝『アフリカの印象』、LS＝『ロクス・ソルス』、EF＝『額の星』、PS＝『無数の太陽』、「いかにして……」＝「私はいかにして或る種の本を書いたか」、L19＝Pierre Larousse, *Le Grand Dictionnaire universel du XIX*^{e} *siècle*（『十九世紀ラルース大百科事典』）、Besch＝Bescherelle aîné, *Dictionnaire National, ou Dictionnaire universel de la langue française*（『ベシュレル辞典』）、N. Besch＝Bescherelle aîné, *Nouveau Dictionnaire National, ou Dictionnaire universel de la langue française*（『新ベシュレル辞典』）、PDLS＝*Petit dictionnaire de Locus Solus*（『ロクス・ソルス小事典』）。
・以下のルーセル作品からの引用は岡谷公二氏の訳文を使わせていただいた。『アフリカの印象（新装版)』(白水社、一九九三年／平凡社ライブラリー、二〇〇七年)、『ロクス・ソルス』(ペヨトル工房、一九八七年／平凡社ライブラリー、二〇〇四年)、「私はいかにして或る種の本を書いたか」(ミシェル・レリス『レーモン・ルーセル――無垢な人』所収、ペヨトル工房、一九九一年)。そのほかの著作で既訳を引用した際には訳者名を記している。表記がないものは拙訳である。

アイスランドの漁についての本（livre sur la pêche en Islande）　PS2－9　二四三頁

かつて、英仏海峡に望むフランス・ブルターニュ地方に、アイスランド島沖での鱈漁を生業とする漁夫たちが定住していた。ルーセルがピエール・ロティを崇拝していたことを知っている読者なら、ここで即座にこれらアイスランド漁夫たちを主人公とする彼の小説『氷島の漁夫』を思い浮かべるところだろう。ここで言われている「アイスランドの漁についての本」がロティのこの作品であると考えるには無理があろうが、雷を恐れ「海の守神」聖母マリア（↓）を信仰するイニャセットの姿は、確かに、漁に出た夫を心配して天候を気遣いマリアさまに祈りを捧げるロティの小説のヒロイン、ゴードの姿に重ならないでもない。なお、第二幕第十二場でジャックとソランジュが漂着したイベリア人女性サエンカの故事をしのびにやって来る切り立った崖と洞窟には、ロティの描く荒涼としたブルターニュの自然を思わせるものがある。

アイルランドを揺るがしたのと同じような自治独立派（autonomistes rappelant ceux qui agitent l'Irlande）　PS5－6　三一六頁

一九一六年の復活祭での武装蜂起以来アイルランドの自治独立のために戦ってきたシン・フェイン党の下院議員がアイルランド共和国の独立を宣言し、独自の議会を組織したのは一九一九年一月二十一日のことである。アイルランド共和国下院はシン・フェイン党のイーモン・デ・バレラを首席に選ぶが、イギリスは九月十二日にアイルランド下院を廃止しようとしたため、十一月二十六日、シン・フェイン党とイギリス正規軍とのあいだに戦争が始まる。一九二二年には、シン・フェイン党の軍事組織であるアイルランド共和国軍（IRA）が結成され、やがて同胞をも対象とした血みどろのテロ抗争へと発展していく。『砂丘の謎』（一九〇三年）などで有名なスパイ小説家でIRAの指導者アースキン・チルダーズは、一九二二年、軍法会議にかけられ、処刑されている。

赤い月（lune rousse）　EF2‐4　七五頁

カミーユ・フラマリオンは『大衆天文学』（一八八〇年）のなかでアラゴーの報告を紹介している。ある日、ルイ十八世（→**ブルボン家の亡命**）が、黄経局の代表団に向かって「赤い月」について質問したところ、ラプラスほか全員が答に窮してしまい、王はその困惑ぶりを見て楽しんだ。ラプラスがアラゴーのもとに行って「赤い月」について尋ねると、アラゴーは植物園の庭師を訪ねてその現象について教えてもらった――「庭師たちは四月に出る新月で、月末もしくは通常五月に満ちる月を『赤い月』と呼んでいる。四月と五月の月の光は、植物の新芽に悪い影響を与えるという説が広く出回っているのである。夜、空が晴れ、葉や芽がこの月の光に照らされると、気温は二度から三度を保っているにもかかわらず、赤茶けた色になり、つまり霜枯れてしまうのが確かに観察できるという。また、月の光が曇空にさえぎられて植物まで届かないと、気温の状態は完全に同じであるのに、同様の結果にはならないそうである。この現象からすると、われわれの衛星の光は、何らかの冷却力を備えているようにも思われる」（黄経局は暦の作成などに携わっていた天文学者集団。ラプラス、アラゴーはともに当時の大天文学者）。

続く件で反証されるとおり、これは迷信で（→**妊婦の欲求**）、庭師たちが「因果関係」を誤っただけの話である。つまり空に雲がないときは気温と物質の温度の差が大きくなり、また月がよく見える。

なお「赤い月《リュヌ・ルス》（lune rousse）」をひっくり返すとルーセル（Roussel）の名が現れる（→**丹毒**）。

赤チョーク画（sanguine）　EF3‐4　一五四頁

フランス語のまま「サンギーヌ」とも。赤チョークで描かれた絵や素描（→**セピア画**）のこと。赤チョークはねっとりとしていて紙へのつきがよく、太くやわらかな線を生むことができる。名前のとおり（sang は血を意味する（→**丹毒**））、乾いた血のような色彩が出るのが魅力だが、確かなデッサン力が試される画材で一度描くと消すのが難しい。修正する際にはパンの白身が使われる。十八世紀に盛んに描かれ、グルーズ（ルーセルの母親が絵を数枚所有）、シャルダン、ブッシェ（**↓マイセン焼の人形**）といった画家がすぐれた作品を残したが、十九世紀に入ると衰退した。

ルーセルのいくつかの習作短篇では、クレヨンやチョークが重要な小道具として用いられ、また、最初期の詩「わが魂」が『ル・ゴロワ』誌に発表された際には（十七歳の頃に書かれたとされ、発表は三年後の一八九七年）、ずばり『赤チョーク（画）』と題された詩集の上梓が予告されていた。この作品は現在のところ発見されていない。

アシール・マジェス（Achille Magès）

PS5‐4　三一三頁

アシール（Achille）はギリシア神話の英雄アキレスのフランス語名。いわゆる「アキレスの踵」は、母親が彼を不死身にするためステュクスの川に漬けたとき、踵を持っていたためにそこだけが弱点になったというものだが、頬のアザという形でアシール・マジェスの体の一部にほかと違う刻印がつけられている点に、アキレスとの類似性が読み取れる。そのアザの原因が母親に帰せられている点も同じである（**↓妊婦の欲求**）。

アゾレス諸島（Açores）

EF2‐4　一〇四頁

「一四四六年頃、先の航海者よりさらに沖に進んでいったポルトガル人はアゾレス群島を発見した。以来、恐れるものはなくなった」（ヴェルヌ『大旅行と大旅行者の歴史』一八七〇年。コロンブス（**↓伝書鳩**）の章より。PDLSによれば、同書のイブン・バトゥータに関する記述はLSで引き写されている）。現在もポルトガル領だが、首都はポンタ・デルガーダに移っている。スペイン支配時代は、西インド諸島へ向かう船の重要な中継地点だった。

アナスタジア（Anastasia）

PS3－2　二五九頁

演劇界や出版界で行われる検閲、特に第一次世界大戦当時に行われたそれのことをふざけてこう呼ぶ。大バサミを持った気難しく醜い老嬢の姿で表象される。語源についてははっきりしないが、ギリシア語 anastasia（めちゃめちゃにすること）にそれらしい女性の名前をかけたものか。ところで、固有名詞としては、この名を聞くと、当時世間の耳目を集めたロシア最後の皇帝ニコライ二世の第四皇女アナスタシアのことが思い浮かぶ。一九一七年のロシア革命の際、全員銃殺刑に処せられた皇帝一家のうち、実は一人生き延びていたという皇女である。一九二〇年二月、一人の若い女性がベルリンの運河に飛び込み自殺を図ったが、救出された。所持品から身元は分からなかったが、青い瞳、気品のある身ごなし、ロシア宮廷についての豊富な知識を持つこの女性は、やがて自分はアナスタシアであると告白する。いまもなお真偽が取りざたされるこの数奇な皇女の物語を、ルーセルがここで念頭に置いていたのかどうかは分からないが、彼は貴族の家系にことのほか興味を持っていたし（→**ブルボン家の亡命**）、ロシア皇帝《ツァー》はEFでも言及されているのだから（→**アレクサンドル二世、勅令**）、当時ルーセルがこの事件に無関心だったとは思われない。

アマツバメ（martinet）

PS2－5　二三〇頁

鳥綱アマツバメ目アマツバメ科の鳥の一種で、また、広義にはアマツバメ科の鳥の総称。一見ツバメ（hirondelle）に似ているが、翼がとても長く、足が短い。飛ぶ速度がひじょうに速く、時速百キロで飛ぶものもあるという。アマツバメ科の鳥は世界的に分布するが、北のものは渡り鳥で、熱帯地方や南半球で越冬する。PSの舞台は南米のギアナ（→）だから、本来北に棲むアマツバメが冬のあいだ過ごしに来ることを言っているのであろう。本文では、日本語としても駄洒落になるよう意訳したが、原文では、アマツバメと鞭とが同じ martinet という語であることを利用した言葉遊びになっている。「手法」を創作の基礎に据えているルーセルであるが、このように作品中に明示的な形で洒落を利用するのは珍しい。

アレクサンドル二世（Alexandre II）　EF1-3　二六頁

一八一八—八一年。ロシア皇帝《ツァーリ》（在位一八五五—八一年）。クリミア戦争中（**→ラグランコート**）に即位し、パリ講和条約を結んだ。一八六一年、貴族たちの反対を押し切って農奴（EF一一五頁）解放の勅令《ユカーズ》（→）を出すが、農民たちは土地を買わなくてはならず、その負担はひじょうに重かった。六七年にはパリを訪れ、万博を見学している。晩年は何度となくテロに遭い、ついに革命家集団の爆弾によって暗殺される。よって、イワンとナージャの恋は、帝政の弾圧と、無政府主義者によるテロの応酬を背景にしたロマンスということになるのだが……。

アンブロージの頭蓋骨（crâne d'Ambrosi）　PS1-6　一九九頁

ルネサンス期のイタリア詩人アンブロージというのは、おそらくルーセルの創作。頭蓋骨の額に文字が刻まれるという挿話はLS第四章にもある。「額の星」は天才の象徴であり、ルーセルにとって特権的なモチーフだが、それがつねに詩や文字に結びついているという点に注意する必要があろう。また「遺贈」という形式もルーセルによく見られるモチーフである。パトリック・ベニエとピエール・バザンテは、ジュール・ヴェルヌにおいてもしばしば叔父から甥へと遺贈が行われることを指摘しており、「遺贈によって、その品は、死だけが与えることのできるフェティッシュな価値を帯びるのである」（PDLS）と言う。

「いい《サ》じゃない《イ》か《ラ》」（*Ça ira*）　EF1-4　四四頁

Ça ira が一般的な綴り。フランス革命中に大流行した歌。一七九〇年の五月から六月にかけ、革命一周年記念の準備のためシャン＝ド＝マルスに二十万人ものボランティアが集まり土木作業がおこなわれたが（ユベール・ロベールの絵で有名。ルーセルの母親はロベールの別作品を持っていた）、その際にこの歌が大合唱されたことが知られている。すぐにフランスの隅々にまで知れ渡り、後に国歌となる「ラ・マルセイエーズ」並の国民歌謡となった。原曲は皮肉にも、マリー＝アントワネットのお気に入りだったというベクール作曲のダンス曲「国家の鐘《カリヨン・ナシヨナル》」で、歌詞についてはラドレなる人物が自作を主張した。その出だしは「おおっ！サ・イラ（三回リピート）／今日、人民は何度も繰り返す／おおっ！　サ・イラ（三回リピート）／逆らう奴はいるが、万事うまくいくさ」。また「貴族どもを吊るしちまえ／全員吊るし終えたら／やつらのケツにシャベルを突き立てよう」というリフレインがよく知られるが、これは革命が血腥くなってからつけ加えられたもの。

非キリスト教化をめざした大革命は、各地の教会を神殿にしてしまった。パリのノートルダム大聖堂も「理性の神殿」と改名され、独自の祭典がおこなわれた。

『イソップ寓話集』（*Ésope*）　PS1-8　二〇五頁

古代ギリシアのイソップ（前六世紀頃）が物語ったと伝えられる寓話集。ルーセルがラ・フォンテーヌ（**→オノレ・デュルフェ**）など子供向けのとぎ噺の類を好んでいたことはよく知られている。IAでは「親指太郎」の物語が言及されているし、直接名前は出てこなくとも、ルーセルの作り出す物語には昔話を思わせるものが少なくない。イソップは、ラ・フォンテーヌの『寓話』の元になったものの一つである。

イラドール（iradol）　EF3-3　一三八頁

おそらくルーセルの造語。アルコール類を示す語尾（-ol）を持っている。ちなみに「オキシドール」（和製語）であれば、テナール（↓）が発明した過酸化水素水がその成分であり、この化合物は漂白剤にも応用されている。

隠語使い《ヤクザ者》（argotier）　PS4-5　三〇五頁

翻訳者としての立場で言わせてもらうと、ここで普通にヤクザやチンピラを表す例えば truand などの語を使わずに、「隠語使い」という言い回しを用いていることは、フランス語としていささか唐突な印象を受ける。おそらくここにはルーセル自身の隠語（argot）への趣味（例えばIAには、cran（営倉）という軍隊の隠語が出てくるが、「手法」を編み出したルーセルが隠語や俗語に無関心ではなかったであろうことは容易に想像がつく）が顔を出しているだろうが、当時の時代性についても触れておきたい。ルーセルが生きたベル・エポックは「犯罪の黄金時代」（小倉孝誠『近代フランスの事件簿』）でもあった。十九世紀からのマスメディアの発達や人々の生活の都市化に伴い、大衆的に高い知名度を持つ犯罪者が陸続と登場したのである。特に、一九〇二年に起きた「アパッシュ」と呼ばれる不良グループの抗争事件や、史上初めて車と拳銃という近代的な道具立てで次々と銀行を襲撃したボノ一味の事件（一九一一年）は、ルーセルの関心を惹いたに違いない。こうして犯罪者の一種の「有名スター化」が起こると、彼ら犯罪者集団の内部で使われる隠語にも関心が寄せられ、大衆のあいだに浸透していくことになる。すでに十八世紀初頭、パリのロビン・フッドとも言うべき盗賊カルトゥーシュ（↓）の活躍によって、当時の大衆のうちに隠語への興味が一気に掻き立てられたとアルフレッド・フィエロは記している（『パリ歴史事典』）。そして隠語がポピュラーなものになるのと並行して、文学もまたそれを作品のなかに取り込んでいく。すでに十九世紀からそうした試みは目立ってきていたが（ユゴー『レ・ミゼラブル』、デュマ『パリのモヒカン族』、シュー『パリの秘密』など）、ベル・エポック以降、隠語の体系的な使用によって独自の発展を見せたのは推理小説、犯罪小説である。ルーセルの同時代人であるフランシス・カルコは、隠語の大家と言っていい作家で、『ジェズュ・ラ・カイユ』（一九一四年）、『頽廃』（一九二〇年）、『追いつめられた男』（一九二二年）などで、完璧に隠語を駆使している。その後を継ぐのが、『現金《げんなま》に手を出すな』のアルベール・シモナンやオーギュスト・ル・ブルトン、ジョゼ・ジョヴァンニ、レオ・マレらである。こうしてフランスに「ノワール」というジャンルが確立されていくのだが、それはまた別の話になる。

エルガナーズ（erganase）　EF3-3　一四二頁
架空の化学物質で、ルーセルの造語だと思われる。

エルブフ（Elbeuf）　EF3-4　一六五頁
ノルマンディー地方にあるセーヌ川沿いの町。古くから羅紗の生産で知られ、十六世紀にはすでに盛んだったとされる。ナポレオンはエルブフを訪れたとき「まるで蜂の巣のような町だな（働き蜂のように人が働いている）！」と叫んだ。

オクロ（hoquelot）　EF3-3　一三六頁
おそらく架空の動物。ルーセルの造語であろう。ルーセルにとってきわめて重要なヴェルヌ作品である『ブラニカン夫人』（一八九一年）の舞台はオーストラリア大陸であり、齧歯類の繁殖力についての記述がある。ちなみに同作に登場するイギリス人ジョス・メリットは珍しい帽子のコレクターで、そのマニアックさはEFのトレゼルやLSのカントレルを思わせる。

オノレ・デュルフェ（Honoré d'Urfé）　PS2-7／8　二三三／二三四頁
一五六七―一六二五年。長篇田園小説『アストレ』（一六〇七―二七年）の作者。この作品は、当時からたいへんな人気を呼び、十七世紀文学に大きな影響を及ぼした。五世紀のフランスを舞台に、羊飼いの娘アストレに対する羊飼いセラドンの忠実な愛を謳いながら、さまざまな恋愛論議が展開される。ルーセルは、デュルフェに羊飼いとその恋人の羊飼い娘との二人芝居を書かせているが、デュルフェといえば羊飼い、そして田園というのは、ある意味で定番と言える。しかし、ルーセルの読者にとって興味深いのは、アストレとセラドンのそれぞれの親が仇同士で、ちょうど『ロミオとジュリエット』のような枠組を持っていることだろう。ルーセルはIAのなかで、この有名なシェイクスピア劇の異本が発見され上演されるというエピソードを挿入しており、また、若い頃に書いた短篇「綱渡りの恋」にも、家が仇同士で自由に会えない恋人が、お互いの家から家に綱を渡して、夜こっそりその綱を渡って真ん中で落ち合うという印象的な設定の見世物芝居を折り込んでいる。なお、デュルフェの死後五十年以上経った一六九一年に、ラ・フォンテーヌが『アストレ』をオペラにして上演している（↓『**イソップ寓話集**』）。

オルフィラ（Orfila, Mathieu-Joseph-Bonaventure）　EF2-4　八一頁

一七八七―一八五三年。毒物の研究や法医学に関する業績で知られる医師。スペインのバレアレス諸島メノルカ島生まれ。成績優秀でパリへの留学を果たしたが、母国がフランスと戦争状態になったために補助金が途絶えて苦学をした（街頭で歌を歌って飢えをしのいだとも）。医学を修めた後もパリに残り、化学、植物学、物理学、法医学などの講義をおこなって好評を得る。主著『鉱物、植物、動物界から採れる毒物について、あるいは毒物概論』（一八一三―一五年）をものし、一八一八年、フランスに帰化。ルイ＝フィリップ（↓）の七月王政下で医学部長などの重職を歴任した。

法医学者としてたびたび裁判に出廷したほか、医学知識のすぐれた啓蒙家でもあった。また、医療システムへの貢献も大きく、いわゆる産院を創始するなどした。一八三五年にギヨーム・デュピュイトラン（解剖学の権威。テナール（↓）と同じ一七七七年生まれ。テナールが講義中に誤って毒を飲んだ際、助けに駆けつけたという逸話がある）が死

去すると、その遺産で「デュピュイトラン博物館」を開設、いまもパリ医学部の片隅にあるこの「ロクス・ソルス」には、病気の臓器のホルマリン漬けや、両腕両足のない男（→**妊婦の欲求**）の蝋人形、骨格などが所蔵されている。

海神《トリトン》（triton）　PS3-5　二六三頁

半人半魚の姿をした海の神。ポセイドンとアムピトリテの子で、ほら貝を吹き鳴らして海を鎮める。多くの絵やレリーフなどに描かれている。トリトンはまた海王星の衛星のことでもあり、音楽用語では、トリトノス、すなわち三全音（三個の全音からなる音程、増四度、例えばCとF♯）のことでもある。伝統的対位法では、この音程は「音楽のなかの悪魔」と呼ばれて嫌われていた。

凱旋門（arc de triomphe）　EF1-3　二四頁

ルーセルではつねに「二つ」が問題になるが、パリにはナポレオン軍の栄光にちなむ二つの凱旋門、「エトワール凱旋門」と「カルーゼル凱旋門」がある。前者は説明不要、ナポレオンが建立を命じ、死後に完成したシャンゼリゼ通り《アヴニウ》の凱旋門（一八〇六―三六年）で、正面をリュード（→**カルポー**）の高浮彫「一七九二年の義勇軍の出発」が飾り、内壁にはネー元帥の名が刻まれている。またこの門から五本の通り（オスマンのパリ改造以後は十二本）が放射線状に延びていたため、門は星《エトワール》の凱旋門と呼ばれいまに至る。ルーセルの父はこの近辺の不動産投機をおこなっていた。

これと向き合って建つのがチュイルリー公園にあるカルーゼル凱旋門で、エトワール凱旋門とほぼ同じ時期に建造が始まり（一八〇八年完成）、設計は「カストルとポリデウケス」（→）と称された建築家コンビ、ペルシエとフォンテーヌ（→**噴水**）が担当した。デザインとしてはローマにあるセプティミウス・セウェルス（→）の凱旋門を縮小したものである。

ちなみに二〇〇〇年、ジャック・コモンは二エプス写真博物館（シャロン＝シュール＝ソーヌ市）においてルーセルとゾーにちなむ展覧会を開き、主に『新アフリカの印象』のイラストを使ったオプティカル・アート（？）の連作を展示した。例えば、右から見ると「カルーゼル凱旋門」のイラスト、左から見ると「執筆中のルーセル」のイラストで、それぞれに「カルーゼル凱旋門の馬／紛糾するルーセル問題」というキャプションがついている作品など。フランス語では、この二文はほとんど同じ発音になる（Les chevaux du Carrousel/L'écheveau du cas Roussel）。

カイツブリ（grèbe）　EF３‐３　一五〇頁

世界中に生息する水鳥の仲間で、潜水してエサを獲る。泳ぎはうまいが地上ではろくに歩けない。羽毛は白銀色で、マフや女性用冬着の装飾に加工される。

カストルとポリデウケス（Castor et Pollux）　PS４‐４　二九九頁

ギリシア神話の双子神、ディオスクロイ。フランス語名ではカストルとポリュックスとなる。母はレダで父はゼウスであるとされるが、カストルのほうは父がティンダレオスであるとも言われることから、人の子として死ぬ運命にあったという。カストルは戦術にすぐれ、乗馬も巧みであったが、イダスに殺される。そこで不死のポリデウケスは、父ゼウスに頼んで、自分の不死をカストルと分け合って一年の半分は天上で、もう半分は地上で一緒に過ごせるようにしてもらったという。これはディオスクロイにちなんだ星座「双子座（Gemini）」が一年のうち半年は毎夜同じ時刻に見えるのに、あとの半年は地平線に隠れて見えないことの説明になっている。なお、カストルは、双子座のα星のことでもある。

また、ラモー（↓「**ト調のミュゼット**」）は、ピエール＝ジョゼフ・ベルナール台本によるオペラ「カストルとポリデウケス（*Castor et Pollux*）」（一七三七年）を作曲している。この作品はラモーの傑作とみなされており、例えばグリムは初演から三十年以上経った一七七〇年頃「『カストルとポリデウケス』こそ、フランス音楽の栄光がその上に打ち立てられている支柱である」と書き記している。

カルトゥーシュ（Cartouche, Louis-Dominique）　PS1-13　二一四頁

一六九三―一七二一年。十八世紀初頭（**→ルイ十五世**）、パリとその近郊を荒らしまわった強盗団の首領。パリの樽職人の息子として生まれたカルトゥーシュは、オルレアン公フィリップによるいわゆる「摂政時代《レジャンス》」に、経済の混乱を利用して私腹を肥やす金持ち連中を次々と襲い、民衆の喝采を博した。フランス史上最初の大衆的人気を得た犯罪者と言ってよい。一七二一年十一月二十八日、パリ市役所前のグレーヴ広場で車裂きの刑に処されたが、その処刑は当時の一大見世物となり、イギリスやオランダからも見に来る者があったほどだった。拷問による尋問にも屈せず、神父の告解も受け付けなかったカルトゥーシュだったが、処刑の広場に引っ立てられたとき、すべての共犯者の名を白状した。カルトゥーシュの生涯は多くの芝居や物語に脚色されたが、コメディー・フランセーズ座で上演された芝居で演出と主演をこなしたルグランは、獄中にいた存命中のカルトゥーシュに面会し、隠語（**→隠語使い**）や盗みの技術について直接教えを請うたという。フィリップ・ド・ブロカ監督、ジャン＝ポール・ベルモンド主演による映画「カルトゥーシュ」（一九六二年、邦題「大盗賊」）も作られている。

カルポー（Carpeaux, Jean-Baptiste）　EF1-5　四八頁

一八二七―七五年。ロマン派を代表する彫刻家であるが、ロココ趣味（**→ルイ十五世**）も継承している。パリ・オペラ座正面の、向かって右から二番目にある彫像群が代表作の「ダンス」で、当時はその生々しい造形がスキャンダルになった（一八六九年。本物はオルセー美術館にあり、オペラ

座のものは別の彫刻家によるレプリカ）。ほかにパリ天文台（**↓リュクサンブール美術館**）近くの噴水（↓）に聳えている「天球を支える世界の四方位」など。第二次帝政時代の人物像も多く制作している。若き日のロダンが装飾美術学校にいたときはその指導にあたった。

例を挙げるまでもなく、ルーセル作品には無数の彫像や彫刻が登場し、またEFでは、額に星を授かった芸術家の典型が彫刻家ルドニツキーである点も興味深い。あるいはカルポーの師匠であるフランソワ・リュード（Rude 一七八四—一八五五年）などは、そのルドニツキー（Roudnitski. ただし、初演時はPorosloff）のモデルとも疑いたくなる。リュードはストーブ製造業者の息子で、ドゥヴォージュのもとで絵を学ぶかたわら家の鉄工所で働かなければならず、教育も受けていなかったため、ドゥヴォージュは休みの日に自分の書庫を使わせたという。いずれにせよ、エトワール凱旋門（↓）（Arc de triomphe de l'Étoile）の正面（front）を飾る高浮彫「一七九二年の義勇軍の出発」で知られるこの高名な彫刻家は、額の星（l'Étoile au front）の持ち主にふさわしいであろう。リュードの作品にはほかに、ロダンが称讃を惜しまなかったネー元帥像（**↓リュクサンブール美術館**）、メレアグロス（↓）の浅浮彫（ベルギーのテルヴューレン宮）、ラ・ペルーズ（↓）の胸像、ブルボン宮の浅浮彫、それとシンメトリーをなすマドレーヌ教会の内装などがある。なおルーセルが生まれた建物はマドレーヌ教会のごく近くで、サン＝サーンス（↓**「ト調のミュゼット」**）は当時、同教会のオルガン奏者だった。

乾杯の歌《ブリンディジ》（brindisi）

EF1-4　四二頁

ヴェルディ「ラ・トラヴィアータ」（↓**「ユリの花束を持った婦人」**）で歌われる「友よ、さあ飲みあかそう」があまりにも有名。またイタリアには同名の「ブリンディジ」という古都があり、アッピア街道の終点で、ローマ時代よりオリエントへの窓口だった。実際、ヴェルヌ『八十日間世界一周』（一八七三年）のフォッグ一行はこの町で列車から船に乗り換え、インドへと旅を続ける（町の別名 Brindes は Indes と韻をふむ）。なお、同小説の、日付変更線がらみの有名な大どんでん返しはＥＦのある場面で利用されているが、そのヴェルヌのほうの元ネタはポーの短篇「週に三度の日曜日」（一八四一年）である。

顔面角（angle facial）

ＥＦ３-２　一二八頁

「この人種がコーカソイドであることは間違いありません。白人種なのです、われわれと同じです！　この化石の頭蓋骨はきれいな卵形をしており、頬骨は発達しておらず、顎も突き出ていません。顔面角を修正する突顎の特徴が一切見あたらないのです。角度を測ってみれば分かります、ほぼ九十度になっております……」――リデンブロック教授は『地球の中心への旅』（一八六四年）で出会った骸骨を見て、こう弁をふるった。ヴェルヌは「顔面角」に註をつけている――「顔面角は二つの面からなる。ひとつは額と門歯を接点とするほぼ垂直の面、もうひとつは聴道の入口と前鼻棘を通る水平の面である。人類学の用語では、この顔面角を修正する顎の突出を突顎と呼んでいる〔ヴェルヌとＬ19は「前鼻棘」ではなく「下鼻棘」という語を用いている〕」。簡単に言うなら、額と顎の一番出ているところを結ぶ線が、水平の線に対してどれだけ九十度より狭いかということである。その角度、つまり顔面角が狭いほど、顎が出ているということになる。ヴェルヌは、人と猿人類の中間種を登場させた『空中の村』（一九〇一年）でもこの語に言及しているが、ルーセルとの関係でより注目に価するのは、同作でも強調させる白（人）と黒（人）のオプセッションであろう。

オランダの解剖学医、自然学者カンペルは十八世紀末に、人間や動物の顔の違いを定義するために顔面角を初めて用いた――「カルムイク人、黒人、ヨーロッパ人、猿の頭部を調べてみて気づいたのは、額と上唇を結ぶ線によって、さまざまな民族の顔の違いを証明できるということであった。

黒人の頭部と猿の頭部には類似性が見られたのである」（L19）。だが、この考えはのちに、科学的に知性を測るものさしとして利用されることになる。顔面角が狭いとそれだけ猿に近く、脳は小さく知性も劣るというわけである。

カンペルが「顔面角を広くしていくと古代人の顔になる」と述べるように、この理論以前にも、ギリシアの彫刻家たちは顔面角に意識的だったと考えられている。「オリンピアのゼウス像や、ベルベデーレのアポロン像の顔面角は九十度を超えている」（L19）。ゼウス像は残っていないため、顔面角をどう測ったかは不明であるが、その作者はルーセルが名前を出しているフェイディアス（EF一二八頁）である。ちなみに、やはり顔面角が問題になるヴェルヌ『神秘の島』（一八七四―七五年）の賢い猿（→**マーモセット**）の名はジュピター（ゼウス）。またLSのフランソワ＝ジュール・コルティエは「著しく突き出た額の持主」で、骨相学に造詣が深く、頭蓋骨のコレクションを持っていた（→**アンブロージの頭蓋骨**）。

ギアナ（Guyane）

PS1‐1　一七七頁／EF3‐3　一四四頁

南アメリカ東北部の地域で、広義にはアマゾン川とオリノコ川の間の地を言い、早くも一四九六年にはコロンブスによってその所在を確認されていた、との記述がL19に見える（したがって、PS第二幕第十二場でジャックが、漂着したイベリア人女性サエンカについて、コロンブスの名を引合いに出しているのには一応根拠がある）。仏領ギアナ（一九四六年以来フランスの海外県）は、旧英領ギアナと旧蘭領ギアナ（現在は独立してそれぞれガイアナ、スリナム）に隣接する地域で、フランス革命時代、政治犯の流刑地となっていた場所である。マノン・レスコー（↓）やアシール・マジェス（↓）の挿話（ここでは英領ギアナが言及されている）など、PSにおける「流刑」のモチーフの連関が指摘できよう。またギアナは、金の産出が豊富で、昔から一種の「エルドラド」として、この三国およびポルトガルなど、列強の進出を受けつづけてきた

（→**金のユリの旗、シナマリ**）。

気球で脱出（fuir en ballon）

EF3-4　一六八頁

普仏戦争でパリがプロシア軍に包囲されると、気球（→**伝書鳩、モンゴルフィエ式熱気球**）が人や物資を運ぶために利用され、百三十日間の包囲中に六十五機が「九十九人の人、一万六百七十キロの郵送品、四百七羽の伝書鳩」（Victor Debuchy, *Les Ballons du siège de Paris*）を運んだ。この航空便事業の設立にはナダールが深くかかわっている。国防政府の内務大臣レオン・ガンベッタも気球でパリを脱出し、トゥールに到着後、対プロシア抵抗運動を開始した。シモンたちの冒険はこうした史実をふまえたものであろう。

貴族世襲財産《マジョラ》（majorat）

PS5-7　三一九頁

称号とともに長子にのみ譲られ、分割したりほかに譲渡したりできない、いわば「一子相伝」の財産。フランスでは一七九二年にいったん禁止された後、帝政下の一八〇六年に復活し、一八四九年に完全に廃止された。語源はスペイン語 mayorazgo。

教皇選挙《コンクラーヴ》（conclave）

EF1-4　三六頁

十三世紀に遡るローマ教皇の選出方法。時の教皇クレメンス四世がヴィテルボで死去すると、枢機卿たちは後継者選びで合意に至ることができず、帰る準備を始めてしまった。それを知った聖ボナヴェントゥラは町の門を閉めさせ、選挙が終わるまで枢機卿を足どめにした。それでも新教皇は決まらず、二年の後にある枢機卿が「屋根がある限り聖霊は降りて来まい」と叫ぶと、町民はこの冗談を言葉どおりにとり、宮殿を丸裸にしてしまった。最後に枢機卿たちの夕食を減らしたところ、ついにグレゴリウス十世が選出された。この新教皇が「コンクラーヴ（鍵で閉じられた部屋）」と呼ばれる制度を整え、以後、教皇選挙の代名詞となった。

ローマ教皇が崩御すると、ヴァティカン内のシスティーナ礼拝堂に枢機卿が集まり、新教皇の選出に取りかかる。枢機卿たちは数人の従者とともにコンクラーヴと呼ばれる小部屋に閉じこめられ、以後は回転窓口(EF六八頁)などを通してしか外とのやりとりができなくなる(だが、シャトーブリアンが回想録に書いているように、コンクラーヴに入った枢機卿が最初にすることは隣との壁に小さな穴を開けることだった……)。選挙では結果が出ない場合、投票用紙に湿った藁を混ぜたものが燃やされる。投票用紙だけが燃やされて煙突から白い煙が出ると、これが新教皇決定の合図である。つまりルーセルが書いている慣習は、実際の教皇選挙の方法に基づいている。制度は何度か変更があり、例えば白黒(**↓左右の目の色が違う者**)の煙による合図(sfumata)は現在は廃止されている。

金のユリの旗(lys d'or du drapeau)

PS3-7/8　二六五/二六七頁

ここで金をあしらった国旗が出てくるのは、ギアナ(↓)が金の産出国であることとも関係しているだろうが、いずれにしても、例えばIAで少女ステラが金貨をばらまくように、「金」はルーセル作品に頻出する。ちなみに、ユリは代々フランス王の象徴であり、またパリ市の紋章ではずばり「金のユリ」が使われている。革命によって王政が廃止されたとき、ユリの花もいったん消えたが、王政復古により王位についたルイ十八世は、一八一七年十二月二十日の公開状で、ユリの花と近代的な船を復活させた。「赤地に銀色の艤装された船が同じく銀色の海の上に置かれ、上部は青地に無数の金色のユリの花を散らす。楯の上には銀色の四本の塔を持つ壁型の冠が置かれ、楯の両側には同じく銀色のユリの茎が支えとしてつけられる」(アルフレッド・フィエロ『パリ歴史事典』)。一八三〇年の七月革命とルイ=フィリップ(↓)は、またもやユリの花を廃止させ、ユリの花のあった上部を削除するか、または金色の星の散らし模様に代えた。次いで一八五三年、オスマンとナポレオン三世が「赤地に銀色の船、上部は青地に金色のユリの花」という伝統的な紋章を復活させた。以後、パリの紋章はほぼそのままで現在に至っている。

クラーレ薬（curarisant）

EF3-3　一三八頁

クラーレは南米の原住民が矢に塗ることで知られる毒。クラーレ薬は、天然のクラーレのような麻酔効果を持つ薬品で、医療用に合成されたもの。

クラーレを初めてヨーロッパに紹介したのは十六世紀末にギアナ（↓）を探検したウォルター・ローリーであるが、この毒について冒険者たちがもたらした話には尾鰭のついたものが多かった。だが、プロシアの有名な自然科学者フンボルトがアメリカ調査旅行（一七九九—一八〇四年）の際にクラーレを作っている現場に立ち会い、信用のおける報告をおこなった。フンボルトは、クラーレがマチンの一種から採取されることも突きとめている。

ジュサック夫人が語るとおり、クラーレは傷口などから血に混じると猛毒となるが、口から摂取するぶんには無害で、クラーレで殺した動物を食べても問題はない。だが、特筆すべきはこの毒が痛みを伴わずに死をもたらすことで、これはルーセルの痛み恐怖症やカントレルの無痛抜歯実験、死体劇場を想起させる。

クラーレを注射された動物は苦痛の様子を一切見せず徐々に麻痺していき、十数分のうちに、疲れて眠るように死に至る。この場合、死んでいても知性や感覚は残っているようで、カエルにクラーレを注入して足だけに毒が回らないようにすると、他の部分は死んでいるのにカエルは水の中を泳ぎ続ける。また、クラーレは筋肉を弛緩させるため、人工呼吸を施して心臓の停止を避けると、死をまぬがれることができる。つまり麻酔と同じ作用がある。

グレートスレーヴ湖（le lac d'Esclave）

EF3-4　一五六頁

カナダの湖。湖付近にいた原住民、スレイヴィ族が語源（ルーセル同様、古い辞書では「グレート」を冠していない）。クリー族がしばしばこの部族を奴隷《スレーヴ》にしていたため、それが英仏人に浸透した。

グロ男爵（Gros, Antoine-Jean, baron de）

一〇六頁　EF2-4

一七七一―一八三五年。ナポレオン戦争を描いた歴史画家、肖像画家で、ロマン派の先駆として知られる。十四歳でダヴィッドに入門し、もっともすぐれた弟子と称された。美術アカデミーのコンクールで一等を受賞してローマに修行に向かうが、途中で徴兵を受けてイタリア遠征軍に参加、従軍中も絵を描き、それがジョゼフィーヌの目に留まる。ジョゼフィーヌは夫の肖像を描かせようとグロをミラノに連れていき、そのときのスケッチが、ナポレオンの絵としてあまりに有名な「アルコレ橋のボナパルト」（一八〇一年頃）になった。やがてフランスに戻って絵に専念し、「ヤッファのペスト患者」、「アイラウの戦場」（ネー元帥が参戦）、「ピラミッドの戦い」（『新アフリカの印象』第二歌のタイトルを思わせる）などを描き、高い評価を得た。

ボナパルトはパンテオンの天井を、クローヴィス、シャルルマーニュ、聖ルイ（『新アフリカの印象』第一歌に登場）、そして自分が描かれた巨大な絵で飾るようグロに注文を出すが、王政復古が起こると（**→ブルボン家の亡命**）、ナポレオンをルイ十八世に置き替えよとの命令が下った。一八二四年にこの絵が完成すると、グロは十万フランの報酬と男爵の位を授かった。だが晩年はその芸術に理解を得られず、セーヌ川に身を投げて自殺する。

ヴェルヌでは『ヴィルヘルム・シュトーリッツの秘密』（一九一〇年）に「本物よりも本物らしく」描く肖像画家が登場し、その師匠はレオン・ボナとなっている（極めて写実的なユゴーの肖像画で知られる）。オリジナルとそのコピーという問題はルーセルの本質的なテーマである。

幻月（parasélène）

PS1-7　二〇三頁

月にできる暈の一種で、太陽の幻日（parhélie）に相当するもの。太陽または月の光線が、氷晶でできた雲を通るときに屈折、反射され、太陽や月の周りに光の輪や筋、または光点ができる現象。氷晶の結晶面への光線の入り方や反射の仕方などによってさまざまな形と呼び名があるが、狭い意味での幻日、幻月と言えば、太陽や月の左右両側に強い光の点が二点現れるものを指す。ただしここではそれほど厳密な意味で使っているのではあるまい。なお、幻日のことは別名Faux-Soleilとも言う。その伝で行くと、幻月はFausse-Luneとなるだろう。これは「偽の月」という意味であるが、「赤い月」の項同様、ここでもRousselの名が響く気がするのは、うがちすぎだろうか。

ヴェルヌ作品では『ハテラス船長の航海と冒険』（一八六六年）でリューによる印象的な挿画とともに言及されるほか、『毛皮の国』（一八七三年）でも語られる。

削除符号（*deleatur*）　EF3-3　一三七頁

ラテン語。校正をする際、削除する箇所につける略号σのこと。印刷（impression. 複数で使うと「印象」の意になる）に関する一種の技術用語である。ルーセルは印刷屋とのあいだにいくつか興味深い逸話を残しているが、EFにはイワン、そしてラムスの原稿を扱った印刷屋が登場する。

朔望月（lunaison）　EF2-4　七五頁

新月から次の新月（または満月から次の満月）までのあいだのことを「朔望月」もしくは「太陰月」と呼び、「朔望月、あるいは新月の回帰のあいだは二十九日十二時間四十四分三秒で、これは月の朔望周期と呼ばれている」（フラマリオン『大衆天文学』）。この周期を一カ月としたのが太陰暦。なお「朔望周期」という言葉の「朔望の（synodique）」は「教会会議（synode）」という言葉の形容詞形でもある。

古代ローマでは前四六年にシーザーが、エジプトで使われていた太陽暦を導入した。彼はその暦を、自分の名（Julius）をとって「ユリウス暦」（**↓聖ユリウス**）と名づける。その後、ローマ教皇グレゴリウス十三世が一五八二年に暦の改正をおこない、現在のグレゴリオ暦となった。改暦のきっかけは、復活祭（**↓統合文**）の期日を決めるにあたって、ユリウス暦と実際の太陽年のずれが大きくなったためである。なおフランスでは一七九三年から一八〇五年まで、非キリスト教化の一環として革命暦が使われていた。

左右の目の色が違う者《ヴェロン》（vairon）

EF1-4　三三頁

「キタリスの毛皮（vair）」が語源。このリスは背中が灰色で腹が白い。よって二色といっても語源的には「白黒」のことであり（**↓教皇選挙**）、vaironには「白目がちの馬の目」の意味もある。ちなみにコーランが信者に約束する天国の美女「ウーリ（houri）」は白目と黒目がはっきりした女性のことで、この語はウリル（Houril）を思わせる。

ルーセルが好む語彙には衣服や布にちなむものが少なくないが、「キタリスの毛皮」は中世には王のマントの「裏地」（PS二六三頁）などに使われていた。さらに面白いのは、有名な辞書の著者リトレが、シャルル・ペロー「シンデレラ」の副題「ガラス（verre）の靴」は本来は「毛皮（vair）のスリッパ」だったのではないかと記している点である（完全な同音のため聞いただけでは区別がつかない）。L19も同様で、後世の印刷屋（**↓削除符号**）が誤字とみなして「ガラス」に直してしまったと推察している。現在のペロー研究者たちはこうした説を一蹴しているようであるが（童話は現実離れしているのだ！）、いずれにせよルーセルを思うとき、この同音異義語をめぐる議論は興味深い。フランス語ではさらに「緑色」、「ミミズ・虫」、「詩句」が同音であり、特にLSに頻出するほか、短篇「爪はじき」ではまさに「裏地についた虫」と「代役の詩句」が問題になる（この二句は完全に同音)。「白黒」もまたルーセルに深くかかわるモチーフである（黒人のなかの白人、混血、チェス盤など)。

ペロー童話の影響をルーセル作品に見出す指摘もあり、シンデレラで言えば、IAに継母のいじめと魔法による変身が語られる挿話もあるが、EFには「長靴をはいた猫」のカラバ侯爵が直接言及されている。ルーセル自身も三人兄弟の末っ子、ル・キュロ（EF一〇一頁）だった。

三色帽章（cocarde tricolore）　PS4-3　二九三頁

軍人などが帽子につける円形の標章で、通常、職業や党派などを表すために用いられる。cocardeの語は、語源的には鶏を意味するcoqからきており、もともと帽子に鳥の羽根をつけていたことがその始まりだからとも、鶏冠に見たてられたからとも言う。いずれにしても、L19が引用するある学者が言うように、「われわれの国家の象徴《エンブレム》であるこの勇敢で騒がしい多婚制の鳥〔「ガリアの鶏（coq gaulois)」と言えばフランスの象徴のこと〕とこの標章とのあいだに奇妙な類縁性があることになろう」というのは、面白い指摘である。というのは、われわれの関心から言えば、ルーセルと鶏との親近性が思い起こされるからだ（例えばLSのモプシュス)。帽章の使用は、十七世紀頃から一般的になりはじめ、スペイン継承戦争（一七〇一年）のときに広まったといわれる。フランス革命時、バスティーユ監獄の襲撃（一七八九年七月十四日）に集まった人々は、パリの町の色である青と赤の帽章をつけていた。その後すぐ国王の正規軍がつけていた帽章の色である白を加えた三色の帽章が革命派の帽章として採用され、後に共和派の標章になった。

実証主義《ポジティヴィスム》（positivisme）　PS3-1　二五五頁

経験を重んじ、経験によって確かめることのできないような超越的なものの存在を否定しようとする哲学の一主義。考え方としては、このような立場は古くから存在していたが、実証主義ないしは実証哲学という言葉を考案し体系立てたのは、フランスのオーギュスト・コント（一七九八—一八五七年）である。コントは、人間の知識は神学的段階から形而上学的段階を経て、実証的段階において完成するという有名な知識の三段階論を唱えた。LS第六章には、次の一節がある。

「パラケルススは、コントによれば、ワクチンの原理の神学的時代を代表する人物であった。この原理は、その後ごく僅かな、形而上学的な過渡期を経て、実証的な時代に到達したのである」。ベニエとバザンテは、さまざまな観点を挙げて、カントレル博士の人物像にコントの影が読み取れると指摘している（PDLS）。カリスマ的なフリュリアン博士もまた、もう一人のコントであろう。コントの考えは、出会ってすぐに死んでしまったクロチルド・ド・ヴォーへのプラトニックな愛の影響もあって、やがて一種の宗教のような様相を帯びていく。十九世紀に栄えた自由思想（↓）と同様、実証主義という考え方もまた、一種の「信仰」のような側面を持っているから、宗教との親近性はごく見やすい。宗教としての実証主義が、南米とりわけブラジルで隆盛を誇ったことは、劇中でルーセルが書いているとおりである。

シナマリ（Sinnamarie）　PS1-2　一八一頁

仏領ギアナの北東部にある町。大西洋に注ぐシナマリ川の河口にある。フリュクティドール十八日のクーデター（一七九七年九月四日の総裁政府による反王党派のクーデター）の際、政治犯がここに「島流し」にされた。なお、ルーセルは古い綴りを使っているが、現在はSinnamaryと書く（**↓ギアナ**）。

ジブラルタル海峡（le détroit de Gibraltar）　EF2-1　五五頁

イベリア半島南端と北アフリカに狭まれた海峡（**↓ボニファシオ海峡、ラ・ペルーズ**）。両岬は古代、「ヘラクレスの柱」と呼ばれていた。なおヨーロッパとアフリカがかつて地続きであったことはフラマリオン『月光』（一八九四年）でも語られる。また同海峡は、ヴェルヌ『エクトール・セルヴァダック』（一八七七年）の奇妙な舞台でもある。

ヘラクレスの柱の逸話は有名な十二の偉業のひとつにちなむものだが、ほかの試練に関係するアトラス（**→レミ・ベロー**）、ケルベロスはそれぞれLS、『新アフリカの印象』に登場する。あるいは後者第三歌の一句にこうある――「ネッソスの次に、デイアネイラの手で、ヘラクレスが持つことになった衣」。

自由意志（libre arbitre）　EF2-4　一一六頁

人の自由意志という命題は神学において「神の予定（prédestination）」とある種の矛盾を抱えており（神は万能ですべてを決めている。では人の自由とは何か?）、古くから論争が絶えなかった。十六世紀のフランスでは、厳格な予定説を擁するカルヴァン派、つまりユグノーが現れてカトリック教会と対立を深め、政治的要因もからんで宗教戦争に発展していく（**→ラムス、竜騎兵**）。

宗教裁判所（あるいは異端審問）は十五世紀以降スペインなどの国で過激化するが、この語と制度は中世から存在し、ローマ教会がアルビジョワ派（**→ボーケール**）をにらんで十三世紀に設置したものを嚆矢とする。ルーセルがビオレルの逸話を同世紀に設定するのはこの史実をふまえてのことかもしれない。

ビオレルを異端とするルーセルのロジックが神学的に正しいかどうかは別としても、その逸話が、額に星を授かったルドニツキーの挿話中で語られる点は面白い。ボワスナンによれば「額の星」を授かる者は「選ばれし者（prédestinés）」であるわけだが、これは神学では「救霊を予定された者」を指す。

自由思想（libre pensée）　PS4-3　二九四頁

フランス語 libre pensée はもともと英語の

free thinker の訳語として、「自由思想家（libre penseur）」という言葉ができたのが最初で、教会の権威や宗教の教えにこだわらず、科学的、論理的に考える人々を指す。ある意味では、ソクラテス以来そうした「自由思想家」はつねに存在してきており、「自由思想」こそが、科学や社会の発展を促してきた原動力にほかならないとも言えるが、狭義の「自由思想家」ということで言うなら、その台頭はちょうど宗教改革の頃で、本格的に広まったのはフランス革命以後である。十六、十七、そして十八世紀頃までは、そうした宗教にとらわれない自由な思想家はむしろリベルタン（libertin）と呼ばれていた（EF一〇六頁）。「科学と実証の時代」である十九世紀に入ると、「自由思想」は、合理主義や実証主義《ポジティヴィスム》（↓）など、ほぼすべての哲学思想の基盤となった。もちろんフランス革命もまた「自由思想」のもっとも大規模な帰結の一つだと言えるだろう（**↓ドン・ペドロ二世、ルイ＝フィリップ**）。

小艇《ジョリーボート》（yole）

PS4-1　二八九頁／EF2-4　一一〇頁

yole という言葉は、オランダ語の jol やデンマーク語の jolle からきたとも説明されているが、L19には、「小舟やボートを意味するノルウェー語 jol から」きたと記載されている。「ノルウェーのモーセ」（PS）を乗せた舟としては、確かによく選ばれた語であろう。「帆やオールを使って進む一種の簡単な小舟で、重い荷物を運ぶには適さない」と Besch は解説する。

透かし（filigraner）

EF3-3　一四九頁

透かしの入った紙は「斜めから見ると絵が現れる」（N. Besch）ようになっており、製作者のイニシャルや紋章などが入れられた。紙の大きさが固定されるようになってからは、サイズに応じて特定の印が透かしで入れられるようになり（壺、王冠、貝殻など）、また、各印のデザインの特徴で製作所を判別することができた。現在でも、例えば四四×五六センチの紙を「貝殻版《コキーユ》」と言うなど、透かしで入れていた印が紙のサイズを指す呼称として残っている。なおルーセルの花押《モノグラム》は二つのRが向き合っているもの（三九六頁参照）。

スコットランド舞曲（danse écossaise）

PS1-7　二〇一頁

LS第六章に、「スコットランドの釣鐘草（*The Blue Bells of Scotland*）」という題のスコットランド民謡が出てくる。これは実在する曲であるが、「二拍子と三拍子の交互形式によるスコットランド舞曲嬰ハ短調」に関しては、実在するかどうか不明。ちなみに、「舞曲《ダンス》」は、「リュエンシュッツ」の踊りやバレリーナのオルガなど、IAでの中心的なモチーフである。なかでも印象的なのは、スカリオフスツキーが操るチターを弾くみみずの件だ。そこでは「あらゆる種類の舞曲《ダンス》」が演奏され、ハンガリーの舞曲「チャルダーシュ」も披露される。

聖《サン》テグジュペール（saint Exupère）

EF2-2　五九頁

バイユー（↓）の初代司教とされ、サン・スピールとも呼ばれる。伝承によれば三世紀に聖母マリア（↓）に捧げた祈禱所をバイユーに建て、それが今日の大聖堂となった。だが、有名なのはその聖遺物のほうで、九世紀にノルマン人が侵攻してきた折にコルベイユ＝エソンヌ（パリの南）に移され、教会の守護聖人として祀られた。

聖ペテロが番人を務める門（porte où veille saint Pierre）

PS1-13　二一五頁

天国の門のこと。『マタイ伝』に「わたしはあなたに天の御国のかぎをあげよう」とある。イエスは教会を建て、ペテロに神の国の戸を開く権能を与える。

聖母マリア（La Vierge, Marie）

PS2-9　二四〇頁

フランス語では聖母マリアのことを「海《エトワール・ド・》の

星《ラ・メール》」と呼び（ラテン語で言う「ステラ・マリス」）、マリアは海の守神だと考えられている。EFとPSには、星や宇宙というモチーフが色濃く影を落としていることを思えば、この表現には意味深いものがある。またこのイニャセットの挿話では「アイスランドの漁についての本」（↓）も言及されるが、海の守神としてのマリアというのは、ロティの『氷島の漁夫』に繰り返し現れるモチーフである。

聖ユリウス（saint Jules）　EF2-4　七二頁

ローマ生まれの教皇（在位三三七―三五二年）。公会議（↓**朔望月**）を開き、異端とされていたアリウス派を退けた。なお聖ユリウス即位の年にはコンスタンティヌス帝が死去している。キリスト教を公認した皇帝として知られるが、伝承によればグルキールのように神秘体験が信心のきっかけだった。聖ユリウスの日は四月十二日。また、その在位時にクリスマスの日が固定された。

セピア画（sépia）　PS2-2　二二〇頁

セピア sépia は、軟体魚類のコウイカのことであり、またそのイカの墨のことである。さらに転じて、イカの墨から作った褐色の染料のこともセピアと言い、その絵具で描かれた絵（淡彩画）がセピア画である。フランス語ではどれも区別なくただ sépia と言う。セピア色というのは暗褐色のこの絵具の色からきている。

セプティミウス・セウェルス（Septime Sévère, Lucius）　EF1-2　一五頁

一四六―二一一年。ローマ皇帝（在位一九三―二一一年）。ガリア系ながら出身はレプキス・マグナ（現リビア）で、ローマ初の「アフリカ人皇帝」として知られる。軍事に力を入れ、また、それまでのローマ中心の政策を改めた。その名を冠した凱旋門（↓）がいまも残っている。死後、「二人の息子が帝国を共同統治」したが、兄は弟を殺害し単独の皇帝となる。それが浴場建設で有名な

カラカラ帝。

潜水鐘（cloche à plongeur）　EF2-4　一一一頁

「釣鐘型潜水器」とも呼ばれ、英語では「ダイヴィング・ベル」。コップを逆さにしてそっと水に入れると、底の部分には水が入ってこない。この原理を利用した潜水器具。アレキサンダー大王が最初に使ったという伝説があり、そのローテク（?）な水中散歩はIAのフォガールの特技を彷彿させる。大王の家庭教師アリストテレスがこの器具に言及しており、十三世紀にはロジャー・ベーコンがそれを引用している（ルーセルはLSでベーコンの名を出す際、彼が火薬の発明者であるという歴史的誤謬を踏襲する）。

一五三八年にはトレドでカール五世を前に近代的な潜水鐘の実験がおこなわれ、十八世紀の初めにはイギリスの天文学者エドモンド・ハレー（↓**小さな霊柩車、バイユー**）が革新的な改良を施している。一八四四年、ブレストにおいて一七九三年に沈んだレプブリカン号の回収に使われるなど実用化もされたが、安全性には問題があり、やがてヴェルヌ『海底二万里』（一八六九―七〇年）にも登場する「潜水服（scaphandre）」にとって代わられるようになった。なお一八六七年のパリ万博では、この潜水服を実演した「人間水族館」なるものが展示され、LSの巨大ダイヤモンドさながら、ガラス越しに、潜水夫が浮いたり沈んだりするさまを見ることができた。万博でもっとも見物客を集めた催し物のひとつだったという。

丹毒（érysipèle）　EF2-4　八四頁

傷口などから細菌が感染して起こる病気。「赤」を示すérythroが語源の一部になっているように、感染すると、高い熱とともに顔の皮膚などに赤い斑点が現れ、触れるだけで激痛が走るようになる。また、その斑点が「蝶の形」に見えることもあるという。なおBeschでは別の綴りérésipèleで項目を立てているが、その二つ上の語érésieは「昼行性の鱗翅類（蝶・蛾）の仲間で、主な種はブラジルに棲む」と説明されている。

赤という色はルーセルの強迫観念のひとつであり、『代役』の失敗を知ったショックで体に現れた赤い斑をはじめ（↓**妊婦の欲求**）、作中からも無数の例を引くことができる。例えばLSには赤色恐怖症（érythrophobie）のエスルフリダが登場する。

小さな霊柩車《コメット》（comète）

EF2-4　一〇〇頁

ルーセルは、おそらく手法の制約のもと、古語や俗語、使用が稀な語を多く使う。コメットとはむろん「彗星」であるが、ここでは「子供の遺体を運ぶための人力車、小さな霊柩車」（『フラマリオン辞典』ほか）の意で、これは一般的な辞書はおろか、BeschやL19にさえ説明がない。天体に関する語としてフラマリオンや、その影響下に、彗星が大きく扱われるヴェルヌ『エクトール・セルヴァダック』へのオマージュと思われ、また、手法の痕跡を強くうかがわせる。

なおIAが出版された一九一〇年にはハレー彗星（↓**潜水鐘、バイユー**）が地球に接近し、世間を騒がせた。

地の精（gnome）

PS5-4　三一二頁

地の精とは、ユダヤのカバラ学者らによって考え出された醜いこびとの妖精で、土中にある宝や鉱物などを守るとされている。ヴィクトル・ユゴーは、「地の精の縁なし帽は見えなくし、見えないものを見えさせる」と謳っている。

勅令《ユカーズ》（ukase）

EF1-3　二六頁

ロシア皇帝《ツァー》が持つ絶対権力の象徴であり、アレクサンドル二世（↓）による農奴制廃止の勅令などがよく知られる。フランス語ではoukaseかukaseと綴られ、ルーセルは後者を採る。ちなみにBeschでは「マーモセット（ouistiti）」（↓）、「うじ（ouji 日本語。蚕につく害虫）」、「勅令（oukase）」の順で項目が並んでいる。

なおワシリー・スコルノフ（Skorounoff）の名から察するに、この挿話のロシア名はヴェルヌ『ミハイル・ストロゴフ（*Michel Strogoff*）』（一八七六年）から拝借されたものかもしれない。ヴェルヌの作品にもナージャとワシリーの父娘が登場し、また、ミハイル・ストロゴフの通称は「皇帝の密使」であった（→**伝書鳩**）。

テナール男爵（Thénard, Louis-Jacques, baron de）　EF3-1　一二五頁

一七七七―一八五七年。フランスの高名な化学者。生家は農家で、医学を学ぼうと十七歳でパリに出るが苦学し、化学者ヴォクランの実験室で下働きをしながら勉強をした。一七九九年のある日のこと、内務大臣シャプタルはテナールを呼び出すと、唐突にこう切り出した。「紺青色《ウルトラマリン》が不足気味だ。以前から貴重で高価なものであるが、セーヴル磁器（→**マイセン焼の人形**）を焼くときの、あの強い火に耐えられる青い染料が必要なのだ。ここに千五百フランある。これで条件を満たすような青い染料を発明してくれ」。テナールが「私には無駄な時間はないのです」と返すと、シャプタルは「さがってよろしい。できるだけ早く青い染料を持ってくるように」。一カ月後、テナールは後に「テナール・ブルー」と呼ばれることになる人工の紺青色を発明し、金持ちになった。後年は理学部長や大学総長などを歴任、シャルル十世から男爵の称号を授かっている。一八二八年から四年間は下院議員も務めた。その著作は教科書として長いあいだ使用され「全ヨーロッパがテナールから化学を学んだ」とまで言われた。

テナールは化学を産業に応用することに積極的であり、画材の改良ではほかにも発明品がある。テナール・ブルーと並ぶもうひとつの大きな功績は「過酸化水素水」（→**イラドール**）の発見だが、PDLSはアカ＝ミカンスに不思議な力を与えた「酸素化作用」は、この発明へのほのめかしだとしている。なお同書やフランソワ・カラデックは、

ルーセルが生まれた年である「七七」に生年がちなむ人物に注意を促すが――ルーセルが三三年の七月十四（＝七＋七）日未明に死んだことを持ち出す研究者さえいる――テナールは、ルーセルの生年（一八七七年）のちょうど百年前、一七七七年生まれである。EFでは、ほかにオルフィラ（↓）は一七八七年、グロ（↓）は一七七一年生まれ、また、ジャン＝ジャック・ルソー（**↓ヌーヴォー＝パラクレ**）は一七七八年に、レミ・ベロー（↓）は一五七七年に死去している。もちろん「二つの七」に関係のない人物も多数登場するのだが……。

伝書鳩（pigeon voyageur）　EF1-3　二七頁

ルーセルはロシアを舞台にしながら、ここで普仏戦争中の風物を語っている。一八七〇年にパリがプロシア軍に包囲されると、気球での脱出（↓）は可能であったが、風向きや被占領地の都合で、パリに気球で戻ることはできなかった。そこで、伝書鳩を気球に乗せて運び、パリへの返信を託すという方法が採用された。包囲のあいだ、公式に放たれた伝書鳩三百六十三羽のうち七十三羽がメッセージを無事に届け、情報に飢えていたパリの人々を熱狂させた。鳩は電報の縮小写真などを運んだが、終戦近くには化学者ルネ・ダグロンが発明したフィルムも用いられた。ごく軽量で耐久性のある三×四センチほどのフィルムには、数千通の電報を詰め込むことができ、パリでプロジェクターによって拡大され、その複写が配達された（これがマイクロフィルムの原型とされているが、ダグロンが当初計画した真のマイクロフィルムは実用化に至らなかった）。なおダグロンは極小写真の専門家で、覗くと肖像画が拡大して現れる宝石などを当時流行させていた。この小さなオブジェのなかの大きな世界は、ルーセルの『眺め』や『新アフリカの印象』を思わせる。

優秀な伝書鳩のなかには英雄として剥製にされた鳩もおり、パリの郵便博物館にはそのときの一羽がいまも展示されている。ルーセル作品ではほかにも短篇「黒人たちのあいだで」において、手紙が鳥に託される。PSには「〔ツバメの〕長い翼の羽の管の中に、丸められた一枚の紙切れが入っていて」（二三一頁）とあるが、これも伝書鳩に用いられる方法である。またLSに「フランソワ＝ジュールは、鳩紙、即ち伝書鳩が伝言を運ぶ際に使われる極度に薄い紙を数枚使って、細い字でぎっしりと告白を書いた。彼は、すべてをはじめからありのままに打ち明け〔……〕」（傍点原文）とあるが、この「はじめから」の原文はラテン語で（ab ovo）、文字どおりの意味は「卵から」である（→**統合文**）。PDLSはこの挿話とナージャの伝書鳩がともに、「コロンブスの卵」の語呂合せでできている可能性を指摘している（コロンブス（Colomb）／鳩（colombe）（→**アゾレス諸島**））。あるいは『新アフリカの印象』にも――「しっかり立つことを決心させ／コロンブスが永遠に有名にした、ごく普通の卵」（第二歌）とある。

統合文《ペリオド》（périodes）

EF2-3　六六頁

ペリオドという語の日常的な意味は「期間、周期」であるが、ここでは修辞学の用語で、多数の節からなるが一文として調和を保っている長文を指す。単に節が連なるだけではペリオドとは言えず、「それぞれの部分が強く結びつき、文章の意味は最後に完結されなければならない。また各要素は、心を喜ばせ、耳を魅了するよう巧みに配置されねばならない」（L19）。

なおミルトンが『失楽園』（一六六七年）で採用した詩法は韻をふまない「ブランク・ヴァーズ（無韻詩。直訳すると白い詩）」と呼ばれるもので、シャトーブリアン（→**ブルボン家の亡命**）はこの作品を改行せず、散文のように仏訳している。シャトーブリアン本人もペリオドをよくした。

恋に落ちたミルトンならずも、四月は復活祭《イースター》の季節であり（→**ラ・ペルーズ**）、彩色した卵（→**伝書鳩**）を贈り物にする。いまでは子供たちに、庭に隠した卵を探させる習慣もある。

また、通常の「周期」という意味で用いられていない点で〈手法〉の痕跡をうかがわせるほか、とりわけ彗星（**→小さな霊柩車**）の周期を彷彿させることから、これもまたヴェルヌ『エクトール・セルヴァダック』との関連をにおわせる語のひとつ。

「ト調のミュゼット」（*Musette en sol*）
EF2-4　六七頁

ミュゼットはバグパイプに似た楽器で、十七―十八世紀にフランスの宮廷で流行した。また、この楽器で演奏されたダンス曲も「ミュゼット」と呼ばれる（**→マイセン焼の人形**）。当時の貴族たちは理想郷アルカディアの「羊飼い」に扮する野外レクリエーションに興じたが（**→オノレ・デュルフェ**）、その伴奏に用いられたのがミュゼットだった。この楽器の「保続低音」が羊飼いの楽器のそれと同一視され、遠い理想世界を彷彿させたからである。舞台作品の田園《パストラル》シーンでもミュゼットが演奏され、オーケストラに（楽器の）ミュゼットが入っていない場合でも、その保続低音を模した音が鳴らされた（ＩＡのカルジとメイスデル、そしてハ音を鳴らす車を思い出すべきか）。なおＥＦに頻出する「睦まじい恋《イディル》」という言葉も、第一義は牧人の恋愛を描く短い詩のことである。

ミュゼットは楽器、曲ともにその後廃れるが、ＥＦが書かれた一九二〇年代はダンス音楽としてのミュゼットがパリで復活し、大流行した年代にあたる。ミュゼット（楽器）の伝統を保っていたオーヴェルニュ地方の労働者と、演奏にアコーディオンを導入したイタリア移民が流行の火つけ役だったが、やがてミュゼットのほうは用いられなくなり、現在のようにアコーディオンで演奏されるようになった。

ラモー（**→ラムス**）作曲によるミュゼットであるが、ここで留意しなければならないのはラモー本人よりもサン＝サーンスの存在だと思われる。この作曲家はワーグナーなどの外国音楽に対抗するために国民音楽協会を創始し（マスネー（**→『マノン・レスコー』**）もメンバーのひとりだった。ルーセル自身はワーグナーも好んでいた）、また数十年の歳月をかけてラモーの全集を編纂していた。ＥＦ初演の一九二四年に完成したこの大事業は、当時のフランス人の国民意識を大いに鼓舞したという。サン＝サーンスはロティと並び、ルーセルが自分に起こったような栄光体験を経験したことがないかと手紙で問い合わせた作曲家であり、ラモーに関する仕事を知っていたことは十分に考えられる。

　ラモーはオペラなどでミュゼットを書いているものの、少なくともよく知られた作品のなかに「ト調のミュゼット」とずばり題された曲は見あたらない（ただしミュゼットは一般的にハ調とト調の曲を演奏する）。またラモー作曲とされていた「ミュゼット」という声楽曲《カンタータ》は、実はラ・ギャルドの作品であったことが後世になって判明している（この項目において、国際的なミュゼット奏者である上尾直毅氏よりたいへん貴重なご教示をいただいた。記して感謝を捧げる）。

ドビュクール（Debucourt, Philibert Louis）

PS1-12　二一〇頁

一七五五―一八三二年。フランスの画家、版画家。牧歌的な作風で、特にパリの生活風景を描き、当時の風俗を物語性豊かに生き生きと伝えている。代表作は「パレ・ロワイヤル回廊の散策」。一八〇〇年以降は、なぜか他人の作品を版画に彫るという複製家としての仕事に没頭した（→**「ブルランに興じる人々」**）。

ドン・ペドロ二世（l'empereur don Pedro II）

PS5-7　三一九頁

ブラジル最後の皇帝（在位一八三一―八九年）。温厚で博識な賢帝として知られる。率直で民主的な人物で、知的探究心が強く、「もし皇帝でなければ、私は教師になりたい」と言っていた。実証主義《ポジティヴィスム》（→）の影響を受けていたため、教会との折合いが悪かった。半世紀にわたるその治世は、ブラジル史上、繁栄と安定の時代であり、人口は四百万から一千四百万に増え、国内総生産は十倍になった。しかし奴隷制の完全廃止を実現したことなどが逆に富裕層の反感を買い、一八八九年、無血革命により退位、以後ブラジルは共和制へと移行する。ペドロはポルトガルで余生を過ごし、一八九一年パリで没した。IAのタルー七世も知的好奇心にあふれた面を見せるが、アフリカと南米と、場所は違えど、ルーセルのなかに一つの「皇帝」のモデルとして、賢帝ドン・ペドロ二世があったのかもしれない。なお、皇帝は在位中の一八八六年、フランスを公式訪問しており、そのときに開設されたばかりのジュヴィジーの天文台を訪れ、カミーユ・フラマリオンに会っている。

日本のアマリリス（amaryllis japonais）

PS3-8　二六八頁

アマリリスはヒガンバナ科だから、「日本のアマリリス」とは彼岸花のことである可能性が高い。ただし、「ひじょうに高価な香のエッセンスが抽出できる」とルーセルは書いているが、彼岸花の鱗茎に含まれるリコリンはむしろ毒であり、漢方ではこの毒素を利用して去痰剤や吐瀉剤に使う。日本でいうアマリリスも彼岸花もそれぞれヒガンバナ科の一属だが、外見や特性はかなり違う。作中ではユリとの類似が問題となっているので、訳としては外見がよりユリに近いアマリリスのほうを採った。実際、ヒガンバナ科とユリ科の区別は専門的にもあいまいで、分類の仕方によってはどちらにも分けられる種もあるという。なお、Beschのアマリリスの項には、「赤やバラ色、金色がかった黄色などの大きな花をつける美しい植物で、日本原産」だとある。実際にはアマリリスが日本原産であるのかどうかははっきりしないが（アマリリスは南アフリカや南米が原産地とされており、彼岸花はひじょうに古くから日本にあるものの中国原産との説がある）、ルーセルが「日本の」とわざわざ書いたのは、このBeschの記述によったのかもしれない。

妊婦《アンヴィ》の欲求（femme grosse à envie）

EF3-3　一四五頁

多くの女性は妊娠すると、おかしな欲求にとらわれる。ある決まった料理を食べたくなったり、奇妙なものを見に行きたくなったり、装飾品や贅沢品を持ちたがったりする。フランスには、妊婦のこうした激しい「欲求（envie）」が満たされないと、生まれてくる子供の皮膚、特に頬や唇に、母親が欲しがった物の印が現れるという俗説があり、その印のこともまた「痣（envie）」という。

例えば、妊娠中にイチゴを食べたくて食べられなかったりすると、子供に赤い痣ができる。欲しかったものがコーヒーなら茶色、ワインなら白の痣となる。また妊娠中に感じたことも同様で、火事や流血や傷口を見て恐怖を覚えると赤い痣、動物に怯えたなら、その動物の形の痣が現れる。民間信仰や擬似科学において、こうした痣の原因は「母親の想像力が胎児に作用した結果」であるとされ、十九世紀に盛んに議論された。胎教の有効性の根拠ともなるが、あるいは、おかしな話も生まれている。例えば「ある女性は手のない人《マンショ》を見た。彼女は驚き、しばらくして手のない子を産んだ。別の女性は道で偶然、足のない人《キュ＝ド＝ジャット》を見た。彼女は怯えた。しばらくして産んだ子には下肢がなかった」（L19）。手も足もない人物《キュ＝ド＝ジャット・エ・マンショ》、IAのタンクレード・ブシャレサスの母親もそうだったのだろうか？　同様にヴィリエ・ド・リラダン『未来のイヴ』（一八八六年）でエジソンは、絶世の美女アリシアを「ミロのヴィーナス」に似ている奇形だと表現し、それをenvieの結果だとしている

PSのアシール・マジェス（→）の挿話はずばり右のイチゴの例にあてはまり、妊婦はまたクルナルーの醜さが子供にうつることを恐れる。EFのレリュは、お金欲しさではなく、妊婦の欲求として「金ぴか」のものに惹かれてしまう。あるいはルーセルは、レリュとアシール・マジェスの二つの挿話を合わせたような話をすでにIAで書いている。タルーの妻リュルも、妊娠中、遭難した船から漂流してきた金のピンを欲しがり、手に入るまで時間がかかったため、生まれた娘シルダの額には、特別な形の赤い痣ができていた（「いかにして……」で明かされるように、この痣は手法の産物でもある）。レリュとリュルの挿話には、黒人女性（→**「ユリの花束を持った婦人」**）、妊娠中に金ぴ

かのものにそそられる女、森、奴隷生活など、無視できない類似点がいくつもある。いずれにせよ、出産や迷信への興味、言葉が持つ二つの意味の利用、前置詞àで二語をつなげる語法など、「妊婦の欲求」という言葉にはルーセル的な発想が集約されている。

ヌーヴォー＝パラクレ（le Nouveau-Paraclet）

EF1-5　四九頁

十二世紀の哲学者アベラールは「三位一体」に関する自説が異端とされると、ノジャン＝シュール＝セーヌの近くに粗末な礼拝堂を建てて隠棲を始めた。やがて、彼を慕って学生が集まるようになると礼拝堂を改築して三位一体のなかの聖霊に献じ、その別称である「パラクレ（慰むる者）」と名づける。アベラールにとってその隠棲地は、過酷な運命における神の慰めだったからである。アベラールが別の修道院に移った後は、かつての教え子で愛人、そして妻であったエロイーズがパラクレの女子修道院院長となり、同地で没した。その遺体は、先に死去してパラクレに埋葬されていたアベラールの横に葬られたという。アベラールとエロイーズが交わした書簡は中世より広く読まれている。

一七六一年にジャン＝ジャック・ルソーが発表した『ジュリー、あるいは新《ヌーヴェル》エロイーズ』は史上空前の大ベストセラー（書簡体）小説であり、このタイトルを受けてルーセルの挿話では、エロイーズにちなんで建てられたマヘ（↓）の修道院が、「新《ヌーヴォー》パラクレ」と名づけられている。ルソーが作品を書いていたのはモンモランシーの「隠れ家《エルミタージュ》」であるが、PDLSは、カントレルの「ロクス・ソルス（寂しい場所）」はそのルソーの隠れ家をほのめかすとし（↓**マルリ**）、ルーセルがルソーを意識した理由として名の類似や（Roussel/Rousseau）、ルーセルの生誕年とルソーの没年がアナグラム（?）を作る点を指摘する（一八七七／一七七八）。なおアンリ・ルソーとルーセルについては、岡谷公二氏の名エッセイ「ルーセル＝ルソー」（『レーモン・ルーセルの謎』所収）

を参照のこと。

ヌメア（Nouméa）　EF3－3　一三六頁

フランス海外領土ニューカレドニア島の首都。ニューカレドニアは一八五三年から仏領で、流刑地だったこともある。またラ・ペルーズ（↓）が遭難したヴァニコロ島にもっとも近い仏領であるためにラ・ペルーズ研究が盛んであり、小林忠雄氏によるとヌメアにはその名を冠した高校もあったという。

バイユー（Bayeux）　EF2－2　五九頁

ノルマンディー地方にあるフランスでもっとも古い町のひとつ。九世紀のノルマン人侵略からユグノー戦争に至るまで何度も戦火に見舞われた。ウィリアム征服王のイギリス侵攻を描いた「バイユーのタペストリー」（あるいは「マチルド女王のタペストリー」）を所蔵していることで有名。十一世紀中葉に制作されたとされるこのタペストリーは、リネン地に八色の羊毛による刺繡が施されたもので、縦は五十センチほどであるが、横の長さはなんと七十メートル以上にも及ぶ。

イギリスのエドワード懺悔王が死去すると、その遠縁にあたるフランスのノルマンディー公ウィリアムはイギリス王位を主張、一〇六六年、ヘースティングズでイギリス王についていたハロルドとの天下分け目の戦いをおこない勝利する。タペストリーではハロルドの出陣から戦いの終焉に至る一連の物語が、さながら漫画のように七十ほどの場面に分けて表現され、それぞれにラテン語の銘が添えられている。ちょうどこの頃飛来したハレー彗星が描かれている場面もある（→**潜水鐘**、**小さな霊柩車**）。ヴェルヌも当然、『エクトール・セルヴァダック』や『流星を追いかけて』（一九〇八年）のなかでハレー彗星について言及している。

制作を命じた人物については諸説あるが、バイユーの司教でウィリアムの異父弟だったオドンの所有となり、同地の大聖堂（↓聖テグジュペール）に置かれた。大革命では危うく戦争道具の梱包用に切り刻まれそうになり、ナポレオンの命令でパリに移されたが、後にバイユーに戻された。
バイユーのタペストリーが長い天蓋のアイデアとなった可能性もあるが、IAにおいてタルーがスケッチする「テーズ川の戦い」も、この戦争絵巻を彷彿させる。

「墓掘り女《ラ・フォッスーズ》」（*La Fosseuse*）

EF3-3　一三七頁

架空の作品で（EF初演時の作者名はプラヴァル）、「墓掘り人夫（fossoyeur）」から類推したルーセルの造語と思われる。ただしバルザック『田舎医師』（一八三三年）に同名の女性が登場し、語源も同様のものとなっている――「ラ・フォッスーズは町で生まれました。父親はサン＝ロラン＝デュ＝ポンの日雇い人夫で、ル・フォッスールと呼ばれていましてね。フォソワイユール（墓掘り人夫）を縮めた言葉だと思うのですが、大昔から死者を葬る仕事をこの一族が担ってきたからです。これは墓場のわびしさそのもののような名ですな。フランスのいくつかの地方ではいまでもそうですが、この土地でもローマ時代の習慣が残っておりまして、妻には、夫の名に女性語尾をつけた名が与えられるので、この娘は父親の名からラ・フォッスーズと呼ばれたのです」。
あるいはシルヴォリーヌが愛人なら「美女フォッスーズ（Fosseuse, dite la Belle）」とフランソワーズ・ド・モンモランシーを考えるべきか。彼女はモンモランシー家（↓マルリ）の分家のひとつ、フォッスー（Fosseux）男爵家の娘で、王妃マルゴ（アンリ四世の最初の妻、マルグリット・ド・ヴァロワ）の侍女を務め、後にアンリ四世の数多い愛人のひとりになった。

パニス・アンジェリクス（Panis angelicus）

PS1-12　二一三頁

セザール・フランク（一八二二―九〇年）が一八七二年に作曲した「荘厳ミサ曲」の一曲。歌詞は中世の神学者トマス・アクィナスのSacris solemniisから取られている。ラテン語で「天使の糧《パン》」の意。ラテン語としては「アンゲリクス」と読むのが正式であるが、この歌は現在では「パニス・アンジェリクス」と歌われるのが普通なので、その読みに従った。なお、ベルギー生まれのフランスの作曲家フランクは、ルーセルが後に入学するパリ国立音楽院《コンセルヴァトワール》の教授でもあった。

反射運動（réflexe）

EF2-4　一一六頁

脚気の診断でおなじみ。正常な場合、膝を叩くと本人の自由意志（↓）に反して（?）勝手に足が持ちあがる。カントレルはこの反射運動に通じていたために、しゃべるダントンの首や、ガラスの檻の死体劇場を実現することができた——「〔ダントンの〕脳と繊維の組成が非の打ちどころがないと知るや、カントレルは、探求精神に駆られ、電気を使う方法を種々試みて、全体になにか反射運動を起こさせたいものと長いことと努力してきた」。なお「条件反射」で知られるパヴロフの犬の実験は十九世紀末頃に行われた。

ピストール金貨（Pistole）

PS3-5　二六三頁

IAやLSなど、ルーセルの作品には金貨やコインが頻繁に出てくる。ピストール金貨は、もとスペインおよびイタリアの貨幣だが、十七世紀、特にルイ十四世の時代にはフランスでひじょうに広く流通していた。いわゆるルイ金貨と同じ重さ、同じ価値を持ち、一ピストールは当時のお金で十リーヴル（＝十フラン）にあたる。ルイ十四世の死後はほとんど使われなくなった。なお、当時の貨幣価値がどの程度のものなのか、単純な換算は難しいが、『マノン・レスコー』（↓）（一七三一年）では、パリでマノンとの生活を始めた騎士デ・グリユウが、マノンに向かって、「六万フランあれば、僕たちは十年間は食べていけるだろう」と語るシーンがある。つまり一月あたり五百フラン（五十ピストール）ということになる。

デ・グリユウは「質素な生活をしよう」と言っているものの、馬車をかかえ、オペラ座に週に二度は行くなど、かなり遊びにも金を使う生活を想定しているようである（もっとも、クラシック・ガルニエ版『マノン・レスコー』のドゥロッフルとピカールの註によれば、デ・グリユウがいったいどういう根拠に基づいてこの生活費を算定しているのかは必ずしも明快ではないという。当時の物価などから割り出してみると、デ・グリユウたちは遊興費だけで全体の予算の三分の二を使う計算になるらしい）（**↓ルイ十五世**）。

フリジア帽（bonnet phrygien）　PS4-3　二九三頁

小アジアの古代国家フリギア（フリジア）の人々がかぶっていた帽子。円錐形の頭巾で先端が前方に垂れる。またフランス革命時、革命派が自由の象徴としてかぶった同じ形の赤い帽子。ちなみに、『イソップ寓話集』（↓）のイソップは、フリギア人であったと言われている。また、フリジア帽をかぶった女性像は、フランス共和国の象徴《エンブレム》である。

ブルボン家の亡命（l'exil de vos Bourbons）　EF1-4　四一頁

一七九三年（PS二九二頁）はルイ十六世が断頭台に上った年。その弟のプロヴァンス伯は、王のヴァレンヌ逃亡事件（一七九一年）を機にすでに亡命しており、甥の王太子が死ぬと国外でルイ十八世として即位、一八一四年のナポレオン退位を受けてパリに入り、ついに王政復古——IAではタルーが成し遂げる——を果たした。よって彼の亡命生活は、四半世紀にも及ぶ長いものであった。しかし翌年、ナポレオンの百日天下が起こると再び亡命、収拾後、復古王政が手始めにしたことは、ナポレオン戦争の英雄にしてブルボンを裏切った男、そして後にルーセルと遠い親戚の関係になる（**↓レ枢機卿**）、猛将ミシェル・ネー元帥を銃殺刑に処すことだった。

皇帝があきれかえるほどの猛突ぶりから「勇者

のなかの勇者」と呼ばれたこの元帥は、ウルムの戦いの戦功でエルヒンゲン公爵に叙せられ、さらにロシア遠征の退却で奇跡の生還を遂げたことで、モスコヴァ大公の地位を与えられた。だが一八一四年にはナポレオンに退位を迫り、ルイ十八世から重臣として迎えられる。ボナパルトがエルバ島を脱出すると「(鷲を) 鉄の檻に入れなければならない」という有名なせりふを残してこれを止めにいくが、逆に皇帝側に寝返り、最後の戦場ワーテルローに赴く。敗戦後、貴族院はネーの銃殺刑を決め（→**リュクサンブール美術館**）、この事件は王政反動の象徴として歴史に残っている。死刑に賛成百二十八票のうちの一票は、シャトーブリアン（→**統合文**）が投じたものだった。

ネーの悲劇は芝居にもなり、また文学作品でもナポレオン戦争、特にワーテルローを扱った作品の常連人物で、ユゴーのいくつかの詩や『レ・ミゼラブル』の第二部、スタンダール『パルムの僧院』の冒頭で語られ、ロスタン『鷲の子』、トルストイ『戦争と平和』などにも言及がある。さらにその曾孫のひとりがルーセルの姉と結婚することになった。

ルーセルの姉ジェルメーヌは、ネー元帥の曾孫シャルル・ネーと再婚し、エルヒンゲン公爵夫人となった（後にシャルルの兄が死ぬとモスコヴァ大公夫人）。夫婦仲はすぐに醒めたが、ルーセルはこの縁故を大いに喜んでいたふしがある。そして将来のエルヒンゲン公爵である甥のミシェルを溺愛した（→**アンブロージの頭蓋骨**）。LSは「姉エルヒンゲン公爵夫人」に捧げられ、「いかにして……」では「興味深いことには、私の義兄の家系には、帝政フランスのほとんど全ての名前が集まっていた」と書き、遠い親戚の爵位をずらずらと並べてみせる。

「ブルランに興じる人々」（*Joueurs de Brelan*）

PS1-12　二一一頁

ブルランは手札三枚で行うポーカーに似たトランプ・ゲーム。手札がすべて同じ数字になったものが勝ちで、三枚そろった場合を「ブルラン」と言う。いわゆる「スリーカード」の意である。なかでもジャックのブルランが一番強く、以下キング、クイーン、エース、10、9、8……となる。誰も「ブルラン」を持っていない場合は、場札から抜いて交換していく。十八世紀の終わり頃には、ブイヨット（bouillotte）と呼ばれるゲーム（ブルランよりさらにポーカーに近づいたゲーム）に取って代わられた。十七世紀の画家ヴァランタン・ド・ブーローニュ（一五九四―一六三二年）に「ブルラン（*Le Brelan*）」という作品があるが、ドビュクール（↓）にあるかどうかは不明。少なくとも主要な作品としては見あたらない。カード遊びを描いた絵画ということで、ルーセルの同時代人セザンヌの「カード遊びをする人々」（一八九〇―九五年頃）を思い出す人もいよう。

フロンタン（Frontin）　　EF3‐3　一四四頁

喜劇の人物で、ずうずうしい召使役。マリヴォー劇によく登場し、またルサージュ『テュルカレ』（一七〇九年）では、主人たちからたっぷり金を巻きあげ、その没落を尻目に成り上がる。この名は「厚顔（effronterie）」という言葉に由来し、つまりその語源は「額（front）」である。

ブロンダン（Blondin, Jean-François Gravelet, dit）　　EF1‐2　一三頁

一八二四―九七年。ひじょうに有名な綱渡り芸人。ナイアガラの滝を渡ったのは実話で、両アメリカから大勢の観客が集まった。興行に際しては毎回変わった趣向を加え、綱の上で椅子に腰掛けてオムレツを焼いて食べたり、自分の息子を背負って、両岸を走って渡ったりしたという。あるとき、見学に来ていたイギリスの皇太子に向かい、肩車をして綱を渡りましょうと申し出たが、殿下はそのお楽しみを自重された。

ブロンダンの名はヨーロッパ中に知れ渡り、各地に偽ブロンダンが現れた。そして彼らの技は本物のブロンダンにひけを取らなかった。さらに過去の超人的な曲芸師の前では、ブロンダンの芸も

精彩を欠くほどだという。そもそもクロードの言うとおり「曲芸はこの世で目新しいものではなく」(L19)、古代ギリシアにおいて綱渡りは、体技というよりは真の芸術だった。

ヴェルヌ『八十日間世界一周』のパスパルトゥーの特技のひとつも「ブロンダンのように綱の上で踊る」ことである。ヴェルヌ作品ではほかに、とりわけルーセルへの影響が顕著な『セザール・カスカベル』(一八九〇年)において曲芸師の一家が描かれる(→**ボニファシオ海峡**)。

噴水 (fontaine)　　EF2-4　一一四頁

トレゼルが所持している噴水は、ヨーロッパの街角に見られるような彫刻作品と組み合わされたタイプのものだろう。また、噴水《フォンテーヌ》といえば『寓話』で知られる十七世紀の詩人ラ・フォンテーヌの名が浮かぶが、ルーセルがこの詩人を好んでいたことや、作品に引用が少なくないことはしばしば指摘される。フランスでは伝統的に『寓話』の何篇かを子供に暗記させる習慣があり、一般的に引用の頻度は高いが、ルーセルにおいてはことのほか、その子供時代への強烈なノスタルジーと無縁ではないと思われる。

例えば『セーヌ川』には『寓話』の二篇「乳しぼりの女と牛乳壺」、「井戸に落ちた占星術師」をいまでもそらで覚えていると話す女性が登場する。編者アニー・ル=ブランは後者の一節「時の闇がそのとばりのなかに秘めていることを／神は星の額にしるしているというのだろうか」(今野一雄訳、傍点引用者)に注意を促すが、噴水／フォンテーヌの作者にして額の星の持ち主ルドニツキーを思うといっそう興味深い指摘である。ラ・フォンテーヌは「星の額(星座)」は偶然の産物であるとし、そこに神の意志を見ようとする占師を罵倒している。ルーセルの「額の星」の授受もまた、人知の及ばぬ偶然の出来事ではなかったか(→**自由意志**)。

なお「乳しぼり……」については、子供の頃のルーセルの写真に、その主人公に女装しているものがある。おそらく『代役』を書いていた頃のルーセルも彼女のような夢想のなかにあって……やがて我に返るだろう。ＰＳには乳売りのイニャセットが登場する。

《ペルヴァンシュ》（«Pervenche»）　ＥＦ３－４　一六六頁

ツルニチニチソウ。小川の縁などに野生し、また園芸用に垣根や庭に植えられる。言葉としては「淡い青色」を示すが、種によって花の色は多様である。薬草としてさまざまな効用が知られており、止血に用いたり、母乳を止めるのによいという民間療法もあった。ちなみにＬＳに登場するデュル＝セルール女王の生理不順も薬草で治っている。

ペルヴァンシュは無垢や恥じらい、また円満家庭の母の象徴とみなされている。文学史のうえではルソー（**→ヌーヴォー＝パラクレ**）になじみのある花で、ペルヴァンシュを見かけたことで三十年の時が交錯する『告白録』の一節は後世の文学作品においてよく引用され、プルーストとも比較される。あるいはルーセルが好きだったフランソワ・コペに「《ほらペルヴァンシュが咲いている わ》という言葉に／かつてルソーがさめざめと泣いたように／僕もまた、思い出が生む喜びをよく知っている」（『散歩と室内』）とある。また、ロティはタヒチで過ごした家を一時離れたとき、今生の別れと、庭に生えていたバラ色のペルヴァンシュをむしり取って記念にした（『ロティの結婚』）。

ボーケール（Beaucaire）　ＥＦ３－３　一五〇頁

ガール県のローヌ川沿いにある町。中世より歴史的事件を少なからず経験しており、十三世紀にはアルビジョワ十字軍（**→自由意志**）の一舞台となり、宗教戦争（**→ラムス**）ではカトリックとユグノーが町を奪い合った。

毎年七月に開かれるボーケールの市はかつて世界最大級の規模を誇り、ヨーロッパ各地から商人がやって来てたいへんな活気を呈した。大きな市が立つようになったのは、地中海からの船がこの町までローヌ川を上ることができたからである。ちなみに「（ダイヤモンドの）首飾り（rivière）」という語の一般的な意味は「川」。この町の名はまた、若きナポレオンが一七九三年（→**ブルボン家の亡命**）に出版した政治パンフレット『ボーケールの晩餐』でも知られている。

ボニファシオ海峡（le détroit de Bonifacio）

EF1-2　一五頁

イタリア領サルデーニャ島とフランス領コルシカ島のあいだにある海峡（→**ジブラルタル海峡**、**ラ・ペルーズ**）。途中に小さな島や暗礁があるものの、両岸の距離はもっとも近い地点で十一キロ離れている。危険な西風で知られ、クリミア戦争中の一八五五年（→**アレクサンドル二世**、**ラグランコート**）、フリゲート艦セミラントはこの海峡で激しい風を受けて岩礁に激突、船体に亀裂が入り、海の藻屑と消えた。乗員三百五十名、乗船していた歩兵四百五十名が全滅する大惨事だった。

なおマテオによるこの綱渡りの場面は、ヴェルヌ『頑固者ケラバン』（一八八三年）のオチを強く彷彿させる。同作では主人公と曲芸師（→**ブロンダン**）が、イスタンブールのボスフォラス（Bosphore）海峡を綱渡りで渡る。ボスフォラスとボニファシオの名の類似も気にかかる。

ポモトゥ諸島（Pomotous）

EF3-3　一四〇頁

仏領ポリネシア、トゥアモトゥ諸島のことで、現在ポモトゥという名称は用いられていない。核実験がおこなわれたムルロア環礁を含む。一八四四年よりフランスの保護領で、八〇年に併合された。ルーセルが愛読したロティ『ロティの結婚』（一八八二年）のなかでポマレ女王はこう語っている――「長たちの希望で、今日ではトゥアモトゥ諸島（遠くの島々）と改められましたが、あのポモトゥ諸島（夜の島々、あるいは屈服した島々）にはいまもまだ、知ってのとおり、惨めな人喰い人種たちがいるんですよ」。女王の語る伝説によれば、大昔、海の精が島を守っていたため誰もポモトゥ諸島に近づけなかった。ターロア神がその精を倒すと島に人が住めるようになった。

『ポリュークト』（*Polyeucte*）　EF1-2　一五頁

コルネイユの作品（一六四二年）。キリスト教に改宗したローマの隊長、聖ポリュークトの殉教を主題とし、ローマの属州アルメニアで三世紀に起きた史実に基づいている。作中、セウェルス（Sévère）という騎士が登場するが、ローマ皇帝セプティミウス・セウェルス（↓）とは無関係。ルーセルらしい話のつなぎ方である。ただしラシーヌ（**↓ラムス**）がコルネイユへの対抗意識から、後者が得意としていた古代ローマを舞台にした作品を書いて競い合ったのは文学史の教えるところである。

あるいはドニゼッティのオペラに、有名なテノール歌手アドルフ・ヌーリのために作曲された「ポリウト（*Poliuto*）」（一八三八年）という作品がある。ヌーリはLSの一挿話に登場し、PDLSはその特殊な作詞方法とルーセルの「手法」に関係性を探っている。IAのカルミカエルも、とんでもない高音を出せるテノール歌手だった。

コルネイユではほかに『新アフリカの印象』第一歌に『オラース』への言及がある。なおEF初演時のクロード役ジャン・ヨネルは、一九三七年にコルネイユのポリュークトを演じている。

ポンディシェリー（Pondichéry）　EF1-2　一一頁

インドにおけるフランス植民地（**↓マヘ**）のひとつ。一六七四年に獲得後、たびたびイギリス東インド会社などの他勢力に占領された。インドへの返還は一九五四年以降なので、EFの初演時はいまだフランスの植民地である。よく整備された「白い町」と現地民が住む「黒い町」に分けられていた。一八九九年にこの町を訪ねたロティは自分のために開かれたパーティで、シヴァ神（EF一一頁）に仕えている踊り子《バヤデール》の舞を見学している。だが彼がポンディシェリーに見たのはむしろ「ベンガル湾の沿岸に忘れられた、古きフランスの僻地」（『インド（イギリス人なしの）』）であった。植民地のかつての繁栄の残照と――十八世紀の書体で書かれた通りの名、肌が白く瞳にインドの神秘を宿した美貌の混血女性――フランスの片田舎に似た町並に、彼は深い郷愁を覚えるのである。

ポンプ式浣腸器（clysopompe）　EF2-4　八六頁
「一種の小型ポンプで、連続して水を噴射する。ポンプ式浣腸器、洗浄器にとって代わった。ポンプ式浣腸器の大きな利点は病人を動かさずに済むことと、扱いがたいへんに簡単なことである」（Besch）。

マイセン焼のヴィエル弾き人形（joueur de vielle en saxes）　EF2-3　六三頁

マイセン焼の人形（saxe）　PS4-5　三〇四頁
ヨーロッパ貴族のあいだで珍重されていた白い磁器は、原料であるカオリンが中国でしか知られていなかったため、東洋からの輸入に頼っていた。だが、錬金術師ベドガーがカオリンを発見し（伝承では、カツラ用の白い粉を調べたところ、それがカオリンであることに気づいた。その粉はザクセンのある町で採れる白い土が原料で、当時の新発明だった）、一七〇九年、ドイツのザクセン地方マイセンでヨーロッパ初の磁器が作られた。以後、十八世紀を通じてマイセン焼は大流行する。特に造形師ケンドラーの作品が人気を博してロココ様式（→**ルイ十五世**）を全世界に広め、ザクセンは「磁器の王国」と呼ばれるようになった。その窯印は二本の剣である。
　フランスではポンパドゥール夫人の保護によって、パリ郊外セーヴルで、磁器の食器や小像の生産が盛んになり（→**テナール男爵**）、夫人の絵の先生だったブッシェ（→**赤チョーク画**）やファルコネが原型を製作した。ブッシェはワトー（LSで言及される）の強い影響を受けたロココ様式の代表的画家である。ルーセルの母親マルグリットはマイセン焼人形の本格的なコレクションを持っており、ルーセルの幼児期に大きな影響を与えたとカラデックは言う。

ヴィエルは十八世紀に貴族たちのあいだで一時流行した楽器で（↓**「ト調のミュゼット」**）、英語ではハーディガーディと呼ばれる。大きなヴァイオリンのような楽器にハンドルがついており、それを回すとなかのシリンダーが弦を擦って音が出る。

『マノン・レスコー』（*Manon Lescaut*）

PS1-8　二〇六頁

一七三一年（↓**ルイ十五世**）に出版されたアベ・プレヴォー（一六九七—一七六三年）作の小説。正確には「騎士デ・グリユウとマノン・レスコーの物語」という。聖職者をめざすデ・グリユウが、享楽的で浮気な女マノン・レスコーの虜になり、悪と堕落の世界に足を踏み入れていく。最後は、アメリカ・ルイジアナ（当時仏領）に「島流し」にされたマノンと（↓**ギアナ**）、文無しになりながらもそれを追ってともに海を渡ったデ・グリユウとのあいだにつかの間の幸せな日々が訪れるが、すぐに二人はまたもや追われる身となり、ついにマノンはその地で命を落とす。なお、アベ・プレヴォーによる『マノン・レスコー』には、「パルトレという若者の話」は出てこない。ルーセルが崇拝する作曲家であるジュール・マスネーはオペラ「マノン」（一八八四年）を作曲しているが、カラデックの伝記によれば、ルーセルはそのすべての役を一人で歌うことができたという。さらにパトリック・ベニエは、一九八九年に発見されたルーセルの未発表戯曲『セーヌ川』（一九〇〇年から一九〇三年のあいだに書かれたと推定されている）や、同時に発見された戯曲の断片『剃髪』に、オペラ「マノン」の影響がひじょうにはっきり認められると指摘している。

マへ（Mahé）

EF1-5　四八頁

インドのマラバル海岸側（アラビア海側）にある小さな町。かつて仏領で、ポンディシェリー

（↓）と並び、インドに五つあった商館のひとつが置かれていた。もともとフランス東インド会社のゴマ用の倉庫があり、一七二七年にマエ・ド・ラ・ブルドネが占領、町にその名を残した。以後、何度かイギリスの手に渡るが、その度に取り戻され、一九五四年にインドに返還された。
ロティは長崎で約一ヵ月を過ごした直後の一八八六年、マヘに三日間だけ立ち寄り、旅行記を残している――「いまではほとんど人気のないこの植民地では、すべてが古かった。この地には西洋の町のように過去がある。ルイ十四世時代の思い出が、見事な緑の経帷子の下で眠り、格別の郷愁をたたえていた」（「インドのマヘ」）。住民はフランス語を話し――なまりのあるフランス語でラ・フォンテーヌを暗誦し、ロティを笑わせる現地の子供――また、フランス人の服装をしたインド人が町を歩く光景に、ロティは故国の田舎を思い出している。

マーモセット（ouistiti）　EF2-4　八五頁
キヌザル科に属する小型の猿。南米原産のため「新世界猿」とも呼ばれる（**↓ラ・ペルーズ**）。ブラジル東部に生息するコモン・マーモセットがよく知られ、全長は六十センチほどで、そのうち尾の長さが半分以上を占める。寒さと湿気に弱く、ヨーロッパでは肺結核にかかりやすい。だが、ペットとして流行し、たびたび連れてこられたほか、繁殖もおこなわれた。
キュヴィエらの研究によるとこの動物はひじょうに賢く、世話をしている人間を見分けたり、絵に描かれたものを認識したという。つまり、猫や蜂の絵を見せると怖がり、反対に食べ物である昆虫の絵には飛びついた。また、ぶどうを食べていたとき、汁が飛んで目に入ったマーモセットがいた。この猿は次にぶどうを食べたとき、目をつぶっていた。
ロティはタヒチの現地妻、少女ララフを描写する際に、この「マーモセット」という言葉を使っている。ルーセルの世界一周旅行の大きな目的は、タヒチに行ってロティとこの少女の足跡を訪ねることだった。なおヴェルヌ『神秘の島』にはパイプで喫煙するオランウータン、ジュップが登場する（**↓顔面角**）。

マルリ（Marly）　EF1-2　一二頁

パリの西郊外、マルリの森に隣接する町。

LSははじめ『ゴロワ・デュ・ディマンシュ』紙上に連載されたが、そのときのタイトルは『ブージヴァルでのひととき』とされており、ロクス・ソルス荘はモンモランシーではなくブージヴァルにあると記されている。マルリはそのブージヴァルのすぐ西にある町で、また十一世紀からはモンモランシー家の所有地で、この家の傍系は十四世紀に潰えるまで「マルリ」を名に冠していた。

カラデックが、カントレルが住むモンモランシーにはジャン＝ジャック・ルソーの「隠れ家《エルミタージュ》」（**↓ヌーヴォー＝パラクレ**）や、ルーセルやその母親の友人宅があったと言うなら、トレゼルの住むマルリには、当時やはり「隠れ家《エルミタージュ》」と呼ばれていたルイ十四世の贅沢な別荘があった（クロードのせりふ参照。ロシアの有名な美術館もこの語を名に冠している）。アルドゥアン＝マンサールが設計し膨大な予算が投じられたこの豪邸は、広大な広場を見下ろすひとつの建物と、花壇の左右に六つずつ並ぶ十二の小さな棟からなり、それぞれが菩提樹のトンネルで結ばれていた。客人用の十二の館は黄道十二宮の「星座」を意味し、王のための中央の館は、彼の象徴である「太陽」の紋章をいただいていた。

ルイ十五世（↓）やルイ十六世（**↓ブルボン家の亡命、ラ・ペルーズ**）はマルリにそれほど立ち寄らなかったが、前者は邸内にロココ式の内装を施している（**↓マイセン焼の人形**）。やがて大革命が起こると売りに出され、有名なクストゥの馬をはじめ、庭園を飾っていた彫像はチュイルリー公園に移された。現在敷地内には、クストゥの馬の複製とメレアグロス（↓）の像が、ともに二体ずつ置かれている。

とても個人で所有できる規模ではないにせよ、この豪勢な別荘をトレゼルが買って住んでいるという想像は楽しい。だが残念ながら売却後すぐにとり壊されている。なおマルリにはデュマ・フィス（→**「ユリの花束を持った婦人」**）が晩年を過ごした家や、大デュマが建てさせた「モンテ＝クリスト」という贅をこらした邸宅もある。こちらはいまも観光地として公開されている。

またブージヴァルのセーヌ川沿いには、レヌカン・スアレムというオランダ人技師が発明した「マシーン」と呼ばれる当時としては驚くべき水力装置があり、ヴェルサイユ宮殿やマルリにセーヌ川の水を送っていた。

マンモス（mammouth）　EF2-4　九四頁

マンモスに関するルーセルの記述はおおむね事実に基づいている。フラマリオンが『人類創世以前の世界』（一八八六年）で書いているように、冷凍状態のマンモスの発見は決して珍しいことではなく、ロシア帝国科学アカデミーが一九〇一年からシベリアでおこなった科学調査でも、数体の冷凍マンモスが見つかっている。特にリャーホフ諸島（新シベリア群島）のマンモスは一九一二年にフランスに寄贈され、しかしその直後、ロシア側の意向で海外へのマンモス持出しが禁止になったため、シベリアからロシア国外に運び出された最初で最後のマンモスとなった。全骨格と、剝製化された肉つきの足、そして顔の一部は、現在もパリの国立自然史博物館の古生物学ギャラリー（一八九八年に開館して人気を博した。一九〇八年には恐竜の化石（→**翼手竜**）も寄贈されている）に展示されている。

なおルーセル／ヴォルトーによって缶詰（?）にされたこのシベリア・マンモスの足は、いまも貴重な研究サンプルとして科学調査が続けられているようである。最近の報道によると（『ル・モンド』紙、二〇〇〇年十月二十五日）、博物館のある学生はこのマンモスからDNAを取り出して分析をおこない、象やマンモスの類縁関係を知るにあたって大きな成果をあげた。

また、ヴェルヌ『セザール・カスカベル』で主人公の曲芸師たちは、リャーホフ諸島で現地人の人質になる。『グラント船長の子どもたち』(一八六七—六八年)や『ブラニカン夫人』など、白人虜囚譚はヴェルヌ作品の筋立ての定番だが、ルーセルはこれを短篇「黒人たちのあいだで」(一九〇〇年頃に執筆とされる)、IAでひき継ぐ。

『未来の感覚』(*Les Sens futurs*) EF1‐3 三〇頁

クロードは「〔未来の感覚の考えは〕何人かの学者があちらこちらで公表済み」と言うが、その学者のひとりは間違いなくカミーユ・フラマリオンである。『ウラニー』(一八八九年)のなかでは六番目の感覚「磁気知覚」が紹介され、火星に住む進化した地球人は、なんと十二の感覚を持っている。フラマリオンはまた、友人のサン＝サーンス(→**「ト調のミュゼット」**)と、遠くのことを認知する感覚、つまりテレパシーの存在について論じ合ったりもしている。ヴォルテールの描くシリウス人ミクロメガスが、千の感覚を持っていても足りないと嘆くように、フラマリオンにとって生物究極の目的は宇宙の理解にあり、そのためには新しい感覚器官を、輪廻的な肉体の進化によって無限に獲得していかねばならないのだった。

無限を示す記号(signe par lequel on désigne l'infini) EF1‐3 二三頁

∞記号を初めて使ったのはイギリスの数学者ジョン・ウォリス(一六一六—一七〇三年)とされる。真偽はともかく、イネスとローペ・デ・ヴェガ(→)の逢瀬をその出家から逆算して一五九四年頃とするなら、デカルトさえ生まれておらず、ジュヌヴィエーヴの言葉は年代的にやや無理があると思われる。なおジャン・フェリーは、トランプ(→**「ブルランに興じる人々」**)の「ハートの8」が「心臓のところの8」の源泉ではないかとしている。

メレアグロス（Méléagre）　　EF3-3　一四四頁

ギリシア神話中の英雄で、カリュドンのオイネウス王と王妃アルタイアの息子。アルゴー船遠征隊の一員であり、「カリュドンの猪狩り」の中心人物。

アルタイアがメレアグロスを産んだとき、運命の女神は、赤ん坊は炉の「燃えさし」が燃えつきないあいだだけ生きるだろうと予言した。そこでアルタイアは燃えさしの火を消して大事にとっておいた。後にオイネウスがアルテミスの不興を買うと、女神は猪をカリュドンに放ち、土地を荒廃させた。ギリシアの名だたる英雄が集まって猪狩りがおこなわれたが、猪をしとめたのはメレアグロスだった。だが戦利品を、愛するアタランテに与えたため、母方の叔父たちとのあいだにいざこざが起こり、これを殺してしまう。アルタイアは弟二人の幽霊を見、またその犯人が息子だと知ると、葛藤の末に弟たちの復讐を選び、メレアグロスの「燃えさし」を炉に入れて灰にする。メレアグロスは死に、アルタイアも自殺をした。メレアグロスをモデルにした芸術作品も多い（**→カルポー、マルリ**）。

谷昌親氏は「燃えさし」の灰と自我の残留について、カミーユ・フラマリオンの影響を挙げ、ただしルーセルがフラマリオンのような神秘主義には向かわないことを指摘する。やはり降霊術にはまったユゴー、コナン・ドイルなど、ルーセルが好んだとされる作家にはその道に立ち寄った者もいるが、ルーセルの作品では非科学的、非合理的な話は、多くの場合、伝説や劇中劇、登場人物の夢のなかで起こることには注意が必要である。

モワサック（Moissac）　　EF1-4　四二頁

オクシタニー地方の町。聖ペテロ教会で知られる。前身の僧院が残した正面入口の半円形の小壁《タンパン》（十二世紀）が特に有名で、黙示録の様子を表現したその浅浮彫は、ロマネスク彫刻の傑作とされている。

モンゴルフィエ式熱気球（montgolfière）

PS3-8　二六九頁

フランスのジョゼフ・モンゴルフィエとその弟エチエンヌ・モンゴルフィエは、一七八三年、世界で初めて熱した空気の力で浮上する熱気球を飛ばすことに成功した。この気球は、彼らの名をとってモンゴルフィエ式熱気球（フランス語ではモンゴルフィエール）と呼ばれることになった。製紙業者の父を持つ彼らは、家業を継いで印刷のための製紙法の改良などに取り組んでいたが、子供の頃から科学や発明への情熱が強く、なかでも空中飛行の実現を夢見ていた。熱気球の発明は、シャツを火に当てて暖めていたときに熱によって膨らむのを見たことがヒントになったという。ジュール・ヴェルヌ作品同様、ルーセルにおいても（例えばLSの撞槌のエピソードなど）、気球はひじょうに重要なモチーフである（**→気球で脱出、伝書鳩**）。

「ユリの花束を持った婦人」（*Dame au bouquet de lys*）

EF3-1　一二五頁

デュマ・フィス『椿姫』（一八四八年）のタイトルの直訳は「椿を持った婦人」で「ユリの花束を持った婦人」を彷彿させる（**→金のユリの旗**）。『椿姫』のなかでは一冊の『マノン・レスコー』（**→**）が小道具として使われ、また、ヴェルディ「ラ・トラヴィアータ」で「乾杯の歌」（**→**）が歌われるのはご存知のとおり娼婦館である。なお戯曲版『椿姫』とEFの初演は同じヴォードヴィル座だが、引越しがあったため劇場の場所は異なる。

さて、デュマ・フィスの父親は当然あの大デュマだが（ただし情婦の子）、その大デュマの父親は有名な将軍アレクサンドル・ダヴィ・ド・ラ・パイユトリで、彼はまた、ドミニカに入植したフランス人侯爵と黒人女性（**→妊婦の欲求**）とのあいだにできた（これまた）私生児であった。よってデュマ・フィスの祖父にあたるこの人物は「そのヘラクレスのような力と、顔の美しさでその名を知られたが、白人と黒人の混血児《ミュラートル》〔EF一四八頁〕の肌がそれを際立たせていた」（L19）という。

レリスの証言が正しければ、ルーセルは大デュマの読者だった。

翼手竜（Ptérodactyle）　PS2-2／4　二二〇／二二五頁

ptéro は翼、dactyle は指の意。中生代のジュラ紀末から白亜紀にかけて栄えた爬虫類で、ちょうどコウモリのような飛膜（翼肢）を持ち、空を飛ぶ。前肢の小指が異常に長く伸びた格好で、そこに大きな膜が張られている。大きさは、ツグミぐらいのものからタカぐらいのものまでさまざまで、短い尾と長く尖ったくちばし、鋭い歯を持つ。ギアナ（→）で翼手竜の化石が発見されたことがあるかどうかは不明だが、全身像がそっくりそのまま残された化石は百科事典などで容易に確かめることができる。

ラグランコート（raglan）　EF2-4　一一〇頁

襟元から出た生地が肩を覆い、そのまま袖になるようなデザインの男性用コート。クリミア戦争（**→アレクサンドル二世、ボニファシオ海峡**）に参戦したイギリスの将軍、ラグラン卿の名にちなんでつけられ、一八五五年に大流行した。よってロルダールの事件を「前世紀の中頃に起こった」と言うジュヌヴィエーヴのせりふは史実をふまえている……というより、この言葉が先にルーセルの頭にあったことをにおわせる。「クリミア（Crimée）」と「お咎めなしの罪（crime）」という言葉の類似も気にかかる。

ラグランはウェリントンのもとでナポレオン戦争を戦い、ワーテルローでは銃弾を浴びて右腕を切断している。ウェリントン亡き後は、その陸軍総元帥の地位を引き継いで男爵に叙された。クリミア戦争ではセバストポールの包囲戦が長引くなか、コレラに罹って死亡した。

『ラディカル』紙（*Radical*）　EF2-4　一〇〇頁

パリの政治新聞。この名を冠した新聞は少なくとも三紙存在し、それぞれ、一八七一、七七、八一年に創刊されている。先の二紙は短命だったが、アンリ・マレが創刊した最後の『ラディカル』紙は編集長を変えながら一九三一年まで存続した。よってEF初演時には現役の新聞であった。

ラ・ペルーズ（La Pérouse, Jean-François de Galaup）　EF2‐4　八六頁

一七四一―八八年。フランスの誇る航海士。一七八五年に二隻のフリゲート艦を率いて太平洋の探検航海に出かけた。この計画にはルイ十六世（**→ブルボン家の亡命**）が深く関わっていたが、隊の行方は途中でわからなくなり、国内では大革命が勃発、王はその帰還を見ぬまま断頭台に上ることになった。「その死の前日までラペルーズの消息を側近に尋ねていたと言われている」（小林忠雄編訳『ラペルーズ世界周航記』）。

調査隊は南米を回ってイースター島（**→統合文**）に立ち寄り、北米を探検後、太平洋を横断してアジアに向かった。アジアではフィリピンから北上して日本海を通過、さらに太平洋を下ってオーストラリアへと航海を続けた。そしてフランスを出港してから二年半後の八八年初頭、シドニー近郊のボタニー湾を最後に消息を絶つ（**→ヌメア**）。よってラ・ペルーズが南米でマーモセット（**→**）を手に入れたことは不可能ではないが、連れて帰ることはできなかったはずである。ジュール・ヴェルヌはこの探検の経緯と、ラ・ペルーズ隊捜索の冒険を題材にドキュメンタリーを書くだろう。『海底二万里』でも言及される（ラ・ペルーズたちはソロモン諸島南端のヴァニコロ島で原地民に襲われて全滅していた。後に船の残骸も発見された）。

なお、この航海の目的のひとつは、ヨーロッパにとって未知の海域だった日本北端の地理を明らかにすることにあり、ラ・ペルーズは実際、いわゆる宗谷海峡を通過した初めてのヨーロッパ人になったため、現在でも同海峡はラ・ペルーズ海峡（**→ジブラルタル海峡、ボニファシオ海峡**）と呼ばれている。

ラムス（Ramus, Pierre de La Ramée, dit）
EF2-4　七一頁

一五一五—七二年。十六世紀のユマニスト、数学者。アリストテレスを否定したその著作は大激論を引き起こした。のちにプロテスタントとなり（**↓自由意志**）、サン＝バルテルミーの大虐殺の折に論敵の放った暗殺者によって殺害された。

ラテン名が知られているが、本名のラ・ラメは「葉がついた木の枝」を意味する。クロードはこの名を「ラモー」（**↓「ト調のミュゼット」**）との名の類似から思い出すわけだが、Besch ではまさに、ラモーの次の項目がラメである。ラモー（Rameau）は固有名詞でなければ「木の枝」を意味し、あるいはEFには「根」を意味するラシーヌ（Racine）も登場する（**↓『ポリュークト』**）——「彼は先祖の状態——根《ラシーヌ》、幹、枝《ラモー》、小枝——を完璧に覚えている」（『新アフリカの印象』第一歌）。

リゲル（Rigel）
PS4-1　二八八頁

オリオン座南西頂点にある恒星（**↓カストルとポリデウケス、レグルス**）。

竜騎兵（dragon）
EF3-3　一五一頁

竜騎兵は「騎兵だが、歩兵のように徒歩での行動が可能で、長いたてがみのついた帽子をかぶり、まっすぐな長剣と、銃身のひじょうに短い銃で武装する」（L19）。部隊の創設は十六世紀半ばで、時代ごとに変遷を遂げてきた。

また十七世紀後半には、プロテスタントの家に竜騎兵を宿泊させ、強制的にカトリックに改宗させる、いわゆる竜騎兵による強制改宗《ドラゴナード》がおこなわれた。この「軍靴による布教」はその残酷非道さゆえに、ルイ十四世時代のたいへんな汚点とされている。王はこの暴力的なやり方に躊躇したというが、大臣ルーヴォワ（マルリ（↓）の「マシーン」建造を命じた人物）が推進して各地で続けられた。ボーケール（↓）は、特に被害の激しかったラングドックやセヴァンヌ地方に近い町である。

リュクサンブール美術館（le musée de Luxembourg）　ＥＦ３－４　一六二頁

現在、フランス上院《セナ》のあるリュクサンブール宮は、一九三九年まで国立近代美術館を兼ねていた。一七五〇年、ルーベンス作品のあるメディシス回廊に約百点の絵画が集められて一般に公開され、これが常設美術館の発祥となった。王政復古後は現代画家の作品が集められるようになり、原則として存命中か死後十年（後に五年）未満の画家の作品が展示された。コレクションは一八八六年に、宮殿の温室《セール》に移されている。

ワーテルローでの敗戦後、ネー元帥は最後にリュクサンブール宮に収監され、同公園の南、パリ天文台の前で銃殺刑となった（**↓ブルボン家の亡命**）。ルーセルの甥であるミシェル・ネー（元帥と同名）はインタヴューで叔父の思い出を尋ねられたとき、ある日のルーセルのいたずらを思い出している。学校の帰り道、見ると叔父が、百歳くらいの老人を連れて近づいてきた。叔父はその老人を、ネー元帥の銃殺刑を見たことがある人だと紹介し、老人は刑の様子を細かく語りはじめた――老人はおそらくルーセルが金で雇った無関係な人物。ルーセルはそういういたずらが好きで、最愛の甥を怖がらせて楽しんだのである。

天文台前の銃殺現場にはリュード作のネー元帥の彫像が立ち、カルポー（↓）の作品がある噴水（↓）も近い。ちなみに若き日のカミーユ・フラマリオンは、ル・ヴェリエが所長だった頃のパリ天文台で働いていた。もうひとつ脱線するとＥＦが初演された一九二四年、ネー像の前にある有名なカフェ「クローズリー・デ・リラ」で小説を書いていた貧乏なアメリカ人がいた。ヘミングウェイである。

ルイ十五世（Louis XV）　ＰＳ３－５　二六三頁

在位一七一五―七四年。太陽王ルイ十四世の曾孫。五歳で即位したため、一七二四年までオルレアン公フィリップによる摂政政治が行われた（IAでは、ノルベール・モンタレスコが「ルイ十五世の前で頭を下げる摂政」という像を作る）。一七二六年からは枢機卿フルリーが実権を握るが（一七二六―四三年）、この時代は、ようやく長い不況から脱して経済が安定成長を始め、規則的な人口増加も始まった時代である。しかし物価の高騰や増税政策などのため労働者や農民の暴動も盛んに勃発した。フルリーの死後、親政が開始されるが、ルイ十五世は、王としては無能で、寵妾ポンパドゥール夫人にいいように操られていたことは有名な話だ。パリを荒らしまわった強盗カルトゥーシュ（→）の処刑（一七二一年）と、アベ・プレヴォーの『マノン・レスコー』（→）の出版（一七三一年）はどちらもルイ十五世の在位中の出来事である。また、ルイ十五世時代は、フランスのロココ様式の成立時代であるが、男性的で荘重なルイ十四世様式と違って、細く軽やかな曲線を好む女性的なロココ様式は、EFでは重要なモチーフとなっている。日本では「猫脚」と言われる椅子の曲脚（ガブリオル）や、渦巻、ロカイユ（貝殻装飾）、連続唐草などの装飾モチーフが、ロココの典型的スタイルである（**→ピストール金貨**）。

ルイ＝フィリップ（Louis-Philippe）

PS5-1　三〇六頁

一七七三―一八五〇年。オルレアン公。フランス革命期には自らジャコバン・クラブに入り、革命戦争にも参加したが、一七九三年からはヨーロッパ各地やアメリカなどに亡命していた。一八一四年、王政復古とともに帰国し、亡命以来国家に没収されていた所有地の返還を受ける。自由主義者（**→自由思想**）として知られ、ルイ十八世、シャルル十世による反動的王政期への議会の不満が募って一八三〇年七月にいわゆる七月革命が起こると、銀行家や資本家らの支持で、「フランス人民の王ルイ＝フィリップ一世」として即位、七月王政を始めた。が、やがてそのあまりに頑迷な保守政治に、労働者らの不満が爆発し、一八四八年の二月革命でその座を追われた。

ルニャール（Regnard, Jean-François）　EF2-5　一一九頁

一六五五―一七〇九年。ルサージュ（➡**フロンタン**）らとほぼ同世代の喜劇作家。代表作は『包括受遺者』（一七〇八年）で、古典主義の形式は守られるが内容は笑劇である。

ルニャールに『アルギュル女王とニソール大公』という作品はないが、同作家の三幕散文劇の題『コケット、あるいは婦人学士院』（一六九一年）がオルタンスの挿話の源泉になっていると思われる。「コケット（色っぽい女）」という語の形容詞形には「値段が高い」という意味もあり（ジュヌヴィエーヴのせりふ参照）、「婦人学士院（académie des dames）」は「女性の裸体画の習作」と読み替えることができる。またEF初演より数カ月前の『コメディア』紙には、「ザヴィエ・ド・クルヴィル氏は、貴族の演劇愛好家からなる自らの『小舞台』座で、『コケット』を上演した」との記事が掲載されていた（Alexandre Calame, *Regnard, sa vie et son œuvre*）。『コメディア』はEFの初演と切っても切れない関係にある新聞で、上演後は作品をめぐる論争がこの紙上を舞台に起こり、またEFの最初のヴァージョンも掲載された。よってルーセルが先の一文を読んでいた可能性は高く、また以上の仮説が正しければ、ルニャールの名を出すことは「手法」の存在を明かし／隠すという力学のうえで、少々の（かなりの？）冒険に出ているとも言える。

なお、劇場版『アフリカの印象』観劇が創作のヒントになっている、マルセル・デュシャンのオブジェ作品「彼女の独身者たちによって裸にされた花嫁、さえも」（一九一五―二三年）は、ガストン・ド・パヴロウスキー『四次元の国への旅』（一九一二年）からも影響を受けているが、この作品は『コメディア』紙に連載され、パヴロウスキーは一九一四年までの同紙の編集長だった。

レグルス（régulus）　PS1-5　一八八頁

レグルスといえば普通、獅子座でもっとも輝か

しい星、いわゆる獅子座のα星のこととしてよく知られている。ところで、キクイタダキを表すフランス語 roitelet には「弱小国の王、無力な王」の意味があるが、régulus の語源はラテン語で regu-lus すなわち petit roi（小さな王）であり、そこから転じてキクイタダキのことをレグルスと呼ぶようになったらしい。N. Besche には、régulus の項に、「キクイタダキの学名」と記載がある（**→カストルとポリデウケス**）。

レ枢機卿（cardinal de Retz, Jean-François-Paul de Gondi）　EF2-1　五二頁

一六一三—七九年。名門の出で叔父はパリ大司教。若い頃より宗教の道に進むが政治陰謀に魅せられ、特にフロンドの乱（la Fronde）では中心的な役割を果たした。枢機卿になっても策謀をやめず投獄され、後に脱走。マザランが死ぬとフランスに戻り、修道院の院長となる。教皇選挙《コンクラーヴ》（→）には数度参加。死後一七一七年に出版される『回想録』は文学作品として評価が高く、ある女友達への私信という形式になっている（相手はセヴィニエ夫人という説が有力）。

「レ（Retz）」という名と同じ音で、フランス語には raie という単語があるが、ルーセルはその語に「（髪の）分け目」と「（魚の）エイ」という二つの意味があることを利用して習作短篇のひとつを書いている。またルーセルの遠い親戚 Ney は（日本語では多くネーと表記されるが）、レと同じ母音でできている一音の名である。

なおシモンの挿話にあるとおり、枢機卿は緋色の衣を着用する。

レミ・ベロー（Remi Belleau）　EF2-6　一二二頁

一五二八—七七年。ロンサール、デュ・ベレーなどで知られる十六世紀フランスの「プレイヤード派」詩人のひとり。翻訳家としてもすぐれていた。プレイヤードが「すばる」の七つ星のことであれば、ベローは星にたとえられた詩人ということになる（**→ローペ・デ・ヴェガ**）。ルーセルは珍

しくフルネームでその名を記しているが、綴りは一般的なものを採っていない。別の挿話に登場する架空の人物レミ・シストリエも同様（一般的にはRémiだが、ルーセルはRemiと綴っている）。

「鳩と通行人」は実作で、古代ギリシアの詩人アナクレオンの模作をペローがフランス語に翻案したものである。「鳩」（→**伝書鳩**）といえば、ギリシア神話でプレイヤードとは、アトラスの七人の娘の総称であり、天空で彼女たちがオリオンに追いかけられているのを見た神々は、娘たちを鳩に変身させた。LSの少女ウルフラも、魔法で鳩に変身させられてしまうが、PDLSはこうした逸話を、グリムやペロー（→**左右の目の色が違う者**）の童話と比較している。「通行人」は、ルーセルが好んだ詩人フランソワ・コペに同名の詩篇、さらに、サラ・ベルナールが出演した一幕劇がある（一八六九年初演）。

EF1-3　二〇頁

ローペ・デ・ヴェガ（Lope de Vega Carpio, Félix）

一五六二―一六三五年。スペインにおけるもっとも偉大な詩人、劇作家のひとり。古典主義の規則に縛られないコメディアという形式を完成させ、その作品は宗教劇《アウトー》を含めると二千作にも及ぶとされている。彼にとって時のありとあらゆる出来事が劇の題材になった。また数々の女性遍歴でも知られ、二番目の妻を亡くした後、一六一四年に聖職者となるが（→**無限を示す記号**）、劇作も恋もやめなかった。

まさにルーセルが望んだような完全な栄光、全世界的《ユニヴェルセル》な成功をつかんだ人物であるが、あるいはその名から星のヴェガ（こと座のα星）を想起するなら、星を持った詩人ということにもなろう（→**レミ・ペロー**）。作中の星に関する語については本書の解説も参照のこと。

星と太陽、双子の戯曲――訳者あとがきに代えて

レーモン・ルーセル

それには死というものが必然だったのだろう。レーモン・ルーセル（Raymond Roussel 一八七七―一九三三年）――「仔牛の肺臓のレールを走る、コルセット用の鯨骨でできた奴隷の彫像」で演劇界を騒がせ、ついに文学的栄光をつかむことなく五十六年の生涯を終えた孤高の天才。その死から五十六年後の一九八九年、人知れず家具倉庫会社に預けられていたこの作家の荷が偶然に発見され、フランス国立図書館に寄贈されることになった。九つのダンボール箱に入っていたのは、ルーセルが出版を見合わせた未発表作品、大量の草稿、写真、手紙などの数々……。本書所収の二つの戯曲をすでに読まれた方なら、「死と偶然」に委ねられたこの秘密の発見に、サン＝トラン伯爵やギヨーム・ブラッシュの遺志が重なり、なんとも言いがたい衝撃に襲われはしないだろうか。

あるいはルーセルの愛読者であれば、死者からの手紙はこれが二度目であることをご存知のはずだ。生前、ロスタン、ロベール・ド・モンテスキュー、ウィリー、デュシャン（「大ガラス」は

ルーセルの劇から着想された)、シュルレアリストら一部の讃美者を得ただけで世間からはほとんど無視され、むしろ顰蹙さえ買ったこの大富豪は、度重なる浪費によって晩年は財産をほぼ失い、旅先のパレルモのホテルで、睡眠薬の過剰摂取が原因とされる死を遂げた。その二年後、死後出版との約束で印刷所に託されていた文学的遺書「いかにして私は或る種《セルタン》の本を書いたか」が世に出、この短い覚書によって、彼の本のいくつか《セルタン》が一種の言葉遊び——手法《プロセデ》——に基づいて書かれていたという秘密が明かされるのである。

ルーセルはこの手法を誰にも漏らさなかったはずであるし、それまで作品からずばり解明した者もいなかった。手法とは何か。例えば『額の星』に、ローマ教皇、聖ユリウスが貧乏な子供に上着を与える場面がある。架空の話と察せられるものの、理屈としては堅固な本当らしさを保つこの「感動的な逸話」には、実は手法が用いられている。ルーセルはまず singulier et pluriel (単数と複数《サンギュリエ・エ・プリュリエル》)という適当な言葉を選び、それと音が似ているが意味がまったく異なる別の言葉をひねり出す。そして取り出されたのが Saint Jules et pelure (聖ユリウスと上掛《サン・ジュール・エ・プリュール》)であり、後は意外な出会いを果たしたこの二語を起点に、筋の通る物語を組み立てていくのである。ルーセルを信じるならば、手法が用いられたとされる作品は、全篇がこの種の手法に則って書かれていたのだ。

二度にわたる死後の啓示で明らかになってきたルーセルの文学活動の全容は、複雑なモザイクを作る。まずは若い頃に書かれ、手法とは無関係とされる韻文の作品群がある。生前に発表された『代役』、『眺め』(一八九七、一九〇四年)、また、一九八九年の新資料中に見つかり、存在さえ知られていなかった大作『セーヌ川』や『結婚』（執筆はともに一九〇〇年代と推定されている。前者は戯曲、後者は編者による仮題で未完）などだ。十二音節《アレクサンドラン》で綴られたこうした初期作品には、風景や場面の細かい描写が、常識外れの長さでただひたすら続くという共通点がある。

手法が用いられた作品には、二つの長篇散文『アフリカの印象』、『ロクス・ソルス』（ともに新聞に連載後、一九一〇、一四年に出版。さらに舞台化された）と本書所収の二つの戯曲がある。また『ハバナにて』（研究者による仮題）という手法作品は未完に終わり、ルーセルの遺志でその「構想用の資料」だけが『いかにして……』に収められた。なお、「爪はじき」（一九〇〇年）など、一九〇〇年代に書かれて発表された三篇の短篇や、同時期に書かれたが生前は発表されなかった「黒人たちのあいだで」などの習作短篇群（『いかにして……』所収）は、どれも最初と最後の文章がほとんど同じ音の二文でできている小作品で、そこには手法の萌芽が見られる。

さらに、第一次大戦中から書き始められ、死の前年に発表された韻文『新アフリカの印象』（一九三二年）が単独のカテゴリーを形成すると思われる。ルーセルはこの作品を『眺め』の書き直しとし、手法とは関係がないと断言する。だが内容は初期作品群とは趣を異にし、また、カッコが何重にも重なることや、テクストにイラストが組み合わされているという特徴を持つ。以上がルーセルの主だった作品であるが、生前に発表されたものはすべて自費での出版、上演であった。

ルーセルの創作を支えるのは第一に、十七歳の頃の詩「わが魂」のなかで自ら「奇妙な工場」と表現した、異常なまでの韻の生産力であろう。草稿では、韻の部分だけが先に埋まっているページを多く見ることができ、後から残りの空白を埋めていったことがうかがえる（似たような作業をする人物を、本書のなかに見つけることができるはずだ）。「手法」もルーセル自身が「脚韻に近い」と言うように、「聖ユリウス」と「上掛」という二つの語を得たならば、その意味の亀裂を、現実の論理を遵守しながら埋めていくのである。その際には辞書や百科事典、啓蒙書などの知識が総動員される。作家や詩人が出来事や感情を言葉に託すのであれば、ルーセルにおいては、韻と手法の埋め草として現実の世界が存在しているかのようである。

無垢な語呂合せともいうべきルーセルの創作がしかし児戯に終わらないのは、手法から生まれた突飛なイメージを本当らしくしていく作業が驚くほど精巧であるからだ。『ロクス・ソルス』の「空飛ぶ撞槌（地面をならす棒）」がどんなに奇抜でも、ルーセル／カントレルは何ページもの記述を費やして機械的な説明をおこない、撞槌を理論的に飛ばしてしまう。言葉の音の偶然から発し、本当らしさで実体化しているそれは、単なる空想や想像の産物とは異なるものだ。また、その饒舌は言葉の少ない饒舌である。ルーセルは手法――「婚約者のいるお嬢さん《ドゥモワゼル・ア・プレタンダン》」という言葉から生まれた「歯でできた傭兵の撞槌《ドゥモワゼル・ア・レトル・アン・ダン》」――が課す尋常ではない作業を、論理的に必要かつ極力少ない言葉でおこなう。無駄な描写は廃され、文体は、フランス語の語法に抵触しない範囲で、言葉をどれだけ節約できるかに挑んでいるとさえ見える。散文であっても定型詩であるがごとく、あるいは、いかに少ない歯車で機械を動かせるかに文章の優劣をかけているかのようだ。その緻密さと簡素な文体のコントラストが手法作品の特色をなす。

よって、こうした創作がパズルや方程式にたとえられるのも無理はない。あるいはルーセルは創作をやめた後、チェスに没頭するだろう。また韻にせよ手法にせよ規則にのみ準じることで、作品からは、通常の文学がめざすであろうものがきれいに削ぎ落とされる。そしてその空白は二重、三重の秘密に包まれる。ルーセルの謎は、謎の解明がつねにその謎を深める謎である。多くの挿話では発見のための発見、暗号のための暗号が問題なのであって、明かされたメッセージは謎の仕組しか語ろうとしない。明かすことで隠す――これが処女作『代役』から続くルーセル一流のトリックである。主役の代役やカーニヴァルの仮面は、人前に自らをさらしながら自分を隠す。作中に渦巻く挿話自体が、そして「いかにして……」での部分的な種明かしは、手法が作動していることを明かしながら隠す。先に紹介した手法でルーセルは「上掛」という話言葉（第一義は「むいた野菜の皮」）を思いつくが、衣服に関する語は、例えば『新アフリカの印象』で surtout という「コート」を示す古語（一般的な意味は「特に」）が用いられるなどほかにも例があり、ル＝ブランらはこうした衣服、つまり体を見せながら隠すものへの好みに、ルーセルのダンディズムとの接点を探る。

そして答えが空白であるかもしれない秘密の暗示は、ルーセルを読むことに緊張を強いる。singulier et pluriel から Saint Jules et pelure ができるのならば、singe et La Pérouse（猿とラ・ペルーズ）ができてもおかしくないのではないか。singulier を sanguilier（猪）と読み替えれば、メレアグロス（猪狩りで有名）との関連を疑いたくなる。だが、そのような偶然の語の一致は、どんなテクストでも起こりうることなのではないか……ミシェル・フーコーの言うように、「いかにして……」によってルーセル作品の一語一句には罠が仕掛けられることになり、これがテクストというものの見直しをおこなっていたのちの文学者たちの注目を集め、ルーセル再評価の要因のひとつになったのだ。

大富豪、同性愛者でダンディ、潔癖性、規則マニア、高名な心理学者ピエール・ジャネのもとに通った神経症の患者、卓越した音楽家、驚異のものまね能力、とにかく有名になりたい俗物、ヴェルヌとロティの常軌を逸した熱狂的読者、世界周遊と自ら設計したキャンピング・カーでの不思議な旅、「現実」よりも「想念」の世界を好むという現実忌避者、晩年のチェスへの没頭と薬物中毒。ルーセルの生涯は多くの逸話に満ち、文学史上屈指の奇人とも称される。だが、あるいは彼をひと言で言うなら、どこまでも孤独な人であり、そして子供だったのではないだろうか。好きなものは徹底的に好き、興味のないものには見向きもしない。誰からも誉めてもらいたくて仕方がない子供である。そしてその子供は、自らのうちから溢れる韻と格闘する詩人なのだ。

第二次大戦後より、ルーセルは文学史のみならず、多岐にわたる分野でひじょうに大きな位置を占めるようになった。たまたま親の代から縁があり、子供の頃からルーセルを知っていたミシェル・レリスはその死後の栄光のために尽力し、フーコーはルーセル論を書き、六〇年代には作品が再版されて読者を増やした。ヌーヴォーロマンの作家、新世代の批評家たちはこぞってルーセルを語り、言語と文学の探求で知られるウリポのグループにとっては偉大な先駆者となった。なによりルーセル作品が底知れぬ面白さを失わず、時を経るごとに時代が、この早すぎた天才にやっと追いついているかのようだった。もはや手法のみでこの詩人を語ることは、たいへんな過小評価と言えよう。しかし先進性であれ現代性であれ、ルーセルはおそらくそんな小難しいものをめざしてはいなかった。子供の発想は大人の社会から自由であり、存在自体が非社会的なのであれば、その価値転倒は反抗とは呼べまい。ましてや子供に思想はない。

そもそも詩作は「完全な幸福」だったという子供時代の終わりとともに始められた。平和な時代にきわめて裕福なブルジョワ家庭の末っ子として生まれ、何不自由なく育った。十三歳の頃からピアノを学び一流の才能を示していたが、韻の生産力に自らの天才を知ると、寝食を忘れて詩作にとり組むようになる。先の「わが魂」には、ユゴーのように全世界的《ユニヴェルセル》な称讃を浴びる天才詩人ルーセルが謳われる。処女作『代役』を執筆中には強烈な陶酔感を味わい、彼は文学的栄光の絶頂にあった。失われた時は詩人としての「栄光感覚」で癒されたかに思われた。しかし彼はもう小さな王さまではなかった。本の出版後、「満場一致の称讃」の代わりに若い詩人が受けたのはむしろ世間の完璧な無視だった。ショックで体には赤い斑が現れ、生涯苦しむ神経症が始まる。

『代役』の栄光の再現、ルーセルの残りの人生はその絶対の探求だった。工場から無尽蔵に出てくる韻——二つの言葉——は円を結んで結界をなし、偶然と論理——おそらくルーセルが信じることのできたもの——が支配するもうひとつの世界を創る。この現実に対する言語の挑戦を、フーコーは「際限のない二重化」とし、ル＝ブランはむしろ「現実そのもの」が賭されていると言う。いずれにせよルーセルは、そのノーマンズランド——ルーセルが掘りあて、明かし／隠した空白——で、額に星を授かった子供として生きる。何かに熱中する子供のような「忍耐力」で、そして子供でいるために言葉を組み合わせつづける。それが彼の生きるということだった。それには詩というものが必然だったのだろう……。

額の星──物の記憶

怒鳴り合い、やじり合い、そして殴り合い──一九二四年五月五日、ヴォードヴィル座のマチネ公演『額の星』は、そんな大混乱のなかで上演された。

騒ぎは、ルーセルに偏見を持っていた良識派と、逆にこの謎の人物を天才と仰ぎ、援護に駆けつけた若きシュルレアリストたち──とは言ってもこの頃はまだ二十代半ばの作家を自称する近頃の若者たち、すなわちブルトン、デスノス、エリュアール、そしてレリスら──とのあいだで起こった。なかでも活躍めざましかったのがデスノスであり、第二幕で「がんばれ！　サクラ」とやじられると、「俺たちがサクラなら、お前らはほっぺただ！」と即座に切り返して後日の新聞をにぎわせた（サクラ claque の原義は「平手打ち」）。第三幕ではそのデスノスを巻きこんだ乱闘が起こり、女性は卒倒し、ついには衛兵隊が場内に踏みこむ始末だった。

舞台では騒ぎに激怒したカンデ（トレゼル）が観客を黙らせようと無駄な努力をしている横で、小銭を投げつけられたグランバック夫人（ジュサック夫人）は「私たちは〔俳優の〕仕事を真剣にやっているのよ」と怒鳴り、これは後に、俳優業の倫理に関する論争の口火となった。ピュイラガルド（ガストン）は真面目に演じていたが、ヨネル（クロード）は笑いをこらえきれなくなっていた。ジョッフル（ジュサック）は完全な裏切り者で、微笑みを浮かべながらバレエのジャンプを決めて観客の拍手を誘っていた。騒乱が大きくなるたびに、幕が何度も上げ下げされた。

文学史は後年、この一連の大騒ぎをユゴーの『エルナニ』上演（古典派に対するロマン派の勝利を象徴する）になぞらえ、「シュルレアリストのエルナニの戦い」と呼ぶ。だが当のルーセルにしてみれば、彼はユゴーの読者で、とりわけその文学的名声を羨んでいたかもしれないが、レリスとたまたま知己であったくらいで、そのグループの運動とは無関係であり、若者たちの一方的な尊敬を受けていたにすぎない。孤高の天才——おそらくこの日、ルーセルの額の星に気づいていた者はいなかった。

劇場での満場一致の大喝采、それもまたルーセルが生涯かなえることのできなかった夢であった。『アフリカの印象』、『ロクス・ソルス』の劇場版は、喝采どころか金の力で劇場を私物化し、荒唐無稽な劇を上演しているとして大きなスキャンダルを引き起こしていた。ルーセルはこの大衆の無理解を、本を脚色したためであると考え、今度は最初から戯曲の形で作品を書く。こうして完成された『額の星』は三日間だけのマチネ公演、さらに招待制というほぼプライヴェートな形で上演されたが、結果は右のような騒ぎとなり、むろん見事な失敗であった。「〔学生の〕ある者は、これは額の下の巣《ラ・トワル・ス・ル・フロン》だ、蜘蛛の巣だ！　とさえ言った」（『エコー』紙。「星《エトワル》」と「巣《トワル》」をかけている）。アントワーヌは、神聖な劇場が大金持ちの素人のせいでバカ騒ぎの場と化している状況を、「ますます頻繁になっている、われわれの誤った善意と忍耐」（『ジュルナル』紙）の結果と嘆いた。あるいは、出演した俳優を金の亡者と非難する評者もいた。だが、この上演では舞台背景は別作品の使い回し、音楽もバレエもなしであり、ルーセルが舞台にあげた四作品のなかでは、質素に徹した点で例外的であった。なおレリスによると、ルーセルは、この初演の総稽古と『エルナニ』上演の様子を並べた画を画家のゾーに注文し、デスノスの文句をその銘としている。『額の星』は「手法」が用いられた作品であり――ただし謎解きは先に例を挙げた一箇所のみである――この作家にしかできない、きわめて独創的な作風が全篇を貫いている。ただし初演時の混乱は、「仔牛の肺臓のレール」などで培われていた観客たちの偏見や、それに対するシュルレアリストたちの過剰な反応にその原因があり、作中にくり出されるオブジェや逸話は、前作までのそれに比べずいぶんと常識的なものに落ち着いているだろう。特に視覚的には、異形のオブジェが派手に舞台にあがることもなく、上演に新奇さがあったとしたらむしろ、登場人物たちに「劇」がほとんど用意されていないこと、彼らによって「劇中劇」がいつ果てるともなく語られる点にあったはずだ。ルーセルの大衆への譲歩が足りなかったのか、劇作のテクニックがなかったのか、自信に満ちた故意のことであるかはともかく、わざわざ戯曲として制作したことは、『額の星』に劇的な効果を加味するのではなく、逆にルーセルの散文が演出を経ることなく朗読されるという結果を生んでいる。アンリ・ビドゥのように「これは劇作品というよりはデカメロンだ」(『ル・ジュルナル・デ・デバ』紙)と評した者もいた。

事実、せりふは散文作品の文体を継承しており、また内容的にも語法のうえでも会話というよりは一種の独白《モノローグ》と考えるほうが妥当だと思われる。誰がどのせりふを語ってもたいして問題にはならないことは明らかで、例えば第一幕のローペ・デ・ヴェガの挿話は、初演時には第三幕でトレゼルによって語られている。そのせりふはジュヌヴィエーヴのそれとほぼ変わるところがない。こうした斬新さは「不条理劇」などの先達となるのかもしれないが、ルーセル本人の告白を信じるならば、彼はあくまで大衆の理解を求めていただけであった。

題名と最後の言葉である「額の星」は――ヴェルヌの『南の星』（ただし、実際に書いたのはアンドレ・ローリーことパスカル・グルーセ）も「南の星！」という言葉で終わる――ルーセルの強い信念のひとつであり、作品に古くから現れているモチーフである。最初期に発表された「わが魂」にすでに、天才詩人の「額」への言及があり、新版の編者ル＝ブランはこう註釈をつけている――「むろんこれは、選ばれし者の『額の星』のことを言っている。ルーセルは自分がこの星の持ち主であることを信じて疑わなかった。その確信は彼の実生活につねにつきまとい、作品においても同様で、そこでは運命に選ばれた者に大きな関心が寄せられる。そもそもジャネ博士に語ったように、ルーセルはこれを肉体に感じたことがあり、その存在に根拠を与えている――『選ばれた者がいるのです、これはどうにもならないことなのです！　詩人が言うではないですか、額に焼けるような痛みを感じる……と。額に持つ光輝く星なのです。そうです、私は額に星を持ったと感じたことがあるのです。あれは決して忘れることができません』」。

また、ジャン・フェリーは『額の星』に影響を与えたテクストとして、ポール・ディヴォワ『謎博士』（シヴァ神と生贄のインド人姉妹）、ロスタン『シラノ・ド・ベルジュラック』（劇中劇「歴戦の勇士《アンスペサード》」）、ヴェルヌ『キップ兄弟』（死者の瞳に残った像とグロの肖像画）などを挙げている。

また、ヴェルヌ作品については小事典でも一部記したとおり、『エクトール・セルヴァダック』、『セザール・カスカベル』、『ブラニカン夫人』、『クロディウス・ボンバルナック』、『頑固者ケラバン』などからの影響も指摘できる。その是非は措くとしても、おそらく確実なのは、星を題に冠するこの作品が、天文学者フラマリオンへのオマージュになっていることであろう。パリ郊外ジュヴィジーに天文台を持っていたフラマリオンは、万能博士カントレルやトレゼルのモデルと目され、あるいはカラデックは、インド人の双子の娘（額に星をつけた双子《ジュメル・ア・エトワール》）を、この天文学者の名にあやかって発売されていたオペラグラスや双眼鏡「ジュメル・フラマリオン＝星を見られる双眼鏡《ジュメル・ア・エトワール》」から想起したのではないかと推測している。

カミーユ・フラマリオン（一八四二―一九二五年。なお、同名の出版社はその弟が創始者）は当時広く読まれていた科学知識の啓蒙家、そして心霊研究家で、同時代の文学作品に与えた影響ははかりしれないものがある。例えばフェリー（本名はレヴィ）は、ボーズ・レヴィなどに見られるルーセルのユダヤ人観にヴェルヌ『エクトール・セルヴァダック』――ルーセルの生誕年に出版された彼の愛読書――の影響を挙げるが、彗星を舞台に、また彗星への長々とした脱線がある（コメットは『額の星』にも意外な形で登場する）このヴェルヌ作品自体もやはりフラマリオンへのオマージュ的な面を持ち、作品から引用もされている。レリスは、ルーセルがフラマリオンの著作に熱中していたと語り、これも本書「小事典」でその一端を紹介したように、科学的な知識をこの啓蒙家に負っていたと思われるふしがある。さらに『額の星』初演のおよそ一年前にはその天文台で開かれた昼食会に出席しており、星形のビスケットが出されると、ルーセルはこれを食べることなく持ち帰り、鍵のついた星形のガラスケースに入れて所有した。この「物」への呪物崇拝的な対応は、トレゼルの「物集めの癖」や、ある挿話に出てくるガラスに封印された蝶に直結するだろう。

また、本書の二戯曲には星座にちなむ語が少なからず用いられているが、フラマリオン『ウラニー』（一八八九年）にはヘラクレス座、プレイヤード（レミ・ベロー）、鳩座、ポリデウケス、天の川（乳）が連続して語られる件や、ユゴーの有名な詩を引用して、星を眺めるカップルをボアズ（ボーズはそのフランス語読み）とルツにたとえる場面、同じカップルが双子座やヴェガ（ローペ・デ・ヴェガ）、レグルスを観察する一節もある。天文学と神秘主義の融合を謳うこの啓蒙書の影響が、直接こうした語となってテクストに現れたとは断言できないが、少なくともルーセルがこの作品を好んでいたことは確かであり、レリスの父親の家で朗読をしていたという証言さえある。あるいは同『月光』（一八九四年）には、化石や剝製に埋もれ、塔に閉じこもっている孤独な博士が登場して、月明かりというモチーフとともにトレゼルを彷彿させる。フラマリオンの本領である科学的啓蒙、むしろアートフル・サイエンスは特に『ロクス・ソルス』に一貫しているが、本作品でも例えば「赤い月」の迷信が、因果関係をとり違えただけとされる。また、その宇宙写真説——過去におけるすべての出来事が一種の写真となって宇宙にたくわえられているという説——が本当なら、ルーセルは真っ先に十九歳のときに戻って「栄光体験」の現場に立ち会おうとするであろう。フラマリオンが進化した人間のモデルとして植物状の生物を考えていたなら、『ロクス・ソルス』の草案には人間と植物が融合したなんともエロチックな生物が登場し、さらに、ルーセルが後世に託した「死後の開花」という言葉もがぜん意味深くなる。

だが、魂の普遍を説く啓蒙家と「わが魂は奇妙な工場」と謳う詩人には、その根底において相容れない点がある。例えば生前の業が生れ変りに作用するフラマリオンの輪廻思想は、偶然がすべてである「額の星」の考えとは異質なものに映る。運命はタルーの聖別式のときから、サイコロによって決められている。また、作中に『未来の感覚』というフラマリオンの架空の著作を持ち出そうとも、心霊主義的な側面にまでルーセルが感化されていたとは思えない。現実というものに対するフラマリオンの楽観主義がルーセルにあったならば、はたして彼は言語で不在の現実を作り、そこに生きるなどという死を賭した詩作をおこなっただろうか。カミーユ・ピグマリオン、が女神ウラニーに手を引かれ、科学を信奉して未来への転生に導かれていくなら、『額の星』に次々と持ち出されるオブジェは過去を封じ込めた一種の写真、あるいは化石であり、トレゼルはそれを死体愛好者のように愛でているだけだ。敬愛する人物を神のように崇めるルーセルは、フラマリオンを熱烈に尊敬していたであろうが、孤独な人ルーセルと世界とのあいだには、やはりはっきりとした一線が引かれている。額の星とはその孤高の証でもあろう。ルーセルが現実の光にカーテンを引き、言葉の宇宙に潜りこむほどに輝きを増す星なのだ。

『額の星』は初演から数日後、『コメディア』紙に「大議論を呼んでいる《近代的》演劇」と揶揄されて第二幕と第三幕が連載され、翌二五年、ルメール社から単行本の形で出版された。両者には挿話の順序などに違いがあり、また『コメディア』版には抜けているパートが数点ある。例えば第二幕にジモンの挿話はなく、またファルゲラック（初演時の名はエルマンジュ）の貯金箱の話から若い母親の挿話にはつながらずに、ルドニツキー（同、ポロスロフ）の逸話まで話が飛ぶ。

こうした箇所が第一幕で語られていたのか、ルーセルが後から書き足したのか、単に『コメディア』が削除したのかは不明である。だが、なにより驚かされるのは、この初演のヴァージョンにおいては、架空の人名、地名のほとんどすべてが別名になっている点だ（実在の固有名詞には一切変更はない。小事典に項目を設けた語は架空のものでも『コメディア』版と同じ）。役名ではゼウッグとレッジェはリニアとスーナであり、本文ではベトゥーやボーズなど変更されていないものはごく少数で、例えばモード・ド・パーレー→マリー・ド・カンビー、マケーニュ修道院→モルリニャック修道院といった具合である。こうした大幅なさし替えはほかの作品でも施されており、ルーセルの謎のひとつであると同時に、韻と並ぶ固有名詞の生産力──『セーヌ川』には数百名にも及ぶ役に名前がつけられている──を浮き彫りにする。

なお『額の星』は一九七一年にパリのパルク・ド・ショワジーで再演された。計十二回の公演で、ジャン・ルージュリが演出、そしてジュサック役を演じた。この上演ではいくつかの挿話が削除され、またガストンの役は存在せず、せりふはジュサック夫人などに割り振られている。一九八六年にはエヴルー市でも再演されている。

無数の太陽──物の戯曲

「君主は、権力に酔いしれてすぐに堕落してしまい、これまでのやり方を捨て、強圧的な独裁者となりました。そして特に新しい税をどんどん作り出し、その取立てに昼用と夜用の二つの税務署がいるほどになってしまいました。〔……〕一方の税務署には空に太陽が、もう一方には星を表すアステリスクがちりばめられています」（『無数の太陽』第三幕第八場、傍点引用者）。

「ルーセルではつねに「二つ」が問題になる」（凱旋門）と小事典にもあるとおり、双数性・対称性はこの作家のもっとも特徴的な強迫観念《オブセッション》の一つだが、『無数の太陽』にあえて書き込まれた右の件を読むと、『額の星』に続いて『無数の太陽』が書かれることは、この作家にとって、ほとんど必然であったようにさえ思われてくる。

実際、『アフリカの印象』がアフリカという熱帯、『ロクス・ソルス』がモンモランシーというパリ郊外を舞台にしているのと呼応するように、『額の星』はマルリというパリ郊外（第三幕だけはパリだが）、『無数の太陽』はギアナという熱帯を舞台にしている。そして、パリ郊外を舞台にした『ロクス・ソルス』と『額の星』では、どちらも一人の「学者」とその収集品が物語の中心をなしているのに対して、熱帯を舞台にした『アフリカの印象』と『無数の太陽』では、現地人に混じった白人が主人公になっているという点も同じだ。一対の小説作品と一対の戯曲は、年代順に並べてみると、ちょうど真ん中に鏡を立てたときのように、正確に対称形を描いていることになる。

ピエール・ジャネは、ルーセルの生涯は「その作品のように組み立てられている」と言ったが、確かにルーセルにあってはその生涯も作品も、あまりに論理的で整いすぎているようにさえ見える。そのことはレーモン・ルーセルという作家の特異な内向性・閉鎖性を示しているが、そもそも、『無数の太陽』という作品は、後に述べるように、ロベール・ド・モンテスキュー言うところの「事実の方程式」の究極の形態を示してもいる。

ルーセルは、『無数の太陽』を書くことで何をめざしていたのだろうか。そのことを探るために、まずは当時の上演状況を振り返ってみよう。

『額の星』の上演で新たなスキャンダルにまみれたルーセルは、一九二六年、「手法」による四つの長篇のうち最後のものとなる戯曲『無数の太陽』を上演する。

題名の由来は、劇の最後に示されるように、無数の塵でできた雲のように見える星雲の中の一つひとつの星が、実はそれぞれ一つの太陽であり、その周りにそれぞれの「太陽系」を形作っているというイメージからきているが、これは『額の星』の解説でも詳細に取りあげられているカミーユ・フラマリオンの影響によるものだろう。「この宇宙は何百万もの太陽から構成されていて、それぞれの太陽は互いに一兆里以上も離れている」という『ウラニー』の一節は、そのままルーセルの戯曲の説明を要約している。

ちなみに、『無数の太陽』という訳題に触れておくと、原題は La Poussière de Soleils、poussière は「塵、埃」の意味だが、また同時にフランス語で une poussière de... といえば「無数の……」という意味の成句でもあり、「塵」のニュアンスと「たくさん」という意味の両方を活かすには（しかし考えてみれば日本語の「塵」にだって「たくさん」というニュアンスはある）、『塵のように無数の太陽』という訳し方が一番親切ではあるが、少々回りくどいのと、特に『額の星』とのバランスの関係で、本訳書では、『無数の太陽』というシンプルな訳を採った。

さて、『無数の太陽』の初演は二月二日ポルト＝サン＝マルタン座で行われたが、この日はちょうどコメディー・フランセーズ座の初日と重なっており、「真面目な」批評家連中は立ち会うことがなかった。『額の星』のときと同様、このときの公演も三日間だけで、しかも特定の招待客だけを対象とした私的公演だった。このことの意味は、おそらく決して小さくない。ルーセルは、この当時もはやスキャンダルに厭いていたのではないだろうか。作品の中身から言っても、『無数の太陽』は決して前衛的な奇を衒ったものではなかった。むしろまったく月並と言っていい「破綻のない」宝探しのストーリーが、驚くべき几帳面さでもって綴られているのである。そしてそこに、ルーセルを彼らなりの価値観で讃美していたシュルレアリストたちとの、決定的な乖離が見える。

　初演当時の劇評を見ると、『無数の太陽』は、ルーセル作品におなじみのスキャンダルを期待してやって来た観客たちを失望させたことがよく分かる。

「作品は静かに受け入れられた。おそらく観客は唖然としてしまったのだろう」（『デイリー・メイル』紙）、「われわれはいささかがっかりした。もっとばかばかしい奇想を期待していたからだ。極端なバロック趣味と、そしてこう言ってよければ、戦うダダイスムとでも言うべきものをだ。『ロクス・ソルス』は、かの有名な「仔牛の肺臓のレール」〔小説では『アフリカの印象』のエピソードだが、演劇版『ロクス・ソルス』にも取り入れられた〕でもって観客を挑発した。そして人々は、観客という猛獣がこの作者を貪り食うところを見にポルト＝サン＝マルタン座へ出向いたのである。つまりおなじみのバカ騒ぎを期待して。しかし幻想は捨てなければならなかった」（『ルーヴル』紙）。

すでに作品を読み終えた読者ならお分かりになったと思うが、確かにここには「仔牛の肺臓のレール」もなければ「チターを弾くみみず」もいない。ルーセルはここで、ひじょうに丹念に、隠された宝石を探す一行の道のりを一つひとつ追っている。筋は単純ではあるが通っている。いやむしろ通りすぎている。

ある劇評は、劇場から出てくる客たちがこう言っていたと記録している。「まったく幻滅したよ！ 作者はもうちっとも頭が変でなくなった。彼はほとんど筋の通った戯曲を書いて、それは退屈ですらないんだ。こうなるともはや気晴らしのしようもない」（ピエール・ヴェベール、『プチ・ジュルナル』紙）。

バカ騒ぎをしようとやって来た連中は見事に肩すかしを食わされたわけだが、確かに、ルーセルと言えば突拍子もないエピソードに満ちた前衛的な作品を思い浮かべる向きには、『無数の太陽』はきわめて退屈で、平凡な作品にしか見えないかもしれない。同様の非難は当時の劇評に頻繁に見られる。

「彼が選んだ主題の凡庸さは嘆かわしいほどだ。この主題の展開が持つ意味はただ一つ、平板さだけだ」（ジャン・プリュドム、『ル・マタン』紙）。

「これはエドガー・ポーの『黄金虫』を思わせる。だが小学校を出た程度の子供が想像して書いたようなものだ」（ジャック・ブーランジェ、『ル・ヌーヴォー・シエークル』紙）。

「支離滅裂な作品を舞台にのせることを非難されないように、彼はきわめて巧妙な糸でこれらの物語を縫い合わせた」(アンリ・ビドゥ、『ル・ジュルナル・デ・デバ』紙)。

しかし、ルーセルがめざしていたのは、まさにここで言われているように、「支離滅裂」だという非難を避けるということだったのではないだろうか。言い換えれば、彼は「筋の通った」お話を書くことに注意を傾けていたように見えるのだ。

『アフリカの印象』の舞台化が失敗し、続く『ロクス・ソルス』では、『アフリカの印象』の失敗は自分自身が脚色したことだったと考えて、脚色をプロの劇作家ピエール・フロンデに頼み、それも不評に終わると、今度は、そもそも小説として書いたものを舞台化したことが原因だとみなし、戯曲『額の星』を書く。ルーセルの生涯は、彼なりのやり方で、あくまで一貫しているのである。それでは次の『無数の太陽』では何を反省したのか。それは「支離滅裂」の拒否である。その反省が、これらの劇評にはっきりと見えている。

『額の星』が発表されたとき、人々は、この作品が持つ物語上の欠点を非難した。第一幕で描かれる双子のインド人姉妹に迫る追手という緊迫した状況が、第二幕では単なる伝聞の形であっさりと処理され、以後二度と現れなくなるからである。これが構成上の破綻であるとか、あるいはその「破綻」こそがルーセルのすごさであるとか、そういうことを言うつもりはない。おそらくルーセルはそんなことを考えもしなかったに違いないからだ。しかしいずれにせよ『無数の太陽』では、そのような批判すらもはや不可能になった。ここにはまったく破綻がない。物語の筋は見事に保たれている。突飛なイメージや奇抜なエピソードといった「奇想」もない。

ここで、この戯曲が上演された当時のフランスの文化・芸術をめぐる状況を思い出してほしい。

まず一九二四年、ブルトンらによる『シュルレアリスム宣言』が出される。ツァラのパリ到着は一九二〇年のことだが、ダダ・シュルレアリスム運動はこの二〇年代にもっとも活発な展開を見せている。また一九二五年は、パリでアール・デコ博覧会が開催された年で、アール・デコ全盛の時代であり、社会全体が戦後復興の熱気に包まれていた。ブガッティやパナスールなどの最新型自動車が街に登場し、モードの分野ではココ・シャネルが注目を浴び、モダニズムの芸術運動がそのピークを迎えていた。ピカソ、ジョイス、ヘミングウェイ、フィッツジェラルド、ディアギレフ、ストラヴィンスキーといった外国人芸術家が続々とパリに引き寄せられてきた、いわゆる「狂乱の二〇年代（les années folles）」の最盛期だったのである。

ルーセルの演劇もまた、シュルレアリストたちを中心とするスキャンダラスな騒ぎの場として注目を浴び、前衛的な側面ばかりが強調されるが、しかし、ここで注目したいことは、そのような前衛芸術の狂乱の真っ只中にあった一九二六年初頭に、ルーセルはきわめて「まっとうな」、あるいはきわめて「凡庸な」、宝探しの物語に没頭したということである。しかもそれは、世間の流れに抗して、というのですらない。彼はただ淡々と自分の求めるものだけを書いた。それだけなのだ。ルーセルは「わが道を行く」という以外の行き方を知らないのである。この驚くべき「オリジナリティ」。これこそがルーセルの真骨頂だ。

『無数の太陽』上演にあたって、もはやルーセルはスキャンダルを欲していなかった。そのことの意味は決して小さくない、と書いたのはまさにこのゆえである。「狂乱」に背を向ける冷静の人、そういうルーセル像が、この戯曲を読めばひじょうによく分かるだろう。そして真に驚くべきことは、それでいてなお、この作品が「独自の前衛性」とでも言うか、シュルレアリスト的バカ騒ぎとは違う決定的な「過激さ」を持っていることである。

ブルトンは、『まわり破風』のなかで、『無数の太陽』について「筋立が絶望的なまでに退屈」で、「『ロクス・ソルス』や『額の星』に比べて質的に劣ることは否定しがたい」と書いているが、この評言に見る限り、いかに前衛的に見えようとも本質的に「文芸＝純文学《ベル・レットル》」の担い手であったブルトンには、ルーセル文学の持つ真の過激さが見えていなかったのだと言うほかない。

シュルレアリストたちは、確かにルーセル作品を讃美し、芝居の上演の際には大挙して押しかけルーセル擁護のために闘った。しかし、結局のところ彼らが求めていたのは、「ダダの夕べ」的なハプニングとスキャンダルであり、お祭騒ぎだった。『パリ・ミディ』紙は、平凡で静かだった『無数の太陽』初演時のブルトンの行動を次のように伝えている。

「一言でも発せられると、あちこちで浮かれ騒ぎののろしが上がるがすぐに立ち消えた。それでもダダ一派は全員いた。アンドレ・ブルトン氏が、誰も何も言っていないときに立ち上がり、沈黙する場内で突然こう叫ぶのが見られさえした。『黙っていろったら。バカ野郎』と。それが誰に向かって言われたのかさえ分からなかった」。

このような「景気づけ」は、ほとんどルーセルにとって迷惑ではなかったろうか。自作の上演にほぼ必ず立ち会ったルーセルが、ついに耐えかねて上演の途中で劇場を後にするのは、『無数の太陽』の再演のときのことである。以後彼は、劇場には行かなくなったし、そもそも死ぬまで戯曲を書くことはなかった。『無数の太陽』についてルーセルは、「作品は理解されなかった。新聞記事は、いくつかを除いてひどいものだった」と「いかにして……」のなかで述懐している。

それではルーセル的過激さとは何か。おそらく『無数の太陽』の本質をもっともよく言い当てているのは、「冒険小説、だが、凡庸な作者が作品に盛り込まなければならないと思い込んでいる無駄な風俗的細部や物質的正確さといった見せかけを一切排除した化学的に純粋状態に置かれたそれ」と書いた、『レール・ヌーヴェル』紙のルイ・ラロワの批評だろう。「「これは翼手竜の化石の跡です」「よろしい、翼手竜の化石に向かって出発だ」。この完全な削ぎ落としこそが、文体《スタイル》を与え、そして、パスティーシュなどではない一つの芸術作品を生み出しているのだ」とラロワは正確に指摘している。

ルーセルは宝探しの物語や冒険小説を書いたのではない、ただひたすら「物」の連鎖を書き綴っただけだ、と主張したのはジャン・フェリーだった。確かにここではあまりに多くのものが削ぎ落とされ簡素になりすぎている。「手法」とは、そもそも「物」に依拠し、「物」にまつわる物語を製造する装置だが、ここでは、それがほとんど物語のレベルにおいても完成されているように見える。『無数の太陽』とは、宝という目的物（objet = chose）を求めて、ただひたすら物を辿っていくという物語なのである。その意味で、この作品は、「事実の方程式」を解くことを旨とする「手法」のもっとも純粋な表れと言ってよい。『額の星』もまた骨董品という「物」をめぐるフェティッシュな物語だったが、そこではそれらをつなぐ「式」すなわち論理が欠けていた。「手法」の追求という意味では、だから『無数の太陽』は、確かに『額の星』を踏まえ、それをさらに厳密化した形式を示していると言えるだろう。

『無数の太陽』は、通常の「冒険小説」として読むなら確かに子供だましにしか見えないかもしれない。しかしルーセルでなければいったい誰が、このように執拗な「物」の連鎖だけにしたがって作品を作り出すだろうか。ジャン・フェリーの言うように、「物」の連鎖を追うあまり、それが結果として「宝探しの冒険」になったのだとすれば、われわれはここにきわめて特異な文学的実践を目にしていることになる。ミシェル・レリスは、『無数の太陽』の言語について、いつものルーセル作品と同様、あるいはそれ以上に「驚くべき純粋さと無垢さ」を備えていると書いているが、このように一切の「文学的虚飾」が取り払われたところで成立する「冒険小説」こそ、むしろ真にスリリングな「文学の冒険小説」と言えるのではないだろうか。

『無数の太陽』における「奇想」は、徹底して論理を追おうとするその態度そのものにある。この恐るべきナンセンス。この驚くべき素朴《ナイーヴ》さ。ルーセルの真骨頂は、言うまでもなくこの過激なまでの無自覚さだ。そのことが、おそらく言語を、文学を、震撼させるのだ。

*

本書はレーモン・ルーセルの独立した二作品の合本である。訳出に際してはLemerre版を底本とし（Raymond Roussel, *L'Étoile au Front*, 1925; *La Poussière de Soleils*, 1927）、Pauvert版（1963, 64）を適宜参照した。『額の星』は新島、『無数の太陽』は國分が訳出をおこなっている。ただし両者はそれぞれの代役を務め、互いの訳を初稿の段階で精緻に読み合って忌憚のない意見を交換した。

解説は、「額の星」までを新島、「無数の太陽」を國分が担当した。

ルーセル作品という特異なテクストを日本語に移すにあたり、苦労した点は枚挙にいとまがない。特に、極端に少ない言葉で書かれたルーセル独特の文体、ひとつの文章を複数の人物のせりふに分けてしまう方法（A「……？」、B「……」とつながる箇所）、そして古語や珍語の訳出にはほとほと手を焼いた。なお、原文中に見られる差別語、差別的表現はそのまま残し、婉曲な語に改めなかった。過去の文学作品である点、また、当時の時代性と作家の語の選択を忠実に映す必要に鑑みてのことである。ご理解をいただければと思う。

最後に、以下の方々に深く御礼を申しあげたい。本書の企画を立ちあげ、多くの難題を解決されて実現に導いていただいた人文書院の松井純氏。有益な助言を惜しみなく与えてくださった早稲田大学教授の谷昌親氏。フランス語に関しては、レンヌ第二大学のピエール・バザンテ（新島）、早稲田大学のオディール・デュスッド、モルヴァン・ペロンセル（國分）各先生が丁寧に質問に答えてくださった。そして成城大学教授の北山研二氏には最大の感謝を捧げたいと思う。多岐にわたる氏の寛大なお力添えなくして本書の完成はなかったであろう。

訳者二人と編集者、そしてご協力をいただいた多くの方々に共通するのは、ルーセルとその作品への限りない愛着であった。拙訳を通じて日本の読者にわれわれの愛情を共有してもらえるのなら、それに勝る幸せはない。

二〇〇一年七月十四日、ルーセルの命日に

訳者識

平凡社ライブラリー版 訳者あとがき

二〇〇一年に本訳書が人文書院より刊行されてから早十七年。今回、平凡社ライブラリーに収められるにあたり、訳文に若干の修正を施し、また、人文書院版に付されていた「「額の星／無数の太陽」小事典」、解題にあたる「星と太陽、双子の戯曲」も最小限の加筆をしたうえで再録した。

先の版から現在に至るまでレーモン・ルーセルの評価、研究にどのような進展があっただろうか。確かに一九八九年の草稿発見のような大事件は起こらなかったかもしれない。だが、ルーセルは着実に、彼が生前あれほど欲していた栄光に向かっている——ここで、二〇〇一年以降の主だった動きを紹介しておきたい。

研究の分野では二〇一二年、フランスのスリジー＝ラ＝サルでおこなわれたシンポジウム「レーモン・ルーセル——昨日、今日」を第一に挙げることができる。伝統あるこの会合では、ノルマンディー地方の僻地にある城に研究者や作家たちが集まり、一週間に亘ってひとつのテーマについて論じ合う（ちなみに、ルーセルを祖のひとりと仰ぐ文学集団ウリポ結成の遠因も、この城で催されたレーモン・クノーに関するシンポジウムだ）。日本からは本書訳者の二人と、大分県立芸術文化短期大学の永田道弘氏が参加して研究発表をおこなった。ソシュールからハイパーテクスト、写真、映画、はたまた日本のヴォーカロイドまで各論者の切り口は多種多様であり、〈手法〉の詩人というルーセル像がかすむほどであった。個人的には、その作風とは相いれないかもしれないが、ルーセルを十九世紀からの正統な詩人の系譜につなげるという試みが印象に残った——確かにルーセルはきわめてロマン主義的な「額の星」の持ち主に、そして実際、「ユゴーになりたい病」であったのだ。舵とり役は現在のルーセル研究の牽引者といえるクリステル・レッジャーニ、エルメス・サルセダ、ピエール・バザンテの各氏で、彼ら編集のもと、二〇一四年にはシンポジウムの発表を基にした大部の論集が上梓された。また、このときのメンバー数名が中心となって編集に携っているミナール社の研究誌、〈現代文学誌〉のルーセル・シリーズも五号まで刊行されている。

フランス本国におけるルーセル作品の出版については諸作の電子書籍化が進むほか、一九九四年にスタートしたポヴェール／ファイヤール社による新たなルーセル全集がなんとか十巻（八巻は未刊）までたどり着いた。ただし同叢書の出版は当初より複雑な内部事情を抱えており、完結には一抹の不安を禁じえない。こちらには現在、先の研究者たちは関わっておらず、パトリック・ベニエやシュルレアリストのアニー・ル＝ブラン（二〇一六年に来日した際、ルーセルについて歓談する機会があった）らが編者となっている。なお、文学の殿堂入りといえるプレイヤード版収録の話はまだ伝わってこないが、ジュール・ヴェルヌですら作品のごく一部が二〇一二年から、ジョルジュ・ペレックがやっと二〇一七年に入ったくらいであるから気長に待つしかあるまい。

あるいは出版媒体以外での活躍はむしろ華々しい。二〇一一年にマドリード、翌年にはポルトで「レーモン・ルーセルの印象」と題された展覧会が開催され、それは二〇一三年、パリのパレ・ド・トーキョーでの「新レーモン・ルーセルの印象」へと発展した。諸事に追われどうしても足を運ぶことができなかったが、パンフレットからは諸々の原資料のほか、ルーセルにオマージュを捧げた後世のアーティストの作品も多く展示されて盛況だったようだ。映像の分野では二〇一六年、スペインのヴィジュアル・アーティスト、ジュアン・ブフィイがドキュメンタリー作品「レーモン・ルーセル——栄光の日」を制作(http://lejourdegloire.com)、ビュトール、シュヴァンクマイエルをはじめとするアーティスト、作家、研究者がルーセルに関する証言を寄せている。また同年には、ベルギーの映画監督ギイ・ボルダン、ルノー・ド・ピュテールによってルーセルの愛人——実際には彼の同性愛を隠すための〈衝立〉、ただし二人は友好的な関係を築いていた——だったシャルロット・デュフレーヌの伝記が刊行され、両氏によって映画版「消された女」もつくられた。ジュアン・ブフィイなどは一九八二年生まれであり、ルーセルが、若い世代にも依然として刺激を与えていることがうかがえる。

日本でも独自の展開があった。二〇〇四年、押井守の映画「イノセンス」では、あるルーセル作品が他の独身者機械作品とともに意外な形で引用された。二〇一三年には多摩美術大学教授(当時)、高橋士郎氏による「自由芸術展〜レイモン・ルーセルの実験室〜」が開催された。トークショーでは港千尋氏をモデレーターに、高橋氏と、ルーセル作品の翻訳者にして日本におけるルーセル研究の先達、岡谷公二氏の対談がおこなわれた。高橋氏による研究は氏のサイトでも閲覧可能である（http://www.shiro1000.jp/RR/RR-j.html）。そして二〇一六年には九州は熊本の出版社、伽鹿舎より本書訳者のひとり、國分によって『アフリカの印象』が新訳された。アーティスト、坂口恭平氏が同作にインスピレーションを得て描いたドローイング画を多数収め、各場面に対応する訳文を付した抄訳版で、フランス語原文も並記するという凝りに凝った本であった。当初は九州での限定販売であったが、現在は全国の書店で入手できる。新島のほうはジュール・ヴェルヌとルーセル作品の比較考察をおこなっており、シンポジウム「ジュール・ヴェルヌ再発見——作家と大衆作家」（二〇一七年）ほかの機会に発表、今回、「小事典」に成果の一部を反映した。

多くの遺漏はあろうが、このくらいにしておこう。ともかくルーセルの「死後の開花」は確実に進んでおり、そして、その途上にあるということだ。

人文書院版を刊行した当時、訳者は双方ともフランスに留学中の身だった。今回の再録にあたり、そんな過日の仕事をふり返る作業は感慨深い体験であったが、訳文をチェックするつもりが、ついつい（拙訳ながら）各挿話にのめりこんでしまい、気づけばひとりの読者と化していた。くり返すが、ルーセルは栄光に向かっていると断言できる。これほど面白い作品を人が放っておくわけがない。また、「星と太陽、双子の戯曲」にも書いたとおり、原文との照合の際には、ルーセルの文章の語の少なさに改めて気づかされた。マラルメの散文でも、翻訳と原文の分量の差に驚くことがあるが、訳文の嵩《かさ》が増すという点では近いものがあるかもしれない。しかし、このメカニカルでエコノミーな文体を再現することは不可能かつ翻訳として意味のあることとは思えないため、今回も大幅な改訳はおこなわなかった。日本語として読めることを前提に、そのうえで原文に忠実な訳をめざしたつもりである。

本書の刊行によって〈手法〉が用いられたとされるルーセルの主要四作品、つまり、岡谷公二氏翻訳による二大散文『アフリカの印象』と『ロクス・ソルス』、そして本書の戯曲二作が同じ叢書で揃うことになった。ルーセルには、生前未刊行の作品、草稿を含め、まだまだ大量の韻文、初期の短篇、そして究極のテクスト、多重括弧つきの詩編『新アフリカの印象』があり、これらは一部が散発的に邦訳されるに留まっている。もちろんそうしたマテリアルの紹介は今後の課題であり、ミシェル・フーコーのように詩作品からルーセルに関心を持った読者もいる。さらに言えばルーセルの本質とは韻に関わる諸問題ではある。だが、読み物として楽しめるという点ではやはり〈手法〉が用いられたこの四作品だろう。本書の二篇は、二大長篇ともまた趣を異にする奇妙な戯曲作品であり、また、『星』と『太陽』のあいだにも幾多の違いがある。本書でルーセルの新しい読者が誕生したならばそれに勝る喜びはない。

末筆ながら、人文書院版よりひき続きお世話になった松井純氏に最大の感謝を捧げたい。

二〇一八年一月二〇日、日吉にて

訳者を代表して　新島進

[著者]

レーモン・ルーセル（Raymond Roussel 1877-1933）

パリの裕福なブルジョワ家庭に生まれる。ピアノを習うが詩作に転じ、19歳のとき、韻文小説『代役』（1897）を書く。この間、強烈な「栄光の感覚」を味わい自らの天才を確信するが、作品はほぼ完全に無視された。散文『アフリカの印象』（1910）と『ロクス・ソルス』（1914）、双方の劇場版、続く戯曲『額の星』（1925）と『無数の太陽』（1927）の上演も理解されなかったが、シュルレアリストたちがルーセルを擁護して劇場で騒ぎを起こした。1932年、括弧が重なる韻文作品『新アフリカの印象』を発表、翌33年、旅先のパレルモで没した。睡眠薬の大量摂取が原因とされる。晩年は財産を失い、チェスに没頭していた。死後出版された『私はいかにして或る種の本を書いたか』（1935）で、一部の作品が〈手法〉というある種の言葉遊びに基づいて書かれていたことが明かされ、のちの再評価のきっかけとなる。1989年には大量の草稿が見つかり、新たな全集の刊行が始まった。

[訳者]

國分俊宏（こくぶ・としひろ）

1967年、和歌山県生まれ。早稲田大学大学院博士課程単位取得退学、パリ第三大学博士課程修了（文学博士）。青山学院大学教授。専門はフランス文学。著書に『ミシェル・ファルドゥーリス＝ラグランジュ——神話の声、非人称の声』（水声社）、『ドゥルーズ 千の文学』（共著、せりか書房）、訳書にルーセル『抄訳 アフリカの印象』（伽鹿舎）など。

新島進（にいじま・すすむ）

1969年、埼玉県生まれ。慶應義塾大学大学院修士課程修了、レンヌ第二大学博士課程修了（文学博士）。慶應義塾大学教授。専門はフランス文学、SF文学。著書に『ジュール・ヴェルヌが描いた横浜——「八十日間世界一周」の世界』（編著、慶應義塾大学出版会）、『声と文学——拡張する身体の誘惑』（共著、平凡社）、訳書にカルージュ『新訳 独身者機械』（東洋書林）、ボドゥ『SF文学』（白水社）、クノー『青い花』（水声社）など。

平凡社ライブラリー 865

額《ひたい》の星《ほし》／無数《むすう》の太陽《たいよう》

発行日…………2018年3月9日　初版第1刷

著者……………レーモン・ルーセル
訳者……………國分俊宏、新島進
発行者…………下中美都
発行所…………株式会社平凡社
〒101-0051　東京都千代田区神田神保町3-29
電話　(03)3230-6579[編集]
(03)3230-6573[営業]
振替　00180-0-29639

印刷・製本……藤原印刷株式会社
DTP…………大連拓思科技有限公司＋平凡社制作
装幀……………中垣信夫

ISBN978-4-582-76865-7
NDC分類番号952.7　B6変型判(16.0cm)　総ページ430

平凡社ホームページ　http://www.heibonsha.co.jp/

平凡社ライブラリー　既刊より